中国现代文学专题研究

张志忠 主编

国家开放大学出版社·北京

图书在版编目（CIP）数据

中国现代文学专题研究／张志忠主编. —北京：中央广播电视大学出版社，2010.7（2023.11重印）

中央广播电视大学教材

ISBN 978-7-304-04903-4

Ⅰ.①中… Ⅱ.①张… Ⅲ.①现代文学-文学欣赏-中国-电视大学-教材 Ⅳ.①I206.6

中国版本图书馆CIP数据核字（2010）第139857号

版权所有，翻印必究。

中国现代文学专题研究
ZHONGGUO XIANDAI WENXUE ZHUANTI YANJIU

张志忠　主编

出版·发行　国家开放大学出版社（原中央广播电视大学出版社）
电话　营销中心 010-68180820　　总编室 010-68182524
网址　http://www.crtvup.com.cn
地址　北京市海淀区西四环中路45号　邮编：100039
经销　新华书店北京发行所

策划编辑：来继文　　　　　　版式设计：韩建冬
责任编辑：李京妹　　　　　　责任校对：王　亚
责任印制：武　鹏　马　严

印刷：廊坊十环印刷有限公司　　　印数：182001~183000
版本：2010年7月第1版　　　　　2023年11月第25次印刷
开本：B5　　插页：16页　　　　印张：16　　字数：277千字

书号：ISBN 978-7-304-04903-4
定价：33.00元

（如有缺页或倒装，本社负责退换）
意见及建议：OUCP_KFJY@ouchn.edu.cn

中国现代文学专题研究编写组

课 程 组 长 李　平
主　　　编 张志忠
编写组成员（以姓氏笔画为序）
　　　　　　　孙晓娅　汤哲声　李　平
　　　　　　　李　怡　陈　婕　陈亚丽
　　　　　　　张志忠　荒　林　钱旭初
主 持 教 师 李　平

目 录

专题一 五四小说 （1）
一、五四小说概况 （2）
二、鲁迅：现代小说的开创者 （5）
三、郁达夫的抒情小说 （16）
四、争奇斗彩的小说家群 （20）

专题二 五四新诗 （29）
一、胡适及新诗的拓荒者 （29）
二、郭沫若与新诗的繁荣 （34）
三、闻一多、徐志摩与早期新月诗派 （42）
四、李金发和中国早期象征诗派 （48）

专题三 二三十年代的散文 （54）
一、二三十年代的散文概述 （54）
二、鲁迅的杂文、散文及散文诗 （60）
三、周作人的散文 （65）
四、何其芳、丰子恺的散文 （68）
五、梁实秋、林语堂的散文 （73）

专题四 现代话剧 （81）
一、中国话剧的诞生与成长 （81）
二、欧阳予倩、田汉和洪深的剧作 （89）
三、曹禺与中国话剧的成熟 （94）
四、丁西林、李健吾、夏衍、郭沫若的剧作 （101）

专题五 三十年代小说的三大流派 （107）
一、左翼小说 （108）
二、京派小说 （117）
三、海派与新感觉派小说 （123）

专题六　三四十年代的长篇小说 ……………………… (130)
　　一、李劼人、路翎、钱锺书、沙汀的小说 ………… (131)
　　二、茅盾的《子夜》等社会剖析小说 ……………… (135)
　　三、老舍的《骆驼祥子》等京味小说 ……………… (140)
　　四、巴金的《激流三部曲》等小说 ………………… (144)

专题七　现代女作家的小说 ……………………………… (151)
　　一、女性文学的发生和演变 ………………………… (151)
　　二、冰心、冯沅君、庐隐、凌叔华等的小说 ……… (154)
　　三、丁玲、萧红的小说 ……………………………… (161)
　　四、张爱玲、苏青、梅娘的小说 …………………… (165)

专题八　通俗文学 ………………………………………… (173)
　　一、现代通俗文学的性质和主要成就 ……………… (173)
　　二、包天笑及其社会小说创作 ……………………… (176)
　　三、通俗文学的多面手周瘦鹃 ……………………… (181)
　　四、张恨水的社会言情小说和抗战小说 …………… (186)
　　五、通俗文学的新生代徐訏、无名氏 ……………… (190)

专题九　三四十年代的诗歌 ……………………………… (196)
　　一、三四十年代的诗歌概况 ………………………… (196)
　　二、现代诗派与戴望舒 ……………………………… (203)
　　三、七月诗派与艾青 ………………………………… (209)
　　四、九叶诗派与穆旦 ………………………………… (214)

专题十　解放区文学 ……………………………………… (225)
　　一、解放区文学概况和毛泽东《在延安文艺座谈会上
　　　　的讲话》………………………………………… (225)
　　二、赵树理的《李有才板话》等小说 ……………… (230)
　　三、孙犁、丁玲、周立波等的小说 ………………… (233)
　　四、民歌体叙事诗和新歌剧《白毛女》等 ………… (237)

参考文献 …………………………………………………… (244)

后　记 ……………………………………………………… (249)

专题一　五四小说

学习要求

1. 了解五四时期小说创作概况，《新潮》作家群小说创作概况，叶圣陶等文学研究会作家小说的创作特点，乡土文学作家群的小说特点。

2. 重点掌握鲁迅小说的创作特点，鲁迅小说在知识分子题材和农村题材两方面的成就，鲁迅小说对中国现代小说诞生与成熟的意义，郁达夫小说的创作特点，鲁迅和郁达夫小说对中国现代小说的影响。

19世纪末戊戌变法的失败，促进了维新运动的领导者梁启超的反思，他从政治变革的需要出发，倡导"新小说"，并于1902年创办《新小说》杂志。在该刊第一期上，梁启超发表《论小说与群治之关系》，文章起首写道：

> 欲新一国之民，不可不先新一国之小说。故欲新道德，必新小说；欲新宗教，必新小说；欲新政治，必新小说；欲新风俗，必新小说；欲新学艺，必新小说；乃至欲新人心，欲新人格，必新小说。何以故？小说有不可思议之力支配人道故。①

在这里，革新小说的倡导，是和改造国民性的目的紧密相连的。明清以降，小说、戏曲等叙事艺术，已经逐渐取代了诗歌散文的辉煌，成为时代的文学标高。上海这样的近代都市的兴起所形成的市民阅读群，现代印刷术的引进和公众报刊的创办，报刊连载小说这一新的发表方式的出现，都为文学发展提供了新的机缘。但是，诗文的正统地位，在文人心目中，仍然非常牢固。梁启超等人的提倡，使一向被认为是"街谈巷语"、"引车卖浆者流"的小说，被赋予了庄严的思想传播的使命，获得了文学正宗的合法性。而且，梁启超身体力行，在《新小说》上发表了《新中国未来记》（未完成），通过勾勒摆脱帝国

---

① 梁启超：《论小说与群治之关系》，载《新小说》，1902（1）。

主义和变法图强之后复兴强大的新中国的未来图景，召唤人们投身于改变现实的斗争中。在此之后，揭露腐朽没落的晚清社会现实、寄托人们对国家民族命运之担忧的四大谴责小说《官场现形记》（李伯元）、《二十年目睹之怪现状》（吴趼人）、《老残游记》（刘鹗）、《孽海花》（曾朴）等相继问世，"新小说"倡导得到了热烈的回应，并且投入了积极的实践。

但是，以提倡改良维新为己任的"新小说"，很快让位给迎合市民情趣的鸳鸯蝴蝶派的言情小说。小说革命的任务，并没有完成。

1915年，陈独秀创办《青年杂志》，从第二卷起改名为《新青年》。1917年1月，《新青年》发表了尚在美国读书的胡适的《文学改良刍议》，胡适提出："吾以为今日而言文学改良，须从八事入手。八事者何？一曰，须言之有物。二曰，不摹仿古人。三曰，须讲求文法。四曰，不作无病之呻吟。五曰，务去烂调套语。六曰，不用典。七曰，不讲对仗。八曰，不避俗字俗语。"[①] 这些主张，要求文学创作要从陈旧僵化的传统的束缚下解放出来，具有重要的积极意义。2月，陈独秀以《文学革命论》予以响应，首倡"三大主义"："曰，推倒雕琢的阿谀的贵族文学，建设平易的抒情的国民文学；曰，推倒陈腐的铺张的古典文学，建设新鲜的立诚的写实文学；曰，推倒迂晦的艰涩的山林文学，建设明了的通俗的社会文学。"[②] 并且力倡用白话文和新式标点进行写作。文学革命由此激起巨大的响应，形成不可抗拒的时代潮流。鲁迅、郁达夫、叶圣陶等的小说，胡适、郭沫若、冰心等的诗歌，成为其最初的创作实绩。大量青年作家的出现以及新文学社团、新文学报刊的兴起，使新文学第一个十年（1917年至1927年）的小说，渐入佳境。

一、五四小说概况

1918年5月，鲁迅在《新青年》上发表《狂人日记》，此后又发表《药》、《孔乙己》等短篇小说，把文学革命从倡导和呼唤转化为坚实的实践。但是，《新青年》作为文化批判的同人刊物，除鲁迅外，陈独秀、李大钊、胡适、周作人、钱玄同、刘半农等人，在纷纷发表抨击时政和旧文化的"随感录"杂文、具有明显的尝试性的新诗和思想文化的论文之余，并无小说创作

---

① 胡适：《文学改良刍议》，载《新青年》，第2卷第5号，1917。
② 陈独秀：《文学革命论》，载《新青年》，第2卷第6号，1917。

问世。在受到老师们的刊物影响而创办的北京大学学生刊物《新潮》上，出现了一个小说家群。鲁迅说："从《新青年》上，此外也没有养成什么小说的作家。较多的倒是在《新潮》上。从一九一九年一月创刊，到次年主干者们出洋留学而消灭的两个年中，小说作者就有汪敬熙，罗家伦，杨振声，俞平伯，欧阳予倩和叶绍钧。自然，技术是幼稚的，往往留存着旧小说上的写法和语调；而且平铺直叙，一泻无余；或者过于巧合，在一刹时中，在一个人上，会聚集了一切难堪的不幸。然而又有一种共同前进的趋向，是这时的作者们，没有一个以为小说是脱俗的文学，除了为艺术之外，一无所为的。他们每作一篇，都是'有所为'而发，是在用改革社会的器械，——虽然也没有设定终极的目标。"①

1921年，是新文学发展史上的重要年头。文学研究会和创造社两大新文学社团成立，新文学创作声势大振；《小说月报》由沈雁冰担任主编，改变编刊方针，从鸳鸯蝴蝶派的重镇变成新文学的重要刊物；郁达夫小说集《沉沦》、汪敬熙小说集《雪夜》、郭沫若诗集《女神》、俞平伯诗集《冬夜》以及《胡适文存》（第一卷）等都在这一年出版。沈雁冰（这时经常使用的笔名是郎损）关于小说创作的评论和理论探讨，对小说的发展也起了重要作用。叶绍钧、冰心、庐隐、王统照、落华生（许地山）、王鲁彦、许杰、郑振铎、彭家煌、蹇先艾、凌淑华、冯沅君、冯文炳（废名）、台静农、郁达夫、张资平、郑伯奇等，成为这一时期有影响的小说家。

与作者多为青年人的身份相应，青年男女的情感纠葛，是一个重要的小说主题，充分地体现了新旧交替时代的精神氛围。随着新学堂的建立、新思想的传播，在个性解放精神的召唤下，大批接受了现代教育的青年男女奋起争取自身的恋爱自由、婚姻自主，并且体会着这种新的情感。如冯沅君的《旅行》中受到鲁迅称赞的一段心理描写："我很想拉他的手，但是我不敢，我只敢在间或车上的电灯被震动而失去它的光的时候，因为我害怕那些搭客们的注意。可是我们又自己觉得很骄傲的，我们不客气的以全车中最尊贵的人自命。"②但是，封建势力的强大和社会压力的存在，仍然如难以挣脱的网，梦醒之后却找不到出路的迷惘，物质和情感两方面的匮缺，更成为青年一代自身的悲哀。

---

① 鲁迅：《中国新文学大系·小说二集·导言》，见《中国新文学大系·小说二集》（影印本），2页，上海，上海文艺出版社，2003。
② 冯沅君：《旅行》，见《中国新文学大系·小说二集》（影印本），206页，上海，上海文艺出版社，2003。

鲁迅的《伤逝》、庐隐的《海滨故人》是此中的代表作。郁达夫的《沉沦》、郭沫若的《喀尔美罗姑娘》、张资平的《她怅望着祖国的天野》等，则将这一主题展现在日本的留学生身上，将异域风情的开放和孱弱青年的感伤，作了深刻的揭示。

许多带有自我表现特征的描写青年男女情感世界的作品，标志这一代人的自我的发现、内心世界的发现，与之相应的是人道主义精神烛照下的儿童的发现、女性的发现、平民和农民的发现。五四时期因倡导"人的文学"、"平民的文学"而名声大振的周作人，在《人的文学》一文中这样说道："我所说的人道主义，并非世间所谓'悲天悯人'或'博施济众'的慈善主义，乃是一种个人主义的人间本位主义。""所以我说的人道主义，是从个人做起。要讲人道，爱人类，便须先使自己有人的资格，占得人的位置。"欧洲关于这"人"的真理的发现始于宗教改革与文艺复兴，"女人与小儿的发现，却迟至十九世纪，才有萌芽。古来女人的位置，不过是男子的器具与奴隶。中古时代，教会里还曾讨论女子有无灵魂，算不算得一个人呢。小儿也只是父母的所有品，又不认他是一个未长成的人，却当他作具体而微的成人，因此又不知演了多少家庭的与教育的悲剧"。"中国讲到这类问题，却须从头做起，人的问题，从来未经解决，女人小儿更不必说了。……即如提倡女人殉葬——即殉节——的文章，表面上岂不说是'维持风教'，但强迫人自杀，正是非人的道德，所以也是非人的文学。"[①]

这一时期，文学表达儿童的发现，是建立在童心的确认之新的儿童观之上的。儿童天真、纯洁、尚美、唯爱，尚未受到社会的污染，因此被看做针砭社会的一帖良药。冰心的《分》、《超人》，叶绍钧（叶圣陶）的《阿凤》、《一课》，废名的《竹林的故事》，都是赞美儿童的天真可爱及其对世道人心的救正的。王统照的《湖畔儿语》，则以儿童的视线和体验，讲述一个苦难家庭的故事。劳动妇女的生存问题，更是作家们正视人生苦难、抨击黑暗现实的聚焦点，从鲁迅的《祝福》到叶绍钧的《一生》（《这也是一个人？》），从王鲁彦的《菊英的出嫁》到许地山的《缀网劳蛛》，产生了众多的名篇。

在传统中国的谱系里，儿童、妇女都是被支配、被宰制的弱势群体，农民则是被排除出文学描写的视野之外的缺席者和沉默者。鲁迅先后写了《风波》、《阿Q正传》、《祝福》、《故乡》等一系列表现农民的苦难、蒙昧和沉默

---

① 周作人：《人的文学》，载《新青年》，第5卷第6号，1918。

的小说，鲁迅在谈到《阿Q正传》的写作时说："我虽然已经试做，但终于还不能很有把握，我是否真能够写出一个现代的我们国人的灵魂来……现在我们所能听到的不过是几个圣人之徒的意见和道理，为了他们自己；至于百姓，却就默默的生长，萎黄，枯死了，像压在大石底下的草一样，已经有四千年！"①五四作家中的很多人都有过乡村生活的经验，他们将对农民处境的同情，与乡土风情图画融合在一起，形成了以鲁迅为领路人的乡土文学作家群，如王鲁彦、许钦文、彭家煌、许杰、蹇先艾等。还有一批小说，是揭露和讽刺社会弊端和灰色平庸的人生的，如鲁迅的《肥皂》，叶绍钧的《潘先生在难中》，王鲁彦的《柚子》、《黄金》，彭家煌的《怂恿》，陈炜谟的《狼筅将军》等。

这一时期的小说创作，得益于世界文学的影响，在现代小说体式上，作出富有成就的建设。从价值取向上的尼采的"超人"说、基督教的泛爱论、弗洛伊德的原欲理论，到创作方式上日本的私小说、契诃夫的讽刺、法国的现实主义和自然主义、德国的浪漫主义等，都成为重要的文学资源。中国的古典小说，历来是长于讲故事的，是按照时间的顺序展开的，五四小说则出现了许多新体。日记体、独白体、书信体等第一人称的叙事方式，形成偏重内心世界的表达的作品（如鲁迅的《狂人日记》、郁达夫的《沉沦》）；以一个或者几个场景叠合形成的横截面小说，大行其道（如冰心的《超人》、彭家煌的《怂恿》）；追求诗意画面的小说，也有其独特的"爱与美"的追求（如废名的《竹林的故事》、王统照的《微笑》）。与此同时，本土的文化传统，仍然发挥了重大作用。鲁迅所看重的白描手法，废名所取法的唐人绝句，皆可为例。

二、鲁迅：现代小说的开创者

1918年5月，鲁迅的《狂人日记》发表于《新青年》。此后，他的《药》、《孔乙己》、《阿Q正传》等接连发表，引起巨大反响。

鲁迅（1881—1936），原名周樟寿（后来改为周树人），出生在浙江绍兴县城一个官僚地主的家庭里。少年时期迭遭家庭变故，在京城做官的祖父因科举舞弊案入狱，父亲患病而亡，家境败落。经常出入于药铺和当铺的鲁迅，饱经世态炎凉，对世道人心有了深刻体察："有谁从小康人家而坠入困顿的么，

---

① 鲁迅著，王希礼译，俄文译本《阿Q正传》序，见《鲁迅全集》，第7卷，83~84页，北京，人民文学出版社，2005。

我以为在这途路中,大概可以看见世人的真面目。"① 少年记忆的另一面,是母亲带他到乡下的外祖母家去,感受到乡村生活及乡下孩子的纯真活泼,这也成为他后来小说创作的重要资源。1898 年,鲁迅到南京求学,先后入学南京水师学堂、南京路矿学堂,在接受当时的旧学所缺失的数学、物理、化学等自然科学课程的同时,阅读了严复翻译的英国人赫胥黎著的《天演论》等社会科学方面的著作,树立了民族自强的信念。1902 年鲁迅东渡日本,开始在东京弘文学院补习日语,后入仙台医学专门学校(现日本东北大学医学部)。鲁迅选择学医,因为他从阅读中得知日本维新大半发端于西方医学,也意在救治像他父亲那样被庸医所误的病人,改善中国人的健康状况,遇到战争则去做军医救护伤员。从医学到文学、从强壮体质到救治心灵的转折,缘于在医学课间插播的时事性幻灯画片中所见:日俄战争中,一个中国人为俄军做侦探,被日本军队捉住杀头,一群中国同胞却麻木地充当看客。思想不觉醒,医好了身体又能奈何?因此,鲁迅决定弃医从文,翻译外国文学作品,筹办文学杂志,发表文章。但是这些最初的文学活动没有得到什么响应。1909 年,他从日本归国,先后在杭州浙江两级师范学堂和绍兴府中学堂任教员。辛亥革命爆发,鲁迅为之振奋一时,后到新建立的南京政府教育部任科员,并随中央政府迁往北京。但袁世凯的称帝、张勋的复辟以及依然沉闷停滞的社会现实,都让鲁迅深感失望。消沉时期的鲁迅,读古书、抄古碑,经历了新的幻灭,也增加了斗争的韧性。1918 年鲁迅发表《狂人日记》,加入《新青年》的编辑工作,以小说和杂文创作,热烈地投身于五四新文化运动。这一时期,除了《随感录》系列杂文,鲁迅发表的小说有《药》、《故乡》、《孔乙己》、《阿 Q 正传》、《风波》、《一件小事》等,集为小说集《呐喊》。五四新文化运动高潮过后,新文化运动的群体再度分裂,如鲁迅所言,"有的高升,有的退隐",在寂寞和迷惘中,鲁迅写出《彷徨》小说集中的《祝福》、《离婚》、《伤逝》、《孤独者》、《在酒楼上》等作品。收入《补天》、《铸剑》、《理水》、《奔月》、《起死》等作品的《故事新编》,大部分写于 20 世纪 30 年代前期,是对历史题材进行的现代改写,表现出独特的艺术风格。

鲁迅的小说,抱有明确的写作目的,就是以启蒙精神改造国民性、改造国人蒙昧的灵魂。依据鲁迅的老朋友许寿裳的回忆,20 世纪初年,鲁迅在东京弘文学院时,"课余喜欢看哲学文学的书。他对我常常谈到三个相联的问题:

---

① 鲁迅:《呐喊·自序》,见《鲁迅全集》,第 1 卷,415 页,北京,人民文学出版社,1981。

（一）怎样才是最理想的人性？（二）中国国民性最缺乏的是什么？（三）它的病根何在？"① 这一思考，持续多年而且不断深化。1933年，鲁迅在《我怎么做起小说来》中说："我的取材，多采自病态社会的不幸的人们中，意思是在揭出病苦，引起疗救的注意。"② 在发掘国民的弊病的同时，鲁迅非常注重现代小说的艺术创造。茅盾指出："在中国新文坛上，鲁迅君常常是创造'新形式'的先锋；《呐喊》里的十多篇小说几乎一篇有一篇新形式，而这些新形式又莫不给青年作者以极大的影响，欣然有多数人跟上去试验。"③ 下面，我们就从改造国民性和新形式的创造两方面对鲁迅的创作进行分析。

鲁迅的小说，塑造了现代中国的两个人物形象系列：农民和知识分子，并且由此探索中国面临的时代难题。

在漫长的中国文学史上，最广大、最普通的农民的文学形象一直是付之阙如的。自鲁迅笔下，却涌现出阿Q（《阿Q正传》）、闰土和豆腐西施（《故乡》）、祥林嫂（《祝福》）、爱姑（《离婚》）、七斤一家（《风波》）等一个个鲜活的农民形象。他们沿袭数千年的历史和精神的重负，深陷于苦难之中，却又麻木不仁地活着。活跃机灵的少年闰土，在沉重的家庭负担和含辛茹苦的劳动中变得衰老、木讷，一开口是"非常难。第六个孩子也会帮忙了，却总是吃不够……又不太平……什么地方都要钱，没有定规……收成又坏。种出东西来，挑去卖，总要捐几回钱，折了本；不去卖，又只能烂掉……"④ 更难承受的是祥林嫂，现实的体力劳动和人生磨难没有摧垮她，关于地狱之有无，是否会在死后被两个男人用大锯锯开以及作为再嫁的寡妇是否有资格参加祭祖祝福，才是她关注的焦点。当然也有快乐的人如阿Q，他凭借健忘、自欺自瞒、妄自尊大的精神胜利法，让自己处于"长胜不败"的境地。即便是被押赴刑场，他仍然有办法排遣烦恼，"他一急，两眼发黑，耳朵里嗡的一声，似乎发昏了。然而他又没有全发昏，有时虽然着急，有时却也泰然；他意思之间，似乎觉得人生天地间，大约本来有时也未免要杀头的"⑤。最后关头，他还在寻思要不要唱两句戏文，满足看客的期待。这些农民一方面是沉痛不堪地生存着；另一方面是没有觉察自己真正的处境和痛苦何在，更找不到摆脱现状的

---

① 许寿裳：《我所认识的鲁迅》，6~7页，北京，人民文学出版社，1952。
② 鲁迅：《南腔北调集·我怎么做起小说来》，见《鲁迅全集》，第4卷，526页，北京，人民文学出版社，1981。
③ 茅盾：《读〈呐喊〉》，载《时事新报·文学旬刊》，1923（91）。署名雁冰。
④ 鲁迅：《故乡》，见《鲁迅全集》，第1卷，483页，北京，人民文学出版社，1981。
⑤ 鲁迅：《阿Q正传》，见《鲁迅全集》，第1卷，525页，北京，人民文学出版社，1981。

出路。

于是，农民与革命的关系，成为鲁迅对现实思考的一个重要关节点。革命，是改变现实的一个重要途径，是农民争取自我解放的必由之路。而辛亥革命之所以失败，就是因为它没有能够唤起千百万农民，未能革除建基于广大农村的封建体制。就像《药》中的华老栓、华小栓父子和他们周围的人们，把革命先驱夏瑜的鲜血，当做治疗痨病（肺结核）的良药，却把他的革命宣传看做疯言疯语。张勋复辟的一场闹剧在《风波》中变了形，七斤一家人及其乡邻，在同样愚昧的赵七爷的鼓噪下，以为是皇帝又坐了龙庭，张大帅是张飞张翼德的后代，勇不可当。但是，并不是所有的农民都像老实正派而保守的闰土、华老栓、七斤这样甘当顺民，日渐穷途末路又有些流氓气息的阿Q就铤而走险，要投身他并不真正理解其意义的革命。他的本能直觉是，既然百里闻名的举人老爷畏惧革命，那么，这对处于最底层的他未必不是好事，何况，古来就有造反的事呢。在许多年间，论者评价阿Q，都采用以此论述农民身上蕴藏着革命的积极性的观点，今天看来，阿Q与革命的关系并不那么直观和简单。鲁迅描写的阿Q对革命的想象，是任意掠夺他人的财富，任意占有乡村的女性，阿Q是流氓无产者而不是本分老实的农民。赤贫的状况让他无法安分守己，道德约束对他也是毫无效力的；走出未庄的经历给他增长了见识和蛮干的勇气，他天然地认为这是改变自身命运的机会。对阿Q，不准革命要不得，如何引导其走向革命，更是一个严重的问题。阿Q这样的乡村流氓无产者对革命的危害性，在鲁迅笔下只是一种潜藏的威胁，却被他不幸而言中。"据我的意思，中国倘不革命，阿Q便不做，既然革命，就会做的。我的阿Q的命运，也只能如此，人格也恐怕并不是两个。民国元年已经过去，无可追踪了，但此后倘再有改革，我相信还会有阿Q似的革命党出现。我也很愿意如人们所说，我只写出了现在以前的或一时期，但我还恐怕我所看见的并非现代的前身，而是其后，或者竟是二三十年之后。"① 果然，阿Q式的流氓无产者，对革命和社会的危害，到20世纪40年代的赵树理《李有才板话》、《邪不压正》，20世纪80年代古华的《芙蓉镇》、张炜的《古船》中，才得到了充分的展现。

鲁迅塑造的知识分子形象，同样是充满历史的复杂性的。《狂人日记》中的"狂人"，作为率先觉醒的时代新人，他从象征中国古代历史记载的"古久

---

① 鲁迅：《〈阿Q正传〉的成因》，见《鲁迅全集》，第3卷，397页，北京，人民文学出版社，1981。

先生"的陈年簿子中,从"仁义道德"背后看出"吃人"二字,厉声呼喊"救救孩子",撕碎了谎言和假面,直指历史的狰狞恐怖。但是,在白话正文前的文言小引,却讲他病愈后"赴某地候补",仍然是既成的社会秩序中的一员。《孔乙己》中的同名主人公,可爱又可悲,他给孩子们分茴香豆,还要教他们"茴"字的四种写法,迂腐中不失爱心。每次欠了酒钱,后来都会归还,也有其行为规则。但是,"偷书不算贼"的自辩以及无可奈何的没落和死亡,令人感叹。在《故乡》、《一件小事》、《祝福》等作品中出现的"我",与闰土、人力车夫、祥林嫂等相对应,对他们或者崇敬或者同情,但是无法与其沟通,无法进行平等对话,更无法解决他们的现实难题和精神困境。这是历史的悲哀,也是觉醒了的新式知识分子的悲哀。可贵的是,在同时代的作家们大都自命为时代的先行者而自许自傲,或者沉溺于青年知识分子的爱情悲欢之时,鲁迅却率先对自我进行反省和解剖,拷问知识分子的心灵,带着新文化运动退潮后的困惑与凄迷,对曾经勇猛抗争的知识者的颓唐和困扰进行了冷峻的剖析,而且包括作者自己在内。《在酒楼上》和《孤独者》中,鲁迅对吕纬甫和魏连殳的往事和现况之迥别,进行了近乎残酷的比照。"我在少年时,看见蜂子或蝇子停在一个地方,给什么来一吓,即刻飞去了,但是飞了一个小圈子,便又回来停在原地点,便以为这实在很可笑,也可怜。可不料现在我自己也飞回来了,不过绕了一点小圈子。又不料你也回来了。你不能飞得更远些么?"①吕纬甫为下葬多年找不到遗骨的小弟弟煞有介事地迁坟,带着剪绒花远道而来以了却当年憾事,预想中的戴花人顺姑却已经逝去;吕纬甫眼下以教书为生,连教书也只教些《诗经》、《论语》、《女儿经》,不是吕纬甫不教新学,是人家不要学。这与当年的少年意气,拔去庙里神像的胡子,争论改革的宏大命题,相去多么远。被人视做可怕的"新党"的魏连殳,曾经把孩子和青年"看得比自己的性命还宝贵"。他相信"孩子总是好的。他们全是天真……"②对孩子予取予求,分外尊重。然而,环境的冷漠、孩子的颠顸、流言的毒狠以及失业,把魏连殳逼上了绝望的复仇之路,无奈之下担任了军阀师长的顾问,躬行他先前所憎恶、所反对的一切,拒斥他先前所崇仰、所主张的一切,以慢性自戕的方式向曾经高傲绝顶的自己复仇,也以轻慢和玩世的方式向社会冷嘲。在社会生活中,新式知识分子并没有实现预期的社会变革,连自己的命运都未能改

---

① 鲁迅:《在酒楼上》,见《鲁迅全集》,第2卷,27页,北京,人民文学出版社,1981。
② 鲁迅:《孤独者》,见《鲁迅全集》,第2卷,91页,北京,人民文学出版社,1981。

变;《伤逝》和《幸福的家庭》则指向了他们的情感和家庭生活,揭示了他们在物质匮乏的压迫下的感情危机。

在剖析知识分子的心灵时,鲁迅常常是把自己也摆进去进行精神拷问的。鲁迅非常推崇陀思妥耶夫斯基,称赞他是伟大的灵魂的拷问者:"穿掘着灵魂的深处,使人受了精神底苦刑而得到创伤,又即从这得伤和养伤和愈合中,得到苦的涤除,而上了苏生的路。"① 在鲁迅的作品中,也经常看到这种冷峻彻骨的自审和自省。这不但是说,鲁迅会把自己的形象特征赋予其笔下的魏连殳,"原来他是一个短小瘦削的人,长方脸,蓬松的头发和浓黑的须眉占了一脸的小半,只见两眼在黑气里发光"②;也不只是说,吕纬甫和魏连殳的行为,如给早夭的弟弟迁坟,为祖母送葬而遭受流言和冷眼,都与鲁迅自己的遭遇相似,魏连殳对孩子和青年的殷切关爱和希望,也是鲁迅曾经的热烈心态。在这两部小说中,鲁迅都是把自己一分为二,用"我"的目光审视另一个自我,对前行路上的迷失和倒退充满理解,更充满警觉,对做戏的虚无党和颓唐的放纵者进行严厉的批判。

在农民和知识分子这两类人物之外,鲁迅还营造出一种冷漠、麻木的社会氛围及游刃于其中的看客群像。"幻灯片事件"对鲁迅的心灵创伤一定是太深重了,对看客、对示众,鲁迅是一写再写,接二连三。在《野草》中的《复仇》篇中,有一个经典的描述:"路人们从四面奔来,密密层层地,如槐蚕爬上墙壁,如蚂蚁要扛鲞头。衣服都漂亮,手倒空的。然而从四面奔来,而且拼命地伸长颈子,要赏鉴这拥抱或杀戮。他们已经豫觉着事后的自己的舌上的汗或血的鲜味。"③ 在《示众》中,夏日炎炎的街头,无聊的看客成了作家描述和讽刺的主角。在《肥皂》中,四铭先生在街头充当了一回看客,看孝女乞钱,又听了别的看客的风言风语,淫欲萌动,特意买了珍贵的肥皂回家。在《阿Q正传》中,阿Q被游街示众,看客们的眼神,让他想到了狼的眼睛,"可是永远记得那狼眼睛,又凶又怯,闪闪的像两颗鬼火,似乎远远的来穿透了他的皮肉。而这回他又看见从来没有见过的更可怕的眼睛了,又钝又锋利,不但已经咀嚼了他的话,并且还要咀嚼他皮肉以外的东西,永是不近不远的跟他走"④。《故事新编》中的《铸剑》篇,也写了那些奴颜婢膝的民众观看国

---

① 鲁迅:《〈穷人〉小引》,见《鲁迅全集》,第4卷,513页,北京,人民文学出版社,1981。
② 鲁迅:《孤独者》,见《鲁迅全集》,第2卷,88页,北京,人民文学出版社,1981。
③ 鲁迅:《复仇》,见《鲁迅全集》,第2卷,172页,北京,人民文学出版社,1981。
④ 鲁迅:《阿Q正传》,见《鲁迅全集》,第1卷,526页,北京,人民文学出版社,1981。

王出游而受宠若惊,满城都议论国王的游山、仪仗、威严,自己得见国王的荣耀以及俯伏得有怎么低,应该采作国民的模范等,很像蜜蜂的排衙。

看客的危害,不仅是其对他人的苦难麻木不仁,毫无怜悯,它还成为一种社会氛围,形成一种"无主名无意识的杀人团"①的存在。祥林嫂在丧子之后,想要获得他人的同情,反复地向他人述说儿子阿毛死于狼口的不幸。周围的人们,始则好奇,诱导她来述说;继则冷淡,不愿再理睬她;终则厌弃,纷纷避她而去,甚至嘲弄她。那位迷信的柳妈,更是以地狱景象的描述,无意识,地对祥林嫂进行精神的虐杀。"狂人"周围的人们,兄长、医生、乡邻,都对他充满觊觎,要分一杯羹。魏连殳的遭遇,在为祖母办丧事时周遭人们的关注和预测,他"发迹"之后无聊小报的窥探和吹捧,足以令人扼腕。《风波》呢,更是一群无知民众对时代风云的一种盲目的远观。

鲁迅小说的成就,使其成为现代小说的开创者,同时成为现代小说的高峰。首先,与同时代的作家相比,鲁迅年长许多,个人经历和体验远为丰富;维新运动、辛亥革命、二次革命、袁世凯称帝和张勋复辟,乃至少年时奔走于药铺和当铺的无望,青年时无爱的婚姻,留学日本和回国后随处都有的流言中伤……几经失望,他对世道人心的思考,显然要老辣得多。对中外思想文化的广泛接受,如他对曹操和魏晋风度的首肯,对大禹和墨家的拼命实干的赞扬,对斯巴达精神的推荐,对尼采的阅读,则加强了他的思想深度和韧度。当胡适、刘半农等许多新文化运动的干将都写出哀悯人力车夫的诗文时,鲁迅的《一件小事》却展现出人力车夫在卑微的存在中绽放出的人性之光。当同时期的作家们还在倾诉爱情烦恼和鼓吹妇女解放时,《伤逝》却在显示"娜拉出走之后怎样"的深层思考。这都使鲁迅的识见高人一筹。其次,鲁迅的艺术修养非常丰富。鲁迅在北京大学等高校讲授"中国小说史"课程,并且出版了国人所写的第一部《中国小说史略》,又广为涉猎世界文学,翻译过以俄罗斯文学为主的外国小说,具有开放的心态、积极的借鉴:《狂人日记》就是沿用了果戈理的小说名字,尼采也早就说过"人是虫豸";《药》中夏瑜坟头的花环规避着安德烈夫的阴冷等。

鲁迅的小说,语言、思想和情感都是高度凝缩的,具有充分的内在张力,让读者过目不忘,玩味再三。

鲁迅说过,宁可将做小说的材料缩成速写,不可将速写拉长为小说。模特

---

① 鲁迅:《我之节烈观》,见《鲁迅全集》,第1卷,116页,北京,人民文学出版社,1981。

儿是杂取多人的特征而合成一个，内涵自然会丰满充实。鲁迅对传统小说的白描手法体会颇深，他的小说，没有大量篇幅的景物和心理描写，对人物形象的刻画，也常采取简洁而传神的"画眼睛"的笔法。写魏连殳，"只见两眼在黑气里发光"；写悲痛哀伤至极的祥林嫂，"消尽了先前悲哀的神色，仿佛是木刻似的；只有那眼珠间或一轮，还可以表示她是一个活物"①。写《孤独者》中的旁观者，是"死鱼似的眼睛"②，写《铸剑》中的黑衣人，是"两点磷火一般"的眼光，却又和随后出现的狼的眼光相似。《奔月》中的羿开弓射月，气势如虹，眼神凌厉，"他一手拈弓，一手捏着三枝箭，都搭上去，拉了一个满弓，正对着月亮。身子是岩石一般挺立着，眼光直射，闪闪如岩下电，须发开张飘动，像黑色火"③，具有震撼心灵的造型。《离婚》中的爱姑，泼辣凶悍，在大场面和权势人物面前照样口无遮拦，七大人的一个哈欠，却让她打个寒噤，顿时屈服下来："她看见七大人忽然两眼向上一翻，圆脸一仰，细长胡子围着的嘴里同时发出一种高大摇曳的声音来了。"④ 这都是极为俭省的笔墨，寸铁杀人。

内蕴的密集、张力的获得，还在于鲁迅作品的多重性，有论者称之为"对话性"和"多声部"⑤。在鲁迅小说中，往往有两个声音、两种评判标准在相互冲突。《狂人日记》中的文言小引和白话正文，互相否定，莫衷一是。《风波》中农家吃晚饭的景象，危机四伏，远远望去却是一片田园风光："老人男人坐在矮凳上，摇着大芭蕉扇闲谈，孩子飞也似的跑，或者蹲在乌桕树下赌玩石子。女人端出乌黑的蒸干菜和松花黄的米饭，热蓬蓬冒烟。河里驶过文人的酒船，文豪见了，大发诗兴，说：'无思无虑，这真是田家乐呵！'"⑥《阿Q正传》中，有两个声音，开篇之处要为阿Q立传的第一人称叙事者"我"和正文展开之后转出的客观叙事的叙事人，而且经常会出现阿Q自己的心理乃至梦幻的显现；按照"我"所叙述的纪传体例，其要在记言记行，却无法描述心理活动，阿Q的切身利益、外在行为和心灵世界的三重割裂和冲突以及叙事人的轻佻调侃的态度，都为作品增容许多。《故乡》中的"我"，在否定

---

① 鲁迅：《祝福》，见《鲁迅全集》，第2卷，6页，北京，人民文学出版社，1981。
② 鲁迅：《孤独者》，见《鲁迅全集》，第2卷，104页，北京，人民文学出版社，1981。
③ 鲁迅：《奔月》，见《鲁迅全集》，第2卷，367页，北京，人民文学出版社，1981。
④ 鲁迅：《离婚》，见《鲁迅全集》，第2卷，151页，北京，人民文学出版社，1981。
⑤ "对话性"和"多声部"，来自前苏联思想家巴赫金的小说理论。巴赫金：《巴赫金全集第四卷：文本、对话与人文》，见《巴赫金全集第五卷：诗学与访谈》，石家庄，河北教育出版社，1998。
⑥ 鲁迅：《风波》，见《鲁迅全集》，第1卷，467页，北京，人民文学出版社，1981。

闰土和杨二嫂的生存状态时,也在对自我(通常意义上的知识分子启蒙者)进行否定,并没有任何自视甚高的优越感:"然而我又不愿意他们因为要一气,都如我的辛苦展转而生活,也不愿意他们都如闰土的辛苦麻木而生活,也不愿意都如别人的辛苦恣睢而生活。他们应该有新的生活,为我们所未经生活过的。"① 《在酒楼上》中的"我"和吕纬甫,反省两个人的心灵历程,痛切之情溢于言表,飞雪中的景观,却宣示着另一种情怀:"几株老梅竟斗雪开着满树的繁花,仿佛毫不以深冬为意;倒塌的亭子边还有一株山茶树,从晴绿的密叶里显出十几朵红花来,赫赫的在雪中明得如火,愤怒而且傲慢,如蔑视游人的甘心于远行。"② 个中滋味,不应该简单地解释为用生气蓬勃的大自然映照人的平庸没落,而是叙事人"我"的复杂错综的心态之一种的亢奋热烈的外化。

鲁迅的小说,开中国的现代乡土文学之先河。中国的农业文明不仅传统悠久,而且历久弥新,是中国的现代革命和社会改造中的首要命题,农民的状况如何,决定着中国的命运。鲁迅率先把视线转向沉默数千年的农民,为他们写真立传,"哀其不幸,怒其不争",心思浩茫,同情广被。同时,他的小说是深邃精湛的艺术品而不是肤浅直露的宣传品,在于他对人物、对语言的精心选择,也在于他对乡村的地域文化和民情习俗的重笔书写。他有惜墨如金的一面,也有铺排张扬的一面。在鲁迅笔下出现的浙江东部的乡村,依照未庄、赵庄—鲁镇—S城,组成从村落到县城的完整格局,在不同的作品中反复出现,从不同角度进行描绘,村子里的祠堂、镇上的咸亨酒店、县城中的古口亭口以及江南水乡特有的大小河流,跃然纸上。民情风俗,也是鲁迅关注的一个重点。《祝福》开篇之处对年前祭祖祝福习俗的尽情渲染,是为了反衬出祥林嫂的孤独凄凉,也是为后文几次写到祝福的情节做铺垫。"下地狱"、"捐门槛",乃至春天跑出山林猎食的狼,都成为推动故事情节的要素。《孔乙己》中唯一一个穿长衫而站着喝酒的孔乙己,成为鲁镇的一道风景,给"我"和邻近的孩子们带来笑声。《社戏》中经过精心对比,凸显出在空旷的天空下观看戏曲演出的独特魅力。日常的生活情景,农家晚饭时光的嘈杂,"豆腐西施"外号的谐谑有趣,调解民间纷争的轻松若定,精细之处,连阿Q头上的毡帽也是错不得的。鲁迅说过,换掉了头上的毡帽,就不再是阿Q了。

---

① 鲁迅:《故乡》,见《鲁迅全集》,第1卷,485页,北京,人民文学出版社,1981。
② 鲁迅:《在酒楼上》,见《鲁迅全集》,第2卷,25页,北京,人民文学出版社,1981。

在鲁迅的小说中,《故事新编》具有特殊的地位。收入其中的八篇作品,都是改写神话和历史题材的,却又不是那么严格,带有几分鲁迅自称的"油滑"——"对于历史小说,则以为博考文献,言必有据者,纵使有人讥为'教授小说',其实是很难组织之作,至于只取一点因由,随意点染,铺成一篇,倒无需怎样的手腕;况且'如鱼饮水,冷暖自知',用庸俗的话来说,就是'自家有病自家知'罢。"① 鲁迅说,这里的"油滑",源自读报偶感,信笔在女娲两腿间添加了一个以道德家自命的"古衣冠的小丈夫"。但是,无论谈什么话题,鲁迅都是心系当下的,为当下进行抗争,也就是为了将来,因此,和现实捣乱,是其一贯的主张。在《对于〈新潮〉一部分的意见》中,谈到该刊的科学普及的文章,鲁迅说:"《新潮》每本里面有一二篇纯粹科学文,也是好的。但我的意见,以为不要太多;而且最好是无论如何总要对于中国的老病刺他几针,譬如说天文忽然骂阴历,讲生理终于打医生之类……现在偏要发议论,而且讲科学,讲科学而仍发议论,庶几乎他们依然不得安稳,我们也可告无罪于天下了。"② 此其一。少年鲁迅,曾经把长妈妈买给他的记述古代神话传说的《山海经》视做最为心爱的宝书。在北京大学讲授"中国小说史"课程,起首就从神话故事讲起,从各种典籍中萃集一批神话,给予高度评价,但又对这些留存的文字记载抱有质疑态度,对文人将神话净化、美化颇有微词。"故神话不特为宗教之萌芽,美术所由起,且实为文章之渊源。惟神话虽生文章,而诗人则为神话之仇敌,盖当歌颂记叙之际,每不免有所粉饰,失其本来,是以神话虽托诗歌以光大,以存留,然亦因之而改易,而销歇也。如天地开辟之说,在中国所留遗者,已设想较高,而初民之本色不可见,即其例矣。"③ 因此,当鲁迅重写神话和历史题材时,不是没有能力将其处理为演绎古人记载的"教授小说",非不能也,是不为也。他不恪守前人记载而任意挥洒,给"信史"戳几个窟窿,自己也不曾想着再做什么神话和历史的还原,从而取得了创作自由的广度。此其二。

《故事新编》中的《补天》、《理水》、《非攻》,把炼石补天的女娲、治理水患的大禹和不战而屈人之兵的墨子,能够直面灾难,进而以实干态度和奉献精神克服灾难的伟大精神,进行了现代意义上的重建;对那在大的灾难来临之

---

① 鲁迅:《故事新编·序言》,见《鲁迅全集》,第2卷,342页,北京,人民文学出版社,1981。
② 鲁迅:《对于〈新潮〉一部分的意见》,见《鲁迅全集》,第7卷,北京,人民文学出版社,1981。
③ 鲁迅:《中国小说史略·第二篇·神话与传说》,见《鲁迅全集》,第9卷,19页,北京,人民文学出版社,2005。

际，只知逃避远遁，标榜洁身自好而不食周粟的伯夷叔齐，则在《采薇》中予以辛辣的嘲讽。《铸剑》表达了疾恶如仇、反抗权势君主，不惜与之同归于尽的愤怒之情。从对一只不堪其骚扰的老鼠的死生都久为犹豫，到断然斩落自己的头颅交付黑衣人，可见眉间尺为父复仇的殷殷心切；后者为眉间尺和他的父母复仇，一诺千金，言行信果，则大有侠者之风。在相关的传说中，只有三头齐葬的情节，在鲁迅笔下，毫不妥协、除恶务尽的精神，却使三个头颅在金鼎中啮咬厮杀的场面惊心动魄，死犹未尽。《起死》则戏谑了齐生死泯是非的庄子。一向鼓吹曳尾于涂中、自诩为高蹈的庄周，要去干说楚王求升官发财，本来就非常可笑；以怜悯之心，让路边的无名骷髅复活，也让他奉行的齐生死，产生了裂隙；当这位雄辩家在死而复活的汉子面前词拙计穷，与其说这是"秀才遇见兵，有理讲不清"，不如说这无意识地暗喻了鲁迅早年提出的"铁屋子"的悖论："假如一间铁屋子，是绝无窗户而万难破毁的，里面有许多熟睡的人们，不久都要闷死了，然而是从昏睡入死灭，并不感到就死的悲哀。现在你大嚷起来，惊起了较为清醒的几个人，使这不幸的少数者来受无可挽救的临终的苦楚，你倒以为对得起他们么？"①《奔月》描写的是射落九日、也射杀封豕长蛇的羿的故事，不过，故事开始时，羿最辉煌的时期已经过去，他仍然壮心未已，可是世间已经没有值得他一展神力的野兽，连野鸡野兔都被他灭尽了。妻子嫦娥因为每天只能吃乌鸦肉的炸酱面抱怨不休，常来他这里偷师学艺的逢蒙在半路上暗算他，那些受到他的恩惠的百姓也被逢蒙所蛊惑，将他的功绩都记在了逢蒙头上。鉴于鲁迅曾经先后遭遇过学生高长虹和兄弟周作人的反目为仇，许多论者都将《奔月》的主题阐释为负恩背叛。但是，这样的解读把《奔月》简单化了。伟大的射手需要伟大的目标，羿的落寞，何尝没有鲁迅找不到对等的敌手和面对盲目的庸众的悲哀呢？

在这些神话和古人身上发生的故事，之所以和现实不隔，就在于鲁迅将现实中可笑的人和事，信手拈来，涉笔成趣。庄子万般无奈之际，竟然拿出警笛来召唤警察；嫦娥会到邻家打牌，口中还会说出现实中高长虹攻击鲁迅的话来（这是《奔月》与高长虹相关的明证，但是，若因此就断定《奔月》就是为了影射现实而作，也未必可以成立）；《采薇》中的计时方法是烙了多少张大饼的工夫，不无可笑，却也照应了伯夷叔齐终为食物所困的境遇；《铸剑》写得最为庄重，但是，将黑衣人命名为鲁迅曾经使用过的笔名"宴之敖者"，让后妃

---

① 鲁迅：《呐喊·自序》，见《鲁迅全集》，第 1 卷，419 页，北京，人民文学出版社，1981。

和臣子连夜开会,鉴定国王的头颅,也露出鲁迅对现实的针砭之意,也就是"油滑"之所在。

三、郁达夫的抒情小说

创造社初创时期,有两座高峰,即以《女神》闻名的郭沫若和以《沉沦》闻名的郁达夫。他们共同建构了创造社重主观抒情和浪漫主义的特色。

郁达夫(1896—1945),浙江富阳人,1912年考入浙江大学预科,1914年7月入东京第一高等学校预科,与郭沫若、张资平等同学。1919年入东京帝国大学经济学部。1921年6月,与郭沫若、成仿吾、张资平、田汉、郑伯奇等人在东京酝酿成立了新文学团体创造社。同年7月,第一部短篇小说集《沉沦》问世,在当时产生很大影响。此后一直从事文学活动,在小说、游记散文和旧体诗方面,都取得了重要的成绩。1945年抗战胜利之际,被日本宪兵暗杀于印度尼西亚的苏门答腊。

郁达夫的小说,以主观抒情见长,充满了愤懑、忧郁、叛逆和自我倾诉,开创了中国现代文学中的"自我小说",如《沉沦》、《南迁》、《茫茫夜》、《过去》、《茑萝行》、《迟桂花》等。同时,在社会主义思潮的影响下,郁达夫写了《薄奠》、《春风沉醉的晚上》等表现底层劳动者的艰辛生活的作品,不过,仍然是以"我"在场的方式写成的。他也有以客观叙述的方式写成的《她是一个弱女子》、《出奔》等,对时代的动荡和革命的兴衰,都有所关注,不过这类作品毕竟非其所长。郁达夫曾经这样说:"至于我的对于创作的态度,说出来或者人家要笑我,我觉得'文学作品,都是作家的自叙传'这一句话,是千真万真的。客观的态度,客观的描写,无论你客观到怎么样一个地步,若真的纯客观的态度,纯客观的描写是可能的话,那艺术家的才气可以不要,艺术家存在的理由,也就消灭了。"[①] 在现实、心灵与文本之间,郁达夫找到了心灵剖白的文体,并且形成了他此后一系列自叙传式小说的写作路径。在《沉沦》、《南迁》、《茫茫夜》、《茑萝行》等小说中,无论是"他"、"我"、于质夫,都是作家的心灵投影,融入了作家的生平和情感。

---

① 郁达夫:《五六年来创作生活的回顾》,见《郁达夫文集》,第7卷,180页,广州,花城出版社,1982。

《沉沦》是郁达夫的成名作，曾经在问世之初激起轩然大波。小说叙述一个留学日本的中国学生，在忧郁苦闷中的堕落和自戕。"他"热爱自然、热爱诗歌，经常手捧一部诗集在原野上徜徉；他向往爱情，公开宣称知识和名誉都不要，只要真心的异性的爱。但是，心灵的稚拙（看到穿红裙的女学生，同行的日本同学就上前调笑，"他"却怯懦紧张得说不出话来），身体的病弱（"他"自认有忧郁症，又因为手淫过度而自感倍加衰弱），内心的孤独（他无法协调与周围的中国同学和日本同学的关系），兄弟的反目（他与在北京的兄长的决裂），青春期的性苦闷以及弱国子民在日本帝国遭受的冷眼歧视，使"他"情绪低落，日渐颓唐。作品中以前所未有的坦诚和大胆，描写了"他"在欲望冲动下一次又一次地自慰，偷窥房东家的女儿沐浴，直到步入日本的妓院寻欢；但是，每一次的"犯罪"，都激起"他"更为沉重的忏悔，让"他"的忧郁症更为加重，直到以最后的生命发出"祖国呀祖国！我的死是你害我的！""你快富起来！强起来罢！"的呼吁，蹈海自杀。这样的作品，被守旧者视为"诲淫"、"放荡"，却得到了青年一代的热读和追随。在《沉沦》问世十余年后，苏雪林对其仍然充满不屑，她称郁达夫小说是"蒙着新文艺外衣的肉麻猥亵的小说"，贬斥其为"色情狂"、"颓废"①。创造社同人郑伯奇也把郁达夫的部分小说称为"狭邪小说"②。郭沫若则说，郁达夫的笔"他那大胆的自我暴露，对于深藏在千万年的背甲里面士大夫的虚伪，完全是一种暴风雨式的闪击，把一些假道学假才子们震惊得至于狂怒了。为什么？就因为有这样露骨的真率，使他们感受着作假的困难"③。以上三人都是时隔十年或更久之后的追述。五四时期新文学的重要人物周作人，在当时就严词反驳了道学家们所谓《沉沦》"不道德"的谬论，《沉沦》"虽然有猥亵的分子而并无不道德的性质"，"是一件艺术的作品"，虽然少儿不宜，但是，"在已经受过人生的密戒，有他的光与影的性的生活的人，自能从这些书里得到稀有的力"。④

　　《狂人日记》中的狂人"我"和《沉沦》中的"他"，是中国现代小说中

---

① 苏雪林：《郁达夫及其作品》，载《箭与靶——文坛名家笔战文编》，565页，上海，上海文化出版社，2001。
② 郑伯奇：《中国新文学大系·小说三集·导言》，影印版，14页，上海，上海文艺出版社，2003。
③ 郭沫若：《论郁达夫》，见《沫若文集》，第12卷，547页，北京，人民文学出版社，1958。
④ 周作人于1922年3月26日在《晨报副刊》发表了《〈沉沦〉》一文。以上引文即出自此文。此文一出，结果如郁达夫的《〈鸡肋集〉题辞》中所说的那样，"一般骂我诲淫，骂我造做的文坛壮士，才稍稍收敛了他们痛骂的雄词"。

出现最早的两个具有强烈个性的人物形象。在通常的理解中，他们都被赋予特定的、历史的、民族的意义，前者倾诉的是对数千年之吃人民族与吃人自我的冷峻思考以及"救救孩子"的热切呼唤，并且由此追问狂人最后的"回归"之蕴涵何在。后者则是以弱国子民的心态，迫不及待地以最后的生命发出"祖国呀祖国！我的死是你害我的！""你快富起来！强起来罢！"的呼吁。两者的不同在于，鲁迅的目光，是在自我与社会的关联上，是时代的先行者如何唤起那些沉睡的国人，是在理性的层面上进行灵魂的拷问；郁达夫的自我，则是向自己的内心深处，向最隐秘的性心理和性生理，进行深入的发掘，爆发出"赤裸裸的自我"，美丑杂陈，正误皆现。这样的描写，在当时可谓惊世骇俗，大大增强了新文学的冲击力。郁达夫的自我，还有一个重要的层面，就是对士大夫文化的自觉不自觉的传承以及由此显露出来的新旧杂陈，亦新亦旧。在日本读书的他，对国内文化界新旧两派的冲突感受不深，也没有明确的新旧意识之分，当鲁迅、胡适、周作人、李大钊等人都尽力规避文言旧体诗的创作，努力从事并不成熟的现代白话诗写作时，郁达夫却一边与日本的汉诗作者交流唱酬，一边把大量的旧体诗（包括自创的和引用的）融入自己的小说。更为重要的是，他在生活中和创作中表现出来的醇酒美人的态度，是中国古代的失意文人借以排遣愤懑的常见方式，却与新文化所倡导的妇女解放背道而驰。

　　沿着《沉沦》的线路，郁达夫几乎是与现实同步地进行自己的创作的。他在日本时期写的《沉沦》，归国后写的《血泪》、《迷羊》等，都是与他的生活踪迹同步的，把对当下生活的感伤和哀怨尽情地倾诉一空，血泪交加甚至言过其实，极尽渲染夸张之能事。《秋河》、《茫茫夜》、《秋柳》和《她是一个弱女子》等，更是在《沉沦》中所描写的"偷窥"、"手淫"、"宿娼"等"大逆不道"的行为之外，又加入了同性恋、虐恋和乱伦的因素，似乎走得更远，也更难加以把握。即如《茫茫夜》及其续篇《秋柳》而言，作品的主人公于质夫，就可以说是集各种狭邪意味于一身的不肖子弟，当然，这位不肖子弟之所以能够被人们所接受和谅解，就像郁达夫的诸多作品中的人物一样，他总是以追忆和忏悔的心情叙述故事，并且经常进行自我批判。因此，阅读这些作品，经常可以体会到作家那种饮鸩止渴、无力自拔的烦恼，以至郁达夫经常会让他的无法走出这种恶性循环的陷阱的主人公一次一次地生病和濒临死亡——请注意，在这里，疾病既造成了人们贪恋肉欲享乐的一种理由，因病而亡也阻断了其放纵无度而无法中止的颓唐行为，以大自然之手对这位灵与肉的沉沦者进行必要的惩戒。作品中随处可见的自我忏悔和深愁惨痛，使主人公始终生活在哀伤悔恨的情调中，避免了直接渲染、张扬色情和性描写的拙劣不堪。

由此顺延，疾病就成为郁达夫进行内心审视和自我发现的一个重要契机，也获得了自伤自叹的权利。郁达夫自述说："《沉沦》是描写着一个病的青年的心理，也可以说是青年忧郁病（hypochondria）的解剖，里边也带叙着现代人的苦闷，——便是性的要求与灵肉的冲突——但是我的描写是失败了……也有几处说及日本的国家主义对于我们中国留学生的压迫的地方，但是怕被人看作了宣传的小说，所以描写的时候，不敢用力，不过烘云托月的点缀了几笔。"① 对病态心理的描写，拓展了心灵探索的疆界，也成为郁达夫小说的重要特征。

《春风沉醉的晚上》和《薄奠》，是郁达夫表达社会关怀的重要作品。前者写一个在卷烟厂劳动的青年女性与失业落魄的文人"我"因为邻居关系的相识、相知和相惜，后者以"我"的眼光见证了一个卑微的人力车夫的生和死。这样的题材，在五四时期的小说中常见，不过，郁达夫写来呢，正如郑伯奇所言："富于社会问题的短篇，他也写过，可是作者依然是其中的主要人物，而且，写作态度也是很主观的，非常富于伤感的情调。"② 以此可以把郁达夫的这些作品与叶绍钧、王鲁彦等作家的客观写实小说区分开来。

郁达夫的小说，开创了现代小说中的"零余者"形象系列（在《零余者》的散文中，郁达夫自称其对国家、对社会、对家庭都一无所用，是"零余者"，此概念由此而得名）。"零余者"的形象，有两个文学来源：一方面，受到了俄罗斯文学中"多余的人"形象系列③的影响，表现觉醒的青年知识分子面对社会黑暗的弊端找不到改造现实出路的痛苦；另一方面，受到日本私小说④的影响，注重探索人物隐秘的性心理，也不回避性行为的描写。两者的结合，加上郁达夫的个性所系，这类彷徨于无地、屡屡向青楼买春的新旧交杂的青年知识者，就成为一种新的本土化了的文学人物。

---

① 郁达夫：《沉沦·自序》，见《郁达夫文集》，第7卷，149页，广州，花城出版社，1982。
② 郑伯奇：《中国新文学大系·小说三集·导言》，影印版，14页，上海，上海文艺出版社，2003。
③ 俄罗斯文学中的"多余的人"的形象系列，从普希金《欧根·奥涅金》、莱蒙托夫《当代英雄》、屠格涅夫《罗亭》，到冈察洛夫《奥波罗莫夫》。
④ 日本私小说，以田山花袋《棉被》、志贺直哉《暗夜行路》等为代表。

在小说体式上，郁达夫创立了中国的自白体小说。它以一个自我写照的人物为中心，自由挥洒，信笔铺排，倾诉其内心的忧伤，勾画其情志的颓靡，点染其行为的偏畸，渲染其无边的愁绪，也暴露自己的欲望和狭邪的行为。其长处在于把自白体小说迅速推向成熟；其不足在于过分依凭作家的才情而缺少必要的节制，容易散漫不羁。

在创造社，还有与郁达夫相近，受到日本私小说的影响，基于现代心理学和弗洛伊德学说，长于心理描写包括畸形的性心理描写的张资平、滕固、叶灵凤等青年作家。

张资平（1893—1959），广东梅县人，创造社创始人之一。早期的小说，多从日本留学时期接触的年轻女性的心理写起，在当时的男作家中可谓特例。《她怅望着祖国的天野》写具有中国血统的姑娘秋儿，在日本陷入生存困境，渴望回到父亲的国度。《木马》以同情的笔触写日本底层妇女的生活状况和心底的悲哀。早期代表作《梅岭之春》，得益于岛崎藤村的《新生》，写一个乡村的童养媳保瑛，到亲戚吉叔父的家中帮助料理家务，也向当教师的吉叔父学习文化。缘于对没有文化的未婚夫的嫌弃和欲望的激发，遂与吉叔父发生性爱，因此怀孕生子，导致了两人的命运的逆转。此种"乱伦"心理及命运惩罚，从保瑛的感受写起，别有情致。张资平后来创作了《苔莉》、《上帝的儿女们》等数量甚丰的恋爱小说，虽然被鲁迅讥讽为以写"△"为务，却赢得了大批的市民读者。兼擅文学与美术的滕固（1901—1941），有描写男性的单恋心理的《壁画》等，后以美术研究著称。被称做创造社的"小伙计"的叶灵凤（1905—1975），则以《女娲氏之遗孽》、《鸠绿媚》等心理分析小说引人注目。20世纪30年代前期的叶灵凤，和张资平一样，创作了《时代姑娘》、《永久的女性》等一批现代言情小说，将新文学与商业化结合在一起，成为海派文学的重要作家。

四、争奇斗彩的小说家群

五四小说创作，有几个重要的小说家群：《新潮》小说家群、文学研究会小说家群、创造社小说家群和乡土文学作家群。

《新潮》小说家群是较早从事小说创作的一个作家群体。1919年初，北京大学傅斯年、罗家伦等学生创立了新潮社，并于第二年创办《新潮》杂志。新潮社的宗旨在于提倡新文化，鼓吹文学革命，刊登了大量的新文学作品，主要作者有叶绍钧、杨振声、汪敬熙、罗家伦、俞平伯、欧阳予倩等人。《新潮》第 1 期第 1 卷于 1919 年 1 月出版，没过多久即被销售一空，"再版三次，销售到一万三千多册，其后销售量也常在一万五千册左右"①。由此可见，《新潮》杂志虽然有其稚嫩不足之处，但是具有很大的读者群，这对新文化运动的发展起着巨大的推动作用。

叶绍钧（1894—1988），字圣陶，江苏苏州人。1907 年入苏州公立第一中学堂，1911 年毕业后任小学教师 10 年。1914 年开始发表了 10 余篇文言小说，1919 年加入新潮社，在《新潮》上发表白话小说《这也是一个人？》（后改名为《一生》），此篇和罗家伦的《是爱情还是苦痛？》等成为揭露社会问题的"问题小说"代表作，引起文坛注目。1921 年参与发起成立文学研究会。在 20 世纪 20 年代陆续出版了《隔膜》、《火灾》、《线下》、《城中》、《未厌集》等短篇小说集以及长篇小说《倪焕之》。早期小说大多描写知识分子和小市民的灰色生活，代表作品有《潘先生在难中》等；后转向摄取与时代斗争有关的重大题材，如《夜》、《倪焕之》等，较为深刻地反映了第一次国内革命战争前后的社会现实。

叶绍钧的小说呈现出朴实冷峻的艺术格调。《隔膜》截取了三个场景，分别是"相逢"、"饮宴"、"闲聚"。作者从纷繁复杂的社会网系中提取出三种最基本的社会关系：一是注定的血缘关系，二是生活中的熟识关系，三是毫无瓜葛的陌路关系。无论是相逢、饮宴还是闲聚，人们都互不了解、互不关心、互不在乎、互无意义。这种近在咫尺却又远隔天涯的隔膜是令人恐惧又无法摆脱的一种无奈境遇。《潘先生在难中》则是"反映着小市民知识分子灰色生活"②的杰作。为了应对即将到来的战争，潘先生装扮出慈善家的面孔，到红十字会的办事处去，又"缴纳会费"，又宣称愿意把学校"作为妇女收容所"，其实他的目的是为了弄个护身符以保住自家财产和妻儿的安全。他向办事处的职员多讨了一面旗子和几个徽章。然而，人们发现"学校的侧门上并没有旗，原来移到潘先生家的大门上去了"，多讨的红十字徽章，一个是给妻子的，另外两个是给儿子的。战争结束以后，潘先生参加了欢迎打了胜仗的杜统帅的活动，为军阀写歌功颂德的标语。在他写这些东西的时候，脑海里浮现出军阀部队残杀人民、强拉民夫、焚烧房屋、强奸妇女等罪

---

① 焦润明：《傅斯年传》，50 页，北京，人民出版社，2002。
② 茅盾：《中国新文学大系·小说一集·导言》，见《茅盾全集》，第 20 卷，479 页，北京，人民文学出版社，1990。

行。这说明他内心是明白的,他知道军阀的恶劣罪行,但是他没有表现出半点正义感,只是甘心情愿为其写对联"功高岳牧"、"威震东南"。作家不动声色地进行"纯客观"的描写,嘲讽之情溢于言表。《倪焕之》写于1928年,是叶绍钧唯一的一部长篇小说。主人公倪焕之中学毕业后到乡村高等小学任教。他满怀"教育救国"的理想,希望通过教育拯救社会。经过辛亥革命、五四运动、五卅运动、上海工人第三次武装起义等一系列重大历史事件后,他的思想发生了很大的变化,从潜心于教育改革到最后在革命者王乐山的影响下投身社会革命的洪流,但"四一二"反革命政变,使他陷入悲观失望之中,对前途失去了信心,在苦闷、彷徨、软弱、动摇中走完了自己的人生道路。作品反映了在动荡的年代里一大批小知识分子的经历和心境,塑造了倪焕之、金佩璋、蒋冰如、王乐山、金树伯等不同性格的知识分子的形象,比较典型地写出了一部分知识分子从辛亥革命到1927年大革命失败这时期的追求和幻灭,反映了中国要求革命的小资产阶级知识分子所走过的曲折艰难的道路。

杨振声(1890—1956),字今甫,亦作金甫,笔名希声,山东蓬莱水城村人。1915年考入北京大学国文系,曾任《新潮》杂志编辑部主任。从1919年开始,他连续在《新潮》上发表短篇小说《一个兵的家》、《渔家》、《贞女》、《磨面的老王》和中篇《玉君》等,直接反映各种社会现实问题,其突出特色是"极要描写民间疾苦的"[①],对下层劳动人民的悲惨命运表现了强烈的人道主义同情,愤怒地控诉了黑暗社会的罪恶。《一个兵的家》写的是一个士兵在战场上被打死后撇下一家老小,他们无依无靠,只能沿街乞讨为生。《渔家》写的是一个名叫王茂的渔民的艰难生活,为了生活,他们在死亡线上挣扎,但是仍然免不了要受"水上警察"的敲诈勒索。《贞女》写一个名叫阿娇的姑娘,订亲几个月未婚夫就死了,但是她的父母坚持将她嫁给木头牌位做妻子,她无法忍受那种枯井死水般的生活,终于悬梁自尽。1924年创作的《玉君》是其代表作,写少女周玉君复杂困扰的爱情故事,提出了女性人格独立和知识分子参与社会改造等亟待解决的问题。"三一八"惨案后,创作了小说《阿兰之死》,揭露了北洋政府的残暴与血腥;1928年5月3日"济南惨案"后,创作《济南城上》,歌颂了不畏强暴的热血青年。20世纪30年代创作的《抢

[①] 鲁迅:《中国新文学大系·小说二集·导言》,见《中国新文学大系·小说二集》,影印版,2页,上海,上海文艺出版社,2003。

亲》、《报复》、《抛锚》等以渔村贫民生活为题材，展现了地方风俗。《报复》写得尤其出色，主题新颖独特，人物性格鲜明生动。

俞平伯（1900—1990），原名俞铭衡，字平伯，浙江德清东郊南埭村（今城关镇金星村）人。清代朴学大师俞樾曾孙。早年参加五四新文化运动，为新潮社、文学研究会、语丝社成员。1919年毕业于北京大学。俞平伯是初期重要的白话诗人，后来主要以散文创作著名。他在《新潮》上发表了小说《花匠》、《狗和褒章》、《炉景》等。

《花匠》描写一个花匠为了赢利将所栽培的花卉硬加裁剪和束缚的情景。作者批判了花匠对天真自然美的摧残，"以为人们应该屏绝矫揉造作，任其自然"[1]，追求一种解放个性、反对矫揉造作的社会观和艺术观。《狗和褒章》刻画了一位深受封建道德毒害的妇女形象，她从20多岁时就自愿"望门守贞"，"见了男人就是亲戚也要躲得远远的"。然而，孤单的生活毕竟不是一个正常人能够忍受的，她只能养一只哈巴狗聊以自慰。她一向心高气傲，最终得到的只不过是一枚表彰节烈的褒章——"黄间白的丝绶，辉煌雪白镂花的一块东西"，她的一生，却是可悲可叹的。

《新潮》的小说作家，都具有大致相同的创作倾向。如从各种不同的角度触及当时严重的社会民生问题；在民主主义、人文主义思潮广为传播的背景下，表现文学与现实的密切联系；把小说作为改良社会、改良人生的工具等。但同时，《新潮》上的很多小说作品都存在着选材不严、主题开掘不深、结构上平铺直叙、表现上一泄无余等不足。

文学研究会于1921年成立，是新文学史上成立最早、存在时间最长、成员数量最多、地域分布最广的文学社团。由周作人起草的《文学研究会宣言》说："将文艺当作高兴时的游戏，或失意时的消遣的时候，现在已经过去了。我们相信文学是一种工作，而且又是于人生很切要的一种工作。"[2] 它的批评对象是当时的鸳鸯蝴蝶派小说，它强调的是文学要"为人生"，要有益于世道人心。其重要的小说家，除由新潮社而来的叶绍钧和俞平伯外，还有冰心、庐隐等女作家，有王统照、许地山（落华生）、许杰等。

王统照（1897—1957），字剑三，山东诸城人。1918年考入中国大学英国

---

[1] 鲁迅：《中国新文学大系·小说二集·导言》，见《中国新文学大系·小说二集》，影印版，2页，上海，上海文艺出版社，2003。
[2] 周作人：《文学研究会宣言》，载《小说月报》，第12卷第1号，1921。

文学系，同年在《妇女杂志》上发表第一篇白话短篇小说《纪念》。1919年五四运动时，参加了火烧赵家楼的示威活动。1921年1月参加发起成立文学研究会，创作甚丰，有诗歌、小说、散文等，编为《王统照全集》。王统照初期的小说《一叶》、《沉思》、《微笑》等，祈望用"爱与美"感化嘈杂混乱的人世。"爱与美"，在冰心那里表现为纯洁童心对成人世界的感染，在王统照这里，则是由纯美的女性担当。弱小的孩子，在他的《雪后》、《湖畔儿语》中，都是残暴黑暗的成人世界的受害者。《一叶》中的李天根，一个悲观主义者，在经历过现实的艰辛之后感叹说："一个人的生活，譬如一个树叶子，尤可譬如一个松树的叶子。在严冷的冬日，受了环境的风和雪，便黄枯些，到了春风吹来的时候，便发青而长大起来。人生的痛苦与'爱'是这样的循环。"《微笑》中的窃贼阿根，在监狱里得到一个年轻女囚的美丽的一笑，干涸的心灵被唤醒，遂改过自新。《沉思》中的青年女性琼逸，做美术模特儿，参加舞台剧演出，都是为了实现献身艺术之梦，寄托了作家的美的理想；但是，无论是她的做记者的男朋友，还是自命高雅的画家以及对她无理纠缠的老官吏，都玷污了她的纯洁和美。

许地山（1893—1941），名赞堃，字地山，笔名落华生，文学研究会发起人之一。祖籍广东揭阳，出生于台湾台南，1917年考入燕京大学文学院，1920年毕业留校任教。1922年往美国入纽约哥伦比亚大学研究院哲学系，研究宗教史和宗教比较学，获文学硕士学位。后转入英国牛津大学曼斯菲尔学院研究宗教学、印度哲学、梵文、人类学、民俗学等。1927年回国在燕京大学文学院和宗教学院任副教授、教授，同时致力于文学创作。著有散文集《空山灵雨》，短篇小说集《缀网劳蛛》、《春桃》等。

许地山的小说，带有浓郁的异域色彩，以缅甸、印度和南洋为背景的《命命鸟》、《缀网劳蛛》、《商人妇》、《醍醐天女》等，都是描写亚洲各国民众和华人华侨的情感故事的，且融入奇特的各国风光和民情风俗，为新文学添加了一道凄艳的风景；作品所表现出来的宗教和哲学色彩，亦色泽斑斓。《商人妇》的女主人公惜官，远到新加坡寻找丈夫荫哥，却被另立家庭的荫哥卖给一个印度人，并且被带到印度。生活虽然艰难，却也熟悉了印度人的家庭生活，先后接触了伊斯兰教和基督教，还在基督教会的帮助下上了六七年学。她自称最喜欢读《天国路程》、《鲁宾逊漂流记》，可见其天分之高、学识之广。从她口中，竟然还能谈出古希腊的哲学命题"飞矢不动"。这里或许有人为拔高的因素，但作家对女性生存方式的希望寄托，是和现实中妇女的卑微地位形成鲜明对照的。《缀网劳蛛》中的尚洁，同样是进过学堂和教堂的南洋客，她对待生活恬淡无求，对外来压迫持不抵抗主义，受到丈夫的误解和遗弃，遭到教会的惩处，既不申诉，也不反抗，仍然以慈悲为怀，在海边居住，还教那些下海采珍珠的工人们学习英语和经文。尚洁把自己的人生比做缀网的蜘蛛："我像蜘蛛，命运就是我的网。蜘蛛把一切有毒无毒的昆虫吃入肚里，回头把网组织起来。他第一次放出来的游丝，不晓得要被风吹到多么远；可是等到粘着别的东西的时候，它的网就成了。"如此脆弱的蛛网，经不住风吹雨打，蜘蛛却破而复织，劳作不已。逆来顺受、接受宿命，却又能够总结提升出人生的哲学，皆因为她们接受的文化教育所致。这在五四时代呼吁妇女解放的大潮中，显得非常别致。写于20世纪30年代的《春桃》，故事回到北京，写实的成分加强了很多，歌颂美丽善良而且有担当、有作为的年轻女性的习性延续了下来。

许杰、彭家煌和王鲁彦都是文学研究会成员，不过，通常也会把他们放到乡土小说家群中加以考察。乡土小说，最初得名于鲁迅：凡远离故乡而在北京用笔写出他的胸臆来的人们，无论他自称为用主观或客观，其实往往是乡土文学，隐现着乡愁。① 被鲁迅列入其中的，还有塞先艾、台静农、许钦文、黎锦明等。

许杰（1901—1993），浙江天台人。青年时就读于浙江省立第六、第五师范学校。1924年开始发表小说并加入文学研究会。1926年出版代表作短篇集《惨雾》。他的作品，以表现家乡的乡土风情见长。在他的笔下，许多场景，都是通过一个不谙世事的十五六岁的乡村少女的眼中见出，限制叙事的方式，把许多事情都处理在耳闻而非目睹之中，营造一种想象的氛围，别有情致。《惨雾》写两个村庄玉湖和环溪，为了争夺河水淤出的土地，发生大规模械斗，血腥、恐怖，愈演愈烈；偏偏有个少妇香桂姐，与家在环溪的新婚丈夫小别，回到娘家玉湖村，她的两个尚未成人的弟弟，蛮勇地冲上械斗的前列，她的弟弟多理和丈夫就在玉湖村头惨死在她的面前，在村人的压力下，她连为丈夫痛哭一场都不敢，情何以堪？这一切，从少女秋英的视角写来，更多了一层客观和好奇，多了一层叙事的魅力。《台下的喜剧》和《赌徒吉顺》，都是发生在一个叫枫溪的村落。前者写一个乡村少女与剧团演小生的演员私奔引发的

---

① 鲁迅：《中国新文学大系·小说二集·导言》，见《中国新文学大系·小说二集》，影印版，9页，上海，上海文艺出版社，2003。

风波，台下的喜剧比台上热闹得多。后者写赌徒吉顺，愚钝又不失良知，在狂赌一场后负债累累，只得把妻子典与他人以还债，全篇从吉顺的心理活动写起，狂想与幻灭、负疚与自责，万端心思涌起，幻觉与现实交错，朦胧中似醉似醒。

　　许杰的小说，以对乡村农民的心理描写见长，彭家煌则擅长于营造蒙昧的喜剧。彭家煌（1898—1933），出生在湖南湘阴。1919年在湖南省立第一师范毕业后，先后在北京和上海任教任职。他的《怂恿》，也是描写乡村中两种力量的争斗的，不过，隐身于幕后的，是当地两个权势人物：裕丰肉店的老板冯郁益以及他的二哥雪河，"在省里教过多年洋学堂的书，县里是跑茅厕一样，见官从来不下跪的"；与他们素有前嫌的以蛮勇著称的牛七，怂恿愚昧贪婪的政屏，借一口猪的买卖无事生非，想狠狠地报复冯家兄弟。可怜受到怂恿的政屏，弄巧成拙，让妻子装死以讹诈，反而自取其辱，出乖露丑。《活鬼》也是一出愚昧的乡村喜剧，小学生荷生家中一向闹鬼，少不更事的他却不知道这是"不守妇道"的祖母、母亲、姐姐们所为——她们的行为，又是祖父默许的，因为家中子嗣匮乏；如今请来好朋友邹咸亲为他驱鬼，却成就了后者与荷生媳妇的好事。《茶杯里的风波》写上海都市知识男女日常生活的一景，同样采取喜剧方式，表现出作家处理知识分子题材的才能。

　　和彭家煌一样富有喜剧创作才华的王鲁彦（1901—1944），原名王衡，浙江镇海人。20年代初曾在北京大学旁听鲁迅的"中国小说史"课程。代表作有短篇小说《柚子》、《黄金》等，30年代写有表现乡村之反抗斗争的长篇小说《野火》（《愤怒的乡村》）。《黄金》和《许是不至于吧》描写作家的故乡浙江沿海，在现代资本主义风潮的侵蚀下，乡村社会秩序正在瓦解，赤裸裸的物质利益的争夺，威胁着人们的生存。在家族中有地位、受尊重的如史伯伯，突然陷入困境，被流言困扰，出席他人的婚礼遭受别人的当面嘲弄，女儿在学校受到势利眼老师的打骂，皆因为本月他在外工作的儿子没有及时寄钱回家（《黄金》）。反之，有二十万家产和多家店面的王阿虞老财，正在踌躇满志地铺排给三儿子娶亲，不料乐极生悲，整日里忧心忡忡："上海还正在开战。从衢州退到宁波的军队说是要独立。不管他谁胜谁输，都是不得了的事！败兵，土匪，加上乡间的流氓！无论他文来武来，架我、架妻子、架儿子或媳妇，这二十万的家产总要弄很一秃精光的了！咳咳！……命，而且性命有没有还难预料！如果他捉住我，要一万就给他一万，要十万就给他十万，他肯放我倒也还好，只怕那种人杀人惯了没有良心，拿到钱就是砰的一枪怎么办？"（《许是不至于吧》)《柚子》写到湖南长沙的砍头场景:"仿佛记得许多书上,说从前杀头须等圣旨,现在县知事要杀人就杀人,大概是根据自由论罢。这真是革命以后的进步!"观看杀头的人们同样是麻木不仁的,"我"和朋友强压着心中的悲哀,于刑场归来的路上买一个柚子,忽然联想到它相似于被砍的人头,寒冰样的感觉顿时溢于纸面。

台静农(1903—1990),字伯简,安徽霍丘人。他是鲁迅倡立的"未名社"成员,短篇小说集《地之子》、《建塔者》都被列入"未名"丛书出版。台静农写乡村,经常是把四时节令、民情风俗和悲欢故事对接,形成鲜明的比照。《蚯蚓们》中像蚯蚓一样卑微地活着的李小,适逢八月,"他看今年八月十二的月光,特别明亮,好像十五六似的。但是今年中秋节,却是冷清清的;要是年头好,大家都忙着结账送礼。他想到去年的这时候,他正忙着碾谷子,那时碾了两斗米,往镇上卖了,买了些牛肉猪肉,月饼,还给小孩缝了一件夹衣。大家都痛快地过着中秋节。小孩刚会学话,老是'月姥姥'地唱着",今年却因为遭遇十几年未曾有的灾荒,被迫要卖掉妻子。《红灯》中得银因铤而走险当抢劫犯被处决,其母亲在农历的七月梦见惨死的儿子,遂有为儿子送衣服和放河灯的举动。《烛焰》是晚春时人们往自家门前挂灯,还有好事的妇女在等着观看,"这些人好像上元节看春灯似的,然而大家的心情却不是那样的愉快"。原来,这里挂着的是表示哀悼的门灯:为了吴少爷的病能够有起色,原先已经有婚约的美丽的少女被匆匆娶过来"冲喜",不料吴少爷没过几天就亡故了,那个美丽少女也做了"冲喜"之陋习的牺牲品。

同样着力于乡土文学,却走着诗意化道路的废名(原名冯文炳,以"废名"行于世),是"浅草社"成员。废名(1901—1967),生长在中国的禅宗文化重镇的湖北黄梅,1922年考入北京大学预科英文班,开始发表诗和小说。他的小说,描写黄梅县城郊水边人家的故事,常用儿童的目光捕捉若干动人情景,对现实的苦痛有着超越的意趣,往往有一种淡淡的禅味。《初恋》、《竹林的故事》都是混沌未凿的少年,对同龄少女的美好记忆,难得的是那样纯净、平淡、隽永。《桃园》中患病的小女孩阿毛,沉浸在遐想中,"阿毛用了她的小手摸过这许多的树,不,这一棵一棵的树是阿毛一手抱大的!——是爸爸拿水浇得这么大吗?她记起城外山上满山的坟,她的妈妈也有一个,——妈妈的坟就在这园里不好吗?爸爸为什么同妈妈打架呢?有一回一箩桃子都踢翻了,阿毛一个一个的朝箩里拣!天狗真个把日头吃了怎么办呢……"与其说这是因为年幼无知,对亡母的追忆才这样飘忽,马上就把思绪转向"天狗吃月亮"

的担忧，不如说作家刻意要淡化生活的伤痛记忆。像表现底层妇女不幸命运的《浣衣母》，众口铄金，流言杀人，本来是可以写得非常凄楚压抑的，作家写来，波澜不惊，只在一头一尾带出来，点到为止。小说的大部分篇幅，都是描写水边人家浣衣妇李妈的日常生活的：虽然丈夫早逝，但是口碑甚好，得到众多富家太太在生意上的关照；女儿是个驼背，她也没有特别的担忧，照例给女儿缠小脚；浣衣本来是沉重的劳动，但是在那些偶尔为之的小姐们做起来，成为一桩快乐的游戏；卖柴的乡人、守城的士兵，也都喜欢在李妈门前的树荫下歇脚，接受她的免费茶水并且回报李妈的关爱。这就和李妈遭到诽谤后的冷落凄凉形成鲜明对照，但作家仍然是淡淡地一路写去，不动声色。

许钦文、王鲁彦、台静农等受到鲁迅的乡土小说的影响，关注现实，带有很强烈的批判色彩。废名受到消极出世的周作人的影响，玩味闲情逸致，陶然山水之间，在艺术上则向往唐诗的意境、绝句式的文字。他后来的小说《桥》等，成为京派小说的代表作，也给沈从文及汪曾祺等后进作家提供了创作的范例。

学习提示与建议

1. 了解五四小说的基本状况，比较各作家群以及乡土文学作家群内部各自的异同。

2. 学习鲁迅小说，应该在普遍阅读的基础上进行。可以参照毛泽东、瞿秋白、茅盾、郁达夫等人对鲁迅的论述，概括出自己的理解。进一步地，可以比较《呐喊》、《彷徨》的区别，辨析其知识分子形象和农民形象塑造的不同方式；可以自己绘制出和写出鲁迅乡土文学的地形图和风俗史。

3. 如何理解鲁迅改造国民性的思想？如何理解鲁迅的艺术创新？

4. 体会郁达夫小说的人物特征和表现方式。如何从今天的视角评价郁达夫？

专题二 五四新诗

学习要求

1. 了解胡适的《尝试集》及初期白话诗创作概况,冰心小诗和文学研究会诗人的创作特点,湖畔诗人的创作特点,冯至诗歌的创作特点。

2. 掌握郭沫若诗歌的创作特点,郭沫若诗歌出现的意义,徐志摩、闻一多和新月诗派的创作特点,李金发和早期象征诗派的创作特点,五四新诗的发展与变化。

中国素有"诗歌大国"之称,从《诗经》、《楚辞》到唐诗、宋词、元曲,古典诗歌的辉煌令人神往。但它发展到近代,渐趋僵化,失去生命力。鸦片战争后,列强野蛮侵入,封建王朝腐败衰亡,民族生存危机日彰,古典诗歌在巨变的时代面前,显得空前地苍白无力。19世纪末,为了配合正在兴起的维新运动,黄遵宪、梁启超、谭嗣同、夏僧佑等受到西方文化影响的先进分子倡导"诗界革命",大胆提出"熔铸新思想以入旧风格"(梁启超),"我手写我口,古岂能拘牵"(黄遵宪《杂感》)。黄遵宪的诗作就表现出人文主义的新精神和面向世界的新视野。但他们的努力只是在传统旧诗词的体式框架中转圈子,无法打破古典诗歌的基本规范。因此,"诗界革命"的终点构成了新诗发生的起点。

一、胡适及新诗的拓荒者

五四前夕,在西方文化的挑战和民族危机的双重压力下,新文化运动的先驱者们深切感到中国与西方文明的巨大落差,产生了吸纳新潮以革新民族精神与民族文学的强烈愿望,并寻找到突破口。1917年,胡适和陈独秀先后在《新青年》上发表了《文学改良刍议》和《文学革命论》,以文学精神内涵与体式形态统一的眼光,率先发出推倒僵死的旧文学而别创"活的文学"的号召,一场在中国文学史上未有先例的全面革新运动终于来临。新诗，正是这文学革新运动的前锋。诗界第一位发难者就是被称为"中国新诗的第一人"的胡适。1917年2月，《新青年》第2卷第6号上发表了胡适的八首白话诗，这被视为新诗的起点。1918年1月，《新青年》刊登胡适、刘半农、沈尹默的九首白话诗，随后，"白话诗的实验室里的实验家渐渐多起来了"[①]，李大钊、陈独秀、鲁迅、周作人等人也相继发表新诗响应支持，气象蔚然。据统计，五四时期，白话新诗的创作略早于现代小说，数量、规模较现代小说更多、更大。发表和传播新诗的刊物也逐渐增多，如《新青年》、《新潮》、《每周评论》、《少年中国》、《星期评论》、《时事新报·学灯》、《民国日报·觉悟》等。

白话诗是新诗的前驱，新诗是白话诗的发展与诗歌体式的定型，从白话诗到新诗的演变，由郭沫若完成。1919年9月，郭沫若登上诗坛，1921年，他的诗集《女神》出版，宣告新诗的最终形成。从此，新诗站稳脚跟，诗歌创作异彩纷呈：自由体诗与新格律体诗，现实主义、浪漫主义、象征主义，相辅相成，多元共生，构成现代新诗的第一个丰收期。

胡适（1891—1962），安徽绩溪人，生于上海，原名嗣穈，学名洪骍，字适之，1910年参加"庚子赔款"留美考试时更名为胡适。胡适5岁开蒙，在绩溪的私塾接受旧式教育。1904年到上海进梅溪学堂，1905年入澄衷学堂，在新式学校读书，接触到西方的思想文化，也受到梁启超、严复思想的较大影响，并开始在《竞业旬报》上发表白话文章。1906年考入中国公学，1910年赴美后入康奈尔大学农学院，1912年春改入文学院。1914年2月获得学士学位。1915年9月进哥伦比亚大学研究院，师从实用主义哲学家杜威。1917年完成博士学位论文《古代中国逻辑方法之进化》，1917年秋回国，在北京大学任教，加入《新青年》编辑部。胡适反对封建主义，宣传个性自由、民主和科学，积极提倡"文学改良"和白话文学，成为当时新文化运动的重要人物。1948年去美国，1962年2月在台湾病逝。

胡适于1917年1月在《新青年》上发表《文学改良刍议》。这是倡导文学革命和新诗理论建设的第一篇文章，文中提出改良文学应从"八事"入手：须言之有物；不摹仿古人；须讲求文法；不作无病之呻吟；务去烂调套语；不用典；不讲对仗；不避俗字俗语。"八事"有针对性地揭露了旧文学种种弊病，主张以白话文取替文言文，作新文学的工具。达尔文的"物竞天择，适者生

[①] 胡适：《尝试集·自序》，见《尝试集》，42页，上海，上海亚东图书馆，1920。

存"，于清末随着严复翻译赫胥黎的《天演论》在中国传播，激发了包括鲁迅、胡适（"适"、"适之"即得名于"适者生存"）在内的许多热血男儿的热情，他们从中悟得了日渐衰败的中华民族只有奋起竞争，才能在群雄并立的世界上继续生存。同时，达尔文的进化论对胡适的文学思想影响很大，形成"历史进化的文学观"；中国文体自身两千年的演变规律，对胡适坚信"一个时代有一个时代的文艺"，新诗胜于旧诗，也具有启发意义。

1920年，胡适的白话诗集《尝试集》① 出版，取义"自古成功在尝试"。《尝试集》是中国新文学史上第一部个人诗集。胡适在美国留学期间，就形成自己的文学观念和诗歌观念，且身体力行。胡适留美后期（1916年7月至1917年9月）的诗作，几乎无一不是袭用传统的五言诗、七言诗和长短句的词的格式，但都尽力不用典、不对仗、不拘平仄，语句通俗明白。1917年秋到北京之后的诗作《一念》、《鸽子》、《新婚杂诗》等，内容上的现实性与民主性明显增强，并开始打破五言诗、七言诗的整齐句式，但还是烙印着"词曲的气味与声调"（胡适语）。1919年春，胡适翻译了被他称为"我的'新诗'成立的纪元"的译作《关不住了》（美国女诗人莎拉·蒂丝戴尔 Sara Teasdale 的作品），才促使他的诗风有较明显的变化，获得了白话新诗的初步成绩，创作出《应该》、《威权》、《一颗遭劫的星》等有自由的形式与"自然的音节"的白话诗。

……忽然一大块黑云/把那颗清凉光明的星围住；/那块云越积越大，/那颗星再也冲不出去！

乌云越积越大，/遮尽了一天的明霞；/一阵风来，/拳头大的雨点淋漓打下！

大雨过后，/满天的星都放光了。/那颗大星欢迎着他们，/大家齐说"世界更清凉了！"

《一颗遭劫的星》（一九一九年十二月十七日）②

这样的诗，句式参差，句法散漫，正是告别旧体诗歌的早期白话诗的特征所在。诗的内涵，则是以星光与乌云骤雨的消长，喻示新思潮的不可战胜。胡适的诗，后人评价平平，主要是因为他提出作诗如作文，"有什么话说什么话，话想怎么说就怎么写"，这使他的白话诗写得过于明白，文体过于散文化。但

---

① 胡适：《尝试集》（附《去国集》），162页，上海，上海亚东图书馆，1920。

② 胡适在诗题下写道："北京《国民公报》响应新思潮最早，遭忌也最深。今年十一月被封，主笔孙几伊君被捕。十二月四日判决，孙君定监禁十四个月的罪。我为这事做这诗。"

是，我们应该秉持历史的眼光去评价他的勇敢尝试。他明明知道，"成功自古在尝试，尝试成功自古无"。

和胡适共同突破旧体诗词格律的束缚，实践诗体的大解放——自由诗体的是沈尹默和刘半农。1918年1月15日，《新青年》第4卷第1号刊出胡适的《一念》、《鸽子》、《人力车夫》、《景不徙》，沈尹默的《三弦》、《月夜》，刘半农的《相隔一层纸》、《题女儿小蕙周岁日造像》。这组诗的面貌焕然一新，标志中国新诗的正式开端：不仅完全采用白话，而且分行排列，采用新式标点，旧诗的形式规范被基本打破。从此，新诗正式登上历史舞台。胡适发表于1919年10月10日《星期评论》上的《谈新诗——八年来一件大事》，则对新诗作出阶段性划分，并第一次为"新诗"命名。最初的新诗只是笼统地被称为"白话诗"，《谈新诗——八年来一件大事》首次正式提出"新诗"的概念。两个概念分别对应"尝试"阶段，前者构成新诗的语言特征，指称的是过渡的类型；后者完成新诗内涵的改变，是一种全新的类型。

沈尹默（1883—1971），原名君默，号君墨，浙江吴兴人，早年二度游学日本，归国后先后执教于北京大学、北京女子师范大学。与陈独秀、李大钊、鲁迅、胡适等同办《新青年》，为新文化运动的得力战士，也是我国现代新诗的开拓者之一。沈尹默的旧学功底深厚，文字驾驭能力很强，他的《月夜》、《三弦》等作品，在意境、音节方面也屡为后人称道。

刘半农（1891—1934），江苏江阴人，五四新文化运动的一员骁将。著名的文学家、语言学家、教育家。在诗体的尝试方面，刘半农最为"活泼"、"勇敢"，在无韵诗、散文诗以及方言拟作的民歌之间，不断尝试翻新。他擅长用平凡的口语，细致入微地表现现实场景和下层社会生活的情状。《扬鞭集》里的许多诗篇，揭露了劳苦大众的贫穷和富人剥削者的阔绰骄奢，《相隔一层纸》、《学徒苦》、《卖萝卜人》等诗，成为旧社会人民血泪生活的哀歌。刘半农的不少诗作富有民歌亲切自然的韵味，音调突出民歌讲究复沓、一唱三叹的特点，最具代表性的是写于1920年9月4日的《教我如何不想她》，这首诗流传甚广，并首次使用"她"字，被赵元任谱曲后，成为二三十年代传唱至今的流行歌曲：

天上飘着些微云，/地上吹着些微风。/啊！微风吹动了我头发，/教我如何不想她？/

月光恋爱着海洋，/海洋恋爱着月光。/啊！这般蜜也似的银夜，/教我如何不想她？

在第一代诗人中，真正打破旧诗词镣铐、"另走上欧化一路"①的是周氏兄弟。新诗在鲁迅的作品中不占主要地位。但他曾对诗寄予很大希望，1908年，其用文言撰写的《摩罗诗力说》，意在向国人推介拜伦、雪莱、普希金等具有反叛性的浪漫派诗歌（发表于《河南》月刊上）。他是新诗的有力支持者，扶植保护了很多年轻的诗人。鲁迅新诗的代表作品是《梦》、《桃花》、《他们的花园》等。

周作人（1885—1967），鲁迅的弟弟，笔名遐寿、仲密、岂明。早年跟随鲁迅留学日本，1917年任北京大学文科教授。五四时期参加《新青年》的编辑工作，参与发起成立文学研究会，发表《人的文学》、《平民文学》、《思想革命》等重要理论文章，并从事散文、新诗创作和译介外国文学作品，成为新文化运动的代表人物之一，是新文学初期最重要的文学理论家。二三十年代，除了写散文、编刊物外，还培养了俞平伯、废名等重要作家。日军占领北平时期，周作人留居北平，并且与侵略者合作，抗战胜利后被国民政府以"汉奸"治罪。

周作人的《小河》，写一条自然流淌、给稻田和桑树都带来润泽的小河，被农夫用土堰和石堰壅堵，不但使流水失去活力而烦闷冲突，也让稻子和桑树担忧不已，害怕蓄积和受阻很久的流水一旦冲垮围堰，会造成毁灭性破坏，给自己带来伤害：

……一日农夫又来，土堰外筑起一道石堰。土堰坍了；／水冲着坚固的石堰，／还只是乱转。

堰外田里的稻，听着水声，皱眉说道，——／"我是一株稻，是一株可怜的小草，／我喜欢水来润泽我，／却怕他在我身上流过。／小河的水是我的好朋友；／他曾经稳稳的流过我面前，／我对他点头，他向我微笑。／我愿他能够放出了石堰，／仍然稳稳地流着，／向我们微笑；／曲曲折折的尽量向前流着，／经过两面地方，都变成一片锦绣……"

《小河》节选

戏剧性的对话、质朴洗练的语言，被胡适评为"新诗中第一首杰作"，"那样细密的观察，那样曲折的理想，决不是那旧式的诗体词调所能表达得出的"。②

---

① 朱自清《中国新文学大系·诗集·导言》，见《中国新文学大系·诗集》，3页，上海，上海文艺出版社，2003。
② 胡适：《谈新诗——八年来一件大事》，载《星期评论》，1919-10-10。

周作人的新诗收入《过去的生命》中，这些诗整体风格清新朴讷，隐含诗人复杂细腻的思想情感。

早期白话诗歌的重要诗人还有刘大白（1880—1932）和沈玄庐（1883—1928）。在开拓题材和呼应时代方面，两位诗人的写作势均力敌，但刘大白的《卖布谣》和《田主来》更为著名。刘大白的写景诗清新可爱，他的《成虎之死》、《五一运动歌》等诗篇则表现了社会主义的思想倾向，更具有"新质"因素。沈玄庐的作品着力于思想性，但多流于空泛，唯《秋夜》和《十五娘》好评最多。《十五娘》是新文学中最早的叙事诗，叙述农村中一对年轻夫妇终日勤劳却无法养活自己，丈夫外出打工，不幸被机器榨成肉酱，场主不但不给抚恤金，连死亡通知也没有，可怜十五娘仍在老家痴等丈夫归来。请看《十五娘》的前两节：

菜子黄，/百花香，/软软的春风，吹得锄头技痒；把隔年的稻根泥，/一块块翻过来晒太阳，/不问晴和雨，/箬帽蓑衣大家有分忙，/偏是他，闲得两只手没处放！

"看了几分蚕，/赊了几担桑，/我只顾自己个人忙。/有的是田，地，和山，荡。/他都要忙也哪里许他忙？——坐吃山空总是没个好下场。/昨天听人说'哪里的地方招垦荒。'"

它对社会的黑暗进行了有力的控诉．情节的起伏，也避免了作者一贯平铺直叙的诗风。

二、郭沫若与新诗的繁荣

郭沫若（1892—1978），1892 年 11 月 16 日生于四川省乐山市。原名郭开贞，字鼎堂，号尚武。幼年入家塾读书，1906 年入嘉定高等学堂学习，开始接受民主思想。1914 年春赴日本留学，这个时期接触了泰戈尔、歌德、莎士比亚、惠特曼等外国作家的作品。1919 年五四运动爆发，在日本福冈发起组织救国团体夏社，投身于新文化运动。1921 年郭沫若和成仿吾、郁达夫等人组织创造社，编辑《创造季刊》。1924 年以后，郭沫若接受马克思主义思想并倡导革命文学。1926 年参加北伐战争，任国民革命军总政治部副主任。同年参加南昌起义，8 月加入中国共产党。1924 年至 1927 年创作了历史剧《王昭君》、《聂莹》、《卓文君》。1928 年流亡日本，1930 年加入中国左翼作家联盟，参加"左联"东京支部活动。1938年任中华全国文艺界抗敌协会理事,在陪都重庆期间,创作了《屈原》、《虎符》等六部历史剧。新中国成立后,创作历史剧《蔡文姬》、《武则天》和多部诗集。郭沫若还是著名的考古学家、古文字学家、历史学家,撰有学术著作《卜辞通纂》、《两周金文辞大系图录考释》等。1978年6月在北京逝世。

郭沫若的新诗写作,开始于他在日本留学期间,1919年,署名沫若的诗作陆续在上海的《时事新报·学灯》上发表。随后,在《时事新报·学灯》的编者宗白华的激励下,他很快进入创作的"爆发期",发表了《凤凰涅槃》、《地球,我的母亲!》、《炉中煤》等诗篇,在新诗坛大放光彩。身在日本的郭沫若,感受到来自五四新潮的冲击,又远离新文学的发生现场,国内的新闻杂志少有机会看到,这种阅读、接受的空缺和想象,反而促成了他不同于早期新诗的尝试者,而是站在独特的、富有个性色彩的新诗的起点上。他所关注的问题不再是诗歌语言——白话问题,也不再局限于形式的新与旧的问题,他更为关注的是诗歌本体的抒情品质、主情的自我表现、泛神论的人诗、情绪与情感的现代性、超越的哲学境界等诗学本体命题。

郭沫若这一时期的诗作编为诗集《女神》。由此可以看出其诗歌创作的几个阶段的变化:第一阶段是五四以前,深受泰戈尔的影响。从《维纳斯》、《别离》、《死的诱惑》等诗看,爱情主题、主观幻想、多愁善感、忧郁的情调、感伤的气息,具有典型的浪漫主义倾向。此外,泰戈尔对郭沫若的影响还体现为恬淡清新的风格,对诗味和诗美的追求。第二阶段是五四高潮期,郭沫若认为这是最可纪念的创作时期,烙印着惠特曼式的浪漫主义特色。惠特曼的那种把一切旧套摆脱干净的诗风和五四时代狂飙突进的精神十分合拍,郭沫若为那雄浑、豪放、粗暴的调子彻底地动荡了,诗歌创作的情感像火山一样爆发起来。惠特曼的《草叶集》以不受传统约束的狂放的自由体诗表达了强烈的民主思想,它和郭沫若的气质、个性及叛逆创造的精神正好吻合,在郭沫若内心挤压许久的激情终于找到突破口,他从早期欣赏泰戈尔的平和冲淡的诗风中跳脱出来,换成热烈、自由、奔放……惠特曼从浪漫主义向现实主义转化的创作方法的变化,在郭沫若这一时期的创作中也表现出来:《凤凰涅槃》、《晨安》、《炉中煤》、《立在地球边上放号》、《天狗》具有浓重的浪漫主义情调,而《匪徒颂》、《地球,我的母亲!》包含相当丰富的现实生活内容,现实主义成分有显著增加。第三阶段是五四热潮过后,翻译了《浮士德》的郭沫若,转向歌德的诗剧,并创作了诗剧《女神之再生》、《湘累》。

《女神》唱出了一个时代的声音，赢得了广泛的赞誉，一时举世瞩目，给文坛带来一股奇异的浪漫主义雄风。《女神》一问世，就急剧地结束了"胡适的时代"。五四诗歌革命，只有到了《女神》时代，才充分显示出摧枯拉朽、所向披靡的威力，新诗才有了主将，体现了五四狂飙突进的精神。在诗集问世一周年之际，郁达夫极力肯定了《女神》的文学价值："完全脱离旧诗的羁绊自《女神》始"，这一点"我想谁也应该承认的"。①闻一多则进一步强调："若讲新诗，郭沫若君的诗才配称新呢，不独艺术上他的作品与旧诗词相去最远，最要紧的是他的精神完全是时代的精神——二十世纪底时代的精神。"②

《女神》引领新诗走上新的里程，改变了中国诗歌的取材、想象方式和美学趣味。它以彻底反帝反封建的革命精神，崭新的浪漫主义审美意识，恢弘的诗歌创造才能，创造了一个全新的艺术世界。我们说，如果胡适的《尝试集》是中国新诗现代性的开端，那么《女神》是自觉实践并取得决定性成果的标志。一方面，《女神》是多元文化彼此结合、互为表里的文化汇合体，富有跨时空的文化融合，文化意义和艺术追求复杂丰富。另一方面，《女神》突出表现了反抗的精神、动的活力、科学的成分、现代的情绪、世界大同的意识、主体的张扬与个性的凸显——这正是时代精神的集中表现。

郭沫若力倡"主情主义"，强调内心情感、情绪的表现，从而彻底将中国新诗从"模仿自然"的阶段，推向"表现自我"的阶段，也标志中国新诗由"以物观物"向"以心观物"的转移。郭沫若非常重视"情绪说"，他认为，诗的主要成分是"自我表现"，因此，"情绪"高于一切，"情绪的吕律，情绪的色彩便是诗"③。在这种创作观念的指导下，郭沫若创造了和"摹写自然"迥然不同的"表现情绪"的诗歌。个人的主观感受成为诗歌第一要义的源泉，第一人称写作首次被大量铺展，中国新诗到郭沫若方才真正成功地塑造了鲜明的主体形象，方才具有审美意识的主体性；不但有了诗才，更有了诗魂。

《女神》在新诗中的特殊意义之一，在于提供了一个中国诗歌中从未有过的"自我"形象。在五四时期的历史语境中，郭沫若诗歌中的"自我"在寻求社会解放的进程中，又兼具了批判与抒情的双重职能，这一点具有划时代的重要意义。《女神》中的抒情主人公首先是"开辟洪荒的大我"——五四时期觉醒了的中华民族自我形象。这是一个具有破坏和创造精神的新人，他彻底、

---

① 郁达夫：《女神之生日》，载《时事新报·学灯》，1922-08-02。
② 闻一多：《女神之时代精神》，载《创造周报》，第4号，1923。
③ 田汉、宗白华、郭沫若：《三叶集》，47页，上海，上海亚东图书馆，1920。

不妥协、战斗不息，是民族精神的化身。这个新生的巨人，敢于毁破偶像，崇拜自己——破坏者、创造者（《梅花树下醉歌》、《天狗》），热烈追求自由与个性解放（《我是个偶像崇拜者》）。

> 我是个偶像的崇拜者哟！
> 我崇拜太阳，崇拜山岳，崇拜海洋；
> 我崇拜水，崇拜火，崇拜火山，崇拜伟大的江河；
> 我崇拜生，崇拜死，崇拜光明，崇拜黑夜；
> 我崇拜苏彝士，巴拿马，万里长城，金字塔；
> 我崇拜创造的精神，崇拜力，崇拜血，崇拜心脏；
> 我崇拜炸弹，崇拜悲哀，崇拜破坏；
> 我崇拜偶像破坏者，崇拜我！
> 我又是个偶像破坏者哟！
>
> 　　　　　　　　　　　　一九二〇年五、六月

人性的放恣状态冲破长久以来压抑人们心灵的禁忌和约束，这个抒情主人公的雄浑气魄前无古人，这个抒情主人公热情奔放的创造力让苍白的历史黯然。郭沫若的成功在于，他塑造的抒情主人公是内心丰富的个体，光明与恍惚交织，创造与避世同存，这也深刻地反映了五四时代众多人的心理、情绪、情感的立体丰富面。《女神》在凤凰自焚与新生中，在天狗吞日月的大气魄中，在立于地球边上放号的雄浑姿态中，真正实现了五四时代所要求的新诗诗体的大解放和情感的大解放。

郭沫若强调诗歌内在的韵律——"情绪的自然消长"，即从诗情的变化中体现抑扬顿挫，回环反复，让诗情自然流溢。他的《女神》，不求韵而有韵，不求格而有格，充分实践了郭沫若"绝端自由，绝端自主"的创作理论。同时，郭沫若以新颖、精练、活泼的现代汉语，洞悉现代人的至深情感，真正跳脱出胡适所说的"裹脚的时代"和"放脚的时代"，所以经过半个多世纪的沉淀，回首新诗创作时，卞之琳由衷感叹郭沫若的诗出现以后，"新诗才真像'新诗'"[①]。

郭沫若诗歌情感的大解放，除诗体解放提供了形式和语言书写的便利手段与自由空间外，想象的沸腾占据了主导因素。活跃丰富、大胆奇特的想象为郭

[①] 卞之琳：《新诗和西方诗》，载《诗探索》，1981（4）。

沫若的作品注入崭新、鲜活的素质，赋予新诗灵动的翅膀，不论是创作，还是诗论，郭沫若都实践并强调想象的重要。他为诗拟想了一个公式：诗歌＝（直觉＋情调＋想象）＋（适当的文字）。没有想象就没有诗歌生命，就没有自然美转变为艺术美的升华和创造。郭沫若展开想象的翅膀，在五四革命激情的冲击下，神思飞扬，将强烈饱满的情绪纳入神话传说故事的框架中，以火中凤凰为化身，尽情抒发情感（《凤凰涅槃》），还自诩为天狗，以竭尽反叛与创造的情怀，邀游在历史时空、宇宙天际之间（《天狗》）。这是《天狗》的节选：

……我飞奔，/我狂叫，/我燃烧。/我如烈火一样地燃烧！/我如大海一样地狂叫！/我如电气一样地飞跑！/我飞跑，/我飞跑，/我飞跑，/我剥我的皮，/我食我的肉，/我嚼我的血，/我啮我的心肝，/我在我神经上飞跑，/我在我脊髓上飞跑，/我在我脑筋上飞跑……

精短的句式，每一句都有一个化身为天狗的"我"，都有一个动作感极强的动词，造成全诗的灵动飞扬、气魄非凡。更神奇的是，这天狗不但吞日、吞月（这是神话中已有的内容），还自我吞噬，还可以在自己的神经上、脊髓上、脑筋上飞跑，诗人的想象力发挥得淋漓尽致！

《女神》的艺术想象建立在泛神论的思想基础之上。郭沫若从以布鲁诺、斯宾诺莎为代表的西欧16世纪、17世纪泛神论哲学及中国、印度古代哲学那里吸取泛神论思想，他自己将泛神论的主要思想概述为："泛神便是无神。一切的自然只是神的表现"，"我即是神，一切自然都是我的表现"。[①] 在泛神论的影响下，郭沫若将大自然、宇宙万物都认做同类，与自我相互融通，展现了诗人开阔的视野、广博的情怀，对理想与生命的爱、对威权与专制的叛逆。在沸腾的思绪中，奇特生动的想象跃然诗中：地球成为有生命的母体（《地球，我的母亲！》），祖国成为诗人热恋的女郎（《炉中煤》），大海是席卷陈腐的破坏的力与创造的力（《晨安》、《立在地球边上放号》）！"我"成为创造万有的主宰（《湘累》），脉搏与心脏和自然的波涛、时代的波涛一同翻滚（《笔立山头展望》）……

20年代初，随着作为新诗之高峰的郭沫若的出现以及文学研究会、创造社、湖畔社、浅草社、沉钟社等众多文学社团的涌现，新诗进入第一个繁荣期。

[①] 郭沫若：《少年维特之烦恼·序引》，见《文艺论集》，782页，北京，人民文学出版社，1979。

文学研究会是最具影响力的社团，会员中的诗人也很多，形成一个较为集中的诗歌群落。从诗人的构成上看，文学研究会诗人群与五四时期的新诗阵营有颇多延续性，诗风也质朴稳健。朱自清（1898—1948）的新诗创作主要集中在1919年至1922年，约60首，写实与象征手法互换，前者以《沪杭道中》、《纪游》、《小舱中的现代》为代表，写景、写社会现实；后者以《光明》、《人间》为代表，既富有时代色彩，又耐人寻味。其后，他的散文和诗论影响更大。徐玉诺（1894—1958）是文学研究会诗人中最受推崇的一个，《雪朝》中收入他的诗最多，他的《将来的花园》也是文学研究会丛书中的第一部个人诗集。他的新诗色调压抑、凝重，关注乡村破败的生存现实，既有对社会乱象的反映，是彻底地"为人生"的写作，又有对个体生存困境的拷问，烙印着个人的人生经历。郭绍虞、郑振铎、叶绍钧等，也是体现了文学研究会"为人生"而创作之追求的诗歌作者。

　　湖畔诗社于1922年由应修人（1900—1933）、汪静之（1902—1996）、冯雪峰（1903—1976）、潘漠华（1902—1934）在杭州成立，先后出版合集《湖畔》、《春的歌集》以及汪静之个人诗集《蕙的风》、《寂寞的国》等。这四位诗人初登诗坛时还只是中学生，因为没有太多的羁绊，他们抒写"爱与美"，"赞颂自然，咏歌恋爱"，给诗坛带来一股新鲜的空气，是20年代众多"少年诗人"的代表，因此，得到许多文坛前辈的鼓励和扶植。朱自清在《蕙的风·序》中称赞："这才是孩子们洁白的心声，坦率的少年的气度！而表现法底简单、明了，少宏深、幽渺之致，也正显出作者底本色。他不用锤炼底工夫，所以无那精细的艺术。但若有了那精细的艺术，他还能保留孩子底心情么？"如汪静之的《蕙的风》：

　　是哪里吹来/这蕙花的风——/温馨的蕙花的风？

　　蕙花深锁在园里，/伊满怀着幽怨。/伊底幽香潜出园外，/去招伊所爱的蝶儿。

　　雅洁的蝶儿，/薰在蕙风里：/他陶醉了；/想去寻着伊呢。

　　他怎寻得到被禁锢的伊呢？/他只迷在伊底风里，/隐忍着这悲惨而甜蜜的伤心，/醺醺地翩翩地飞着。

幽怨情愁，蝶恋花的意绪，在古典诗词中不为少见，而少年的纯真，"悲惨而甜蜜的伤心"，伤痛中又有些对这伤痛的自我玩味，失望中仍然不乏希望，却那么清纯动人。

小诗，是五四初期（1919年至1923年）最为风行的诗体，关于小诗写作的来源，周作人曾给予概括："中国的新诗在各方面都受欧洲的影响，独有小诗仿佛是在例外，因为他的来源是在东方的：这里边又有两种潮流，便是印度和日本，在思想上是冥想与享乐。"① 在印度偏于冥想，在日本偏于享乐，小诗创作的印度资源指的是泰戈尔。作为亚洲诗人首获诺贝尔文学奖而名声大振，又亲访中国的泰戈尔，对中国现代小诗的影响是全面的，从哲学思想到诗形都为中国诗人所摄取，在国内诗坛影响很大。小诗也受到日本短歌和俳句的影响。短歌和俳句都是日本古典诗歌的常见格式，前者每首五句，共三十一音，音节排列为五七五七七，五七音句交叉，后者三句十七音，排列为五七五。它们诗形简洁，求的是微露深悟，周作人曾专门写文章，对《论小诗》、《日本的小诗》等进行介绍。

在众多小诗的作者中，深受泰戈尔《飞鸟集》的影响的冰心（1900—1999）② 是最重要的诗人：一是她创作的数量可观，二是风格一致，三是发表时间较早，由她开启了小诗运动。1922年1月1日至同年6月30日，她的《繁星》与《春水》在《晨报副刊》上连载，1923年1月《繁星》由商务印书馆出版，共164首，同年5月，《春水》由新潮社出版，共182首。化鲁（即胡愈之）评价说："自从冰心女士在《晨报副刊》上发表他的《繁星》后，小诗颇流行一时……使我们的文坛收获了无数情绪的珍珠，这不能不归功于《繁星》的作者了。"③ 其后，"冰心体"、"繁星体"、"春水体"成了"小诗"的代名词。以下是从《繁星》和《春水》中分别选取的两首小诗：

繁星闪烁着——/深蓝的太空/何曾听得见他们对语/沉默中/微光里/他们深深的互相颂赞了

《繁星·一》

造物者——/倘若在永久的生命中/只容有一极乐的应许/我要至诚地求着：/"我在母亲的怀里，/母亲在小舟里，/小舟在月明的大海里。"

《春水·一〇五》

前者富有哲理，揭示被人们忽视的沉默、孤独中的沟通愿望，赞颂星空；后者充满爱意，是对母爱的永远祈求。冰心的小诗，写一时之情、境、一地之景、

---

① 周作人：《论小诗》，载《民国日报·觉悟》，1922-06-29。编者注：周作人的《论小诗》特别重要，小诗之名由是敲定。
② 冰心的简介见"专题七 现代女作家的小说"。
③ 化鲁：《最近的出产·繁星》，载《文学旬刊》，1923。

物，多表达爱心、童真、自然、平常的影像，突出瞬间的精妙幽微感悟，富有灵动深邃的哲理，抒情与哲理结合，字句雅丽谨严，诗歌形式接近泰戈尔，语言则烙印着中国古典诗词的气氛。不足之处是，缺乏独特的感觉和深远的意境，同类小诗数量多，重复之处多，不乏抽象化、观念化的问题。①

与冰心同为"小诗运动"的重要诗人是宗白华（1897—1986）。他在编辑上海《时事新报·学灯》期间，发现和扶植了诗人郭沫若，后于1920年赴德国留学。留学期间，宗白华写作小诗的直接渊源是受到冰心的影响，他曾就此自述："读冰心女士《繁星》诗，波动了久已沉默的心弦，成小诗数首，聊寄共鸣。"② 自此，宗白华的小诗陆续在《时事新报·学灯》、《少年中国》上发表。1923年12月，结集为《流云》。宗白华的小诗是典型的哲学的冥思，诗人将主体对宇宙、人生无限的凄凉、热爱的情感寄予在小诗里，以生命体认自然，以小见大，单纯中寄予丰富，加之清新自然的抒写、超凡脱俗的憧憬、超验的泛神论，"微妙的心"与茫茫的自然、人类深深对应，富有神秘缥缈的冥想色彩。如《夜》：

一时间/觉得我的微躯/是一颗小星，/莹然万星里/随著星流。/一会儿/又觉着我的心/是一张明镜，/宇宙的万星/在里面烁著。

这首诗，与前引冰心《繁星·一》确实具有传承关系，但是，它不但带入诗人的自我，还将自我身心的渺小与浩瀚宇宙的变化、矛盾关系展现出来，更耐人寻味。

被鲁迅誉为"中国最杰出的抒情诗人"③的冯至（1905—1993），从1923年7月应邀参加浅草社，到1925年10月参与成立沉钟社，这期间已经发表不少诗作。1927年4月和1929年8月，冯至的两部诗集《昨日之歌》、《北游及其他》作为"沉钟丛刊"出版。第一部诗集《昨日之歌》分上下卷，上卷为抒情短章，代表作品有《绿衣人》、《我是一条小河》、《蛇》、《永久》等哲理沉思之作；下卷为叙事诗，代表作品有《吹箫人的故事》、《帷幔》、《蚕马》等四首。

我的寂寞是一条长蛇，

---

① 梁实秋：《繁星与春水》，载《创造周报》，第12号，1923。
② 宗白华：《流云（读冰心女士〈繁星〉诗）》的诗前自述，载《时事新报·学灯》，1922-06-05。
③ 鲁迅：《中国新文学大系·小说二集·导言》，见《中国新文学大系·小说二集》，5页，上海，上海文艺出版社，2003。

冰冷地没有言语——
姑娘，你万一梦到它时，
千万啊，莫要悚惧！

它是我忠诚的侣伴，
心里害着热烈的乡思；
它在想那茂密的草原，——
你头上的，浓郁的乌丝。

它月光一般轻轻地，
从你那儿潜潜走过；
为我把你的梦境衔下来，
像一只绯红的花朵！

寂寞，思念，人皆有之。古人云，思君若流水；又云，一寸相思一寸灰。在冯至的这首《蛇》中，思念幻化做一条冰冷、无言的潜行的蛇，这和孤独、冷寂相得益彰，形象奇警。描述这种思念是"乡思"，思念的草原却是被思念的女性头上的乌丝，更为别致，是否也可以联想到希腊神话中的女妖以蛇为发？月光、绯红的花朵，则使这首以低回冷寂起步的短诗，改换出一片明媚。

"只要你听着我的歌声落了泪，／就不必打开窗门问我，'你是谁？'"以这样的发问开篇，并且在情节发展中反复出现这样的诗句的《蚕马》，讲述了一个改编自南北朝人干宝《搜神记》的凄美爱情故事。母亲已故，父又远行，孤独的姑娘发愿，若有人能帮她找回父亲，愿以身相许。与她相伴的白马倏忽远去，驮父亲归还。结果是父亲爽约，杀死白马。在电闪雷鸣、大地崩溃的瞬间，马皮裹上姑娘的身体再次保护了她，姑娘变成了白色的蚕茧。四首叙事诗都以爱情为主题，取材于神话或传说，富有浓郁的抒情气氛，更彰显了诗人的浪漫主义才华。第二部诗集《北游及其他》是浪漫抒情与哲理沉思结合之作，有观察，又有感受，融叙事、抒情、哲理于一炉，显示了一个新的境界。

三、闻一多、徐志摩与早期新月诗派

新月社不是一个纯粹的文学社团，而是文化团体。1923年，梁启超、胡适、徐志摩、余上沅、丁西林、林徽音等人在北京组织新月社。1926年，徐志摩接编《晨报副刊》，创办《诗镌》专栏，请闻一多任主编，以《诗镌》为阵地，开始新月社的新诗创作和理论建设，《诗镌》的持续时间不长，却造就了闻一多、徐志摩，培养了朱湘、饶孟侃、孙大雨等一大批青年诗人，形成早期新月诗派。1927年春，胡适、徐志摩、余上沅等人在上海筹办新月书店，1928年3月创办《新月月刊》，以《新月》新诗栏及1930年创刊的《诗刊》季刊为主要阵地，由徐志摩、闻一多任编辑，主要诗人有陈梦家、方玮德等，是为后期新月诗派。1931年《新月诗选》（陈梦家编选）的出版，则可以被看做该诗派的一个总结。

五四诗体大解放为新诗提供了成长的土壤，但也出现了诗味的平淡、缺失，许多粗制滥造的作品损害了新诗的声誉。正是为纠正这种草率粗放的现象，闻一多、徐志摩开始了新诗观念和原则的探讨，提出了"以理性节制情感"的美学原则，强调"新诗格律化"的诗体要求，追求"使诗的内容及形式双方表现出美的力量"①的审美效果。他们反对放纵感情，主张理性和节制；在艺术上要求"和谐"、"均齐"，追求诗歌的形式美。这成为早期新月诗派的鲜明特征。

"新诗格律化"的理论主张是通过闻一多等人的一系列论述建构起来的。徐志摩在《诗镌》创刊号上发表《诗刊导言》，公开亮出了自己的艺术主张：一是关于新诗的创格，即各种新格式和新音节的发现；二是强调艺术创作中形式的重要，认为诗与音乐、美术是同等的、同性质的，只有像样的"诗式"，才能完整地表现我们民族这个时期的精神解放或精神革命。闻一多在《诗镌》第七期上发表了诗论《诗的格律》，提出了著名的"三美"主张："诗的实力不独包括音乐的美（音节），绘画的美（辞藻），并且还有建筑的美（节的匀称和句的均齐）。""音乐美"主要是指音节和韵脚的和谐，一行诗中的音节、音尺的排列组合要有规律。作者在继承古典诗词中的"顿"，借鉴西方十四行诗的"音步"的基础上，提出了"音尺"；"绘画美"是诗的用词要做到有画面、有色彩，讲究诗的视觉形象和直观性；"建筑美"主要是指从诗的整体外形上看，节与节、行与行之间要匀称均齐。闻一多的理论成为"早期新月诗派"的理论纲领。朱湘发表了诗评《新诗评一·尝试集》和《新诗评二·郭君沫若的诗》，批评了胡适诗歌在艺术上的"幼稚"，肯定了郭沫若诗歌在"形式上音节上"的成功。饶孟侃的两篇诗论《新诗的音节》和《再论新诗的

---

① 于庚虞：《志摩的诗》，载《晨报·学园》，1931-12-09。

音节》则把音节视为"诗里要紧的一个成分",强调新诗在经过了一个"混乱的时期"之后重视艺术追求的重要性。

早期新月诗派自觉地从诗的本体要求出发,面对诗歌形式和语言要求,通过"带着镣铐跳舞"来表达现代情感经验,使新诗的艺术价值得以提升,纠正了自由诗过于散漫而流于平淡肤浅的弊端,体现了诗歌本体意识的觉醒,为新诗的发展探索出了一条新的路径,其在新诗形式上的历史贡献主要体现在以下三点:"一,提出了现代汉语诗歌的建行建节原则;二,发现了现代汉语诗歌节奏的基本单位:'音组';三,引进了有参照价值的西方诗体。"[①]

闻一多(1899—1946),原名闻家骅,出生于湖北浠水一个世家望族、书香门第。1913 年考入清华大学,1919 年开始新诗创作,1922 年毕业后赴美留学,专攻美术。1925 年回国后一直在大学任教。1923 年出版第一本诗集《红烛》,1928 年出版第二本诗集《死水》,闻一多是"前期新月诗派"的重要代表和新格律诗理论的奠基者。在中国五四诗坛上,不似郭沫若那样狂飙突起、激流奔涌,但在诗论和创作上都对中国新诗产生了很大影响。他还是抗战时期建立的中国民主同盟领导人之一,1946 年 7 月 15 日被国民党反动派特务暗杀。爱国主义的情怀,不但是他诗歌的主要情绪,也使他为国家的民主富强壮烈牺牲。

《红烛》较多地浸染着五四时期追求、进取的精神和色彩,热烈地抒写对祖国的思念和对美的追求。因为闻一多当时从事雕塑学习和创作,所以又偏重于表现艺术美的追求,被认为是一个"极端的唯美主义者",实际上他的诗中的"艺术美"更包含对生活的热爱和对美好理想的追求。在《我是中国人》中,他自豪地宣称:"我们的历史可以歌唱";在《忆菊》中,他的爱国情聚焦在"秋菊"上:"我要赞美我祖国底花!我要赞美我如花的祖国";在《太阳吟》中,他心系故国,祈求太阳:"让我骑着你每日绕行地球一周,也便能天天望见一次家乡!";在《死水》中,闻一多表达出在尖锐的东西方文化冲突下诗人的复杂感受和心理变化过程。爱国主义是贯穿闻一多全部诗作的一条红线。回国后,他对黑暗的现状由失望而致愤慨,强烈地反映了对祖国爱之深、责之切的赤子之心。《发现》一诗,立意非凡,构思新颖灵巧,尤其是开头和结尾很不平常,抓住了阅读者的情感:

---

① 王光明:《诗歌形式秩序的寻求——"新月诗派"新论》,载《海南师范学院学报》(社会科学版),2003(6)。

我来了，我喊一声，迸着血泪，/"这不是我的中华，不对，不对！"/我来了，因为我听见你叫我；/鞭着时间的罡风，擎一把火，/我来了，不知道是一场空喜。/我会见的是噩梦，那里是你？/那是恐怖，是噩梦挂着悬崖，/那不是你，那不是我的心爱！/我追问青天，逼迫八面的风，/我问，（拳头擂着大地的赤胸）/总问不出消息，我哭着叫你，/呕出一颗心来，——在我心里！

诗的开篇单刀直人，撕肝裂肺，呼天抢地地呼喊："这不是我的中华，不对，不对！"，这一声迸发着血与泪的呼喊如巨石扑面而来，给人以突兀峥嵘之感，仿佛亲眼看见绝望的诗人困惑的面容，听到了他沉痛绝望的诉说。诗人在听到祖国召唤时，唯恐时间太久，归途太远，速度太慢，恨不得插翅飞翔的归心，到头来竟是"一场空喜"，这是怎样的失望和悲哀。诗人没有用具体细节从正面描述他踏上故土所见到的军阀混战、民不聊生的黑暗现实，而是用两组"我来了"的排比句和几个贴切的比喻来抒发自己在分裂状态下对祖国的深沉的爱，从而使诗的表达更凝练。面对这样的分裂，诗人"问天"、"逼风"、"擂地"，"上穷碧落下黄泉"苦苦求索，这完全是一个狂人的状态，但即使这样，诗人还是"总问不出消息"，他哭着、喊着，在巨大的悲痛中顽强地挣扎着，在深广的忧愤中执著地寻觅着、追求着，到最后"呕出一颗心来"；面对现实和理想的天壤之别，诗人并没有在这种"发现"中消沉下去，而是在这个"发现"上有了更积极的"发现"——自己"呕出来的心"，愿意为祖国流尽最后一滴血。这样的结尾显得荡气回肠。至此，一位伟大的爱国者的形象跃然纸上，使人肃然起敬。

最能够表现诗人"三美"主张的则是《死水》：

这是一沟绝望的死水，
清风吹不起半点漪沦。
不如多扔些破铜烂铁，
爽性泼你的剩菜残羹。

也许铜的要绿成翡翠，
铁罐上绣出几瓣桃花；
再让油腻织一层罗绮，
霉菌给他蒸出些云霞。

> 让死水酵成一沟绿酒，
> 飘满了珍珠似的白沫；
> 小珠们笑声变成大珠，
> 又被偷酒的花蚊咬破。
>
> 那么一沟绝望的死水，
> 也就夸得上几分鲜明。
> 如果青蛙耐不住寂寞，
> 又算死水叫出了歌声。
>
> 这是一沟绝望的死水，
> 这里断不是美的所在，
> 不如让给丑恶来开垦，
> 看他造出个什么世界。
>
> 1925 年 4 月

从诗的整体外形看，诗歌共五节，每节四行，每行是九个字，节与节、行与行之间工整均齐，这就是"建筑美"的一种表现；第二、第三两节诗中，"绿成翡翠"、"绣出几瓣桃花"、"罗绮"、"云霞"、"绿酒"，就使这一潭水的色彩非常鲜明，而且这里的比喻都很美，这种故意用美的辞藻去写丑，恰恰使人觉得这一潭死水更丑，这就是"绘画美"的一种表现。这里每句都是四个音步，由于音乐的整齐就造成了很强的节奏感，又采取隔行押韵的方式，读起来又很有韵律感，这就是"音乐美"的一种表现。

徐志摩（1897—1931），浙江海宁人。1897 年 1 月 15 日生于浙江省海宁。原名章垿，字槱森，留学美国时改名志摩。1915 年毕业于杭州一中，先后就读于上海沪江大学、天津北洋大学和北京大学。1918 年赴美国学习银行学。1921 年赴英国留学，入伦敦剑桥大学当特别生，研究政治经济学。在剑桥大学两年间，深受西方教育的熏陶及欧美浪漫主义和唯美派诗人的影响。1921 年开始创作新诗。1922 年返国后在报刊上发表大量诗文。1923 年参与发起成立新月社。1924 年与胡适、陈西滢等创办《现代评论》周刊，并任北京大学教授。印度大诗人泰戈尔访华时任翻译。1926 年与闻一多、朱湘等人开展新诗格律化运动，影响到新诗艺术的发展。1927 年参加创办新月书店。次年，《新月月刊》创刊后任主编。1931 年 11 月 19 日，由南京乘飞机到北平，因遇雾在济南附近触山，机坠身亡。著有诗集《志摩的诗》、《翡冷翠的一夜》、《猛虎集》、《云游》等。

徐志摩的诗歌在内容上大致分为三类：一是对理想的追求；二是对现实的不满；三是对爱情的歌唱。这三者在他的诗歌创作中是相互关联的，对理想的热烈追求是徐志摩诗歌的主要内容，也是他的诗魂；对现实的不满是因为理想得不到实现；而对爱情的歌唱，又多半是借情诗表达自己的理想。如《为要寻一颗明星》：

> 我骑着一匹拐腿的瞎马，
> 　向着黑夜里加鞭；——
> 　向着黑夜里加鞭，
> 我跨着一匹拐腿的瞎马！
>
> 我冲入这黑绵绵的昏夜，
> 　为要寻一颗明星；——
> 　为要寻一颗明星，
> 我冲入这黑茫茫的荒野。
>
> 累坏了，累坏了我胯下的牲口，
> 　那明星还不出现；——
> 　那明星还不出现，
> 累坏了，累坏了马鞍上的身手。
>
> 这回天上透出了水晶似的光明，
> 　荒野里倒着一只牲口，
> 　黑夜里倒着一具尸首。——
> 这回天上透出了水晶似的光明！

写对明星的追求，明星是光明的象征，寻明星的人骑着一匹拐腿的瞎马到处找这颗明星也找不到。最后找到了，但是马和人都死去，表现出一种矛盾、悲观的情绪。

《再别康桥》（康桥，通译为剑桥，即剑桥大学）是徐志摩的名作。在徐志摩的精神世界里，康桥就是自己所接受的西方文明，也是诗人对中国文化的理想和希望，然而回国以后他感到了失望，当再次访问英伦并在第二次离别康桥时，诗人感受到这种离别不仅仅是康桥本身，而是对自己理想的一种离别，所以表达了对康桥无限的赞美和依恋。这首新诗将自然景物的人情化和诗人情感的自然化完全融为一体，物我达到了一致的生命律动。这首诗在结构上、音韵美上也具有独特的表现，全诗共分七段，诗人将第一段和第七段重叠在一起，首尾两段除个别字外几乎重合，将一种似乎无法言尽的情感环绕起来，给人留下无限回味的余地。《再别康桥》每节四行，隔行押韵，一、三行稍短，大抵六字，二、四行稍长，大抵八字，诗行有规律地长短错落，又大段整齐、匀称。

在内容上热烈追求爱、自由与美，追求人与自然的和谐，与诗人那活泼好动、潇洒空灵的个性及不受羁绊的才华相契合，形成了徐志摩诗歌特有的灵动飘逸的艺术风格。徐志摩诗歌艺术上的特点：首先，表现在意象的新颖和丰富上，在《雪花的快乐》中，诗人以"雪花"自比，那飞扬的雪花的意象，巧妙地传达了执著追求真挚爱情和美好理想的心声；《沙扬娜拉》的中心意象是一朵不胜娇羞的水莲，用以状写日本女郎温柔多情的神态，贴切传神，既纯洁无瑕，又楚楚动人。构思的精妙、意象的新奇，使徐志摩的诗歌包含体味不尽的意蕴，显示出柔婉的情韵。其次，诗人对新诗诗形和章法具有高度的自觉，徐志摩的新诗虽以四行一节式较多，但从整体上看，节式、章法、句法、韵脚又都各有变化，在整齐中寻找变化，呈现出灵活多样的体式，显示了回环反复的结构美。《雪花的快乐》里，"飞扬、飞扬、飞扬"的连用，把雪花的那种精灵般的灵气表现得淋漓尽致，使客观对象和诗人的情感有了完全的契合；《再别康桥》开头的短短四行中，三次重复出现"轻轻的"一词，在缠绵中带出轻快的韵律。最后，徐志摩的新诗讲究辞藻华美，风格明丽，无论是对风景的描写还是对内心情感的抒发，徐志摩用的都是"浓的化不开"的辞藻，感情的浓烈和辞藻的华丽连成一体，相得益彰，感情显得饱满而又有所依附。

四、李金发和中国早期象征诗派

李金发（1900—1976），广东梅县人，1900年11月21日生于梅南镇罗田径上村。原名李淑良，笔名金发。他在《我名字的来源》中说，1922年在法国读书时曾大病一场，梦见白衣金发女神领着自己遨游太空，李金发觉得这是"天使的帮忙"，因此将名字改为"金发"。由此可见，其受西方文化浸染之深。早年就读于香港圣约瑟中学，后至上海入南洋中学留法预备班。1919 年赴法勤工俭学，就读于第戎美术专门学校和巴黎帝国美术学校，在法国象征派诗歌特别是波德莱尔《恶之花》的影响下，开始创作格调怪异的诗歌①。1923 年初春在柏林完成《微雨》和《食客与凶年》的诗稿，同年秋天又写了《为幸福而歌》。1925 年初，应上海美专校长刘海粟邀请，回国执教，同年加入文学研究会，并为《小说月报》、《新女性》撰稿。1925 年 11 月，李金发的《微雨》出版，之后另外两部诗集也相继出版，奠定了他作为中国现代象征诗创始者的地位。李金发使新诗与现代西方的诗歌艺术潮流临近了一步，对中国新诗的开拓，特别是对中国现代主义诗歌的开拓，贡献非常突出。

李金发《微雨》的出版，引起了诗坛的骚动，称赞与攻击的声音交织并存。赞赏者把李金发称为中国诗歌界的晨星，中国的魏尔伦，东方的波德莱尔。反对者的指责可以说毫不留情，赵景深化用笔名博董就《微雨》感言："既然作者的目的是要取得别人的同情，而作者却不想自己的作品被别人了解，将感情尽量地留给自己，这真是稀奇极了。"②

李金发的诗歌创作奉行唯美主义的艺术原则，他宣称："艺术是不顾道德，也与社会不是共同的世界。艺术上唯一的目的，就是创造美；艺术家唯一的工作，就是忠实表现自己的世界。所以他的美的世界，是创造在艺术上，不是建设在社会上。"③ 这种脱离社会制度与社会生活的王尔德式的唯美主义幻想，决定了他的诗歌创作同西方象征派诗人精神上的联系，而少了时代的脉搏、人民的呼吸。他用全部的心血去创造神秘、怪戾而梦幻的"美的世界"，歌唱人生和命运的悲哀、短暂，歌唱死亡和梦幻的神秘境界，歌唱爱情的欢乐和失恋的伤感，歌唱病态的美和内心深处流落异乡的人生思绪。

李金发很看重创作的个人性，他并不以别人读不懂为患："我的诗是个人灵感的记录表，是个人陶醉后引吭高歌，我不能希望人人能了解。"④ 由于对个性的看重，李金发的很多诗作都抒写了个人无以名状的愁苦。在他的诗歌中有很多衰草、落叶、秃树，短墙、残碑、古墓，半死的月、萧瑟的风、干枯的池

---

① 象征主义作为一种诗歌潮流，源于 19 世纪中叶的法国。波德莱尔、魏尔伦、兰波、马拉美等一大批年轻的诗人推动了象征主义诗歌潮流的发展。随着象征主义文学潮流的广泛传播，20 世纪 20 年代的中国新诗也深受这一文学潮流的影响。早在五四初期，很多报刊就译介和评论法国象征主义诗歌，不同的文学社团、流派都对此有所关注。
② 博董：《李金发的〈微雨〉》，载《北新》，1927。
③ 华林：《烈火》，载《美育》，1928（创刊号）。
④ 李金发：《是个人灵感的记录表》，载《大路文艺》，1935（1）。

沼、苦辛的钟声等悲惨的景象、意象。李金发以独特的、西化的方式抒写个体的愁苦悲哀，甚至是颓废的思想情绪，在《琴的哀》、《风》、《生活》、《在淡死的灰里》、《寒夜之幻觉》等诗作中都有所体现。

李金发的诗注重暗示，常常采用大胆的令人吃惊的象征与联想。适度地隐藏与暗示是象征主义诗歌的本质，李金发常运用怪诞的表现手法强化暗示的功能，并借助奇特的联想和意象构成陌生的诗意效果。如《有感》一诗，李金发以颓废的观念审视人类的生命价值，营造了一系列暗示性的形象，诗歌首尾反复重复"如残叶溅/血在我们/脚上，//生命便是/死神唇边/的笑"。想象十分奇特，将"残叶"与"血"、"生命"与"死神"并置，创造了"死神唇边的笑"这一新奇的意象，表达了颓废性的生命彻悟：人生短促，时光不再，要尽快享受生命。在《弃妇》一诗中，诗人用雕塑家的手法塑造了一个立体的饱满的弃妇形象：

> 长发披遍我两眼之前，
> 遂割断了一切羞恶之疾视，
> 与鲜血之急流，枯骨之沉睡。
> 黑夜与蚊虫联步徐来，
> 越此短墙之角，
> 狂呼在我清白之耳后，
> 如荒野狂风怒号：
> 战栗了无数游牧。
>
> 靠一根草儿，与上帝之灵往返在空谷里。
> 我的哀戚惟游蜂之脑能深印着；
> 或与山泉长泻在悬崖，
> 然后随红叶而俱去。
> ……

她的不幸、悲苦、哀戚都刻绘毕现，诗人的主旨却是借"弃妇"的意象隐喻自身漂泊无定、孤独寂寞的身世，这首诗成为诗人自身命运感慨的象征。

李金发曾公开标明自己是一个"爱秋梦与美女之诗人"（《自挽》）。四季之中，他偏爱秋冬；一天中，他偏爱夜晚：《月夜》、《夜之歌》、《黄昏》、《夜之来》、《永不回来》、《秋》、《秋声》等都是有特色的写景述怀诗。诗人还创作了不少爱情诗，流露出爱情至上的倾向。《远方》、《心》、《温柔》等诗作，为我们呈现出不少怪异、令人眩晕的情感境界和别致的感染与启喻。情诗中也不乏清新健康的诗作，《记取我们简单的故事》以明丽的色彩描绘了"青春的欢爱"，《她》书写了心上人的温柔和热恋中的甜蜜，《Erika》写恋爱中的少女的纯真与大胆，《钟情你了》具有西方谣曲的明快和异国情调，《温柔》则以一段热烈的恋情挑战旧礼教。

在诗歌形式和语言方面，李金发推崇诗歌的无韵、自然美，善于使用欧化句法。李金发只在大陆读过私塾和小学，以后一直在香港、巴黎等地读书，他直接受到的传统文化和五四新文学运动的影响不大，他是用汉语创作中国的象征主义诗歌，有意无意间为新诗的艺术探索找到了另一条道路。他的很多诗将古文、白话、外文混在一处，欧化句法和断行，熔铸了古典词语，比喻、通感交织。不足之处是其中文表达能力有限，他模仿法国象征派诗人作品的痕迹很重，缺乏消化创造，有些意象和语言过于朦胧、晦涩和不解，被时人称为"诗怪"是不无道理的。他的新诗总量为400余首，是一位粗糙而多产的青年诗人。

与李金发同时或稍后，出现了一批象征派诗人，这些诗人有后期创造社的王独清、穆木天、冯乃超，他们倾向于法国象征派；还有直接取法于法国象征派或深受李金发影响而从事诗歌创作的冯至、石民、胡也频、姚篷子、侯汝华、林英强等，这些人后来的发展变化虽不相同，在当时却同李金发一起汇成了一股象征派诗歌的创作潮流。所以，到了1935年，朱自清在《中国新文学大系·诗集·导言》中，把李金发代表的象征诗派作为一个独立的艺术派别加以论述，正是总结了新诗发展的客观现象和规律。与李金发相比，后期创造社的三位诗人王独清（1898—1940）、穆木天（1900—1971）、冯乃超（1901—1983）的创作体现了浪漫主义和象征主义艺术方法的交织融合，尽管两种艺术方法互有渗透，但他们更得法国象征派的真谛，在理论上也呈现更多觉悟。

象征主义诗潮的逐渐兴起，是新诗发展的一个趋势。针对诗歌的"粗制滥造、不愿多费脑力的"[1] 表现，李金发、穆木天、王独清、冯乃超等诗人企图从法国象征主义诗歌那里发现一个新的世界，找到对抗"坦白直说"、过分的感情宣泄和缺乏深沉含蓄的艺术缺陷的新路径。穆木天、王独清与创造社友人围绕诗歌问题进行了多次通信，这些信件成为中国象征主义诗学的经典文

---

[1] 王独清：《再谭诗》，载《创造月刊》，第1卷，1926（1）。

本。他们明确主张"诗与散文的纯粹的分界",要求"诗是要有大的暗示能"①,同时,在实际的创作中也实践了他们提出的理论。在创作中,他们致力于诗歌的"音乐美"与"形式美"的追求。穆木天着重于语言音乐性的挖掘,追求用富于律动感的语言,表现诗人内心对外界声音、光亮、运动所获得的交感和印象。他强调,好的诗既应"是一个统一性的心情的反映,是内生活的真实的象征",又应是空间万有的种种律动在人们心中的"反映"②。他善于使用叠字、叠句与叠韵,力图传达出"可感与不可感"的潜在的情绪,《泪滴》、《水声》、《雨后》等许多诗篇都实践了他的艺术追求,富有"音乐美"的效果。在《苍白的钟声》一诗中,他甚至取消标点,利用词语的音响和铺排方式,在听觉和视觉两方面,模拟出钟声的回荡、消散。同样追求"音乐美"的王独清,早期写过一些模仿拜伦、雨果的浪漫主义诗风的作品,如《吊罗马》、《哀歌》等,后来尊崇拉佛格的象征诗,努力实践色彩与音乐交织一体的"音画"诗的艺术效果,《玫瑰花》一诗就是诗人所说的"水晶珠滚在白玉盘上"的诗篇③。

在诗歌的内容上,穆木天、王独清等人不如李金发的离弃尘世,多了现实感;在感情的表达上,情调也明朗一些,是现世的悲哀,但故国的沉沦、个体的伤感仍是他们诗歌的共性。与李金发完全脱离民族传统的诗风不同的是,他们在吸收西方象征主义艺术养分的同时,注意对中国民族诗歌传统的借鉴,注重意境的追求、语言的凝练,注重词的对仗与句的整齐,表现了一定的民族特色,在这方面冯乃超的诗歌更为突出。冯乃超的诗往往带有古色古香的情调与淡淡的哀愁,有些形象的选择既有象征诗的色彩,又有民族诗的长处;他注重意象的完整性,在《现在》、《苍黄的古月》、《红纱灯》、《酒歌》、《古瓶咏》等诗中都可以看出这一特征。

在新诗的发生发展中,外国诗歌及文艺思潮的影响有目共睹,李金发等诗人别开生面的写作,自然与以象征主义为代表的西方现代文艺思潮密切相关。但我们必须注意一点:象征主义在他们那里,更多是作为一种情调、风格或技巧发生着作用,因为和时代产生了契合,遂成为一时的风尚,导致了象征诗风的流行,一时为文学青年纷纷效仿。

---

① 穆木天:《谭诗》,载《创造月刊》,第1卷,1926(1)。
② 穆木天:《谭诗》,载《创造月刊》,第1卷,1926(1)。
③ 王独清:《再谭诗——寄给木天伯奇》,载《创造月刊》,第1卷,1926(1)。

学习提示与建议

1. 评价五四初期的白话诗，要将其放到从古代诗歌到现代白话诗歌的巨大历史转变中来看，正确地认识其探索、尝试的历史地位，对胡适等人的诗歌给予应有的评价。

2. 冰心、宗白华等人的小诗清新优美，有受日本俳句和泰戈尔影响的痕迹，读几首俳句和泰戈尔的诗作，试将它们进行比较。

3. 作为新诗的奠基者，郭沫若的诗歌具有划时代的里程碑意义。结合教材和作品选的介绍，深入理解其在白话诗歌发展史上的巨大贡献。

4. 徐志摩的诗，在当代流传最为广泛，这其中很大一部分原因，是其创作实现了"古典理想的现代重构"，在学习其作品时，除了掌握新月派的艺术特色之外，还应注意体会这一特点。同时，要注意闻一多诗歌的表现手法、艺术风格与徐志摩诗歌的相同与相异之处。

专题三 二三十年代的散文

学习要求

1. 了解五四时期的散文创作概况，冰心、朱自清的散文创作特点，林语堂、梁实秋的散文特点，何其芳、丰子恺的散文特点，二三十年代散文家的不同特色与类型。

2. 掌握鲁迅散文的创作特点，鲁迅早期杂文的主要风格和成就，周作人散文的创作特点，周作人散文的主要风格和特点，鲁迅和周作人散文的不同特点，鲁迅和周作人散文在中国现代文学史上的地位和影响。

一、二三十年代的散文概述

20世纪二三十年代，对有数千年历史的中国散文来说是一个重要的转折点。这一时期，文学散文的自主地位得以确立，与中国古代"骈散之散"的文章分道扬镳。"中国古来的文章，一向就以散文为主要的文体"，"说到文章，就指散文，所以中国向来没有'散文'这一个名字"；① 而自这一时期开始，现代白话散文被正式赋予"抒情或写景"的文学意蕴，是"叙事与抒情"的美文，成为与小说、诗歌、戏剧并驾齐驱的一种文学体裁。同时，这一时期的散文既是现代白话散文的开端，也是现代白话散文的高峰。在鲁迅、周作人两位文化巨擘的引领下，产生了一批在文学史上占据重要地位的散文家。其中，杂文家有陈独秀、瞿秋白、李大钊、刘半农、钱玄同等；抒情散文家有周作人、林语堂、丰子恺、何其芳、朱自清、冰心、梁实秋、钟敬文、李广田、郁达夫、许地山、巴金、沈从文等。

这一时期散文的成功绝不是偶然的，它是多种因素共同作用的结果。从作

---

① 郁达夫：《中国新文学大系·散文二集·导言》，见《中国新文学大系·散文二集》，1页，上海，上海文艺出版社，2003。

家自身因素来说，他们的国学功底是后来各时代的作家都无可比拟的。同时，他们对世界文学的潮流也有深刻的理解。从社会因素来说，风起云涌的新文化运动，给整个社会带来了思想自由的空间，是名副其实的"王纲解纽"时代。从散文自身的发展规律来说，正像周作人所总结的那样，"中国新散文的源流我看是公安派与英国的小品文两者所合成"[1]，"新散文里的基调虽然仍是儒道二家的，这却经过西洋现代思想的陶熔浸润，自有一种新的色味"[2]。严格地说，作家们并不都宗师于本土的儒道二家，但是，现代散文与本土传统的关系是最紧密的，不像诗歌、小说、戏剧那样，与本土性产生很大的断裂，外来的影响则相当深远。当然，现代散文受到"外援"的影响也是相当深远的。在五四之后短短几年的时间里，西方文学思潮、哲学思潮纷纷涌入中国，在这样一种文化背景下孕育的20世纪二三十年代的散文，以特有的多元并包的姿态，在现代文学的时空隧道里，撑起了一片蓝天。这一时期的散文，首先，不光是语言形式发生了根本性的改变，更重要的是散文内容也由单一的"载道"变为多元化的个性彰显。尤其是个性的彰显，被誉为"比从前的任何散文都来得强"。其次，是散文题材的扩大，"宇宙之大，苍蝇之微，无不可谈"，"作者处处不忘自我，也处处不忘自然与社会"。总之，这一时期的散文开创了现代散文的新时代，给后来的作者树立了艺术散文、随笔以及杂文的标杆。

现代散文的发生是由现代白话杂文来揭开序幕的。伴随着五四新文化运动的脚步，《新青年》及《每周评论》、《民国日报》等开辟的"随感录"专栏成为孕育现代白话杂文的摇篮。尤以《新青年》"随感录"专栏的杂文作者鲁迅、陈独秀、李大钊、钱玄同、刘半农等影响最大。

以抒情和叙事为主的"美文"是在1919年8月才出现的。李大钊的《五峰游记》应属现代"美文"的发端，冰心的《笑》（1921）则是最早引起广泛反响的"美文"。1921年6月，周作人的《美文》发表[3]，大力倡导"美文"的创作，简略分析了"美文"的渊源，要求这种"美文""真实简明"、"须用自己的文字与思想"，并指出"美文"与小说、诗歌的不同特点和功用。文章全文仅500字，却是中国现代散文理论诞生的标志，表明中国现代散文创作从此进入自觉阶段。由于这种文体自身形式灵活等特点，加之可以借鉴的中外作

---

[1] 周作人：《中国新文学大系·散文一集·导言》，见《中国新文学大系·散文一集》，9页，上海，上海文艺出版社，2003。

[2] 周作人：《中国新文学大系·散文一集·导言》，见《中国新文学大系·散文一集》，9页，上海，上海文艺出版社，2003。

[3] 周作人：《美文》，载《晨报副刊》，1921-06-08。

品比较多，所以"美文"的发展比较迅速。在20年代初期就形成了以"二周"为首的散文创作队伍，包括朱自清、冰心、郁达夫、郭沫若、瞿秋白、叶绍钧、徐志摩、俞平伯、钟敬文、梁遇春、丰子恺、林语堂、许地山、王统照、郑振铎等。这些散文家，思想不同，风格各异，为20世纪初的中国散文园地增添了绚丽的色彩。

冰心是五四时期较早成名的散文作家。她从小接受了正规的传统教育，14岁时考入教会办的北京贝满中学，基督教博爱思想的深刻影响，凝聚成了她早期作品中的"爱的哲学"。爱母亲、爱儿童、爱自然，是她早期作品的三大主题。《笑》便是充分体现她这种爱的哲学的代表性作品。作品中的"她"，由墙上画中"抱着花儿，扬着翅儿"的白衣天使，想起了古道旁"抱着花儿，赤着脚儿"的陌生少年，又想起十年前"倚着门儿，抱着花儿"的老年农妇。三个"抱着花儿"的天堂和尘世上的人物，相互叠印在一起，向"我"发出了微笑，"三个笑容，一时融化在爱的调和里"。这种爱的哲学，显然带有空想的成分，但是作者是在用真情诠释着一种温馨、轻柔的爱。1922年发表的散文小品《往事》同样是显示了作者独特思考的别具情趣的作品。冰心的散文在当时受到社会的普遍关注，郁达夫就曾经专门评价道："冰心女士散文的清丽，文字的典雅，思想的纯洁，在中国好算是独一无二的作家了"[①]，还说冰心的作品"意在言外，文必己出，哀而不伤，动中法度"[②]。冰心的诗歌也很有名，所以文学史上有"冰心体的散文和诗歌"这样的说法。冰心散文创作上的这种典雅与纯净，一方面，来源于她的家庭生活氛围的影响；另一方面，与她的人生经历密切相关。家乡秀丽的山水以及在美留学所见的慰冰湖、大西洋海滨的怡人风光，都给她带来了美的资源与境界，这是形成"冰心体散文"的源泉。

朱自清幼年受过士大夫家庭的传统教育，对诸子散文、古典诗词和小说等均有所涉猎。1916年入北京大学哲学系学习，1920年毕业后在江苏、浙江等地中学任教。朱自清最早是以新诗步入文坛的，但是相比较而言，他的散文成就要大于诗歌成就。他早期的名篇是《桨声灯影里的秦淮河》、《温州的踪迹》以及后来的《背影》、《荷塘月色》，《背影》情感的朴素、真挚，《荷塘月色》

[①] 郁达夫：《中国新文学大系·散文二集·导言》，见《中国新文学大系·散文二集》，16页，上海，上海文艺出版社，2003。

[②] 郁达夫：《中国新文学大系·散文二集·导言》，见《中国新文学大系·散文二集》，16页，上海，上海文艺出版社，2003。

意境的幽雅、优美,都给读者留下了深刻的印象。朱自清在散文创作中特别擅长使用叠字,不仅有形容词的重叠,还有数量词、动词的重叠,叠字的运用使他的散文语气舒缓、亲切自然,易于营造出雅致的氛围;另外,他喜欢用女性作为喻体,更增添了散文的柔美韵味。他的散文典雅、清新,是现代散文中极富感染力的佳作。值得一提的是,他在1922年写的散文诗《匆匆》,全文仅六七百字,不仅展现了美的韵律,而且表达了作者对时光的哲理思考,使孔子两千多年前留下的命题得到具体化,带给读者无限遐想。除了抒情散文之外,朱自清在二三十年代还写了不少诗评、小说评论以及序、跋等文学随笔,如《读〈湖畔〉诗集》、《〈老张的哲学〉与〈赵子曰〉》、《〈子恺漫画〉代序》、《文学的美》、《诗与哲理》、《诗与幽默》等,同样具有亲切自然的风格,像与读者促膝谈心,娓娓道来,从作者说起,并把自己喜爱的作品中的片段展示出来。他的评价细致、中肯,个人的见解、主张也都在平和的语气中和盘托出,对诗歌、小说文体特征的论述,尤其是对诗歌方方面面的论述颇见功底,同样耐人寻味、意味深长。过去,人们往往忽略他的这些随笔,其实这些随笔也颇能显示他文章写作的风格以及学者的风范。

鲁迅、周作人等加盟的《语丝》自20世纪20年代末至1930年3月停刊,一直是以刊载杂文为主的刊物。创造社的《创造月刊》、太阳社的《太阳月刊》等刊物也都刊载过一些书评、杂感、随笔。值得一提的是《申报·自由谈》,自1932年底,在鲁迅、茅盾、瞿秋白等左翼作家的支持下,继承五四时期《新青年》的传统,成为30年代杂文创作的重要阵地。活跃的杂文作家,还有徐懋庸、唐弢、聂绀弩、胡风、阿英、廖沫沙、王任叔、柯灵、陈子展等。这一时期的杂文对国民党反动势力及黑暗的社会现实给予猛烈的抨击,形成战斗的革命现实主义的文风,被誉为"鲁迅风"。同一时期,不少进步作家也纷纷参与杂文的写作,如郁达夫、叶圣陶、邹韬奋、陶行知、丰子恺、老舍、梁遇春等。

瞿秋白是杰出的无产阶级革命家、理论家和文学家,也是著名的杂文作家。他曾经与鲁迅合作撰写14篇杂文,既活用了鲁迅的杂文笔法,又凸显了犀利、明快、辛辣的特点。他的杂文具有极强的创新性,针砭痼弊,常取类型,形成了自己独特的风格。在他的杂文中经常出现的形象有两类:一类是"猫"、"狗"、"鹦鹉"等丑恶的虚假骗人的形象,代表作如《猫样的诗人》、《狗样的英雄》、《鹦哥》等;另一类是如"霹雳"、"暴风雨"等具有象征意义的壮美形象,代表作如《一种云》、《暴风雨之前》、《〈铁流〉在巴黎》等,是鼓舞群众前进的战鼓和号角。他杂文的形式也是多种多样，有序跋式、诗话式、格言警句式、书评式、通讯式等。他的杂文无论在思想上还是艺术上都是鲁迅之外的第一人。

茅盾在30年代也是杂文的高产作家，有《话匣子》、《速写与随笔》等。他的杂文视野开阔，敏锐、深刻，强力揭露了国民党反共卖国的丑恶嘴脸。他特别注重从经济变化的角度去研究社会历史、分析人们的心理，不足之处是过于直白。徐懋庸（1910—1977）也是一位影响较大的杂文家。他的杂文集有《不惊人集》、《打杂集》、《街头文谈》。他知识渊博，长于思辨，杂文内容常常涉及古今中外的史籍、文艺作品和报刊资料，常常伴有对社会人生的分析及对时弊的抨击，具有婉约而多讽、辛辣遒劲的文风。郁达夫的杂文集有《奇零集》、《断残集》、《闲书》，多为"随感录"式的短小的急就章，主要揭露国民党对内镇压、对外妥协投降的反动本质。他学识渊博、艺术修养深厚，杂文自然也意味深长。陶行知（1891—1946）在《申报·自由谈》上发表了一百多篇杂文，内容涉及痛斥国民党、针砭世态炎凉、讽刺反动政客以及宣传他自己的教育观点。文章爱憎分明，犀利有力，为杂文艺术的大众化闯出了一条成功之路。梁遇春（1906—1932）有《春醪集》、《泪与笑》，文集中多为杂感随笔，也有少数是抒情文字和传记。他的随笔充满苦闷、彷徨但又不甘沉沦的青年人的感伤情调，他的杂感善于标新立异，在发表议论的同时能自如地运用广博的知识，使文章汪洋恣肆且富于情感，被唐弢誉为"文体家"[①]。

值得一提的还有以上海为主要阵地的"论语派"，因林语堂等创办的《论语》半月刊而得名。他们的刊物除《论语》之外还有《人间世》及《宇宙风》。周作人虽远在北京，但周作人与林语堂二人在小品文创作理论上相互呼应，周作人实际成了"论语派"的精神领袖。在他们的刊物上既刊登反对国民党的杂文，也刊登反共文章，坚持一种"不左不右"、"不党不派"的超然立场。林语堂一味"提倡幽默文字"，并把幽默抬到"人生观"的高度，曾经遭到鲁迅的批评。但是，在大是大非面前林语堂还是态度鲜明的，他写过《论政治病》、《脸与法治》等讽刺和揭露国民党反动统治的杂文，甚至写文章支持"一二·九"爱国学生运动。他的文章寓讽刺于幽默，犀利爽快。

30年代的抒情散文，更多地吸收了西方现代派诗文和古典诗词的表现手法，尤其擅长抒写作者个人细腻的内心情感世界，这恰恰应和了这批作家在当

[①] 唐弢：《晦庵书话》，52页，北京，生活·读书·新知三联书店，2007。

时生活孤独、精神寂寞的事实。在散文形式上,精雕细琢、匠心独运,一种追求唯美的散文风格蔚然成风。何其芳是重要的代表作家。这时期具有代表性的散文家还有李广田、丽尼、陆蠡、丰子恺、钟敬文、郁达夫等。

李广田于 30 年代开始文学创作,早年也有诗作发表。散文集有《画廊集》、《银狐集》、《雀蓑记》,具有浓厚的乡土气息和鲜明的地方特色。如《山之子》,描绘泰山的险峻、景色的幽深,同时刻画了一位如泰山般坚韧、奇伟的山之子形象,语言清新纯朴、恬淡自然。他逐渐由抒写作者的内心世界转变为更多地关注社会与人生,思想内容与艺术形式逐步走向充实与成熟。他的散文主要描写乡野风情,写出了乡土人生中的"美和真实",没有雕琢的辞藻,却具有朴素的诗的静美。因其构筑的是苦难的人生,所以文中自然会带有一些沉郁悲凉的氛围。丽尼的散文善于抒情,在散文集《黄昏之献》里抒写的是"漂流者"的伤逝、疲惫与抗争;在《鹰之歌》里抒写的是工农劳苦大众的苦难和不满。他的散文着重展示了他个人由苦闷、绝望到发现劳苦大众的苦难与抗争以至看到希望与出路的心路历程,这在 30 年代的青年里具有相当的代表性。他的散文情感表达直露强烈,也具有音乐感与画面感,多为散文诗。《白夜》一集,则侧重记人叙事,客观性有所增强,但抒情性与艺术性减弱。陆蠡的散文集有《海星》、《竹刀》、《囚绿记》。他的散文蕴藉婉约,富于哲理与智慧。其名篇《囚绿记》借一支被"囚禁"的常春藤永远向着太阳生长的习性,歌颂了"永不屈服于黑暗的囚人",颂赞了不屈不挠、追求自由与光明的精神。

在 30 年代,抒情散文比较发达的同时,随笔、游记也有长足发展,代表性作家有丰子恺、夏丏尊、郁达夫、朱自清、茅盾、巴金、沈从文等。夏丏尊的《平屋杂文》、叶圣陶的《未厌居习作》、俞平伯的《燕郊集》等都属于静观社会、体味人生的随笔散文。表现民风民俗的社会旅行杂记以及写景抒怀、发现自然的山水游记,这两类游记呈现出较强的生命活力。朱自清的《欧游杂记》、《伦敦杂记》,王统照的《欧游散记》、《青纱帐》,冰心的《平绥沿线旅行记》,吴祖缃的《泰山风光》,艾芜的《漂泊杂记》等作品,融社会性、民俗性、知识性于一炉,使旅行记、风土志的写法得以健康发展。

山水游记里值得一提的是郁达夫的《屐痕处处》、《达夫游记》和钟敬文的《西湖漫拾》、《湖上散记》等。30 年代中期,郁达夫移居杭州之后,是他游记散文创作的高峰期。1933 年至 1935 年,他多次出游,目的十分明确,就是为游记的创作,因而他的游记是成系列的,彼此相连,相互映照;加之他有丰富的史、地知识，历史掌故、神话传说融汇其中，使他的游记纵横捭阖、视野开阔；再有就是他对大自然的美有特别敏锐的感受力，经过他浓烈感情的洗礼之后，使他的游记不仅意境优美、诗意盎然，而且饱蕴情愫。钟敬文的《西湖的雪景》堪称"旷达其意"、"揽景会心"、"已得真趣"。作者反反复复地细细品味西湖的清幽、冷峭，把西湖那份清朗绝俗宣泄得淋漓尽致。全文以雪生情，以情写雪，看似闲庭信步，兴之所至，实际上文章无不透露出作者置身天堂美景，而心系人间清贫的情怀。雪景描写动静结合，素雅与艳丽相互映衬的那一份别致，是这篇文章的独特魅力。全文始终萦绕着古典美的神韵。

二、鲁迅的杂文、散文及散文诗

鲁迅是中国现代小说的开拓者，在散文创作领域也具有举足轻重的地位。从散文文体的角度来看，他既是杂文的奠基者，又是散文诗的鼻祖；从文体特征的角度来看，他在"闲话体"和"独语体"这两种散文中都取得了开创性的成果。

（一）杂文特点与成就

鲁迅的杂文创作以1927年为界，分为前期和后期。前期杂文有《坟》、《热风》、《华盖集》和《华盖集续编》，后期杂文有《而已集》、《三闲集》、《二心集》、《南腔北调集》、《伪自由书》、《准风月谈》、《花边文学》、《且介亭杂文》、《且介亭杂文二集》、《且介亭杂文末编》、《集外集》、《集外集拾遗》和《集外集拾遗补编》。

鲁迅杂文的内容十分丰富，他赋予了杂文内在的文学品格。瞿秋白在《鲁迅杂感选集·序言》中说："鲁迅的杂感其实是一种'社会论文'——战斗的阜利通（feuilleton）。谁要是想一想这将近二十年的情形，他就可以懂得这种文体发生的原因。急遽的剧烈的社会斗争，使作家不能够从容地把他的思想和情感熔铸到创作里去，表现在具体的形象和典型里；同时，残酷的强暴的压力，又不容许作家的言论采取通常的形式。作家的幽默才能，就帮助他用艺术的形式来表现他的政治立场，他的深刻的对于社会的观察，他的热烈的对于民众斗争的同情。不但这样，这里反映着五四以来中国的思想斗争的历史。杂感这种文体，将要因为鲁迅而变成文艺性的论文（阜利通——feuilleton）的代名词。自然，这不能够代替创作，然而它的特点是更直接更迅速地反映社会上的日常事变。"① 用鲁迅自己的话说，他那时的杂文写作，主要着眼于"文明批评"和"社会批评"。"文明批评"，就是文化批评，诸如所谓国民性、国粹、封建主义的纲常礼教以及种种形而上的精神弊端，都属于文明批评的范畴；"社会批评"，就是举凡专制政治的种种表现、统治当局的倒行逆施、无聊文人的助纣为虐等，均在社会批评视野之内。

对中国封建专制政治的历史及其"吃人"本质，对封建道德礼教的虚伪性和欺骗性，鲁迅都作了深刻的揭露批判，进而从进化论的角度提倡社会解放、家庭解放和妇女解放。在《灯下漫笔》中，鲁迅从"纸币换银元"的日常事件中，发现中国老百姓非常容易受骗，受骗以后还自我满足，总结出"我们极容易变成奴隶，而且变了之后，还万分喜欢"的民族蒙昧心理，从而掘发出我们中国几千年的历史，就是"想做奴隶而不得的时代"、"暂时做稳了奴隶的时代"相交替的事实，号召青年们担负起自己的历史使命，去"创造这中国历史上未曾有过的第三样时代"。鲁迅毫不留情地揭露，封建中国就是一座给统治者和外来征服者准备人肉筵宴的大厨房，而觉醒了的青年的任务就是"扫荡这些食人者，掀掉这筵席，毁坏这厨房"。《春末闲谈》通过细腰蜂麻醉了小青虫，然后把它捉回去给自己的幼虫当食料的现象，犀利地揭露批判了统治阶级用种种说教麻醉毒害人民，使人民俯首帖耳地为其作奴隶而不会反抗的历史真实，读来令人警醒。《我们现在怎样做父亲》以进化的观点告诉觉醒了的人们，要想达到社会进步，就应先从自己的家庭做起：作为父亲，"各自先解放了自己的孩子。自己背着因袭的重担，肩住了黑暗的闸门，放他们到宽阔光明的地方去，此后幸福的度日，合理的做人"。《我之节烈观》坚决地反对封建主义者的极端虚伪和不道德，主张破除强加在妇女身上的种种"节、烈"等不合理的道德说教，从精神上、人格上使妇女得到解放。

对统治当局的倒行逆施，鲁迅也将杂文作为武器进行揭露和抗争。如在"女师大学潮"中，鲁迅主持正义，对教育当局对学生的无理镇压坚决揭露（《公理的把戏》等）；在"三一八"惨案发生后，鲁迅写了一系列文章，批判段祺瑞卖国政府屠杀爱国学生和市民的罪行（《无花的蔷薇之二》等）。1931年2月柔石、殷夫等"左联"五烈士被杀害，鲁迅怀着复杂的感情写下《为了忘却的纪念》等多篇文章，愤怒地揭露和控诉了反动派的暴行；1931年"九

---

① 瞿秋白：《鲁迅杂感选集·序言》，见《瞿秋白文集》（文学编），第3卷，96页，北京，人民文学出版社，1989。

一八"事变后，鲁迅写了《"友邦惊诧"论》等文章，尖锐地讽刺、猛烈地抨击了国民党当局对外妥协退让的投降政策。

鲁迅还有很多文章属于论辩之文。这些文章，有些是在与各种文艺思潮论战中写的，有的是对某些社会思潮的批判。如 1922 年与"学衡派"的论战（《估学衡》），1925 年与"甲寅派"的论战（《十四年的读经》等），1928 年后与创造社和太阳社的论战（《"醉眼"中的朦胧》等），1930 年后与"新月派"的论战（《"丧家的""资本家的乏走狗"》等）；此外还有与所谓"正人君子"们的论战（《并非闲话》等）以及关于《庄子》与《文选》的论争（《重三感旧》）等。这些辩驳之文，用鲁迅自己的话说，就是"皆出于公战，而非私仇"，把鲁迅在重大原则问题上的主张见解清晰地表达出来。

此外，鲁迅主张"痛打落水狗"，不能盲目轻易地相信、饶恕敌人（《论"费厄泼赖"应该缓行》）；告诫年轻人反封建的斗争是长期的，要有"韧战"的精神《对于左翼作家联盟的意见》）；尖锐地讽刺社会上的种种污浊现象、市侩风习（《论"人言可畏"》、《二丑艺术》、《"商定"文豪》等）。在批评中，鲁迅也热烈地宣传了民主、自由、科学、进化、理性、唯物主义辩证法等进步思潮。总之，鲁迅杂文的内容是极其丰富的。

鲁迅杂文在艺术上具有杰出的建树，为现代杂文创作的成熟和发展，作出了开创性的贡献；为后人的写作，提供了最好的楷模。鲁迅堪称中国现代杂文之父。具体来说，可以归结为以下五点：

第一，鲁迅杂文在形式上具有多样性的特点。杂文这种文体虽然自古就有，但从来没有被重视过，只是一种不起眼的小文章，在形式上也没有什么新颖惹眼之处。鲁迅在选定了以杂文作为自己从事写作的主要文体之后，首先在形式上做了很多新尝试，并取得了成功。他的杂文，有随感、杂感、题辞、启事、短评、闲谈、漫笔、琐谈、闲话、日记、书信、序、跋、记、忆、论、说，有题目或者"无题"等，不一而足。鲁迅主要根据内容的需要来选定文章的形式，没有定规，形成了很多创制，为后来者提供了样本；尤其是由于他所取得的巨大成就，使杂文成为文坛百花园中的一朵奇葩，并且成为一种独立的文体。

第二，鲁迅杂文的严谨论述和绵密说理显示出强大的逻辑力量，构成了文章强烈的论战风格，由于无懈可击甚至可以使论敌窒息，别具一种动人的艺术魅力。以《灯下漫笔·一》为例，文章先说"纸币换银元"的事件，百姓们吃了亏还内心欢喜庆幸，从而联想到我们非常容易成为奴隶，成为奴隶后还很高兴；为什么呢？接下来就通过历史事实来说明，在战乱年代，百姓们总是有"乱离人不如太平犬"的感叹，希望有一个固定的主子来管理他们，哪怕不把他们当人也愿意；天下太平后，统治者果然也不把百姓当人，元朝的法律就有明文规定，百姓则恭颂圣明。之后得出结论，中国历史就是百姓们"想做奴隶而不得"和"暂时做稳了奴隶"这两种时代的交替，而号召青年们"无需反顾，去创造历史上不曾有过的第三样时代"的结论，就水到渠成地得出了。整个论述顺理成章，一气呵成，逻辑严谨。

第三，鲁迅杂文中生动具体的描绘往往造就具有典型特征的形象，在勾画出某种人物或现象的特征的同时，使文章的内涵更加丰富饱满，意义也更为深邃隽永。鲁迅主张"论时事不留面子，砭锢弊常取类型"①，因而他的文章观点深刻，下笔犀利，形象丰满，甚至堪称典型。像他笔下的脖子上挂着小铃铛的"领头羊"的形象，就立刻使人想起某些为专制统治当局帮忙或"帮闲"的知识界中人的卑劣嘴脸。此外像"落水狗"、"叭儿狗"、"丧家狗"、"苍蝇"、"蚊子"、"豪猪"、"媚态的猫"等形象，都是鲁迅笔下某类人物的专属画像，其嘴脸和灵魂之丑陋，皆形神毕肖。

第四，鲁迅杂文中讽刺笔法得心应手地加以运用，从而达到"嬉笑怒骂，皆成文章"的境界。讽刺，是杂文写作的基本手法之一，也是鲁迅最常用的、构成他杂文强大战斗力的重要笔法。如《沉滓的泛起》一文，讽刺了1931年"九一八"事变之后，上海各界某些人的无聊表演：有些人到《新唐书》中去查日本古名叫"倭奴"，有些人大谈文天祥、岳飞、林则徐，国民党政客胡汉民则"劝勉青年须养力，毋泄气，养力就是强身，泄气就是悲观，要强身祛悲观，须先心花怒放，大笑一次"，于是电影院就配合放映滑稽电影，影星们就举办"爱国歌舞表演"，亲国民党的文人们就成立上海文艺界救国会，又有人宣传养德国警犬去参战，还有人在报纸上说自己吃了一种药后身体好了要去参军作战，等等。鲁迅指出，所有这些，恰如池塘中的沉滓，用棍子搅了一下就泛了起来，"沉滓又究竟不过是沉滓，所以因此一泛，他们的本相倒更加分明"。这样的讽刺非常有力，在鲁迅文中也是随处可见的。

第五，鲁迅杂文精于语言的推敲锤炼却又不见痕迹，既有精辟深刻、富含哲理的隽语，又有生动幽默、冷峭凝练的妙句，长句短语，显出语言大师的功力。《这个与那个》是1925年批判教育总长章士钊要在小学里恢复"读经"的

---

① 鲁迅：《伪自由书·前记》，见《鲁迅全集》，第5卷，4页，北京，人民文学出版社，1981。

文章，开头写道："一个阔人说要读经，嗡的一阵一群狭人也说要读经，岂但'读'而已矣哉，据说还可以'救国'哩。"这里用了一个"阔人"和临时生造的词"狭人"，又用了象声词"嗡"、词组"据说"、语气词"哩"以及文白夹杂的句式，就对章士钊妄图开历史倒车的不自量力给予了致命的讽刺，在极简单平凡的用词和句式中，那种轻蔑、不屑、挑战的意味力透纸背，而在这一切的背后见出作者灵活运用语言、举重若轻的深湛功力。

(二)《野草》与《朝花夕拾》

《野草》和《朝花夕拾》代表了鲁迅的"文艺性散文"的创作实绩，以"独语体"和"闲谈体"两种体式，开创了现代散文的两大创作潮流与传统。

《野草》是鲁迅的散文诗集，连《题辞》在内，共有24篇，主要是作者于1924年9月至1926年4月创作的作品；出版于1927年，是中国现代文学史上第一本散文诗集，开"独语体"散文之先河。

《野草》被认为是鲁迅作品中最难解读的部分，这与当时复杂的社会原因和鲁迅的思想状况有关。由于五四运动的退潮，《新青年》战友的各奔前程，鲁迅陷入了孤独寂寞的境地，思想上感到苦闷彷徨，但还是坚持韧性的战斗，九死不悔地进行顽强的探索，《野草》就是以内心独白的方式抒发重重叠加的困惑迷惘与坚韧前行纠结错综的复杂心态。像《秋夜》、《影的告别》、《过客》、《希望》、《死火》、《墓碣文》等，就是表现这方面内容的。《失掉的好地狱》、《这样的战士》、《淡淡的血痕中》等，则表达了对黑暗世界的无情诅咒，对杀戮无辜的封建军阀罪行的愤怒声讨，觉醒了的战士的不屈战斗精神。有些文章如《立论》、《狗的驳诘》等，又是对社会上某些人的丑陋嘴脸和卑污灵魂的揭露以及对庸俗世风的批判。此外，还有些篇章表达了对美好事物的赞赏、依恋之情，也透露出了淡淡的遗憾或感伤，如《雪》、《风筝》、《腊叶》。

《野草》在艺术上也是很讲究的。它富有强烈的主观色彩、浓郁的抒情性、奇特的想象、蕴藉的象征、诗意的语言，将理想与人生现实的巨大反差、内心世界的矛盾交织无以排解等融合在一起。它们在许多时候都是借助于梦境刻画出来的，甚至有多篇是直接用"我梦见"开头的，有如行山阴道上、目不暇接的联翩美景（《好的故事》），有自相缠绕不得其解的生死之问（《死火》），有荒诞的人与狗之间关于"势利眼"、"等级化"之孰优孰劣的辨诘（《狗的驳诘》），也有不惜创痛决心自省、自我解剖而不得其果的苍凉（《墓碣文》）。

《朝花夕拾》收入《阿长与〈山海经〉》、《从百草园到三味书屋》、《父亲的病》、《藤野先生》等回忆往事的散文10篇，1928年出版（1926年在《莽原》周刊上陆续发表时总题为《旧事重提》）。与《野草》的迷惘、焦虑和人生路径的再度困惑迥异，《朝花夕拾》似乎是鲁迅人生中一个心态平缓、神情从容的段落，是其在两个大的战斗的间歇期写成的，回忆少年时代在绍兴故乡时的生活和亲人，忆念老师和朋友；乡情、亲情、友情和童心童趣，得到了集中的抒发。在《〈朝花夕拾〉小引》中，鲁迅写道："我有一时，曾经屡次忆起儿时在故乡所吃的蔬果：菱角、罗汉豆、茭白、香瓜。凡这些，都是极其鲜美可口的；都曾是使我思乡的蛊惑。后来，我在久别之后尝到了，也不过如此；惟独在记忆上，还有旧来的意味存留。他们也许要哄骗我一生，使我时时反顾。"这就是回忆的动力和魅力吧。出现在他笔下的，有给他带来"最为心爱的宝书"、"三哼经"（《山海经》）的长妈妈，给他带来无限乐趣的生机盎然的"百草园"，在异乡的日本给予他真诚关心的医学教师藤野先生，还有一生坎坷、孤傲不羁的老友范爱农……文章写得深情亲切，语言温婉，摇曳生姿，显示了鲁迅对儿时家乡生活的思念和依恋，对朋友之情和师生之谊的推重。即便是那位在三味书屋中，拉长了声调诵读典籍的教书先生，也失去威严，只觉可笑亦可爱了。在娓娓道来的话语中，鲁迅与读者进行着心灵上的交流，讲述一则则往事，率性随意，呈现出"闲话风"的特点。"闲话风"的散文追求一种日常交流的语境，以聊天、闲谈的方式结构文章，通常有一种开放的格局。《朝花夕拾》里的散文就显示出了"闲话风"这种独特的韵味。

三、周作人的散文

周作人的短论《美文》，阐明了文艺性散文的文类品格，是新文学初期散文理论的重要标志。

周作人的散文作品数量巨大，据统计在1949年以前就有60多种集子出版；从文类上说有杂文、随笔和记叙抒情散文。

1949年以前，周作人的散文创作可以分为三个时期。1918年至1927年可以看做前期。这一时期，他的散文中有一部分属于新文学理论建设的文章，如《人的文学》、《论小诗》、《美文》等，而大部分是杂文。在这些杂文中，有的是批判封建"国粹"的（如《拜脚商兑》），有的是揭露种种昏庸狂悖的奇谈怪论的（如《上下身》、《"先进国之妇女"》），有的是掘发讽刺"国民性"弊端的(如《奴才礼赞》),有的是与"现代评论派""正人君子"们的交锋(如《我们的闲话·二十六》),有的是对现实弊端或专制政治的抨击(如《碰伤》、《传单抄本》)。记叙抒情类散文相对来说,其出现稍晚于杂文,如《山中杂信》等已是1921年的作品了,发表后影响很好,此后越写越多,深得胡适的称赞:"白话散文很进步了……这几年来,散文方面最可注意的发展,乃是周作人等所提倡的小品散文。这一类的小品,用平淡的谈话,包藏着深刻的意味;有时很像笨拙,其实却是滑稽。这一类作品的成功,就可彻底破除那'美文不能用白话'的迷信了。"[1] 这些散文中名篇甚多,如《初恋》、《故乡的野菜》、《苍蝇》、《乌篷船》、《谈酒》等。

1928年至1936年是周作人散文写作的中期,标志性文章是发表于1928年的《闭户读书论》。在这篇文章中,周作人尖锐地讽刺了国民党所实行的白色恐怖政策,特别是在文化界,不许人们开口说话,一说话即动辄得咎,即可能有生命危险,表达了自己只好暂时躲进书斋去"闭户读书"的愤懑和无奈。在这之后,他的杂文的确写得很少了,即便发表对现实某些问题的看法,棱角也不再像以前那么分明,而是比较含蓄了。最有代表性的就是一组"三礼赞":《娼女礼赞》、《哑吧礼赞》和《麻醉礼赞》。以《哑吧礼赞》为例,文章先从人不能说话究竟算不算残疾说起,考察嘴的功能无非就是"吃饭、接吻、说话"三种,前两种都无妨碍,只是说话似乎不大方便;但是作者指出,"人类能言本来就是多此一举","语云,'病从口入,祸从口出。'说话不但于人无益,反而有害,即此可见。一说话,话中即含有臧否,即是危险"[2]。应当说,文章的讽刺锋芒所向是极分明的,但也只是点到为止,不再深入了。在所谓"闭户读书"的这一时期,周作人大量写作的是与现实无关的随笔类和记叙类的散文,最能体现这一转变的是一组三篇的"草木虫鱼"。如其中的《虱子》一文,数千字的文章中,讲述了众多关于这种寄生小动物与人类之间的故事,读来令人兴味盎然,内心愉悦,但内容跟现实人生毫无关系。这是非常有代表性的。

抗战开始后至1949年是周作人散文创作的后期,情况比较复杂。他先是受北大校长蒋梦麟委托,留在日军占领下的北平,保护北大校产,1939年,接受汪伪政府的聘书,任北大图书馆长和文学院长,此后又接受了文教方面的伪

---

[1] 胡适:《五十年来之中国文学》,见王哲甫:《中国新文学运动史》,177页,影印版,上海,上海书店,1986。
[2] 周作人:《周作人经典》,266页,海口,南海出版公司,2001。

职。这一时期所写，有相当一部分是被研究界称为"掉书袋"或"文抄公"的文章。周作人在1942年被日本人解除职务后，心有不满，再加上形势对日本人越来越不利，他与日本人开始渐行渐远。在文章写作方面，他终于潜下心来写自己真正想写的文章，于是又恢复了他以前文章的高水平，如《岛崎藤村先生》、《怀废名》、《武者先生和我》等。

周作人在散文艺术的探索方面既是开路人，又取得了举世公认的成就，对白话散文的成功，确是居功至伟，影响广泛而深远。他的杂文艺术方面的特色，与乃兄鲁迅相仿佛；在记叙抒情散文即所谓"美文"以及随笔散文方面，则是自辟路径，主要可以归结为以下三点：

第一，广泛丰富的知识性和趣味性。一般说来，散文并不以传播知识为己任，但这又的确是周作人自己的有意追求。所以，我们看他的文章，无论是品茶味酒、谈天说地，还是话野菜、说苍蝇，乃至议论妇女问题、奴才问题、风化问题、东方文明问题等，他都要旁征博引，钩沉辑佚，将中外古今的相关记述，兼收并蓄，从而使文章具有广博的知识性。如《菱角》一文，先从给孩子买菱角说起，引述明清两代家乡地区的文人关于这种水生植物果实的记载，介绍菱角的形状（四角、三角、两角），品种（水红菱、乌菱、驼背白、花蒂、火刀、青菱、鸡腿、沙角），吃法（风菱、熟老菱、酱大菱、醉大菱、黄菱角）等，一篇千把字的文章，好像把人带进了一座菱角的博物馆。当然，周作人并不仅是给读者介绍知识，他以其深湛的功力和生花的妙笔，将并不一定生动的知识变成了文章的有机组成部分，令读者在获得知识的同时，获得情感上的愉悦享受；而在这一过程中，没有谁会觉得他是在炫耀学问，显示博学。无怪乎他的弟子废名说："'渐近自然'四个字大约能以形容知堂先生，然而这里一点神秘也没有，他好像拿了一本自然教科书作参考。"[①]

第二，亲切风趣、庄谐杂出的幽默味儿。周作人认为，"幽默"本来就是他们浙江文人的为文传统。他说："近来三百年的文艺界里可以看出有两种潮流，虽然别处也有，总是以浙江为最明显，我们姑且称作飘逸与深刻。第一种如名士清谈，庄谐杂出：或清丽，或幽玄，或奔放，不必定含妙理而自觉可喜。第二种如老吏断狱，下笔辛辣，其特色不在词华，在其着眼的洞彻与措辞的犀利。"[②]

---

① 废名：《周作人》，见《二十今人志》，影印版，64页，上海，上海书店，1986。
② 周作人：《地方与文艺》，见《周作人早期散文选》，309页，上海，上海文艺出版社，1984。

周作人自己的幽默即属于第一种,第二种则是为其兄长鲁迅量身定做的。文章中的幽默有的是在叙述过程中自然流露出来(如《苍蝇》);有的是借助典籍故实的征引造成(如《虱子》);有的则是读过之后从整体上感到幽默,而不是从某一处,这是幽默的最高境界(如《奴才礼赞》)。

第三,平淡素雅、恬静朴拙。周作人的散文从来不故作惊人之笔,也不炫奇斗胜,而是以悠远明净的心情,舒徐轻快地写来,从而使文章做到冲淡而不板滞,委婉而不纤弱,洒脱而不枝蔓,雍容而不傲慢。在语言上则是以口语为基础,适当地杂糅调和欧化语、古文、方言等语素,使语言实现明朗与含蓄的结合,涩味儿与简单味儿的统一,总之是雅俗共赏;而恬适冲淡的诗意,就从其中流溢出来。如《故乡的野菜》、《乌篷船》以及其他很多文章都可以作为很好的例子。

四、何其芳、丰子恺的散文

何其芳(1912—1977),四川万县人。现代散文家、诗人、文艺评论家。1931年至1935年在北京大学哲学系学习。1936年他与卞之琳、李广田的诗歌合集《汉园集》出版。散文集《画梦录》于1937年出版,并获得《大公报》文艺金奖。抗日战争爆发后,何其芳回到老家四川任教,一面继续写作诗歌、散文、杂文等。1938年北上延安,在鲁迅艺术学院任教,后任鲁迅艺术学院文学系主任。新中国成立后,主要从事文学研究和评论,并长期担任文艺界的领导工作。

何其芳的文学创作前后期变化比较明显。他早期的作品讲究形式的美感,将诗歌的节奏和意境融入散文创作中,辞藻华丽唯美,渲染出年轻人孤独忧郁的内心和被压抑的热情。抗战开始,特别是1938年到延安以后,何其芳的人生观和文学观有了较大的变化,其创作渐离虚幻的梦境,关心"人间的事情",艺术风格趋向朴实明朗。

散文集《画梦录》是何其芳早期散文创作的代表。它融合了中国古典审美意蕴与西方现代主义思绪,将年轻人的苦闷和激情淋漓尽致地表现出来,也体现出何其芳才华横溢的语言天赋和诗人的想象力。在叙述方式上,融入现代派创作手法,如意识流、象征主义等,但是就散文的整体韵味、意境来说,《画梦录》更多地因袭了中国古典文学的诗意之美,呈现出东方的灵性、委婉、朦胧、幻美的意蕴。何其芳在散文《梦中道路》中说:"我喜欢那种锤炼,那种色彩的配合,那种镜花水月。我喜欢读一些唐人的绝句。"① 《画梦录》便具有中国古典诗词的优雅韵味。作者以生动的修辞手法营造出一种精致婉约的意境,其中既有唐诗宋词的绚烂文采,也有中国传统文人以外在景物、人物来比拟个人情志的抒怀方式,尤其擅写女性的生活现实和情绪感受,并以此暗喻自己的人生状态。如《静静的日午》写一个老妇人在一个少女的陪伴下等待儿子归来的故事。这是一场绝望而又荒凉的等待,仿佛是等待一场虚幻的梦变成现实一样。期间老妇人不断地向少女诉说她年轻时候的事,她的故乡、童年,她听说的一些荒谬的事,而所有这些也都如梦一般恍惚。这些故事涉及修道院的女孩、俄国小姐、花朵、车祸等。它们之间看似毫无关联,但实际充满象征色彩,它们与文本中的现实、与作者的心境都具有千丝万缕的联系。其中的几个故事,隐含着细腻微妙的情感变化和寓意。

在作品中,作者表面不动声色的聊天却表现了人物内心世界的变化。老妇人首先是在年轻女孩的刺激下想起了自己的青春,她开始回忆故乡以及童年,并想到自己一生的封闭生活,于是她讲到了修女的故事。车子代表远行和外面的世界,那是儿子所在的世界,也是女人们向往的世界;老妇人又想起了自己与少女的等待,她已经等待了一生,而少女的等待才刚刚开始,所以她说起了俄国少女以及蝴蝶花的故事,这也是警示眼前的少女:等待的结果往往是失落和虚妄。又因为担心归家的儿子会在火车上遇到什么危险,她想起了一起和火车相关的事故。故事结尾是开放式的,女孩恍惚间,好像听到了铃声和马蹄声,可能是老人的儿子已经回来了,也可能只是她的幻觉,没有答案。作者对人物潜意识中的恐惧、深层的心理动机都有细致入微的暗示。老妇人叙述年轻时光的口吻苍凉沉着,充满意味,舒缓的节奏令人仿佛听到时光流逝的声音。

值得我们深思的是,通过表现妇女的封闭生活,何其芳想要表达的并不是妇女解放的命题,他是将自己的情感对象化,把自己的封闭孤单的生活,怀疑,甚至绝望的情绪,借助女性生活以及女性形象表现出来,这正与中国传统文人借助写闺愁离怨表达自己人生不遇、身世飘零之感的手法相同。这是何其芳散文中重要的抒情方式,也是中国传统诗学带给他的深厚滋养。

在融入传统的叙述手法之外,《画梦录》所表现出的内在精神则是现代主义的。散文中总能见何其芳作为一个诗人的敏感、孤独以及悲观主义的神秘倾向。在《扇上的风云》(《画梦录·代序》)中,何其芳说:"不知何时起世上

---

① 何其芳:《画梦录》,60页,北京,人民文学出版社,2001。

的事都使我厌倦。"又说:"我倒是喜欢想象着一些辽远的东西,一些不存在的人物,和许多在人类的地图上找不到名字的国土。我说不清有多少个日夜,像故事里所说的一样,对着壁上的画出神遂走入画里去了。"① 因为从小受到伤感的文学诗句的影响以及现实中不如意的生活境遇,使他喜欢逃避到神秘虚幻的世界中,他渴望在纸上描画心中的天地。《画梦录》中的第一个故事《丁令威》,开头有卡夫卡《变形记》般的荒谬而冷酷的氛围,作者并没有强调丁令威是一只鹤,或者丁令威自己也不知道这一点,一切都是混沌懵懂的。但是当它抱着友善的态度打量人间时,被少年用弹弓袭击,它最终只能向更高的天空飞去。文末咏叹的那首诗"何不学仙塚累累",则有道教的思想。《白莲教某》是一篇写白莲教魔法的故事,叙述中并没有作者主观的判断,因而读来似梦似真,"半盆清水就是他的海……独自驾一叶小船",令人有惊悚之感。《魔术草》也说到自己希望拥有白莲教的邪术:一盆清水,编草为舟,我到我的海上去遨游。这些散文都有何其芳式的想象——天马行空中融入诡异神秘的倾向。

何其芳在单调无望的生活状态中,以梦的形式排解自己,任想象力驰骋,于是他看到了"壶中天地"、"扇上烟云"、"瓶中大海"。《画梦录》中多次写到梦,如《梦后》说:"梦中无岁月。数十年的卿相,黄粱未熟。看完局棋,手里斧柯遂烂了。倒不必游仙枕,就是这床头破敝的布函,竟也有一个壶中天地,大得使我迷惘——说是欢喜又像哀愁。"② "梦"成了何其芳对抗平庸现实的法宝,也是他精神游历的舞台,是一个天才诗人想象力的飞扬,也是生存意义在想象空间中的重建。何其芳在《扇上的风云》(《画梦录·代序》)中说:"我很珍惜着我的梦。并且想把它们细细地描画下来。"③ 当被问到"是一些什么梦"时,何其芳解释说那是画在扇上的虚渺的图景。这其实就是何其芳一直追寻的神秘易逝的爱与美。

在《画梦录》中,精神世界的无望和悲痛是显而易见的,现实的残酷、人生的哀怆让这个敏感的年轻人感到窒息。他在《还乡杂记·代序》中说:"我的生活一直像一个远离陆地的孤岛,与人隔绝。"但是何其芳的悲观主义中也有积极的一面,他在《梦后》中写道:"历史伸向无穷像根线,其间我们占有的是很小的一点。这看法是悲观的,但也许从之出发后世上有可为的事吧。"

---

① 何其芳:《画梦录》,1 页,北京,人民文学出版社,2001。
② 何其芳:《画梦录》,16 页,北京,人民文学出版社,2001。
③ 何其芳:《画梦录》,2 页,北京,人民文学出版社,2001。

又说:"在万念俱灰时偏又远远地有所神往,仿佛天涯地角尚有一个牵系。"他也认识到:"当我只想念自己时,世界遂狭小了。"因而早期的何其芳并不是一个完全悲观的宿命论者,他是一个积极的悲观主义者,渴望在令人失望和怠倦的人生中寻找希望,也就是他所说的天涯地角的那个"牵系"。

正因为如此,1938 年何其芳北上延安,从此他的人生和创作有了巨大的转向。就人生来说,何其芳的世界更加宽阔了,就像他在《独语》中所说:"黑色的门紧闭着:一个永远期待的灵魂死在门内,一个永远找寻的灵魂死在门外。"他那找寻的灵魂终于走出了黑色的大门,但遗憾的是这并没有让何其芳文学创作的精神世界得到驰骋,也如他所说:"当我的生活和我的思想发生了大的变化,而且是一种向前迈进的变化的时候,我写的所谓散文或杂文却好像在艺术上并没有什么进步,而且有时甚至还有些退步的样子。"[1]《画梦录》是因禁在自我世界中的何其芳在纸上创造的一个精致丰富的文本世界,他其后的写作多平实朴素,这与他"最关心是人间的事情"的思想变化有关。人们渴望拥抱真实热烈的外在世界,但是对一个诗人而言,现实生活中的许多残缺、不如意往往会成为启发创作的灵感,正如封闭压抑的生活使何其芳走向了天马行空般的想象世界,并由此探究神秘的命运之门;当他真的走向广阔世界,想象的门窗却关闭了。从"画梦"到"写人间",何其芳的写作让我们再次反思艺术和现实人生之间的关系,显然它们不是成正比、互相促进的。

丰子恺(1898—1975),浙江桐乡人,我国现代著名散文家、漫画家,佛教信徒。1921 年东渡日本学习西洋艺术。1922 年回国,先后在多所学校任教。

丰子恺的散文无论在思想内涵还是艺术魅力上,在中国现代文学史上都别具一格、自成一家。散文代表作品有《缘缘堂随笔》、《缘缘堂再笔》、《车厢社会》、《漫文漫画》等。1928 年他跟随其业师李叔同(弘一法师)皈依佛教,而在此前,作为一个作家、艺术家他早已开始了对世界、宇宙奥妙的思考,只是正式成为一个佛教居士之后,他对人生的思考更自觉地多了一个参照系,佛家的眼光、佛教的思想,成为他探索人生宇宙的重要切入点。在《渐》一篇中,作者感到时间的渐渐流逝使人间的一切都虚幻而不真实,世间万物都处于不断的变化之中。作者对时间的感受,是同对生命的感受紧密联系在一起的。无论是时间,还是生命,"世间的一切事物都是变化无常的,都是一个生、住、

---

[1] 何其芳:《何其芳散文选集·序》,见《何其芳文集》,第 3 卷,37 页,北京,人民文学出版社,1984。

异、灭的过程"①。所以,在作者看来,它们都是变幻缥缈的事物。丰子恺的佛教思想,不仅影响了他对时空、宇宙的看法,而且渗透到他有关艺术人生的感悟之中。他把自己的佛教信仰引申到艺术审美领域,形成带有佛家色彩的独特艺术观念。

丰子恺的散文,有很大一部分是描写儿童的。《给我的孩子们》、《华瞻的日记》、《从孩子得到的启示》等文章从生活小事写起,表达了作者对自己孩子的喜爱。他甚至以为"大家不失去童心,则家庭,社会,国家,世界,一定温暖、和平而幸福"②。可见,在儿童身上,作者不仅看到了人的本心,而且由此寄托了作者对社会乃至世界的理想。除了对人生宇宙的探求、对儿童天性的思考之外,他也关注介于宏观与微观之间的现实社会。《吃瓜子》、《两场闹》、《车厢社会》等文章揭露了当时社会风俗及国人的丑陋。一方面,作者的褒贬与爱憎,体现了他佛理化的思考:拥有理想人格,不在于手中的权势或财物,而在于自身的品性;换言之,不在于虚幻的身外之物,而在于本心的纯粹清净。另一方面,作者的褒贬与爱憎,也反映出他对理想人格乃至理想社会的追求。作为一个作家、艺术家,他一贯以平等的目光、俯首的精神看待普通人,发现他们的可爱之处、闪光之处,并且赞美老百姓、劳动者,体现出他不忘根本以及众生平等的思想。虽然丰子恺皈依佛教,思想中包含出世的一面,但是他对生活、对社会,还是充满了向往与追求,或者说"他是以出世的思想,来做入世的事业"。

丰子恺还是一位知名的漫画家。他在漫画艺术上的风格必然会渗透到他的散文创作中。其散文作品常常取材身边小事,抓住显著特点,笔法诙谐写意。其散文最基本的格调就是真实自然、细腻隽永。如《忆儿时》、《我的苦学经验》、《半篇莫干山游记》、《给我的孩子们》等,其内容无论是回忆童年往事还是追述求学经历,无论是记述旅途见闻还是描摹儿女的可爱,都贴近生活,文风亲切,描摹细腻、生动、传神,给读者真诚朴素之感。另外,他的散文幽默诙谐,富于童趣。如《口中剿匪记》中,作者把"拔光牙齿",比做"口中剿匪"。作者的幽默诙谐,不仅仅表现在他对待痛苦、无奈的自嘲上,更体现在他对待生活的态度上。再者,丰子恺自觉追求一种"弦外有音"、富有哲理的境界。他在《随笔漫画》中说:"我有一个脾气:希望一张画在看看之外又

---

① 王泉根、王蕾:《佛心·童心·诗心——丰子恺现代散文新论》,载《中国现代文学研究丛刊》,2001(4)。
② 丰子恺:《丰子恺散文》,297页,杭州,浙江文艺出版社,2000。

可以想想。我往往要求我的画兼有形象美和意义美。"① 无论作画还是作文，丰子恺都追求艺术作品的一种内在精神，要通过艺术形式的手段，来表达自己的思想感情，引发读者的深入思考。尽管丰子恺的散文中包含许多奇妙、深奥的哲理，但是读者并不难理解这些道理，因为作者始终是以平等、自然的态度以及朴素、真挚的情感和读者交流的；更重要的是，作者非常善于运用多种艺术手段说理，使其散文中的哲理通俗易懂、耐人寻味。

丰子恺的散文，在思想内涵上以佛理化的思考为核心，在艺术特色上以漫画式的手法为重要手段。而思想内涵与艺术特色这两者，决然是相互统一的。一方面，散文作品的思想内涵和艺术特色都统一于丰子恺的人格魅力中，都是他个性特点的真实写照。另一方面，思想内涵与艺术特色作为丰子恺散文特点的不同方面，两者之间又是和谐一致的。文如其人，散文作品在思想和艺术上的特点，都体现出丰子恺的仁爱慈悲、真诚自然的人格魅力。他始终以一颗智慧与博爱的心灵，感受身边的点滴事物，既而又把它们描绘成生活的万千景象。美学家朱光潜说："一个人须是一个艺术家才能创造出真正的艺术作品。子恺从头至踵，浑身都是个艺术家。"② 《缘缘堂随笔》的日文译本译者谷崎润一郎也在《读〈缘缘堂随笔〉》中称赞其为"艺术家的著作"、"随笔的上乘"。在谈到艺术与人生的关系时，丰子恺说："我们不欢迎'为艺术的艺术'，也不欢迎'为人生的艺术'。我们要求'艺术的人生'与'人生的艺术'。"无论是"艺术的人生"还是"人生的艺术"，它们都充满了作者佛家思想的关照。

五、梁实秋、林语堂的散文

梁实秋（1903—1987），祖籍浙江杭州，出生于北京。中国著名的散文家、学者、文学批评家、翻译家，国内第一个研究莎士比亚的权威。1915 年秋考入清华学校。期间受五四新文化运动的影响，开始在文坛上崭露头角。与闻一多、朱湘等同学组织了"清华文学社"，担任《清华周刊》的文艺编辑，发表了不少情炽辞丽的新诗和较有慧眼的诗评。1923 年毕业后赴美留学，研习英语和英美文学。1926 年回国任教于南京东南大学。第二年到上海编辑《时事新报·青光》，同时与张禹九合编《苦茶》杂志。不久任暨南大学教授。30 年代

---

① 丰一吟：《潇洒风神·我的父亲丰子恺》，326 页，上海，华东师范大学出版社，1998。
② 钟桂松、叶瑜荪编：《写意丰子恺》，60 页，杭州，浙江文艺出版社，1998。

为"新月社"的主要成员。七七事变后，主要从事教学、翻译和文学批评工作。1949年东渡台湾，任台湾师范学院（后改师范大学）英语系教授，先后兼系主任、文学院院长，直到1966年退休。期间发表大量散文，结集20多本。以一人之力，持续40载，完成了《莎士比亚》全集的翻译。晚年用7年时间完成了百万言学术著作《英国文学史》。

梁实秋的散文，有以下特点：

第一，淡泊闲适的名士情怀。梁实秋的散文寄予着淡泊闲适的名士情怀。他从1927年开始写散文，直至1987年病逝绝笔，可以说这段时间正是中国风云变幻、战火横生、斗争不断的年代，他此间的20余种散文文集却少有政治题材，所谈之事皆是日常所见所闻。他在一个乱世之中坚守自己心灵中的一些美好的东西，显出淡泊恬静、闲适从容的人生态度。如他在《雅舍》中咏叹自己的人生情趣；在《男人》、《排队》这样的文章中刻画世态百相；在《槐园梦忆》、《谈徐志摩》等文中抒发自己对爱人的思念、对故友的回忆；在《北平年景》中缅怀故乡风物的美好。而无论在他的哪篇文章，我们都可以看见一个亘古不变的身影，就是他"始终以恬静的心态与平和的心气于常见的事物中做精练不俗的文章，于艰难时世中领受人生的意趣"[1]。

梁实秋成长于书香门第，从小就熟读古籍旧书，对中国传统文学和历史了如指掌。青年时期留学外国，攻读英美文学。入台湾前后，又开始研读佛经禅学。因此他学贯中西，博古通今，涉猎广泛。杨匡汉说：他"以高文明程度和高学养境界作文，广征博引，秘响旁通，中外逢源，古今无阻，使外来文化和传统文化溶解一起，和谐凑泊"[2]。如他在《懒》一文中，从嵇康的"不大闷痒，不能沐也"、白居易的"经年不沐浴，尘垢满肌肤"、苏东坡的"老来百事懒，身垢犹念浴"等古代文人懒而脏的习性，说到英国18世纪绥夫特的爱洁净的习惯，再谈到唐朝高僧百丈禅师的"一日不作，一日不食"，最后以清代画家石溪和尚《溪山无尽图》上的一段话为结尾，警策人们"清勤自持，不可懒惰"。文章几乎通篇都在援用古今中外的文人趣事，却没有矫揉造作、卖弄学问的成分。援引之处与通篇文章浑然融成一片，妥帖自然。他的每篇文章都是如此，无不让你惊叹作者的渊博学识。

---

[1] 杨匡汉：《闲云野鹤，亦未必定情人世炎凉》，见《梁实秋名作欣赏·代序》，北京，中国和平出版社，1993。

[2] 杨匡汉：《闲云野鹤，亦未必定情人世炎凉》，见《梁实秋名作欣赏·代序》，北京，中国和平出版社，1993。

第二，幽默机智，亦庄亦谐的风格。梁实秋的散文时而让人开怀大笑，时而让人扪心自省。幽默的言词中闪烁着作者的机智，诙谐的话语之间潜藏着作者的中肯批评，他像是一个高明的家长，在训斥之中让你感觉不到他的怒气，却又不禁接受他的威严，改换自己的尊容做派。"梁实秋通达事理，理解人生，所以他不过分非难他所看不惯的一切，只是给与善意的调侃，委婉的讽喻，有时还反躬自嘲，发人省心。"① 如他在《谈话的艺术》中说："有些人唾腺特别发达，三言两句之后嘴角上便有两滩如奶油状的泡沫，于发出重唇音的时候不免星沫四溅，真像是痰唾珠玑。"② 他用奶油形容唾液而不是别的什么脏秽之词，可见作者在批评时还是保留几分情面，于善解人意的婉讽之中让读者自知不当之处，于一片笑意之中首肯心折。他的幽默大多采用谑而不虐、亦庄亦谐的笔调，机智风趣，妙语连篇。如《男人》，他说男人的"脏"，"耳后脖根，土壤肥沃，常常宜于种麦！""男人的一双脚，多半好像是天然的具有泡菜霉干菜再加糖蒜的味道。"男人的"懒"，"五官四肢，连同他的脑筋（假如有），一概停止活动，像呆鸡一般"。"他像残疾人一样对于什么事都愿意坐享其成。"男人的"馋"，"几天不见肉，他就喊'嘴里要淡出鸟来。'若真三个月不知肉味，怕不要淡出毒蛇猛兽来！"男人的"自私"，"他不高兴时，他看着谁都不舒服；在外面受了闷气，回到家里来加倍的发作"。"他说他爱女人，其实他不爱，他是享受女人。"③ 作者逐层剥离，最后把同性的脏、懒、馋、自私的丑态淋漓尽致地展现在读者面前。虽然里面有强烈的讽刺意味，却被作者幽默诙谐的语词冲淡而显得庄谐相宜，好似作者在笑着批评一个犯错的孩子，严肃而平和，戏谑而不刻薄，即使是男性看后也会不禁哑然失笑。

第三，语言晓畅，结构谨严。梁实秋的散文大都篇幅简约，语言精确练达，明白晓畅，不滥情，洒脱硬朗。他在《我的一位国文老师》中说："如果我以后写文章还能不多说废话，还能有一点点硬朗挺拔之气，就不能不归功于我这位老师的教诲。"④ 而他老师教他的"作文忌用过多的虚字"；该转的地方，硬转；该接的地方，硬接；文章便显得朴拙而有力，也使他至今受用。他自己又说散文艺术的最高境界是"简单"，"文章要深、要高、就是不要长"⑤。散文的美，还在于"把心中的境界干干净净直截了当的表现出来"。"要免除堆

---

① 杨安翔：《现代散文话语形态与审美》，116 页，南京，东南大学出版社，2006。
② 梁实秋：《梁实秋文集》，第 2 卷，389 页，厦门，鹭江出版社，2002。
③ 梁实秋：《梁实秋文集》，第 2 卷，223 页，厦门，鹭江出版社，2002。
④ 梁实秋：《梁实秋文集》，第 2 卷，433 页，厦门，鹭江出版社，2002。
⑤ 梁实秋：《梁实秋文集》，第 2 卷，573 页，厦门，鹭江出版社，2002。

砌的毛病",懂得"割爱"①。他的文章也的确如此。如《回首旧游——纪念徐志摩逝世五十周年》中的一段:"他饮酒,酒量不洪,适可而止;他豁拳,出于敏捷,而不咄咄逼人。他偶尔也打麻将,出牌不假思索,挥洒自如,谈气自若。他喜欢戏谑,从不出口伤人。他饮宴应酬,从不冷落任何一个。他也偶涉花丛,但心中无妓。他也进过轮盘赌局,但是从不长久坐定下注。志摩长我六岁,同游之日浅,相交不算深,以我所知,像他这样的人,当世无双。"② 短短几十字,将徐志摩的性格和品质跃然纸上,洒脱有力。多一字则嫌累赘,少一字则不足,不蔓不枝,自然流畅,恰当贴切。除此之外,在修辞炼句上,他还比较注重融汇文言词句,使他的文章更显得言简意赅,隽永耐读。如:"'雅舍'最宜月夜——地势较高,得月较先。看山头吐月,红盘乍涌,一霎间,清光四射,天空皎洁,四野无声,微闻犬吠,坐客无不悄然!"③(《雅舍》)此两句,文字不多,多四字一组,文言句式,有《滕王阁序》之范式,精雕细琢而又浑然天成,简洁雅致,适度大方,把雅舍周围的月夜描写得清朗澄净,楚楚动人。

梁实秋的散文一个很重要的特色,就是文章多是开篇切题,简洁明了。他或是引用古人之事之言作为引子以开启下文;或是说一个与正要谈的相关或相反的事,以引起读者的注意。他自己也说:"写文章讲究开门见山,起笔最重要,要来的挺拔突兀,或是非常爽朗,总之要引人入胜,不同凡响。"④ "文章起笔最难,要突兀矫健,要开门见山,要一针见血,才能引人入胜,不必兜圈子,不必说套话。"⑤ 如《讲价》在进入正题之前,就讲了韩康卖药"口不二价"之事以引起下文。《旅行》开头就是"我们中国人是最怕旅行的一个民族",直接点题,接着就谈旅行的苦与乐。《鸟》更甚,开头就以"我爱鸟"三字作为一段,真是做到突兀挺拔,夺人眼目!

他的散文除了篇首爽朗入目之外,结尾也富有意味。要么戛然而止,给人回味无穷;要么首尾呼应,相得益彰。如《沉默》通篇都是引经据典,谈论沉默之可贵,可谓具体翔实。而结尾引用庄子的一句话后便说:"现在想找真正的朋友,也不容易了。"行文至此结束,既显得突兀,又有"只可意会,不可

---

① 梁实秋:《梁实秋文集》,第 2 卷,383 页,厦门,鹭江出版社,2002。
② 梁实秋:《梁实秋文集》,第 4 卷,585 页,厦门,鹭江出版社,2002。
③ 梁实秋:《梁实秋散文》,1 页,北京,人民文学出版社,2005。
④ 梁实秋:《谈话的艺术》,见《梁实秋文集》,第 2 卷,389 页,厦门,鹭江出版社,2002。
⑤ 梁实秋:《我的一位国文老师》,见《梁实秋文集》,第 2 卷,433 页,厦门,鹭江出版社,2002。

言传"之意,让人冥想猜想,咀嚼回味。再如《早起》,开头说早起并不代表好坏,没有什么特别的好处只是习惯,中间又道出作者早起的愉快心情和妙处,结尾却说"早起晚起本身倒没有什么了不得的利弊,如是而已"。整篇文章迂回绕弯,故隐其矢,增添文趣,而又首尾呼应,让人回味。

总的来说,梁实秋的散文有思想、有内容、有文采、有学识、有感情。他不会做空穴来风似的高谈阔论;不会无病呻吟、没有无关痛痒的话语;也很少有寂寞无聊惆怅之病症。他轻功用,重韵味,虽大都议论日常生活五光十色之事,但切中时弊、旁征博引、庄谐相宜、平整通达、雅而不俗!

林语堂(1895—1976),福建人。1912年入上海圣约翰大学,毕业后在清华大学任教。1919年以后先后在美国哈佛大学及德国莱比锡大学学习文学及语言学,分别获得硕士、博士学位,回国后任北京大学教授等职。1924年为《语丝》主要撰稿人之一。1932年主编《论语》半月刊。1934年、1935年分别创办《人间世》、《宇宙风》,提倡"以自我为中心,以闲适为格调"的小品文,成为"论语派"的主要人物。1935年后,在美国、法国创作《吾国与吾民》、《风声鹤唳》、《京华烟云》等文学著作。1975年被推举为国际笔会副会长。1976年在香港去世。

林语堂的散文,有以下特点:

第一,双语写作。林语堂是为数不多的用双语写作的现代作家之一。双语写作的意义并不仅仅体现在语言形式上,更重要的是体现了作者思维内容的广阔和思维方式的灵活,其作品的社会功效也是多向的。林语堂在1937出版的《生活的艺术》一书,在美国印行40版之多,被美国文化界列为"20世纪智慧人物"之一;1975年,在国际笔会第41届大会上当选为总会副会长,并被提名为诺贝尔文学奖的候选人。他脚踏中西文化的深厚学养不能不让人联想到近代的陈寅恪,甚至更早一些的辜鸿铭。近代的国学大师在各自众多的学术领域里自由挥洒着他们中西文化的存储,而林语堂是把他所有中西文化的存储都熔铸在了他精心制作的闲适小品以及小说创作当中了。如他的随笔《论解嘲》,从古希腊的苏格拉底对待剽悍妻子的雍容自若的态度写到美国总统林肯面对泼辣太太的自我解嘲,又从苏格拉底面对死亡的慷慨写到金圣叹临刑前的从容及耶稣的最后遗言,行文中还不时插入中国的"老话",的确达到了冶古今中外为一炉的境地。

第二,将幽默提升为一种对人生的看法。作为《语丝》的重要撰稿人之一,在20年代中期,林语堂就与周作人一起倡导幽默、冲淡的小品散文,在

《语丝》众多作家中，林语堂以注重幽默讽刺、讲究文化韵味脱颖而出。说到幽默，这又是林语堂的一大特点，也可说是他的一大贡献。虽然王国维是中国近代第一个提出"幽默"这个术语的人，但是在中国现代文学史上最早使用"幽默"一词的人是林语堂。30年代《论语》创刊后，重新强调并大力提倡幽默闲适小品，此时得到了比《语丝》时期更多人的响应。他倡导幽默，不仅仅是口号，而是在自己创作中一直"身体力行"。他无处不在的幽默最令读者回味，即使是标题也不忘谐谑一番。如《磕头——中国古代的健美体操》、《孔子在雨中歌唱》、《基本英语与洋泾浜英语》、《还债的驴子》、《女论语》、《悼狗肉将军》、《奉旨不哭不笑》、《裁缝道德》等。如《金圣叹之生理学》，题目已让读者忍俊不禁，其内容更是谐趣横生，上至总统，下至三教九流，林语堂都能从他们的实际生活中找到令读者捧腹的谈资。在林语堂笔下，幽默还兼有评判、指斥的功能，或者说作者将评判、指斥"幽默化"了。如《脸与法治》，文中引用"丘八"因为"脸太大"一定要在装满硫黄的船上吸烟而命送黄泉一事，作者在开头这样说："不过我有时觉得与有脸的人同车同舟、同飞艇，颇有危险，不如与无脸的人同车同舟方便。"作者还说："丘八固然保全出脸面，却不能保全其焦烂之尸身。"[①] 接着作者又讲到一市长因为要显示他的脸面而硬要飞机在超重的情况下在空中旋转几周，结果丢了一条腿，作者说："听说结果市长保全一幅脸，却失了一条腿。我想凡我国以为脸面足为乘飞机行李过重而抵保的同胞，都应该断腿失足而认为上天特别赏脸的侥幸。"[②] 其中的幽默已经完全渗透到叙述当中，完全是以一种幽默的思维方式审视客观事物。他并未把"幽默"仅仅看成一种文章的风格要素，实际是把幽默理解成"一种心理状态……一种观点，一种对人生的看法"。在《论解嘲》中，苏格拉底面对妻子从天而降泼下的冷水而发出了"我早晓得，雷霆之后必有甘霖"，林语堂这样评价说："真亏得这位哲学家雍容自若的态度。"能够把幽默升华到一个更高的层次与境界，并能在生活的众生相中去发现幽默，进而在作品中充分地表现幽默，这在中国现代文学史上林语堂是第一人，在整个古今中国文学史上都是少有的。

第三，思想深刻，格调闲适。在林语堂的散文里除了幽默之外，还萦绕着自由的精魂。他的思维是开放的，完全自由、自主、自在的，在作品里充分体

---

① 林语堂：《幽默人生》，144页，西安，陕西师范大学出版社，2002。
② 林语堂：《幽默人生》，145页，西安，陕西师范大学出版社，2002。

现出"自由的精神"、"平和的姿态"以及"兼容并包的心怀"。① 因为没有任何束缚,在林语堂笔下,至理名言,深邃绵远,令人回味无穷;警句警言,不雕琢、不铺陈、不游移,是那种出水芙蓉般的静洁、纯粹。在《读书与风趣》里,作者说:"或谓清淡可以误国。我说清谈可以误国,不清谈也可以误国。东晋亡于清谈之手,南宋何尝不亡于并不清谈者之手?所以以亡国之罪挂在清谈上头是不对的。……所以清谈是虐政生出来的,不是虐政由清谈生出来的。向来儒家,倒果为因,不思之甚。"② 他每每语出惊人,常能言人未言。他对生活的体悟和评判多是一针见血、一语中的。在他的思想深处,真正把人还原为"人",勇于揭示人性的本质,这与他长期受到西方文化的熏染、自由思想的形成当然密不可分。在《中国人》一书里,他是在心平气和地、如数家珍般地"抖了"中国人的劣根性,他没有愤怒抑或是哀伤,只把一切都归于"人性"。林语堂在书中这样写道:

> 宋子文在辞去财政部长之职时称自己像"牛一样壮"。他不像其他所有中国官员们那样,在离职的时候恬不知耻地宣称那是因为自己的糖尿病、肝硬化、神经衰弱等。我们可以为这些身体上、精神上的病患开出一个长长的单子,囊括一所现代化医院所有科室所能处理的病患:肠胃功能紊乱,肾负担过重,神经崩溃,大脑功能失调,失去思维能力,等等。官员们在政治上出了毛病的时候,就要公布这些身体上的毛病。当然大部分病患也是真实的。③

他对"中国人"的解剖,正如美国女作家赛珍珠所评价的那样:"它实事求是,不为真实而羞愧。它写得骄傲,写得幽默,写得美妙,既严肃又欢快,对古今中国都能给予正确的理解和评价。"④ 恰恰由于他思维的无拘无束,所以在他的随笔里,还有无处不在的细腻。在对人、事、物的剖析中,在对社会丑陋的批判与指斥中,他常不厌其烦、细致地描写。不管是"论"还是"说",不管是家常琐事还是国策大政,他都可以入情入理、有条不紊地缓缓道来。在《女论语》中,作者说:"假定世上没有母亲,单靠父亲看管婴儿,一切的婴孩必于二岁以下一齐发疹死尽,即使不死,也必未满十岁流离街上而成扒手。小学生上学也必晚到,大人们办公也不照时候,手绢必积几个月不洗,洋伞必月

---

① 王兆胜:《林语堂——两脚踏中西文化》,140 页,北京,北京出版社出版集团,2005。
② 林语堂:《幽默人生》,200 页,北京,陕西师范大学出版社,2002。
③ 林语堂:《中国人》,39 页,上海,学林出版社,2002。
④ 林语堂:《中国人·赛珍珠序》,上海,学林出版社,2002。

月新买，公共汽车也不能按表开行。……"① 这种细腻也就构成了他独有的"闲适"以及独特的韵味。有时在他议论的口吻中还融入了细致入微的细节描写以及优美的景物描写，有时又让读者觉得像是在读小说抑或是抒情散文。如《乔迁之喜》中这样写道：

我不必养盆花。在我的书房，凭窗可见浓密的绿叶，它们送来的怡然绿意注满了整个房间。我也不必备鸟笼。倒不是我不爱鸟，我像世上唯一真正爱鸟的郑板桥一样，但我不喜欢观赏笼中之鸟。这位画家在给他弟弟的一封信中说，爱鸟的唯一正确途径是近林而居，在那里的书房内凭窗可眺飞跃于树枝间的黄鹂，穿越林海，追逐彩云的红肚雄鸟，或是兴致来了，可以窃听杜鹃的情歌。……②

因为自由思想的主导，所以林语堂在行文过程中从叙述的内容到叙述的方式都是"任意而为"、"无所顾忌"，是一种真正的由内而外的洒脱，是一种在精神层面的"闲适"与"从容"。

总之，林语堂的幽默与自由，都来源于他中西文化的碰撞与交融。他在文章里可以纵横捭阖，在思想的无限空间里徜徉抑或驰骋，表现出信手拈来的从容、融会贯通的舒展，真正营造了一种无与伦比的智慧与"闲适"的醇正氛围。因而他的闲适没有苦涩味，只有一种洋溢在字里行间的机智与人情。

学习提示与建议

1. 冰心和朱自清的散文中有一些代表作是大家都非常熟悉的，在学习过程中可以结合教材的介绍，对这些作品的艺术特色进行细致的分析和体味。

2. 教材是如何介绍鲁迅和周作人散文的不同特点的？俗话说"文如其人"，周氏兄弟迥然相异的艺术风格，是否可以证明作家的个人气质和艺术风格之间的密切联系？

3. 何其芳的散文和丰子恺的散文各有什么特点？20世纪二三十年代的散文名家可以分成哪几种类型？

4. 梁实秋和林语堂的散文中都闪耀着独特的人生智慧，但二人的风格又有一定的差别，可以结合具体的作品对二人散文的相同与相异之处进行比较。

---

① 林语堂：《幽默人生》，128页，西安，陕西师范大学出版社，2002。
② 林语堂：《林语堂经典作品选》，258页，北京，当代世界出版社，2002。

专题四　现代话剧

学习要求

1. 了解春柳社与中国话剧的诞生，话剧从"文明戏"到"爱美剧"的变化，欧阳予倩、田汉、洪深、丁西林、李健吾、夏衍的话剧创作特点，郭沫若与20世纪40年代历史剧的创作特点。

2. 重点掌握曹禺话剧的创作特点，《雷雨》的诞生及其意义，曹禺话剧的发展与变化，曹禺话剧在中国现代文学史上的地位和影响。

中国现代话剧的诞生，无疑是中国文学现代化演进的重要收获。19世纪末20世纪初，帝国主义入侵、清政府腐败，中国进入民族自救的关键时期，觉醒的知识分子开始寻找真理和探索救亡的路径。这种努力的侧重点：一是表现为强调救亡图存、爱国御侮，因此或以夷制夷，或政治改良；二是以开放的姿态借鉴与引进外来文化，以此作为参照物以及自身改革与构建的激活剂。这种具备了责任担当和开放心态的现代意识，无疑也是中国话剧和戏曲改革的重要基础。

一、中国话剧的诞生与成长

早期中国戏剧的改良，呼应着时代，表现出鲜明的救亡图强的意识。梁启超是戏剧改良较早的倡导者。1902年，他发表《论小说与群治之关系》，把文学创作和政治启蒙、国家兴亡联系在一起。洪深在谈到中国话剧的发轫时，首先就提到"梁启超亡命在日本办杂志的时代，已经把文学看作宣传的工具，而尤其注重那用白话写的戏曲小说；他自己也写了一些如《新罗马传奇》、《新中国未来记》等"[①]。1904年，陈佩忍、柳亚子等人创办了我国最早的戏剧杂志

[①] 洪深：《中国新文学大系·戏剧集·导言》，见刘运峰编：《中国新文学大系导言集》，187页，天津，天津人民出版社，2009。其中，《新中国未来记》为小说，《新罗马传奇》为剧本。梁启超的剧作还有《劫灰梦》、《侠情记》等。

《二十世纪大舞台》，提出了"以改革恶俗，开通民智，提倡民族主义，唤起国家思想，为唯一之目的"的戏剧改革思想。同年，陈独秀《论戏曲》的发表，更是首次响亮地喊出了"采用西法"的口号。可以看出，这些倡导者为达到社会变革的目的，以启蒙者、革命家的身份介入戏剧，因强烈的功利性而把戏剧视做"工具"，形成现代话剧与社会变革紧密联系的历史特征及话剧形态的逻辑起点。中国知识分子在社会功能与艺术审美的姿态上，表现出了鲜明的民族性、时代性特点和主动吸纳的开放姿态。

正是在这种民族精神和世界眼光的出发点上，中国传统戏曲开始走上现代戏剧之路。一方面，19世纪末20世纪初的中国传统戏曲改革，针对其剧目大都远离社会现实的弊端，掀起改革浪潮，促使戏曲创作关心现实，反映切近的社会矛盾和人生悲观；另一方面，以西方写实戏剧作为参照物，建立新的话剧剧种。整个过程除了外国话剧理论引进、大量的名著翻译之外，还包括中国早期话剧的实践。在此只就后一方面展开论述。

1906年，春柳社成立，标志中国话剧的序幕正式拉开。是年，在日本东京的中国留学生曾孝谷、李叔同等受到当时日本注重表现现代生活的"新剧派"的影响，在日本著名戏剧家藤泽二郎等人的指导帮助下，发起成立了"春柳社演艺部"（戏剧部）。在《春柳社演艺部专章》中，明确指出将改良戏剧作为自己的任务，通过"研究新派"，达到"转移风气"、"以开智识，鼓舞精神"的目的。春柳社的出现，在动机上依然是强调戏剧的社会效果，寻求以新剧来改良社会、新国新民，带有功种性、工具性的色彩，但恰恰就在这种特定现实的历史规定性中，中国话剧现代性的运作，便带着时代的优点和历史的局限开始了。

春柳社的戏剧活动可分为前期和后期两个时期。前期指1906年至1909年在日本东京演出《茶花女》和《黑奴吁天录》以及1909年初夏演出的四幕话剧《热血》等戏剧活动。1906年，原来仅限于在留学生中演出的春柳社，为了向国内江淮地区水灾募集善款、救济灾民，公开组织演出了法国小仲马的《茶花女》第三幕。尽管在此之前，中国国内已经出现了"新戏剧运动"的倡导；出现了诸如汪笑侬的"时装新剧"或"时事新剧"；也出现过诸如上海徐汇公学、南洋公学、圣约翰书院的"学生戏"，但由于前者"还没有从根本上突破'唱、念、做、打'融为一体的中国传统戏曲的程式框范"，后者虽然"已经戏曲改良的基础上突出了接近生活形态的对话和动作，但它仍处于一种'非驴非马'、'不土不洋'的过渡状态"[①]，因此，直到春柳社的此次演出，才

[①] 陈白尘、董健：《中国现代戏剧史稿》，修订2版，6页，北京，中国戏剧出版社，2008。

真正标志中国现代话剧的序幕正式开启。

1907年6月1日至2日,春柳社又演出了根据美国作家斯托夫人《汤姆叔叔的小屋》改编的五幕话剧《黑奴吁天录》。该剧由曾孝谷改编,表现了对种族歧视和民族压迫的抗议,李叔同、曾孝谷、谢抗白、吴我尊等主演,欧阳予倩作为新加入的社员,也在其中扮演了一个小角色。演出"全部用的是口语对话,没有朗诵,没有加唱,也没有独白、旁白"①。从艺术形式上看,它完全是话剧的形式。这是中国话剧史上第一个新话剧改编剧本的创作、第一次完整的话剧演出。因此,这次演出无论是从内容、形式还是从技术上来讲,都是中国戏剧从古典形态向现代形态的转折,对后来的新剧运动产生了很大的影响。

后期春柳社的活动主要集中在国内。在辛亥革命后,春柳社成员陆续归国。1912年春,陆镜若以及欧阳予倩、马绛士、吴我尊等在上海成立新剧同志会,正式从事职业演剧。新剧同志会保持了春柳社的宗旨和传统作风,成立后的第一年,以上海为据点,在苏州、常州、无锡、杭州一带作巡回公演。1913年到长沙,先与社会教育团合作,后分离出来以"文社"名义单独演出。1914年初春回到上海,挂出"春柳剧场"的牌子,先后演出了《家庭恩怨记》、《不如归》、《猛回头》、《社会钟》等80多个剧目,剧作大部分属于社会问题剧,表现出朦胧的阶级意识和革命萌芽。1915年秋陆镜若去世,新剧同志会也随之解体。

无论是前期抑或后期,春柳社的演出通常以家庭题材为主,同时注重社会内容。其剧作有表现爱国志士,赞美见义勇为的;有表现纯洁爱情,赞扬婚姻自由的;有反对剥削,同情被压迫贫穷人的……思想情调积极健康,艺术作风严谨严肃,相比同时出现的进化团等文明戏,比较多地受到日本新派剧的影响。这些影响表现在:以剧本为依据,遵循西方话剧的编剧原则,"分幕,用暗场,不演幕表戏,没有演讲,语言用国语,不掺杂方言土语,因而代表着中国现代话剧初期的发展方向和水平"②。

春柳社、新剧同志会的"春柳剧场",形成了中国现代话剧在新戏初创时期的第一个戏剧流派,对话剧这一新兴剧种的形成、发展,起到了奠基作用。对观众、对戏剧界都产生过很好的影响,在社会上享有很高声誉。

---

① 欧阳予倩:《回忆春柳》,见《欧阳予倩代表作》,284页,北京,华夏出版社,2008。
② 彭耀春:《中国现代戏剧影视史论》,9页,北京,中国戏剧出版社,2003。

当中国留学生在日本揭开中国新戏序幕的时候，中国本土的戏剧改革也初现萌芽。辛亥革命前后，人们一般将这种刚刚输入国内的戏剧样式称为"新戏"，意为"新型"的戏剧，用以区别传统旧戏剧。把"新戏"称为"文明戏"，是"新戏"最早表现出进步或先进的意思。"文明戏"初期，由于它们宣传革命的内容，迎合时代的潮流，传达人民的心声，注重时事性和鼓动性，具有很强的宣传号召力，既配合了瞬息万变的形势，又满足了观众的需要。所以热情的观众将"文明戏"作为美称而赠与，使"文明戏"成为约定俗成的"称谓"而流行起来。

春柳社的演出，使"新戏"获得了真正的内涵，使其渐渐从"新型的戏"这个宽泛广义的名词，转变成为具有特殊风格和特点的专有名词。在这个"新戏"的系统中，出现了职业剧团和职业演员。除了春柳社之外，影响比较大的戏剧社团还有1907年王钟声成立的"春阳社"、1910年任天知组织的中国新剧首个职业剧团"进化团"以及后来由郑正秋组织的"新民社"、"民鸣社"等剧团，使新戏的演出进入全盛时期。

1911年至1912年，"文明戏"进入全盛时期，不仅由于"文明戏"在社会大变动中迅速满足了人们对新思想的迫切需求，激发了爱国的热情，为中国话剧的发展奠定了现实主义的基础，而且因为有像春柳社这样对戏剧艺术孜孜不倦地追求严肃认真的艺术作风。国内出现的其他剧团，如任天知的"进化团"，则显示了与春柳社不同的风格做派。"进化团"初期的演出带有明显的政治色彩，其剧情多为喜剧或闹剧，借此讽刺现实，表现了话剧干预现实的特点。在演剧过程中，往往由"言论正生"这一角色类型离开规定情境，发表慷慨激昂的时政演说，鼓吹革命。在编剧方式上，多用幕表剧[①]，艺术上比较粗糙。"进化团"的演出，在开始时还是颇受观众欢迎的。

随着辛亥革命的失败，旧政治、旧文化思潮卷土重来，人们的政治热情和对新戏的好奇心很快降温。在失去了健康社会心理的有力支撑的背景下，"文明戏"为了生存下去，开始表现为对观众献媚，迎合市民阶层的审美心态，同时表现了知识分子逃避现实的心理。由此，"文明戏"商业化倾向日益严重。一些商人见演"文明戏"有利可图，一拥而上。一时间，新剧团林立，"新戏"纷呈。1914年，按照中国旧历为甲寅年，集体上演了一幕如洪深所说的

---

① 幕表剧，即不用剧本，只是根据人物名单、出场次序、大致情节或主要台词的演出提纲，或将故事梗概画成连环画，或缩写在纸条上，张贴于后台，由演员在舞台上即兴发挥。

"文明戏末日的开场"戏,舞台上色情唱春、下流胡闹、滑稽无聊等糜烂之风盛行。这种虚假的繁荣背后,隐藏着深重的危机。只顾赚钱,曲意媚俗,使原本没有站稳脚跟的"文明戏"艺术质量急剧下降,最终,失去了观众。"甲寅中兴"之后,"文明戏"大势已去,走向衰落。"文明戏"这"在早期含有恭维、夸赞的意思……但到了末路时期,这一称号则有了蔑视、鄙夷、贬斥的意味,是专指'堕落的新(话)剧'了"①。

"文明戏"虽然衰落了,但在新文化运动的推动下,戏剧革命的浪潮并未停息。《新青年》深入推进戏剧革命。从1918年初到1919年底,几乎每期撰文论述戏剧,其"易卜生专号"和"戏曲改良专号"更是引发一场新旧戏剧观的争论。而同时,从古希腊到近现代的西方戏剧,现实主义、浪漫主义、唯美主义、象征主义、表现主义,各种风格流派的作品均很快介绍到了国内,不仅有助于在内容上进一步围剿封建思想,而且在形式上为中国话剧的创作树立了学习的楷模。学生戏的出现,成为戏曲改革的一支重要力量。作为学生戏代表的南开学生新剧团演出的《新村正》等剧目,坚持真实与严肃的演出风格,不仅为当时的剧坛带来了清新的空气,而且为中国现代戏剧培养了曹禺这样的优秀人才。"《新村正》的问世,宣告20世纪初以来中国现代戏剧结束了它的萌芽期——文明新戏时期,而迈入了历史的新阶段。"② 西方戏剧的引进,促进了"问题剧"的创作,尤其是易卜生戏剧的传播,产生了广泛的影响。胡适受到《玩偶之家》的影响而创作的独幕话剧《终身大事》,是中国话剧史上第一部在刊物上公开发表的剧作。此后,欧阳予倩的《泼妇》、白薇的《打出幽灵塔》、丁西林的《一只马蜂》等也明显受到易卜生的影响,塑造了一批张扬个性的解放者的形象,呈现了五四话剧最初的现实主义特色。洪深的《贫民惨剧》、田汉的《咖啡店之一夜》等则明显受到契诃夫、陀思妥耶夫斯基等作家在题材上的影响。而在艺术风格上,田汉、郭沫若对浪漫主义、唯美主义的借鉴;丁西林英国绅士式的幽默以及密尔尼、琼斯、王尔德、萧伯纳式的笔锋;陈大悲、熊佛西作品中欧洲情节剧、佳构剧的特点……都表现出西方话剧对中国现代话剧的深刻影响,呈现出对西方话剧横向移植的特点,这对处在萌芽时期的中国现代话剧无疑是十分必要的。

面对职业新剧演出商业化的弊端,一些从事新戏的知识分子,受到欧洲小

---

① 黄会林:《中国现代话剧文学史略》,31页,合肥,安徽教育出版社,1990。
② 陈白尘、董健:《中国现代戏剧史稿》,修订2版,42页,北京,中国戏剧出版社,2008。

剧场运动的启发，反思"文明戏"商业化和庸俗化的倾向，提倡小型的、业余的，不以赢利为目的的戏剧，着力于戏剧的艺术质量和社会作用，提出了非职业性的、业余的戏剧，于是"爱美剧"① 运动应运而生。

1921 年陈大悲首先撰文《爱美的戏剧》②，全面系统地提倡"爱美剧"。1921 年 5 月，五四以后第一个新的戏剧团体民众戏剧社在上海成立，并出版了中国现代第一个戏剧文学刊物《戏剧》，致力于新剧的建设，宣布"戏剧在现代社会中，确是占着重要的地位，是推动社会前进的一个轮子，又是搜寻社会病根的 X 光镜，又是一块正直无私的反射镜……"同时强调其"非营业的性质，提倡艺术的新剧为宗旨"③。由此开始了 20 世纪 20 年代初期勃兴于全国各地的"爱美剧"运动，成为五四以后现代话剧的重要实践。"爱美剧"的出现，是在五四运动的推动下开始了的中国现代戏剧新一轮的革命和创新。可以看出，"爱美剧"全面替代"文明戏"的过程，就是现代话剧发展的过程，也是中国现代戏剧文化向西方开放与引进的现代化进程。外国话剧理论、话剧名著的引进、翻译，则成为现代话剧形态形成的重要铺垫。

1921 年冬天，上海戏剧协社成立，主要代表人物有欧阳予倩、应云卫、汪优游、谷剑尘以及洪深等。他们注意引进和吸收外国话剧的技巧与经验，其中，洪深导演的《少奶奶的扇子》是中国现代话剧史上第一部用完整的西方话剧导演体系来导演的话剧。之后，田汉主持的南国社在演出中对独特清新台风的追求，对斯坦尼斯拉夫斯基"体验"理论的实践以及舞台布景的利用，艺术剧社对苏联梅耶荷德打破传统演剧方法的崇拜，都明显受到了西方话剧的影响。对戏剧活动的重视，尤其是在表导演体系上对西方话剧体系的汲取，是中国话剧形成的重要因素。

20 世纪 30 年代以后，中国现代戏剧表现出由民主主义向无产阶级革命戏剧的转折，开始了左翼戏剧运动的新篇章。1929 年 11 月，沈端先、郑伯奇等人发起成立上海艺术剧社，提出无产阶级戏剧的口号。1930 年，中国左翼剧团联盟成立，之后又改组为以个人名义参加的"中国左翼戏剧家联盟"（简称剧联），成为中国共产党直接领导下的重要左翼文艺组织。

在民族矛盾和阶级矛盾的双重危机之下，中国话剧在多种流派和风格兼收并蓄的同时，逐步转向现实主义，话剧主动承担起救亡图存的重任，将自己与

---

① "爱美剧"，就是业余戏剧。"爱美"是英语 amateur 的译音，意为"业余的"、"非职业的"。
② 陈大悲：《爱美的戏剧》，载《晨报》，1921-04-20。
③ 黄会林：《中国现代话剧文学史略》，57 页，合肥，安徽教育出版社，1990。

社会和大众的需求紧密结合,进一步植根于民族文化的土壤之中,创造性地进行西方话剧形式的转化与完善。这一时期,一些揭露资本主义罪恶的作品,如辛克莱的《梁上君子》、米尔顿的《炭坑夫》、罗曼·罗兰的《爱与死的角逐》以及苏俄的作品翻译、上演,适应了时代的需要和左翼戏剧运动的要求。"左翼戏剧运动的开始阶段,话剧的演出形式又有了新的变化。由于强调配合革命斗争,学习苏联红军宣传队和日本'普罗剧运'的经验,'剧联'组织了许多小型轻便的演剧队伍,走向工厂、学校、农村、街头,做流动突击式的演出……经过几年的艰苦奋斗……并根据新的形势发展需要,再一次占领剧场阵地,组织专业话剧团体,重新上演莎士比亚、易卜生等人的名剧,从艺术上锻炼提高自己,争取观众,促使话剧正式定型,并进入了成熟时期。"[①] 一批杰出的戏剧家,如曹禺、夏衍等的出现,也标志西方话剧真正完成了东方化的过程。

与此同时,1930年至1935年涌现出了中国共产党创建的江西苏区"红色戏剧"。苏区革命戏剧起源于井冈山时期的小歌舞、化妆演唱等演出活动。1928年底在湘鄂西根据地成立的战斗剧社是第一个红军剧团,1930年冬天成立的战士剧社是我国现代戏剧史上影响较大的部队剧社,1931年底成立的八一剧团则是苏区第一个正规剧团。革命戏剧团体的涌现,丰富了边区的戏剧活动和文化生活,更有力地起到了宣传组织群众的作用。1932年9月,以八一剧团为骨干的工农剧社在瑞金成立,并在各地设分社或支社,形成中央革命根据地自上而下的戏剧活动组织系统。"工农剧社的成立,标志着苏区戏剧运动发展到一个更高的阶段,即从分散的、自发的演剧,进入到有组织、有领导的、艺术水准较高的剧团演剧形式。"[②] 1933年工农剧社下设了根据地第一所戏剧学校蓝衫团学校(后改名为高尔基戏剧学校)和蓝衫团(后改名为苏维埃剧团)。"蓝衫社是苏区的特殊剧团形式。工农剧社总社直属的中央蓝衫团率先成立之后,各县、乡野纷纷建起业余的蓝衫社。演员们上台一律身穿蓝衫,三角形的上襟饰有红、白、黄、黑四种颜色,分别代表革命、反革命、改良派和法西斯四种人物,演出时按角色的需要翻出不同颜色的上襟。蓝衫社的演出形式简便、灵活,节目以迅速反映苏区生活与斗争的活报剧为主,采取巡回流动方式,深入农村宣传群众,或开赴前线慰劳红军。"[③] 总体而言,苏区"红色戏

---

① 丁罗男:《中国话剧学习外国戏剧的历史经验》,26页,北京,中国戏剧出版社,1983。
② 陈白尘、董健:《中国现代戏剧史稿》,修订2版,451页,北京,中国戏剧出版社,2008。
③ 陈白尘、董健:《中国现代戏剧史稿》,修订2版,451页,北京,中国戏剧出版社,2008。

剧"表现出鲜明的战斗性特征，它以人们喜闻乐见的艺术形式，结合现实战斗的需要，在配合红军粉碎国民党军事围剿的过程中发挥了重要作用，虽然由于第五次反围剿失败，中央苏区陷落，"红色戏剧"悲壮地告一段落，但革命戏剧并没有消失，随着长征的胜利，革命戏剧的火种在以延安为中心的解放区又揭开了新的一页。

从抗战开始到 20 世纪 40 年代的戏剧，是中国话剧走向成熟的时期。

1937 年七七事变爆发，中国话剧投身到抗日战争前线，成为当时诸多艺术种类中最活跃、最繁荣，也最具有战斗性和人民性的艺术。七七事变之后不久，上海的戏剧家们集体创作了大型话剧《保卫卢沟桥》，以宏大的场面和昂扬的激情，表现了中华民族不屈的意志。当年 12 月 31 日，中华全国戏剧界抗敌协会在汉口成立。戏剧界人士组成抗日救亡宣传队奔赴全国各地进行抗日宣传。当时组建的军委会政治部第三厅积极组织十个抗敌演剧队、五个抗敌宣传队和一个孩子剧团，分派到各战区、大后方及敌后进行抗日宣传。以"好一计鞭子"（《三江好》、《最后一计》、《放下你的鞭子》）为代表的街头剧、活报剧等短小而通俗的演剧形式迅速涌现并获得巨大的反响。一批反映现实的话剧作品，如陈白尘的《卢沟桥之战》、田汉的《卢沟桥》、罗荪的《台儿庄》、阳翰笙的《塞上风云》、宋之的的《国家至上》、吴祖光的《凤凰城》等极大地鼓舞了人民抗战的决心。

抗战以后的中国话剧格局发生了变化，形成以重庆、上海和延安为中心的区域性格局，其中尤以重庆为中心的"大后方"戏剧创作影响最大。1938 年 10 月，重庆举行了第一届戏剧节，不仅组织了 25 支演出队到街头乡镇演出，而且连续 7 天公演抗敌戏剧，被誉为中国话剧史上的空前盛举；之后，1941 年至 1945 年，连续举办四次"雾季公演"，共演出大型话剧 100 台以上，成为抗战大后方的戏剧盛事。历史剧的兴盛、讽刺喜剧的崛起和现实主义深化的多元风格的呈现，形成了丰富多彩的局面。这里既有以批判为主流的现实主义戏剧，如曹禺的《北京人》（1941），夏衍的《上海屋檐下》（1937）、《法西斯细菌》（1942），吴祖光的《风雪夜归人》（1942），宋之的的《雾重庆》（1940）等；也有老舍的《面子问题》（1941），陈白尘的《升官图》（1945）等讽刺喜剧；还有以郭沫若的《屈原》（1942）为代表的历史剧，使话剧创作出现了前所未有的高潮。中国话剧在烽火中兴盛，在战争中完成了一次次涅槃，由此形成浓郁的民族风格和气派。

二、欧阳予倩、田汉和洪深的剧作

人们通常将欧阳予倩、田汉和洪深称为中国现代戏剧的三大奠基人。

欧阳予倩（1889—1962），原名立袁，号南杰，笔名春柳，湖南浏阳人。他毕生致力于新兴话剧运动的倡导和表演，被称做"春柳社的台柱，民众剧社的主干，戏剧协社的灵魂，南国社的导师"[1]。1907年，欧阳予倩加入春柳社并参加演出《黑奴吁天录》和大型剧目《热血》。1911年回国加入"新剧同志会"，在上海、苏州等地演出。1913年在湖南组织"文社"，演出大量新剧。之后返回上海参与组织"春柳剧场"和"民鸣社"，继续新剧的创作和演出，在《家庭恩怨记》、《社会钟》、《不如归》等剧目中扮演主角，是能够在舞台上创造众多性格鲜明的人物形象的优秀演员。1919年，欧阳予倩在南通创办"伶工学社"，建立"更俗剧场"，成为我国最早采用科学方法培养戏剧人才的先驱之一。1921年，在新文化运动的感召下，欧阳予倩与沈雁冰等人组织"民众剧社"，提倡戏剧改革，其中，《泼妇》一剧是话剧"男女合演"的第一个尝试。1922年，欧阳予倩参加上海戏剧协社。1928年，他担任南国艺术学院戏剧系主任，成为南国社的导师。之后他担任广东戏剧研究所所长、广西艺术馆馆长、桂林剧团团长等。1949年后，欧阳予倩先后担任戏剧家协会副主席、中央实验话剧院院长、中央戏剧学院院长等职。欧阳予倩一生致力于中国话剧的现代化运动，为中国话剧的奠基和推进作出了杰出的贡献。

欧阳予倩还是传统戏曲的改革者和中国电影事业的开拓者。早在组织春柳剧场的时候，欧阳予倩便刻苦学习京剧，并成为职业京剧演员，开创《红楼梦》编演先河，演艺取得相当成就，时有"南欧北梅"之称。抗战期间，他编导了京剧《梁红玉》、《船夫恨》等，以激发人民的抗战热忱。欧阳予倩还致力于戏曲的改革，将传统戏曲和现代话剧交融在一起，将丰富的舞台实践和戏剧文学结合在一起，因此，被田汉称为"中国传统戏曲和中国话剧之间的一座典型的金桥"。20世纪20年代至40年代，欧阳予倩三次进入电影界，期间，曾发起组织"上海电影界救国会"。1926年创作了第一部电影剧本《玉洁冰清》，此后，从默片到有声片，他先后编导了《三年以后》、《天涯歌女》、《新桃花扇》、《恋爱之道》等多部影片，进步的思想内容融入家庭、婚姻、恋爱等

---

[1] 司马长风：《中国新文学史》，上卷，221页，香港，香港昭明出版社，1978。

日常化的题材，和他的话剧作品一样具有较强的现实性。

欧阳予倩自1913年创作第一部话剧《原动力》后，先后创作表现现实题材的话剧《泼妇》、《回家以后》、《车夫之家》、《买卖》、《屏风后》、《越大越肥》等以及历史题材的话剧《潘金莲》、《忠王李秀成》、《桃花扇》等。综观欧阳予倩的剧作，他始终关注现实，表现出知识分子积极投身现实、力图改造世界的姿态。五四前后，他的作品带有明显的反帝反封建的民主主义色彩。无论是《泼妇》、《回家以后》，还是《潘金莲》等，都站在关注女性命运的角度表现了对封建道德的抨击，对妇女解放的歌颂；《泼妇》首开中国话剧舞台上轻喜剧的形式。剧作围绕素心面对丈夫陈慎之娶妾事件，层层推进，从不同侧面展示素心贤惠、机智、刚烈的性格。到20年代末期，欧阳予倩的创作思想进一步转变为对半封建半殖民地社会的批判。他的《车夫之家》、《同住的三家人》等作品已经表现出工人、城市平民在帝国主义压迫下的觉醒和反抗。抗战以来的历史剧《忠王李秀成》等剧作，表现出爱国抗敌、反对分裂的情绪。因此，无论是现实题材还是历史题材的剧作，都表现出鲜明的现实感受和爱国进步的情怀。同时，欧阳予倩不同于其他从文学走向戏剧的剧作家，他是从戏剧表演的舞台走向戏剧创作的，传统戏曲和舞台实践成为他戏剧创作的重要基础，敏锐的舞台感使他的创作充分考虑到观众的观赏心理，十分注重艺术结构的完整性、舞台艺术的综合性，因此，他的戏剧，情节自然紧凑，语言个性鲜明，深受观众的喜爱。

田汉（1898—1968），原名田寿昌，湖南长沙人，自幼受到传统戏曲的熏陶，中学期间就编写过改良新戏《新桃花扇》等。1916年到日本留学，受西方新浪漫派象征主义戏剧的影响较大，1916年加入少年中国学会，1921年与郭沫若、郁达夫等发起成立创造社，1923年始先后创办南国剧社、南国艺术学院、南国电影剧社、南国社等社团，主编《南国半月刊》、《醒狮周报·南国特刊》、《南国月刊》等杂志，形成中国戏剧史上著名的"南国戏剧运动"，为打开话剧演出的局面起了很大作用。田汉也成为中国现代戏剧的一代盟主。他还是《义勇军进行曲》（《中华人民共和国国歌》）的词作者，有大量的诗歌和歌词问世。田汉的诗人气质，也使他的剧作染有浓郁的抒情性。

田汉创作以1929年为界分为前后两期。前期剧作充满浪漫色彩，表现出唯美主义和感伤主义的情调。在创作观念上，既强调艺术要揭露人生的黑暗，又强调艺术要美化人生，用艺术的美来改造人生。1920年创作完成的第一部剧本《梵峨嶙和蔷薇》（*Violin and Rose*），写歌女和琴师的爱情故事，表现对真诚的爱情（蔷薇）和真正的艺术（梵峨嶙，小提琴的音译）的追求，这也成为贯穿田汉话剧创作的永恒主题。1922年的《咖啡店之一夜》和《获虎之夜》表现个性解放和对封建道德的批判，显示了强烈的五四精神，而直接对人物内心情绪的抒发和戏剧情境的诗意营造，感伤基调的抒情性风格的呈现，也反映了当时青年感受到黑暗压迫的苦闷和寻求路途的彷徨，表现出青春的感伤的浪漫主义情绪。

创作于1929年的《名优之死》，仍然是写"艺术与爱情"，但与《梵峨嶙和蔷薇》的角度已经不同，而是从社会的角度看艺术，代表了作者的创作风格从浪漫主义逐步转向现实主义，也标志作家的创作进入后期。这一时期，田汉还有《苏州夜话》、《湖上的悲剧》、《南归》、《古潭的钟声》等，一方面，直接揭露现实社会的黑暗；另一方面，表现为通过象征剧来体现他使艺术生活化、让人生美化的创作意愿，但已经明显表现出田汉的创作从唯美、伤感到现实觉醒的转换轨迹。

田汉早期的剧作在人物形象的塑造上，构建了"艺术家形象"和"漂泊者形象"两组形象系列。田汉早期剧作中的主人公大多是歌女、乐师、诗人、作家、学生、编辑、画家、演员，这既与作者熟悉的生活经历有关，更在于作者借助这些"艺术家"来倾注自己的理想，这些人物大都年轻、正直、善良、怀抱理想、热爱艺术、追求真诚的爱，但又孤独、受社会压迫，生活与爱情遭受磨难。而另一类形象如《梵峨嶙和蔷薇》中孤身漂浮的柳翠、《咖啡店之一夜》中"一位孤单的旅客在沙漠里走"的白秋英，甚至《获虎之夜》中四处乞讨的流浪儿黄大傻、《名优之死》里辗转流离的刘振声……这些浪迹天涯的"漂泊者"，成为剧中作者进行人生探求的哲理与诗意表现，增添了作品感伤的历史内涵和美学价值。正如董健在《田汉二十年代话剧创作简论》中所说："就其对人生的思考和对现实的反映来说，它是现实主义的；但就其艺术表现手法说，则往往是超写实的。他通过自己创作的艺术符号系统，表现自己发现的'灵的世界'。强烈的主观抒情性压倒了客观叙事性；对诗一般优美意境的追求胜过了对戏剧剧情的真实描绘。他不求生活实相之逼真的摹写，但求真实之畅快的抒发。"[①] 因此，田汉早期的作品在情节上具有鲜明的浪漫的传奇色彩，在语言上具有浪漫的抒情色彩，充分利用诗歌和音乐作为抒情元素，多次使用"话剧加唱"的手法，通过音乐感和对诗的意境的追求来强化浪漫主义

[①] 董健：《文学与历史》，96页，南京，江苏文艺出版社，1992。

情调。

1930 年 5 月,田汉发表《我们自己的批判》,总结了自己的艺术道路,提出要结束原来被小资产阶级感伤的颓废所笼罩的局面,旗帜鲜明地站在新兴的无产阶级立场,将艺术贡献于新时代之现实。这是田汉从激进的民主主义者向阶级论者过渡的重要转变。因此,在 30 年代的戏剧创作中,他开始直接表现工人阶级的苦难生活、工人运动以及抗日爱国运动,先后创作《梅雨》、《乱钟》、《暴风雨中的七个女性》、《洪水》等,作品取材现实,日益尖锐的阶级矛盾和社会斗争成为基本主题。探索中的田汉在创作中也出现了理性思考和政治意识掩盖了艺术追求和情感表现等简单化的倾向,这一倾向到 30 年代后期创作的三幕话剧《回春之曲》中得到了改变。《回春之曲》描写南洋爱国华侨高维汉在抗战爆发后,告别恋人梅娘,回国奔赴前线战场。在"一·二八"战争中,高维汉负伤,失去记忆,整日只是高呼"杀啊,前进啊!"梅娘从南洋赶来精心照顾高维汉。经过 3 年之久,在梅娘歌声和新年的鞭炮声中,高维汉终于恢复了神志,听说国难更加深重后,又急切地要回前线杀敌。作品以高维汉身体的"回春"、爱情的"回春"以及对祖国"回春"的呼唤,来穿插爱情生活线索以及抗战爱国主题,克服了之前创作中主题单一、简单直露的缺点,构思巧妙,人物形象生动鲜明,对话流畅,尤其是通过剧中插曲来配合热烈、委婉的意境营造,在充分诗化的风格中表现抗日主题。作品体现了田汉一贯擅长的浪漫抒情风格而取得了较高的成就。

从抗战爆发到整个 40 年代,田汉的创作主要有五幕剧《秋声赋》(1941),四幕剧《风雨归舟》、《黄金时代》(1942) 等[①]。《丽人行》通过女工刘金妹、革命者李新群以及资产阶级女性梁若英三个性格思想、遭遇各不相同的人物命运,反映了国统区的黑暗现实。全剧成功地运用话剧多场次的结构,打破"幕"的分割,互相穿插三条情节线索,全景式地反映抗战胜利前后光明与黑暗、正义与邪恶搏斗的艰苦岁月,被认为是田汉现代戏剧创作的集大成者。

田汉的戏剧创作,始终关注艺术与时代的关系,既表现出艺术的人生思考和对现实的关注;又能超越现实,紧紧扣住人物的心灵历程和主观抒情,表现出鲜明的主体意识。在戏剧情节上,田汉的剧作往往具有传奇性;在结构上则往往根据情感的需要突破时空的限制,表现出开放性的特点。戏剧语言的优美

[①] 陈白尘、董健:《中国现代戏剧史稿》,修订 2 版,147 页,北京,中国戏剧出版社,2008。

和诗化，在表现手法上加入中国声乐、器乐，"话剧加唱"形式的创造，都充分体现了他剧作音乐美、抒情性的特征。

洪深（1894—1955），江苏常州人，现代杰出的戏剧活动家、理论家、导演和剧作家。洪深从学生时代开始，便喜爱戏剧，1912年至1916年在清华学校学习期间，他就是学生演剧活动的积极分子。1915年创作处女作独幕话剧《卖梨人》，讽刺与批判社会不公平的现实；1916年的五幕话剧《贫民惨剧》，更进一步揭露了社会的黑暗，表现出朴素的民主主义思想，同时逐渐形成洪深用戏剧来改造社会、为痛苦人生呼喊的文艺观念。1916年赴美留学，师从著名戏剧家贝克教授学习戏剧编撰，获得硕士学位。

1922年，洪深回国后从事教学和戏剧创作，加入戏剧协社，参与领导南国社，同年创作《赵阎王》，塑造了由善良农民蜕变为"阎王"的赵大的舞台形象。赵大这样一个原本淳朴、老实的农民，后来在军阀部队中日渐堕落，无恶不作，烧杀抢掠，活埋伤兵，偷盗了军队的饷银而逃入森林，却因为内心世界的激烈交战而神智失常，幻觉不断，心事重重，迷失在森林中，最终被追捕的士兵击毙。赵大是一个性格复杂的农民形象。在当时流行的家庭伦理剧和宣传个性解放的题材之外，《赵阎王》独树一帜，选取军阀混战的场面，写农民的复杂经历和灵魂中人性与兽性的较量，在手法上采用意识流的方法，打破时空界限，刻画人物的内心世界，表现人物的幻觉，成为洪深在20年代创作的代表作。

30年代以后，洪深最重要的话剧创作是《农村三部曲》（《五奎桥》、《香稻米》和《青龙潭》），这是现代戏剧第一次全面反映农民的苦难和斗争的作品，其中以《五奎桥》最为成功，可以说是他一生的代表作。在《五奎桥》中，作者描写江南农村由于长期炎热，田里缺水，干旱引起农民的恐慌，农民要使用抽水机抗旱，因五奎桥过低，阻挡了运抽水机的船只，围绕着"拆桥"问题展开了一场斗争。作品由"天旱拆桥"和"维护风水"开始写起，第一幕的说明中写道："直到现在，这座桥还是周乡绅家对于乡下人的一种夸耀。迷信、愚昧、顽旧的制度、封建势力。地主的特殊利益，乡绅大户欺压平民的威权，似乎五奎桥存在一日，这些一切，也是安如磐石，稳定地存在着的。"因此，农民所要破坏的就不仅仅是五奎桥自身，而是五奎桥的含义，也就是它所象征、代表的乡绅的尊严和威权，封建的势力和制度。作者的主导思想就是要表现几千年的封建制度在新的时代里已经开始动摇，走向崩溃。

洪深的话剧创作，具有鲜明的时代色彩和使命意识，他十分重视戏剧的社会作用，因此无论是他的《卖梨人》还是《贫民惨剧》，或者《赵阎王》与《农村三部曲》，从他对"卖梨人"的同情，到对"贫民"遭遇的不满，从对"赵阎王"之死背后的社会根源的探讨，到对《农村三部曲》中更为宏观的社会经济原因的深刻分析，都体现了他戏剧为人生的创作理念，从而创作风格既具有鲜明的现实主义特征，又具有浓厚的理性色彩。洪深往往以对社会的理性认识来指导自己的创作，以戏剧人物来"对社会说一句有益的话"，因而也往往造成宣传大于形象、理性大于感性的缺点。

三、曹禺与中国话剧的成熟

1934年开始，曹禺崛起于中国话剧界。他以杰出的《雷雨》、《日出》、《原野》、《北京人》等剧作报道了中国现代话剧成熟期的到来。

曹禺（1910—1996），原名万家宝，原籍湖北省潜江县，出生在天津一个封建官僚家庭。生活舒适却带有浓重封建秩序的家庭使曹禺从小产生了厌恶和窒息感。他曾这样评价他的家庭："我出生在一个官僚家庭里，看到许多高级恶棍、高级流氓；《雷雨》、《日出》、《北京人》里出现的那些人物，我看得太多了，有一个时期甚至可以说是和他们朝夕相处。因此，我所写的就是他们所说的话、所做的事。"[①] 少年时期，曹禺受到继母的影响，对戏剧产生了浓烈的兴趣。1922年，曹禺进入南开中学读书，这期间，他把主要精力都投入到南开新剧团的戏剧演出中，他主演过易卜生的《娜拉》和《国民公敌》、莫里哀的《悭吝人》、丁西林的《压迫》等。在大量的排演和演出中，培育了敏锐的舞台感觉，这为他以后的戏剧创作打下了坚实的基础。1930年，曹禺插班进入清华大学西方语言文学系，如饥似渴地阅读中外文学名著。在清华大学读书的三年里，曹禺接触了大量优秀剧作，从古今中外的大师们的经典作品中获得丰富的启示。

1933年，曹禺创作出了《雷雨》，它描写一个发生在带有浓厚封建色彩的资本家家庭的悲剧。经巴金推荐，1934年7月在《文学季刊》一卷三期上发表，这也是五四以后出现的第一部多幕话剧创作剧本。1935年由中国留学生在东京首演，引起轰动。1935年曹禺又创作了第二部话剧《日出》，把目光投向半封建半殖民地大都市的社会罪恶，再次引起强烈反响。之后，曹禺又连续创

[①] 曹禺：《曹禺谈〈雷雨〉》，载《人民戏剧》，1979（3）。

作了《原野》(1936)、《蜕变》(1940)、《北京人》(1941)、《家》(1942)等一批杰出的作品。曹禺及他的作品的问世，不仅宣告了一个戏剧家的出现，而且宣告了中国话剧一个全新的成熟阶段的到来。

《雷雨》的故事选择在一天（上午到午夜两点）、两个舞台背景（周公馆客厅和鲁家）中展开，常年为人帮佣的侍萍为女儿四凤的事来到周公馆，牵扯出周、鲁两家30年来错综复杂的人物关系以及一系列悲剧故事。

故事发生在20世纪30年代初期，在整个四幕戏中，作者巧妙地在其中穿插了两个主要的时间段落和戏剧故事。30年前，侍萍是无锡周家侍女梅妈的女儿，与周家少爷周朴园共同生活了三年，生下两个孩子周萍和鲁大海，周家为了迎娶有钱人家的小姐，在侍萍生下鲁大海三天后，将其母子二人赶走。侍萍在绝望中带着儿子大海跳河自尽，被人救起，后嫁给鲁贵。不知内情的鲁贵到已搬到北方的周朴园公馆当仆人，把女儿四凤安排进了周家当侍女，把鲁大海介绍到了周朴园的矿上当工人。这是造化弄人，冤家路窄。周朴园的发家是当年在哈尔滨包修江桥时，他故意让江堤出险，淹死了两千多个工人，在每个工人的抚恤金中扣去300元钱。这是一部血淋淋的发家史。18年前周朴园再与繁漪结婚，生下周冲，但两人并没有真正的感情，周朴园长期待在矿上；三年前寂寞中的繁漪与刚从乡下回到家的周萍发生了一场乱伦的恋爱……这些都属于"过去的戏剧"。作者将其作为背景交织在"现代时态"中，并对"现在的戏剧"产生巨大的影响：周萍与四凤恋爱，四凤已经有了三个月的身孕；周冲也在热烈地追求四凤；繁漪发现周萍与四凤恋爱，便通知鲁贵让四凤的母亲鲁妈（侍萍）前来带走四凤，以排除情敌，维护自己已经溃灭的爱情。鲁贵告诉四凤这间屋子曾经"闹过鬼"——繁漪和周家大少爷周萍在此发生过不正当关系，并且表示要保护女儿的利益。侍萍来到周家后，发现这就是30年前抛弃自己的周家，周家从无锡搬到了北方，周朴园也从当年的大少爷成为家里的老爷。周、侍两人30年后再次相见，虽然周朴园原来一直视侍萍为"妻子"、当成"正式嫁过周家的人"，保持屋内的陈设以怀念侍萍，但真正当侍萍站在他面前时，他决意掩盖真相，为之不惜对侍萍威胁、利诱，表现出伪善的面目；鲁大海作为矿工罢工代表也在此时来到周家，揭穿周朴园在矿上镇压工人罢工、瓦解谈判代表的真相；繁漪为留住周萍而拼死一搏，说出真相，使周家"最圆满、最有秩序"的面纱被揭开，午夜时分，雷雨交加，四凤冲出客厅触电而死，周冲在救四凤时也触电身亡，周萍在楼上开枪自杀……这种在"现在的戏剧"中不断发现"过去的戏剧"，由"过去的戏剧"不断推动"现在的戏剧"向前发展的结构手法，借鉴了易卜生《群鬼》的"回溯"结构方式，使戏剧情境更趋紧张，戏剧冲突愈加激烈。

《雷雨》全剧处在锁闭式的结构中，舞台时间短暂，但集中了多种矛盾的组合：繁漪与周朴园、周萍、四凤；周朴园与侍萍、鲁大海；四凤与周萍、周冲……既忠实于古典主义"三一律"的严谨，又体现了充分展开时间和空间的张力结构的特点。人物关系的设置，呈现为一种相互照应的关系：周萍与四凤的现在就是周朴园与侍萍当年故事的重复；而侍萍也就成为四凤将来的镜子。这里几乎所有的人物都在剧中同时承担了两种身份和角色，使相互关系更加错综复杂。这种纠缠着的人物关系，一步一步推动着作品多重悲剧的集中爆发。作者通过精巧的结构，把纠缠着血缘和阶级的矛盾与冲突进行悲剧性展示，使家庭悲剧富有了社会悲剧的意味。

曹禺在关注现实的同时，更超越现实，努力追索着隐藏于现实背后的人生、人性、人的生命存在的奥秘。《雷雨》中，作者表现了剧中人物的欲望—追求—困境的悲剧性过程。作品中几乎每个人都陷入一种"情热"之中，被"原始的蛮性的力量"所左右，然而，从戏剧动作的开端（繁漪死死拉住周萍），到戏剧动作的展开（周萍抓住四凤），到戏剧动作的高潮（悲剧的产生），戏剧人物为非理性的欲望（情欲）所包围却无从突围，表现了人的生存困境。

《雷雨》的戏剧冲突十分强烈，作品以周朴园为中心所展开的家庭内部矛盾以及劳资之间的矛盾，这两条线索又是通过侍萍这一形象来加以组织和串联的。侍萍的命运悲剧作为贯穿线索组织起各类矛盾，剧中的一切矛盾从这儿开始、发源，又在这儿结束。戏剧的时间和空间关系也由她来加以贯通。尽管侍萍的悲剧只是《雷雨》多条线索中的一条，但假如没有这条主线，就组织不起《雷雨》完整、丰富、尖锐、紧张的戏剧冲突。如果繁漪是促使周朴园冲突激烈的"引爆人"，那么侍萍就是真正深埋在地下的重磅炸弹。

《雷雨》中的人物是具有典型意义和永久生命力的形象。其关键就在于作者不是平面、概念地塑造形象，而是强调人物的矛盾性和复杂性。

周朴园的形象性格，分别通过他对繁漪、侍萍和鲁大海的态度等不同侧面得以表现。他与鲁大海之间的劳资矛盾，着重写一个资本家的过去和现实罪恶。而通过他与繁漪、侍萍之间的矛盾，显示道德伦理的矛盾和冲突，更显示了他作为一个人的复杂性。周朴园竭力要建立符合他个人意志的最圆满、最有秩序的家庭。他当年对侍萍的情感是真实的，后来对侍萍的遗弃，表明了他自身受家庭束缚和对封建家长的屈从，和封建力量最终达成了和解；之后周朴园的感情生活已经死灭，他的吃素、禁锢，都是残酷的情欲上的自虐，因而对繁漪只是持问候与义务式关心的态度；多年来保留着夏日不开窗（因侍萍生周萍时受风生病）的习惯，是他认为侍萍已经死了，以这种悼念和追忆来弥补心灵上的罪恶感。这些都表明周补园的复杂性，他对侍萍的情感是真实的，他也是封建传统的受害者。然而，当他发现侍萍仍然活在人世时，以为她是来复仇的，为了保住已有的名誉、地位、体面，立即凶相毕露，转而企图蒙骗侍萍，又想用金钱来堵住侍萍的口，十分鲜明地表现了他的伪善和自私。对繁漪的态度，集中表现了周朴园作为封建家长强调家庭权威专制的一面，逼繁漪喝药一场戏，突出表现的就是周朴园要建立自己的绝对权威，要确立一种命令与服从的秩序。可见，周朴园尽管接受过现代资本主义的教育，但血液中积淀的仍是封建伦理原则。这种性格构成，既表明他性格中作为资本家的冷酷、反动和封建家长的专制、伪善、自私的一面，也表明他作为一个接受过西方文化的封建家庭大少爷受到封建思想束缚，并一步步地付出泯灭个人情感的沉重代价，逐步皈依封建秩序规范的悲剧性一面。因此，周朴园也处在鲁迅《狂人日记》中所揭示的"吃"与"被吃"的食物循环链中。

繁漪是全剧冲突的制造者和推进者。她聪明、美丽，有自由追求和爱情（情欲）自主的强烈愿望，在她的性格中，任性与脆弱、热情与孤独、反抗与屈从交织在一起，她对周萍的追求是在特定环境中对爱情热烈追求的表现，她的反抗与追求使她陷入了母亲不像母亲、情人不像情人的可悲境地，从客观上表现出对封建专制家庭的反抗、批判与否定。尽管这种反抗的方式是畸形的，但在周朴园郁闷压抑的家庭环境中，她还是值得同情的。作者充满激情地书写繁漪"雷雨式"的性格。她爱起来像一团火，热烈；恨起来也像一团火，要把人烧毁。这种性格使她在难以抗拒的环境中以"雷雨"般的性格进行困兽之斗，变爱成恨，变倔强成疯狂。为了满足感情上的需要，她可以不择手段地去损害别人，甚至在某种程度上带有疯狂性。这种性格在封建家庭中有极大的破坏性，周朴园所要建立的"最圆满、最有秩序的家庭"，终于因为她的"爆炸"而崩溃。繁漪带着原始的野性，作者从她身上所发掘出来的是人的非理性的情欲以及人的"魔性"。因此，繁漪"不顾一切"，冲决传统伦理的束缚，不惜放弃以至亵渎在传统中视为最神圣的"母亲"的尊严、权利，赤裸裸地要求得到一个"男人"对一个"女人"的情爱。在追求遭到失败后，她不顾一切地执意揭开四凤与周萍的血缘之谜，自己得不到的，也不能让他人得到，宁可同归于尽，造成最终的悲剧。

这样一些人物形象的塑造，超越了简单的政治意识形态的阶级立场划分，人物更具有鲜活的生命。

中国话剧萌芽时期对西方话剧的移植，特别是对易卜生、高尔基、契诃夫等人反映社会问题的剧作的重视，是当时中国知识分子在社会现实体验中得出的共同要求，这种"为人生"的精神现象同样是曹禺创作的社会心理动机。社会和个人的外部心理动机与内在的个人气质的契合，一方面，使曹禺继承并加盟了戏剧家们为人生、为民族生存奋斗的行列；另一方面，使曹禺在对西方文化借鉴的过程中完成了前人没有完成的艺术与社会理性融合的使命。

20世纪20年代中后期，一批作家由于政治的变化而引起了艺术的变化，他们直接参与到政治斗争中，急于在艺术中予以近距离的表现，创作出现了现实追求与艺术成就之间的"不平衡"现象。但是，这种"不平衡"状态，在曹禺早期剧作中很难找到。他极艺术地处理他对社会人生的认识以及抒发个人的理想与愤懑。《雷雨》描写一个带有强烈封建性的资产阶级家庭的崩溃，着力揭示旧中国上层社会的腐朽罪恶及其不可避免的没落命运；《日出》通过交际花陈白露的命运，描写"日出"之前高级旅馆中上层社会的荒淫无耻以及下等妓院的黑暗与痛苦，由《雷雨》式的家庭悲剧扩展为社会悲剧。《北京人》展现了封建大家庭（曾府）内部的矛盾与最后的崩溃，深刻表现出腐朽时代灭亡的必然趋势。这些处于极富思想光彩与艺术魅力的"平衡"、"和谐"状态，大致得益两方面：一是曹禺对西方剧作经验与技巧的借鉴，在大量阅读的基础上将其化为自己的东西，用来表现他所熟悉的中国社会，这不是简单的移植改编，而是在运用西方话剧技巧开创独立的戏剧之路；二是曹禺对生活的把握，他描写所熟悉的生活，并经过长时间的思索与酝酿，而不是急功近利地表现近距离的斗争生活。当他的思想形成并成熟后，采用独特的人生观照与社会观照进行艺术的表现，而不是直接以政治视角反映生活，因而他的剧作虽不如左翼作家那样尖锐，但比一般作家要更加深刻。到新中国成立后，曹禺的创作也出现了某些"不平衡"，他再没有创作出能够超越《雷雨》、《日出》、《北京人》那样的经典剧作。

曹禺剧作在对西方话剧引进和吸收的同时，注意对社会理想、审美意向和艺术风格的综合性吸收，体现了他独特的风格和丰富多样的现实主义戏剧观。

首先，在题材选择上曹禺以反映现实生活为主，这种严格的现实主义创作原则建立在他早期的民主主义思想以及同情弱者、劳动人民、妇女的人道主义思想基础上，这种思想恰好与当时流行的易卜生反映家庭、社会、妇女问题的作品形成共振，使曹禺毫不犹豫地接受易卜生的影响，在戏剧观上形成为人生、为社会的倾向。

《雷雨》通过家庭动荡来表现社会形态和发展趋势，有深厚的历史感和时代感。《日出》中，曹禺把他接受的易卜生主义，那种对社会、女性的关切由家庭推向社会，直接通过高级旅馆和三等妓院两个特定的社会场景来揭露社会的黑暗；《北京人》中，他直接写封建家庭的彻底衰败，而发出半封建半殖民地社会的崩溃预言。如果繁漪和陈白露一个是未曾出走的娜拉，一个是出走而堕落了的娜拉，那么《北京人》中的瑞贞和愫芳则可以说是探索中的娜拉。

其次，曹禺十分重视对人物形象的塑造，尤其注重写人的灵魂和内心世界，具有丰富性和复杂性的人物性格，往往揭示出人物性格的多层面、多侧面的内涵。如《雷雨》中的周朴园是一个带有强烈封建性的资本家，作者在塑造这个形象时，通过周朴园与不同人物之间的矛盾冲突，充分展示他不同的性格侧面。既注意写他性格主导的一面：冷酷、专制、刚愎、自私，也注意写他内在心灵深处隐含的另一面：寂寞、温情、怀旧、忏悔，尽管是次要的性格侧面，但一旦集中在周朴园身上后，人物的性格变得多层次了，内心情感变得丰富了，形象也就随之变得立体而生动了。

曹禺更善于塑造女性形象，《雷雨》中的侍萍、繁漪，《日出》中的陈白露，《北京人》中的愫芳，《原野》中的金子等一系列女性形象，都是心灵受到压抑、情感复杂的人物，作者既表现了她们内心的美好，具有时代特质的个人品质，也表现了她们灵魂的弱点与局限，这些形象不再是当时剧坛流行的公式化、简单化的形象模式，而是具有丰富复杂性格的活生生的"人"。

在人物心理展示时，曹禺一方面从易卜生、莎士比亚那里借鉴在复杂、错综的剧情中展开丰富的人物主观感受；另一方面从奥尼尔那里借鉴《琼斯王》中表现人物主观感受、幻觉、潜意识的灵魂显现（《原野》），直接在舞台上展现人物的灵魂搏斗。与洪深的《赵阎王》相比，对《原野》中仇虎的心理活动、内心恍惚和幻觉、迷狂状态，作者做了更为细致与厚实的铺垫，因而后者具有较为充分的心理根据，在表现人物内心的丰富性和复杂性时，从来不是单角度、片面地写人心、性格侧面，而是写复杂环境中人物的多重性格，人物更真实、更可信，也更具有魅力。

最后，曹禺的剧作善于设计张力强大的戏剧情境，采用多样化的戏剧手段来安排情节。《雷雨》中，作者遵循古希腊悲剧和易卜生戏剧中善于创造强烈的感情节奏、贯穿"激变"和"危机"的"回溯法"结构,在令人惊心动魄的戏剧冲突中强化喜剧效果。将周、鲁两家30年的纠葛、血缘关系、私情恩怨都集中在危机降临的最后一天来暴露,采用侧叙法、回溯法结构来设置戏剧悬念,构成悲剧性情节。

  从戏剧结构和戏剧风格的角度看,《雷雨》重视戏剧的集中性和动作性,努力在紧张激烈的戏剧冲突和曲折跌宕的戏剧情节中强化人物的性格心理,因而剧作十分紧张,那么这种锁闭式的结构,"太像戏了",人工痕迹较浓。《日出》中,曹禺已开始注意吸收契诃夫充满生活诗意,通过具体琐碎的生活原状,表现淡化冲突,强化心理与情绪的风格,平淡而隽永、自然而富有意趣,情节冲突和人物关系已经不像《雷雨》那样集中强烈了,没有贯穿始终的中心事件,也没有强烈的戏剧冲突,只是通过日常生活片段,选取人生的某些琐碎事件表现不合理的社会的众多生活内容。而到《北京人》中,结构更加开放,作品更接近于契诃夫式的平淡人生的铺叙,事件的安排比《日出》更散,完全按照琐碎生活的本来面目结构情节,舞台完全成为生活横断的再现,生活就在其中自然地流动着,不时漾起涟漪。作品中那种"平淡幽远中的深沉紧张、忧郁哀伤而明朗乐观的情调,满贮着幽婉深长的抒情诗的境界"[①] 以及人物内心世界的细腻描写(如曾文清那种要求摆脱环境,却无力挣扎而自我毁灭的内心矛盾;愫芳温良哀怨、青春流逝却又缄默无语,含蓄忍让却又憧憬未来,最终冲出牢笼的心理过程),都表现了契诃夫式的诗意与自然平淡的风格。但相对契诃夫的戏剧,曹禺剧作的戏剧节奏更快,也更适应中国观众的欣赏习惯。同时,这种保持一定戏剧冲突与情节线索、性格矛盾的剧作和浓郁的抒情风格又使我们感受到莎士比亚的诗剧意味。可见,曹禺戏剧风格从易卜生转向契诃夫,从《雷雨》典型的古典主义"三一律"、镜框式、封闭式结构到《日出》中的开放式结构,从情节剧向情绪剧的转化,清晰地表明其在现实主义基调上越来越注重反映生活的原生态而减少雕琢的追求过程。

  曹禺剧作的戏剧语言准确、精练,具有鲜明的性格色彩和强烈的动作性与表现力。曹禺笔下,人物语言根据不同的身份、地位、修养和性格、习惯来设计,表现出不同的性格和内心微妙的感情。如《雷雨》中周朴园和侍萍重逢的一场戏,一开始周朴园并不知道侍萍已经认出了自己,因此从开头封建家长的

---

 ① 朱栋霖:《曹禺:自我突破中的完成》,见曾小逸主编:《走向世界文学——中国现代作家与外国文学》,648页,长沙,湖南人民出版社,1985。

习惯式的几句责问之后，转入对旧事的追询，一个老爷在陌生人面前如此"沉思"、"眷念"地怀念亡妻，显然是老年的寂寞和青年往事的追怀；紧接着，当侍萍逐步揭示真相，周朴园则从急切探询，到掩饰真相，到内心惊恐，最后面对侍萍，"你是……"展现了剧烈的心理活动。而之后立刻脱口而出"你来干什么……"一连串的威胁、利诱、收买，将其自私、冷酷的本性又显现了出来。这段对话使人物的意志、愿望、性格得以充分展现，并通过丰富的潜台词，内在充满了紧张的戏剧情势中，推动着剧情的发展，又进一步揭示了人物性格的多个侧面。

四、丁西林、李健吾、夏衍、郭沫若的剧作

丁西林（1893—1974），原名丁燮林，江苏泰兴人。他是一位著名的物理学家，早年留学英国，回国后在北京大学、中央大学担任物理学教授，抗战时期曾担任过中央研究院物理研究所所长。留英期间，他阅读了大量文艺、戏剧作品，这为后来的写作奠定了基础。作为一名著名的物理学家而身兼著名的戏剧家，丁西林是中国话剧史上的一个奇迹。

丁西林的剧作绝大多数是独幕剧，堪称中国 20 世纪独幕剧创作的圣手，同时代表了 20 世纪二三十年代中国喜剧创作的一个高峰。1923 年，丁西林因独幕剧《一只马蜂》一举成名，后又陆续发表《亲爱的丈夫》（1924）、《酒后》（1925）、《压迫》（1925）、《瞎了一只眼》（1927）等。抗战期间，丁西林创作《北京的空气》（四幕剧，1930）、《三块钱国币》（1939）、《妙峰山》（四幕剧，1940）等剧作。

丁西林早期话剧的代表作是创作于 1925 年的《压迫》。房东太太担心女儿与房客自由恋爱，因此不把房子出租给单身客人。当女儿收了男房客吴某的房租后，母亲坚决要收回定钱。争执不下时，房东太太喊来巡警。而当巡警来时，来了一位女租客，当她知道男租客的困境后，提出和男租客假扮夫妻一起租房，给了房东太太一个措手不及，粉碎了她不准单身租房的规矩。这个作品表现了对租房者的同情和对压迫者的讽刺，体现了作者剧作中共有的一个情感特征：正义，对不合理的社会现象进行讽刺与批判。因此虽然没有表现出激烈的阶级对抗，但被压迫者的联合、精神和谐，对压迫者的反抗，同样具有强烈的社会意义。从艺术上看，这部作品，围绕单身汉与房东太太在租房问题上展开的冲突，层层推进矛盾，又通过戏剧情境的逆转，展示冲突情势的变化，在

戏剧情势的主动与被动的转换中营造出喜剧效果。作品的结构精巧、机智，人物语言幽默、俏皮，体现了幽默喜剧的风格。

丁西林的话剧与当时流行的"问题剧"和"社会剧"不同，他取材于日常的生活，离激烈的时代、社会冲突稍远，重点表现的是知识分子和市民的家庭、爱情关系，往往执著于他自己所关注的"生活哲学"，如通过《压迫》中关于租房问题、《酒后》中关于招待客人问题等，揭示新旧矛盾、社会风气，表现人与人之间的微妙情感、人生的真谛。从日常的而不是阶级的，平庸的而不是激烈的生活中去寻找喜剧元素，表现理想的、审美的、富有趣味的喜剧，在轻松幽默、机智含蓄中完成人物性格的塑造和戏剧情境的营造。

结构的精巧和语言的机智是丁西林喜剧最重要的特点。他的独幕剧一般只有二三个人物，通常采用"二元三人"模式，"二元对称对峙格局，第三者起着结构性的作用，或引发矛盾，或提供解决矛盾的某种契机"[①]，戏剧冲突并不强烈，人物关系并不复杂，不用闹剧和强烈、夸张的外部冲突来构成戏剧冲突，而是通过人物之间的误会法、对比映衬法、意外情节的翻转法和机智的"说谎"法来制造喜剧效果，情节展开妙趣横生，变化多端，层层相扣，尤其在结尾处总以逆转方式来出人意料地添上一笔，既使读者和观众发出会心的微笑，获得理性的感受，也使整个戏剧高潮充分、节奏分明。

丁西林的喜剧属于英国绅士式的幽默，语言幽默俏皮，轻松而机智，不是表面的、低级的硬性搞笑，而是含蓄的，需要咀嚼之后才能发出的会心微笑的喜剧，语言既能充分体现人物的身份与性格，又能在平凡的话语中蕴涵丰富的潜台词，使话外之音充满机智和幽默，使读者感到兴味盎然。

李健吾（1906—1982），曾用笔名刘西渭，山西运城人。现代著名作家、戏剧家、评论家和法国文学研究专家。1922年就读于国立北京师范大学附中。与同学蹇先艾等组织文学团体曦社，创办文学刊物《国风日报·爝火》，同时开始发表小说、剧本。1924年创作表现铁路工人生活的独幕话剧《工人》。1925年考入清华大学中文系，次年转入西洋文学系学习法语，同年加入文学研究会。1931年留学法国，专门研究福楼拜。1933年回国后，在教书的同时以"刘西渭"为笔名进行文学批评，有较大影响。

李健吾在20年代的戏剧创作以独幕剧为主，主要有《出走之前》(1923)、

---

① 钱理群、温儒敏等：《中国现代文学三十年》，修订本，180页，北京，北京大学出版社，1998。

《工人》(1924)、《翠子的将来》(1926)、《母亲的梦》(1927)(又名《赌与战争》,是这个阶段的代表作),作品通过对城市平民、工人、士兵、女性命运的表现,反映劳苦大众的生活感情,反映反帝、反封建的爱国、民主思想,情节紧凑,布局严谨,人物性格鲜明,语言生动。30年代李健吾的创作臻于成熟,这一阶段的创作题材多样,多为多幕剧。其中有呼吁抗日的《信号》(原名《火线之外》,1932)、《老王和他的同志们》(原名《火线之内》,1932);有反映革命斗争,歌颂革命者,揭露封建军阀的《这不过是春天》(1934)、《十三年》(原名《一个没有登记的同志》,1937);有反映农村生活的《村长之家》(1933)、《梁允达》(1934),另外还创作了喜剧《以身作则》(1936)、《新学究》(1937)等。40年代李健吾以改编中外名著为主,有10多部改编剧本,主要创作有《青春》(1944)等。40年代后期,李健吾偶有创作,主要精力投入教学、研究、翻译上。1976年后,李健吾还创作了《一九七六年》(1977)、《吕雉》(1979)等剧本。

《这不过是春天》是李健吾的代表作。在北伐军即将北上之时,革命党人冯允平来到警察厅长家里,当年他的女友为了贪图享乐将他抛弃后嫁给了警察厅长,但无爱的生活又使她在春光里暗自感伤。冯允平的出现,给她带来了一丝幻想,希望得到爱情和富贵,因此她向厅长推荐冯允平担任秘书。此时缉拿革命党人冯允平的密令送到厅长办公室。暗探得知真相后,向厅长请赏,结果遭到斥责,转而向夫人报告获赏;现任秘书因为担心位置不保而嫉恨冯允平;最后各自因自身的利益而放走了冯允平。这是一出表现现实的社会剧,作品注重对人物心理的性格刻画和复杂性、矛盾性的表现,如厅长的精明、冯允平的坚定、暗探的贪婪和秘书的猥琐,尤其是厅长夫人在理想与现实、爱情与世俗的矛盾中,经受着物质丰裕却精神空虚的折磨,本性善良却又爱慕虚荣……作者描写人物注重对人性的挖掘,性格复杂而真实可信。作者的戏剧技巧圆熟,布局严谨,基本上按照"三一律"的要求推进剧情,情节跌宕,转折自然,戏剧氛围浓郁。

夏衍(1900—1995),原名沈端先,浙江杭州人。是继田汉、曹禺之后,中国现代戏剧史上产生重要影响的剧作家之一。

夏衍是以职业革命家的身份走向文学和戏剧创作的。1927年大革命失败后加入中国共产党,1929年6月与郑伯奇、冯乃超、钱杏邨等组织上海艺术剧社,宣传"普罗戏剧",后又参与筹备"左联"工作,上海艺术剧社被查封后,于1930年8月筹备成立和领导了"中国左翼剧团联盟"(后改为以个人名义参加的"中国左翼戏剧家联盟"），在上海初步建成了左翼戏剧的阵地。

1935年，夏衍创作了话剧处女作《都会的一角》和《中秋月》（独幕剧），表现下层人民的苦痛生活及善良心灵。1936年发表了讽喻剧《赛金花》、《秋瑾传》（又名《自由魂》）。夏衍早期的剧作带有鲜明的革命者的色彩，强调宣传作用，影响了作品的艺术性。标志夏衍艺术成就的作品是1937年发表的《上海屋檐下》。抗战爆发以后，夏衍立即与在沪的著名作家一起，集体创作了大型话剧《保卫卢沟桥》，接着又先后创作发表《一年间》（1938）、《赎罪》（1938）、《娼妇》（1939）、《心房》（1940）、《冬夜》（1941）、《愁城记》（1942）、《法西斯细菌》（1942）、《复活》（1944）、《芳草天涯》（1945）等，形成了自己独特的戏剧风格。

《上海屋檐下》是夏衍的代表作，也是夏衍话剧创作成熟的标志。作品集中表现在上海一家弄堂房子里杂居的五户人家一天间的日常生活，以林志成一家的活动为主，以匡复、杨彩玉、林志成三人的内心冲突为结构主线——林志成受朋友匡复之托照料他的妻子杨彩玉及小女儿，后与杨彩玉同居。八年后，革命者匡复从狱中归来，三人心海骤起波澜。同时将小学教员赵振宇、失业的银行小职员黄家楣、"摩登少妇"施小包、老报贩李陵碑等四家人平行交替描写，表现"上海屋檐下"的生活悲剧。作者在主线和副线的穿插描写中，对五个家庭、关系众多的人物真实、复杂的思想性格进行了细腻的描写，以冲淡而深远的意境营造和散文诗式的结构来表现小人物的喜怒哀乐，并通过上海梅雨季节压抑沉闷的空气和普通弄堂的屋檐下透视出时代的风云。作者善于在集中的场面中将戏剧冲突"搁置"，从中进行穿插，而不是将冲突直接向前推进，因此平静而淡雅，没有动人心弦的传奇性和悬念，在戏剧节奏上倾向于散文化、抒情化，人物描写时轻笔点染、细细勾勒，语言也没有强烈的动作性和激烈的抒情意味。

在20世纪三四十年代的中国剧坛上，夏衍是一位具有浓重契诃夫意味的剧作家。他的创作经历了从历史题材向现实题材的转变，从英雄、传奇人物向平凡、普通人物转变的过程，既贴近现实，具有鲜明的政治倾向性的特点，又体现了他善于从日常生活的观察体验中概括与把握时代本质，注重通过平凡、普通的，甚至是琐碎的日常生活题材、生活事件来透视时代的特点。

在戏剧矛盾的处理上，夏衍采用散文式的结构，一般不采用外部冲突激烈的主要情节来结构戏剧，而是将人物安排在特定的环境与戏剧情境之中，通过人物展览的方式，写人物在其中的深刻矛盾与难以调和的冲突。因此，在表面的生活化和恬淡、素雅中将矛盾冲突引向了人物的内心，形成了朴素、洗练、深沉的现实主义风格。

郭沫若以诗成名，而他在《女神》年代首创诗剧形式，成功写出《凤凰涅槃》、《女神之再生》、《棠棣之花》等诗剧，显示了在话剧创作上的潜力。

抗日战争时期，国民党对抗战文艺进行严密的封锁，对进步知识分子实施残酷的迫害，于是作家纷纷选择与当时社会情形相似的历史题材进行创作，借古讽今，由此出现了一次历史剧创作的高潮。"就120部多幕剧分类，以1941年为界，前期写历史者占14%，后期写历史及半历史者上升到33%。"[①] 这包括阿英的《碧血花》、《海国英雄》、《杨娥传》等"南明史剧系列"，杨翰笙的《天国春秋》、《李秀成之死》，陈白尘的《石达开的末路》、《金田村》、《大渡河》，欧阳予倩的《忠王李秀成》等"太平天国史剧"系列，郭沫若的《屈原》、《棠棣之花》、《虎符》、《高渐离》、《孔雀胆》和《南冠草》等"战国史剧"系列，此外还有夏衍的《赛金花》、《秋瑾传》，杨村彬的《清宫外史》等。

郭沫若从1941年12月至1943年3月，一年零三个月间连续创作了六部历史剧，确实证明了他自《女神》之后又一个创作高潮的到来，在上述六部历史剧中，前四部取材于战国时期，后两部分别取材于元代和明代。虽然取材的历史角度不同，但都从各个层面反映了现实社会，贯穿着反对侵略、赞美爱国，反对专制、弘扬正气，维护民族和国家利益、与黑暗势力进行不懈斗争的基本主题。可以说，郭沫若的历史剧洋溢着丰沛的时代气息和诗情，标志着中国现代历史悲剧的高峰。

《屈原》是郭沫若历史剧的代表作，也代表了当时历史剧创作的最高成就。作品描写诗人屈原从国家和人民的立场出发，提出"联齐抗秦"的外交路线和政治主张，因而遭到以南后为代表的投降派的陷害。但屈原置个人安危、荣辱于度外，奋起抗争、始终不屈，最后愤然出走汉北。

借古喻今是郭沫若历史剧的重要特点。尽管剧中有些情节并非完全都是史实，但作者在选材上注意突出历史和人物的本质特征，注意将历史材料和人物贴近现实，由屈原表现抗战时期善恶、忠奸、美丑的斗争，表现反对投降、团结御侮、歌颂光明、诅咒黑暗的时代主题，因而无论是主题或人物形象，都具备了鲜明的时代性和战斗性。

---

① 黄会林：《中国现代话剧文学史略》，283页，合肥，安徽教育出版社，1990。

强烈而浓郁的诗情,是郭沫若历史剧的又一特点。作为浪漫主义诗人,郭沫若的戏剧创作具有激越的诗情,他并不是以剧情为中心,而是以人物为中心,以剧作家为人物设计的内心情感起伏和性格逻辑来推进情节的发展,屈原的正义和人格力量以及悲剧命运成为全剧感人至深的情绪力量,呈现出浓郁而肃穆的悲剧崇高美。而大量抒情诗的穿插,火山爆发式的吟诵方式,更体现了诗人剧作家浓烈的抒情色彩。《屈原》中的《雷电颂》不仅渲染了氛围,解释了主题,突出了人物性格,而且为全剧增添了诗的激情和音乐的节奏,成为郭沫若历史剧创作的重要艺术手段。

学习提示与建议

1. 中国早期话剧是如何诞生的?什么是"文明戏"?什么是"爱美剧"?

2. 结合教材的介绍和作品选,了解欧阳予倩、田汉、洪深各有什么代表作品,并体会其艺术风格的差异。整体考虑三人作为"中国现代话剧的三大奠基者"所作出的贡献。

3. 仔细阅读《雷雨》,并可结合目前已经改编完成的电影和电视剧,谈谈自己的欣赏感受。在中国话剧现代化的整体历程中来考虑《雷雨》诞生的重大历史意义。同时可结合已经改编的《原野》、《日出》等影视作品来阅读曹禺的其他剧本,了解曹禺话剧的发展与变化以及他的话剧创作在中国现代文学史上的地位和影响。

4. 丁西林的创作多为独幕剧和喜剧,是中国现代话剧史上具有独特创作个性的一位"奇才",结合他的代表作体会其创作特色。了解李健吾、夏衍的话剧创作特点,了解郭沫若在20世纪40年代历史剧的创作概况。

专题五 三十年代小说的三大流派

学习要求

1. 了解左翼小说的出现和创作概况，左翼小说的发展与变化，蒋光慈、柔石、丁玲等初期左翼作家的小说创作特点，张天翼、沙汀、艾芜、吴组缃、叶紫的小说创作特点，"京海之争"与京派的形成过程以及文化背景，京派的主要作家和文学贡献，海派的主要作家和文学贡献，20世纪30年代左翼小说、京派小说、新感觉派小说的不同审美倾向和三足鼎立局面。

2. 重点掌握茅盾小说的创作特点，茅盾小说对左翼小说的意义，沈从文小说的创作特点，穆时英小说的创作特点，左翼小说、京派小说、新感觉派小说的不同特点。

中国现代文学史上的"30年代"并不是指历史学意义上的1930年至1939年，而是特指中国现代文学的"第二个十年"，即1928年无产阶级文学的倡导至1937年7月抗日战争爆发之前的十年。1927年蒋介石发动的"四一二"反革命政变，不仅改变了中国的政治历史，而且直接地极为深刻地改变了中国文坛的面貌。国共两党决裂后，文学家们也因为各自的政治倾向形成了不同的阵营，五四时期因反封建的共同目标而形成的合作繁荣局面消失了。1928年后，以倡导无产阶级文学为主要特征的左翼文学获得了崭露头角和发展壮大的机会；以主张文学的纯粹性为主要特征的京派文学在与左翼文学的竞争中得以集结；以适应文学的市场需求为特征的海派文学也形成新局面，在与新文学争夺读者的过程中不断借鉴新文学的成功经验，其中，以追求文学的都市性、现代性为主要特征的新感觉派文学更是以反传统的姿态异军突起，成为文坛上的一匹黑马。左翼文学、京派文学和新感觉派文学各具特点，也各自拥有广泛的读者群，在20世纪30年代的文坛上形成了三足鼎立的局面。

一、左 翼 小 说

"左翼文学"是在20世纪20年代"革命文学"的基础上发展起来的,而革命文学又是五四文学革命发展的必然结果。

1917年初,陈独秀、胡适等在《新青年》上鼓吹文学革命,旋即形成汹涌大潮。同年,在俄国发生的十月革命给中国送来了马克思列宁主义。在新思潮面前,陈独秀、胡适、李大钊等《新青年》骨干在思想上产生了分歧。1919年5月至8月,李大钊与胡适围绕"问题与主义"展开论争;1919年秋冬,胡适提出"整理国故"的主张,再度引起激烈的论争,最终导致胡适脱离《新青年》阵营。新文学的内部分化,还表现为鲁迅与周作人因政治态度的分歧和家庭摩擦的加剧导致的"兄弟决裂"。特别是鲁迅与陈西滢之间的论战,成为新文学主流作家之间长期斗争的开始。更为重要的是,中国共产党的建立,既促进了马克思主义在中国的传播,也催生了"革命文学"主张的产生。1921年7月,西谛(郑振铎)在《评论之评论》第1卷第4期中发表《文学与革命》,这是革命文学主张的最初萌芽。1923年,《新青年》成为中国共产党的理论刊物后,共产党人邓中夏、恽代英、瞿秋白、蒋光慈等都在该刊和《中国青年》(中国社会主义青年团机关刊物)等报刊上发表关于革命文学建设的理论文章。1924年,蒋光慈、沈泽民等组织春雷社,在上海《民国日报·觉悟》上开办《春雷周刊》,是最早引起人们注意的革命文学社团。蒋光慈的诗集《新梦》、《哀中国》则是革命诗歌最早的成果。

1927年"四一二"反革命政变后,中国共产党的活动不得不转入地下,以独立领导中国革命为己任,在血的教训面前,充分认识到了武装斗争的重要性,同时加强了对宣传舆论的领导,把"笔杆子"放到了重要的地位。于是,在文学上必然会出现一个与之呼应的革命运动。1928年1月,在世界性左翼文艺思潮的影响和鼓舞下,以蒋光慈、钱杏邨(阿英)、孟超等发起的在上海成立的太阳社创办了《太阳月刊》,从日本归来的李初梨、冯乃超、彭康等创造社新成员在上海创办了《文化批判》,当月出版的《创造月刊》也在创造社元老郭沫若的领导下发生了"突变";这两个社团三个刊物一起,以鼓吹革命文学为共同目标,掀起了一场颇有声势的"无产阶级文学"倡导运动。由于对"革命与文学"问题的理解不同,他们随即与鲁迅、茅盾(沈雁冰)等展开激烈论争,即著名的关于"革命文学"的论争。这场论争,一方面,加剧了新文学内部的分化，也为后来左翼文学内部的斗争埋下了伏笔；另一方面，扩大了革命文学的影响，促进了革命文学的传播。1930年3月，由中国共产党促成，"革命文学"论争的双方握手言和，组成了"中国左翼作家联盟"（简称"左联"），随后便掀起了一场声势浩大的左翼文艺运动，成为20世纪30年代文坛的显赫力量。

左翼文学的创作经历了一个从幼稚到成熟的发展变化过程，大致可以1933年为界，分为"初期左翼文学"和"左翼文学"两个时期[①]。初期左翼文学以小说创作为主，也有学者把他们的创作看做一个独立的流派，即"革命小说"作家群，其主要作家有蒋光慈、洪灵菲、阳翰笙、楼建南、钱杏邨、戴平万、李守章、刘一梦、龚冰庐等[②]。

蒋光慈（1901—1931），曾用笔名蒋光赤，既是最早提倡并创作革命文学的作家，也是初期左翼文学最有代表性的作家。中学时代在安徽芜湖成为学生运动的领袖人物，不久到上海加入中国社会主义青年团，1921年被派往苏联留学，1922年转为中共党员。留学期间，写出政治抒情诗集《新梦》。1925年回国后，曾任冯玉祥西北国民军的苏联顾问的翻译，经瞿秋白介绍到上海大学任教，创作出最早的一批革命小说。他的第一部小说《少年漂泊者》（1926）以书信体的形式，诉说少年汪中在双亲被地主害死后，到处流浪和最后投奔革命的经历，也反映了从五四到五卅的社会动荡。蒋光慈的革命小说带有很强的纪实性，常常与他的生活经历和革命的发展进程同步。1927年4月，上海工人第三次武装起义胜利后不到半个月，蒋光慈就完成了中篇小说《短裤党》，表现了上海工人从总罢工到武装起义的全过程，描写了许多真实的历史人物，如赵世炎（史兆炎）、瞿秋白（杨直夫）、杨之华（秋华）、周恩来（林鹤生）、孙传芳（沈船舫）、张宗昌（张宗长）、张继（章奇）等，是在文学作品中最早直接描写共产党领导人形象和工人运动真实场面的小说，同时流露出强烈的个人复仇主义和过于简单化等倾向。这一倾向在"四一二"政变后创作的《野祭》、《菊芬》和《最后的微笑》等小说中表现得更为突出，把革命的希望完全寄托于暗杀等个人恐怖主义行为。1929年出版的中篇小说《丽莎的哀怨》是作者企图超越自我之作，以一个白俄贵妇自述的方式，努力表现人物内心的复杂性，但又受到左翼批评家的严厉批评。不久，蒋光慈东渡日本，写出《冲

[①] 黄修己：《中国现代文学发展史》，266页，北京，中国青年出版社，1988。
[②] 严家炎：《中国现代小说流派史》，108页，北京，人民文学出版社，1989。

出云围的月亮》，塑造了"时代新女性"王曼英的形象，以肉体的美"向敌人发泄自己的仇恨"，玩弄和传染性病给权贵人物和富家子弟，是"革命的浪漫谛克"的典型。1929 年回国后，蒋光慈在贫病交加的环境中，一边主编《海风周报》，一边完成了《一个女性的自杀》、《胜利的微笑》和他的最后一部小说《田野的风》（原名《咆哮了的土地》）。长篇小说《田野的风》真实地反映了大革命洪流中湖南某地农村的农民武装运动，可与毛泽东《湖南农民运动考察报告》的内容相互印证。作品还成功地塑造了矿工张进德和革命知识分子李杰的形象，克服了以前创作中的概念化和主观化的弊病，是蒋光慈小说的代表作。在初期左翼作家中，蒋光慈的作品最多，对当时的青年读者影响最大，但受到的批评也最多，他的小说中的优点和缺点，几乎也是初期左翼作家共同的优点和缺点，因此，也最具代表性。

在 20 世纪 20 年代后期，曾出现过一个"蒋光慈热"与"革命小说热"相生相伴的时期。严家炎在《中国现代小说流派史》中说：

> 陶铸有一次曾说，他是读了《少年漂泊者》才去上黄埔军校的。无独有偶，胡耀邦在一次讲话中，也说他和当时许多进步青年一样，受了《少年漂泊者》影响去参加革命。郁达夫在《光慈的晚年》一文中，还写过这样一段文字："一九二八、一九二九以后，普罗文学执了中国文坛的牛耳，光赤的读者崇拜者，也在这两年里突然增加了起来。"一些盗版书商，甚至把别人的作品换上蒋光慈的名字来偷印（如上海月明书店把邹枋的《三对爱人儿》改成蒋光慈著）。可见，直到二十年代末，蒋光赤小说的影响还有继续增长、扩大的趋势。[①]

蒋光慈对初期左翼作家的影响也清晰可见。与他的作品风格相近的小说，既有洪灵菲的《流亡三部曲》、华汉（阳翰笙）的《地泉》三部曲、钱杏邨的《义冢集》、楼建南（楼适夷）的《烟》和《盐场》、孟超的《盐务局长》、戴平万的《丰收》，也有胡也频的《到莫斯科去》和《光明在我们前面》等，这些作品也都普遍存在着"革命的浪漫谛克"倾向，对革命抱有不切实际的幻想，随意增添"革命加恋爱"的故事情节，人物脸谱化，结构公式化，内容宣传化。针对这一状况，左翼批评家进行了毫不留情的批评。1932 年，当《地泉》重版时，瞿秋白、郑伯奇、茅盾、钱杏邨和作者本人分别作序，把《地

[①] 严家炎：《中国现代小说流派史》，108 页，北京，人民文学出版社，1989。

泉》作为"不应当怎么写的标本",对"革命的浪漫谛克"进行了理论上的清算,显示了左翼文学的勇气和自信。

在初期左翼文学创作中,柔石和丁玲则表现出克服和超越"革命的浪漫谛克"的努力。柔石(1902—1931)是与蒋光慈年龄相仿的初期左翼作家,1928年在上海与鲁迅相识,曾参加过《语丝》和《萌芽》的编辑工作。他早期的《疯人集》、《旧时代之死》和《三姊妹》以浪漫的笔法写青年知识分子的婚姻和恋爱生活,可以看到郁达夫小说的影响,后期作品则表现出了自己的独特个性。《二月》(1929)是作者对青年知识分子前途的思考和总结,也客观地反映了大革命时期人们思想的混乱和迷茫。萧涧秋在社会上奋斗六年后,怀着幻灭心绪,应好友陶慕侃之邀来芙蓉镇教书。他想救助同学、国民革命军烈士李志豪的遗孀文嫂,为世俗不容;与追求个性解放的陶岚相爱,又得罪了当地的土豪钱正兴;个人理想主义和自我牺牲精神在强大的封建势力面前,毫无用武之地。作品风格优美,笔触细腻,具有很强的艺术感染力。《为奴隶的母亲》(1930)文字简练,风格朴素,人物生动,内容深刻,是作者最为优秀的小说。它直接继承和发扬了以鲁迅为代表的"乡土文学"的传统,以自己熟悉的家乡生活的"典妻"① 为题材,描写穷困农妇春宝娘被典卖到老秀才家与数年后还家这两种境遇下的痛苦不堪。在老秀才家,春宝娘并没有受到虐待,老秀才也不是一个淫棍恶霸,在他"典借"春宝娘的日子里,真正像爱护自己的"生育工具"一样爱护她。春宝娘三年的典期结束后,重归她的丈夫皮贩子。老秀才借腹生子,是为了家族的延续;皮贩子出典妻子,则是为了家庭的生计。令春宝娘痛苦不堪的是,对分别留在两个家庭中的儿子春宝和秋宝的刻骨牵挂。作品将野蛮的"典妻"陋习与封建宗嗣文化和伦理道德观结合起来,揭示了"典妻"的社会根源,也写出人性的复杂微妙。在同类题材中,比许杰的《赌徒吉顺》和罗淑的《生人妻》都更深刻,也更具影响。

正当初期左翼文学完成了自我的清算和总结,逐渐走向成熟之际,1931年至1933年短短的二三年内,随着蒋光慈病逝,洪灵菲、应修人以及"左联"五烈士李伟森、柔石、胡也频、冯铿、殷夫等被国民党政府杀害,丁玲被捕,初期左翼作家中最重要的一批有生力量从文坛上消逝,左翼文学遭受

---

① 典妻:旧时代的一种买卖婚姻方式。因妻不育或者无子,出钱向穷人家典妻,年限三至五年不等。在典妻期内,被典之妇,不得回原夫家;典妻期内所生子女,为典主之子嗣。

到重大损失。但是,"野火烧不尽,春风吹又生",1933年后,又涌现出了张天翼、沙汀、艾芜等一批后起之秀,特别是茅盾的加盟和他的《子夜》发表,更是左翼文学走向成熟的标志性作品,在很大程度上深刻地改变了初期左翼文学的面貌,使左翼文学蓬勃发展,如日中天,成为20世纪30年代文坛的主流①。

张天翼(1906—1985)是20世纪30年代与沈从文齐名的多产作家,也是当时优秀的讽刺小说家和文体家。他在中学时代就开始发表小说,但真正步入文坛并专注于创作,开始于1929年经鲁迅之手在《奔流》上发表的短篇小说《三天半的梦》。张天翼表现得最多也最能体现其艺术个性的,是生活在社会底层的"灰色"小人物,他们大多有知识、有文化,有的还曾参加过革命,却没有理想、没有灵魂,充满庸俗的市侩气息。《移行》中的桑华曾是一个向往革命的浪漫女性,参加革命后发现革命充满了危险和苦难,于是离开了自己的爱人,投入一位南洋客商的怀抱。《包氏父子》(1934)是张天翼小说的代表作,描写了两代具有不同特点的奴才:门房老包是封建社会塑造出来的老一代奴才,他一生都在绞尽脑汁地想往上爬,最后把全部希望都寄托在儿子小包身上,为此,特意把他送进了洋学校;小包也像父亲一样想往上爬,但只能做一个花花公子的小奴才。作品不仅逼真地描绘了父亲的可悲和儿子的可笑,而且通过这对父子的矛盾,表现了社会的变化。在张天翼的讽刺笔法和"灰色"人物的塑造中,既有鲁迅和叶圣陶的影响,又有新的时代特色,曾得到鲁迅、茅盾、瞿秋白等人的赞赏,鲁迅还曾向日本友人增田涉推荐过他的小说。张天翼小说的题材十分广泛,农村的地主、城里的官僚,都是他讽刺的对象,善于运用江浙及湖南一带的各类方言,是一位具有通俗文学特点的新文学作家,在市场上拥有广泛的读者群。在创作题材和风格上,与张天翼相近的作家还有擅长描写下层小公务员生活的蒋牧良等。

沙汀(1904—1992)与艾芜(1904—1992)的名字常常是连在一起的,他们不仅是四川省立第一师范学校的同班同学,在创作上同时起步,互相切磋,友谊终生,而且同年生同年死。1926年毕业后,沙汀为追随鲁迅专程到北京投考北京大学,因闻鲁迅去了南方,且考期已过,又回川参加革命活动。1929年

---

① 李洁非在《反复:舒芜的路》一文中也说道:"虽然从前的文学史写作,对左翼之外的作家加以遮蔽,然而九十年代后这种遮蔽渐渐打破以来,我们一方面看到过去文学史写作抹杀了一些人的存在,另一方面也发现,对这种抹杀的纠正,没有使文学史的基本布局发生太大改观,换言之,在现代文学史上活跃的、重要的、成就较大的作家,仍以左翼占着明显优势。"载《钟山》,2009(6)。

赴上海,组织辛垦书店。艾芜就读师范学校尚未毕业就因反抗包办婚姻离家出走云南,后又漂泊到缅甸,1931年夏到上海,与沙汀相遇,一起开始小说创作。他们在写给鲁迅的求教信中说:"我们曾手写了好几篇短篇小说,所采取的题材:一个是专就其熟悉的小资产阶级的青年,把那些在现时代所显现和潜伏的一般的弱点,用讽刺的艺术手腕表示出来;一个是专就其熟悉的下层人物——在现时代大潮流冲击圈外的下层人物,把那些在生活重压下强烈求生的欲望的朦胧反抗的冲动,刻画在创作里面。"[①]鲁迅在回信中提出了"选材要严,开掘要深"的著名观点[②]。

沙汀早期的短篇小说《法律外的航线》(1932),表现作者在一艘外国商船上的见闻,即船上趾高气扬的洋人和贫困国人的鲜明对比,对偷搭轮船的穷人的残酷惩处以及峡岸上隐约闪现的红军和红旗的景象。它融入了作家几次出川在长江三峡上乘船旅行的切身感受,描写众多人物形象的鲜活,贴近人物和地域特征的生动口语,得到茅盾的好评。同时,《码头上》(1932)等小说因未能摆脱"革命文学"的概念化描写而受到茅盾的批评。他接受鲁迅和茅盾的指点,将视线转向自己熟悉的四川农村,写出了一系列表现四川农村的"揭露小说",这是沙汀这时期最具特色也最有代表性的作品。其中,《代理县长》写某县长去省城活动赈灾经费,秘书代理县长,竟想出了要灾民买票候赈的办法,大发灾民财,集中描写了地方政府的腐朽和凶残。《兽道》写军阀部队的士兵,竟然惨无人道地轮奸月子里的产妇,她的婆婆在哀求时所说的甘愿以自己身体替代儿媳的话,也成为恶人们侮辱和捉弄婆婆的游戏,最后将婆婆也逼疯了。此外,还有《在祠堂里》、《凶手》等作品,都集中描写了地方军阀令人发指的罪行。在讽刺中不动声色,只是在客观冷静的叙述中,刻画人物性格,表现世态人情,是沙汀小说最突出的特点,显示出深厚的艺术功力。与沙汀在创作题材和风格上相近的作家,还有曾在西康旧军队里做过文书的周文等。

艾芜的第一部小说集《南行记》,通过早年漂泊于云南边境和缅甸时的所见所闻,写出了西南边境上的偷马贼、烟贩子、强盗等各种流民形象,具有浓厚的地方色彩和生活气息,与作者的散文集《漂泊杂记》一起,开拓了现代文

[①] 鲁迅:《关于小说题材的通信》,见《鲁迅全集》,第4卷,366页,北京,人民文学出版社,1982。

[②] 鲁迅:《关于小说题材的通信》,见《鲁迅全集》,第4卷,366页,北京,人民文学出版社,1982。

学的题材范围。《山峡中》（1934）是《南行记》八篇作品中最吸引人、最有浪漫神秘色彩的代表作。作品从一个流浪的知识青年"我"的视角，表现了以魏老头子为首的一个山贼团伙为求生存铤而走险的故事，展示了中国社会不为人知的一隅。他们成日里"在刀上过日子"，信奉的是"在这里，懦弱的人是不配活的"，在这群冷酷地对待他人也冷酷地对待自己的盗贼中，"野猫子"是魏老头子的女儿，从小失去了母亲，在生活的磨难中变得强悍不羁，但仍然保留着纯真善良的天性，形成了外刚内柔的独特性格。"小黑牛"单纯幼稚，天性懦弱，本不是做山贼的料，却被生活所迫，走上这条不归路，在一次偷盗中失手，被打得半死，并被魏老头子指使同伴们扔进了山峡中，以免他走漏风声。温情与残酷，奇特人物与险峻峡谷，就这样交织在一起。艾芜小说的浓郁异域风情和传奇故事，不但在左翼小说中，而且在整个20世纪30年代的文坛上，也是独树一帜的。

张天翼、沙汀、艾芜等左联新秀注意吸取了初期左翼创作的经验和教训，有意识地克服了初期左翼文学普遍存在的"革命的浪漫谛克"倾向，同时，受到鲁迅等前辈的影响，不局限于直接描写革命斗争和工农生活，不过多地流露作家的主观倾向，也不急于去塑造突变式的英雄，而是以自己所熟悉的生活为题材，注意通过生活本身来进行褒贬，重视描写生活中的真实人物，现实主义得到了明显的加强。

真正代表左翼小说最高成就的是以茅盾《子夜》为标志的"社会剖析小说"。

茅盾（1896—1981），原名沈德鸿，字雁冰，出生于浙江省桐乡县乌镇一个开明家庭，父亲沈永锡是个维新派人物，母亲陈爱珠也酷爱文史。少年时期受家庭开明教育的影响，阅读《西游记》、《三国演义》、《水浒传》、《聊斋志异》、《儒林外史》等古典小说。1913年考入北京大学预科，因家境困窘无力升学，1916年北大预科毕业后到商务印书馆工作，初做校对后升为编译，开始了编书、翻译、写评论的生活。以后主编《小说月报》，参加文学研究会，为文学革命的理论建设作出很大贡献。茅盾翻译、介绍外国文学，把译介重点放在文艺复兴以来的近代文学，尤其是"写实派"、"自然派"的作家与作品，同时密切关注同时代外国文学的新走向。他积极地通过文学批评，介入新文学的创造。他的批评文字，内容广泛，体式多样，既有对具体作家、作品的评价，也有对某一阶段文学状况的鸟瞰以及对文学思潮的分析和对文学社会功用的思索。

早在1920年茅盾就开始为中国早期宣传马克思主义的刊物《共产党》撰稿，并参加了"马克思主义研究会"的活动。1921年春，他参加了上海共产主义小组，并参与筹备中国共产党的成立工作，同年7月转为正式党员，成为最早的党员之一。此后他以共产党员身份参加过五卅运动，1926年到广州出席国民党第二次全国代表大会，并在毛泽东任代理部长的国民党中央宣传部做秘书工作，后又赴武汉任中央军事政治学校教官等职。汪精卫叛变后他被通缉，被迫流亡日本，从此和党组织失去联系，结束了直接参与革命活动的生涯，开始从事文学创作，为中国的文学事业作出了巨大的贡献，他的小说创作在反映中国的社会现实方面达到了其他作家少有的高度，具有很强的历史认识价值。

茅盾从1921年起，就同时活跃在文学和政治两个舞台上，并在文学编辑和评论两方面显示出大家风范。1927年大革命失败后开始小说创作，由《幻灭》、《动摇》和《追求》组成的"《蚀》三部曲"，描写一批时代新女性在大革命中的曲折过程，体现了作者直面现实的勇气和对中国革命复杂性的独特认识，显示出作者的艺术才华和个性，是茅盾写得最率真自然的小说，但也是首开"革命加恋爱"创作模式先河的小说。《虹》（1929）试图改变《蚀》的暗淡基调，希望通过一位知识女性的追求过程来表现中国革命的历程，是茅盾小说"史诗化"的最初尝试，但未能完成，也开了茅盾小说"残篇"的先例，并由此成为茅盾史诗性小说的一个标记。《三人行》（1931）写了三个中学生在"九一八"前后的故事，这种表现同龄人不同人生道路的对比方法，后来成为革命小说一种流行的"三人行"创作模式，在20世纪50年代高云览的《小城春秋》等作品中仍有表现。如果《蚀》、《虹》和《三人行》等都具有初期左翼创作浪漫谛克的某些特点，那么1933年前夕完成的《子夜》、《林家铺子》和《春蚕》等却表现出鲜明而冷峻的"社会剖析小说"的特点。所谓"社会剖析小说"，是指作家用马克思主义理论分析中国社会现实，揭示社会矛盾、阶级斗争和发展趋向的小说。《子夜》的创作具有明确的目的，通过民族资本家吴荪甫雄心勃勃地企图发展民族工业，而又在现实中迅速地失败，不得不把自己的产业卖给帝国主义，走向买办化的过程，来揭示中国民族资产阶级在当时不可避免的命运，说明当时的中国根本就没有实现资本主义的可能性。在题材上，大规模地描写中国社会，显现出"史诗性"的特色。在结构上，有张有弛，舒展自如，使一部原本很理性化的作品变得十分引人入胜。《子夜》等"社会剖析小说"横贯时代风云激荡下的都市、集镇和乡村，众多的人物形象都具有鲜明的阶级特征,作品中的人物和事件都与社会具有紧密的联系,表现出作者对社会的深刻认识,具有鲜明的理性色彩。《子夜》的成功,不但标志茅盾小说创作的一个高峰,而且更显示了左翼小说在现实主义艺术探索上的实绩。瞿秋白为此欢呼:"这是中国第一部写实主义的成功的长篇小说",是一部"应用真正的社会科学,在文艺上表现中国的社会关系和阶级关系"的典范[①]。连守旧的学衡派代表人物吴宓,也认为《子夜》"笔势具如火如荼之美,酣恣喷薄,不可控搏。而其微细处复能宛委多姿,殊为难能可贵"[②]。《林家铺子》描述了"一·二八"事变前后上海附近小市镇上林家的小百货店从兴隆到倒闭的全过程,表现了作者对社会的深刻认识和清晰分析,是茅盾的得意之作。《春蚕》是当时"丰收成灾"、"谷贱伤农"题材作品的代表,是茅盾第一篇真正以"乡土农村"为题材的作品,也是茅盾"农村三部曲"(《春蚕》、《秋收》、《残冬》)中最好的一篇,在茅盾小说中独具一格。

受茅盾小说风格影响的重要作家,有吴组缃和叶紫等。吴组缃(1908—1994)虽然不是"左联"成员,但他的小说创作受茅盾影响,坚持用科学社会理论分析农村的"人心大变",用现实主义的方法反映中国农村的破败,作品的数量不多,但篇篇都极有分量。其中,表现宋氏家族围绕着一千八百担"义谷"钩心斗角的《一千八百担》,表现敬老扶幼、秉性善良的王小福被逼上偷窃道路的《天下太平》,表现线子嫂为救丈夫杀死只顾放高利贷的母亲的《樊家铺》,都是20世纪30年代农村题材小说的精品。叶紫(1912—1939)是"左联"后期的青年作家,也是20世纪30年代重要的农村题材作家。他的父亲和姐姐都死于1927年的反革命政变,因而,他的文学创作是怀着强烈的阶级仇恨开始的,以表现农村阶级斗争的尖锐性著称。同样是写"丰收成灾"的题材,他的《丰收》与茅盾的《春蚕》、叶圣陶的《多收了三五斗》、丁玲的《水》、夏征农的《禾场上》等小说不同,他是流着眼泪写成的。小说不仅通过云普叔与立秋的父子矛盾,表现了青年一代的觉醒,歌颂了农民运动的兴起与高涨,而且栩栩如生地表现了农民与地主的斗争,将社会剖析小说中的"二元对立"故事模式和思维方式发挥到了极致。

在左翼小说的阵营里,还应包括"东北作家群"。1931年"九一八"事变后陆续流亡到关内的萧红、萧军、端木蕻良、舒群、骆宾基、罗烽、白朗等青

[①] 瞿秋白:《〈子夜〉与国货年》,见《瞿秋白文集》(1),438页,北京,人民文学出版社,1953。

[②] 茅盾:《我走过的道路》(中),122页,北京,人民文学出版社,1984。

年作家，率先感受到国破家亡的惨痛，以东北大地的苦难和反抗，率先发出抗战的呼声。萧军的《八月的乡村》、萧红的《生死场》、舒群的《没有祖国的孩子》、端木蕻良的《鹭鸶湖的忧郁》和《科尔沁旗草原》等，都是名重一时的力作。

二、京派小说

中国现代文学史上的"京派"，是指1927年前后中国的文学中心随政治中心南移后，留在北京、天津的一部分新文学作家，主要包括三部分人：一是与文学研究会和语丝社有关的作家，如周作人、废名、俞平伯等；二是与新月派和现代评论派有关的作家，如胡适、沈从文、梁实秋、凌叔华、孙大雨、梁宗岱等；三是高等院校中的高级知识分子和在文学上已经崭露头角的青年学生，如朱光潜、李健吾、林徽因、冯至、何其芳、李广田、卞之琳、萧乾、林庚、李长之等。他们除了在小说方面卓有成就外，还有不少是在文艺理论、散文、诗歌以及戏剧方面堪称独步的大家。然而，他们并没有明确的组织，也没有统一的宣言，他们的活动方式主要是"文学沙龙"和"聚餐会"①，并比较集中地出现在几个主要的文学期刊上，先有1931年5月由废名、冯至编辑的《骆驼草》，后有1933年9月由沈从文主持的《大公报·文艺》，1934年10月由卞之琳、沈从文、李健吾等编辑的《水星》，再有1937年5月由朱光潜开始编辑的《文学杂志》等。

京派的形成是中国当时的社会形势变化的结果。政治和文化中心南移后，北京成为文化"边缘地带"，陷入了沉闷之中，但北京毕竟是文化古都，又是新文化运动的发源地，高校众多，具有深厚的文化积淀和浓重的文化氛围，为这些志趣相投的作家的重新集结，创造了得天独厚的条件。而这些在文化边缘中甘于寂寞继续坚持创作的作家，大多生活在大学校园里，或拥有雍容高贵的气质，推崇稳健扎实的文风；或怀有追求文学事业的志向，特别看重文学的独立价值。在远离政治文化中心后，他们较少受到党派影响，也较少沾染商业气息，思想更趋保守，比较容易形成一种平和、恬静的创作心态，也容易流露出浓厚的怀旧情绪，对文学创作中出现的政治功利性、党派性和商业性的倾向，

---

① 京派的"文学沙龙"和"聚餐会"多以林徽因、朱光潜等为东道主，参加的人除上述京派成员外，还有北大的罗念生、叶公超，清华的朱自清、王了一、曹葆华以及周煦良等。林徽因的客厅因此闻名。

都持一种本能的排斥态度,在内心里与各种流行文学保持一定的距离。

中国现代文学史上的"京派"这个概念的出现,开始于20世纪30年代关于"京派"和"海派"的著名论争,并与沈从文直接相关。1933年10月,沈从文在他刚刚接手主编的《大公报·文艺》第9期上发表《文学者的态度》,抨击当时"在上海寄生于书店、报馆、官办的杂志,在北京则寄生于大学、中学以及种种教育机关"中的"玩票白相文学"等文坛上的一些不良风气。其锋芒所及,既有海派作家,也伤及左翼文坛。与穆时英、施蛰存等交往密切的苏汶(杜衡,曾与左联作家展开"文艺自由"论辩而声名大振),站在海派的立场上,在当年12月1日的《现代》上发表《文人在上海》,从文人的基本生存的角度,为其进行辩护。而沈从文于翌年1月在《大公报·文艺》上以《论"海派"》予以回击,明确了海派的定义:"名士才情"与"商业竞卖"相结合。也就是说,海派作家并不等同于"上海的文人",并特意强调,"茅盾、叶绍钧、鲁迅以及大多数正在从事于文学创作的杂志编纂人"都不属于海派。由此,"京海之争"进入高潮。1934年1月,曹聚仁、徐懋庸等在《申报·自由谈》上相继发表《京派与海派》、《"商业竞卖"与"名士才情"》等,针对沈从文对海派的贬谪,逐一对应地列举了京派的劣行,对自命不俗的京派进行了辛辣的嘲讽。2月3日,鲁迅发表著名的《"京派"与"海派"》一文,则持"各打五十大板"的态度:"北京是明清的帝都,上海乃各国之租界,帝都多官,租界多商,所以文人之在京者近官,没海者近商,近官者在使官得名,近商者在使商获利,而自己也赖以糊口。要而言之,不过'京派'是官的帮闲,'海派'则是商的帮忙而已。但从官得食者其情状隐,对外尚能傲然,从商得食者其情状显,到处难于掩饰,于是忘其所以者,遂据以有清浊之分。而官之鄙商,固亦中国旧习,就更使'海派'在'京派'的眼中跌落了。"其他左翼作家如胡风、姚雪垠等也左右开弓,批评了这两派的一些不良倾向①。但沈从文仍然固执地穷追猛打,继续写了《关于海派》、《论穆时英》、《新文人与新文学》等文,对海派作家构成了极大的压力。"京海之争"不仅扩大了京派的名声,而且使京派从"无形"走向了"有形"。

"京派"虽然与北京有关,却与"京味"无关。京派作家多是南方人,在

---

① 胡风曾在《文学》4卷5期上发表《京派看不到的世界》,批评京派作家虽"风雅"、"优美",却不能反映北方地区普通人的生活。姚雪垠曾在《芒种》第3期和第8期上发表《鸟文人》和《京派与魔道》两文,认为"海派有江湖气,流氓气,娼妓气;京派则有遗老气,绅士气,古物商人气。而后者这些气质,都充分表现在知堂老人(指周作人——引者注)的生活、脾味与文章上"。

创作上既不以北京的市民生活为题材，在语言上也不以北京人的京味口语为特点。从文学源流上看，京派与20世纪20年代的"乡土文学"具有重要的血缘联系；他们虽然都生活在城市里，但他们的创作内容很少与北京有直接的关系，主要以儿时的家乡生活为题材和背景。京派小说的"鼻祖"废名（冯文炳），原本就是"乡土文学"的新秀，主要写家乡湖北黄梅的生活；京派小说的主将沈从文，则以家乡湘西生活为题材；凌叔华的《花之寺》和萧乾的《梦之谷》等作品，多以北京为背景，北京就是他们的家乡①，而且，萧乾的作品仍然是以"童年视角"为出发点的，在本质上与"乡土文学"和其他的京派作品并无相悖之处；被称为"京派的最后一位传人"的汪曾祺，也是主要以家乡江苏高邮生活为题材。京派作家不仅是"乡土文学"传统的继承者，更是其传统的发扬者。他们对乡土生活的怀念，是形成"田园牧歌风格"的主要原因，而"田园牧歌风格"的形成，又将他们与"乡土文学"区别开来。

废名（1901—1967）是在鲁迅影响下成长起来的语丝派作家，他的《竹林的故事》（1925）、《桃园》（1928）和《枣》（1932）等短篇小说集，描写农村乡镇里的宁静生活，讲究情趣和意境，不看重故事的情节和结构的完整，"名为小说，实则也是散文，很注重意境的传达，清新素朴，抒情气息浓郁，也喜闲谈琐事，以冲淡为衣，表现出朴讷哀伤的风格"②。虽然未能得到鲁迅的赏识③，却得到了周作人的偏爱，周作人曾说，废名小说的好处，"似乎可以旧式批语曰，情生文，文生情。这好像是一道流水，大约总是向东去朝宗于海，他流过的地方，凡有什么汊港湾曲，总得灌注萦回一番，有什么岩石水草，总要披拂抚弄一下子，才再往前去，这都不是他的行程的主脑，但除去了这些也就别无行程了"④。废名是继俞平伯后另一位几乎每部作品集都得到周作人赞赏的作家，对沈从文产生过很大影响。沈从文曾说："作者的作品，是充满了一切农村寂静的美。差不多每篇都可以看得到一个我们所熟悉的农民，在一个我们所生长的乡村，如我们同样生活过来那样活到土地上。不但那农村

---

① 凌叔华祖籍广东番禺，生于北京。萧乾祖籍内蒙古，蒙古族，生于北京。
② 钱理群、温儒敏等：《中国现代文学三十年》，修订本，152页，北京，北京大学出版社，1998。
③ 鲁迅在《中国新文学大系·小说二集·导言》中曾说："后来以'废名'出名的冯文炳，也是《浅草》略见一斑的作者，但并未显出他的特长来。在一九二五年出版的《竹林的故事》里，才见以冲淡为衣，而如著者所说，仍能'从他们当中理出我的哀愁'的作品。可惜是大约作者过于珍惜他有限的'哀愁'，不久就更加不欲像先前一般的闪露，于是从率直的读者看来，就只见其有意低徊，顾影自怜之态了。"
④ 周作人：《莫须有先生传·序》，见《周作人文类编》，长沙，湖南文艺出版社，1998。

少女动人清朗的笑声,那聪明的姿态,小小的一条河,一株孤零零长在菜园一角的葵树……就是那略带牛粪气味与略带稻草气味的乡村空气,也是仿佛把书拿来就可以嗅出的。"① 受古典诗词和《红楼梦》等小说的影响,废名一直把小说当做散文和诗来写。《桥》(1932)是他的第一部长篇,写程小林与史琴子两个人青梅竹马的爱情故事,男女主人公身上具有宝黛爱情的影子,故事情节已经完全简化,具有明显的散文化倾向,通篇散发着带有泥土气息的清香。同一时期创作的另一部长篇《莫须有先生传》,是以诙谐之笔叙述作者避居北京西山时闻见的趣闻轶事;1947年在家乡黄梅躲避战火时创作的《莫须有先生坐飞机以后》,纪实性增强许多,从创作内容到艺术风格都发生了很大的变化。

沈从文(1902—1988),湖南凤凰县人,兼有苗族、土家族血统。14岁投身行伍,浪迹湘川黔边境地区,对湘西军民生活有大量的体察。1923年到北京求学未成,1924年开始文学创作,几经波折,终成大器。1933年9月,沈从文接手主编《大公报·文艺》后短短一两年间,不仅掀起了"京海之争",还写出了小说《边城》和散文集《湘行散记》中的许多篇章,出版了短篇集《游园集》、《如蕤集》、《从文小说习作选》、《沈从文选集》、《沈从文小说集》、《新与旧》等小说选集,成为京派的领袖人物。他是现代文人传统理想的代表者,竭力维护文学的纯粹性和严肃性,坚决反对文学的党派性和商业性。在小说创作中,他对都市中的现代文明进行了无情的讽刺和批判,精心建造了一个美好的湘西世界,在小说的抒情诗手法和田园诗风格方面作出了自己独特的贡献。

沈从文的小说大体上可以分为"都市"和"湘西"两大题材。都市题材是他以"乡下人"的身份对现实的直面,重点是道德批判;湘西题材则是他在成为都市人之后对乡村的缅怀,重点是理想化的歌颂,因此,自然地形成了"冷与暖"两种截然不同的色调。沈从文小说中大量的性爱描写,最突出地表现出他对都市和湘西的不同态度。他总是用讥讽的口吻去调侃城市里的各色人等,特别是上层社会的"高等人"所患的"阉寺病",想爱而不敢爱,甚至连说都不敢说,《八骏图》写的是八位教授的丑态,《绅士的太太》则主要写绅士和淑女们的丑行。他的《边城》等湘西题材作品,生动地表现出极具地域特色的湘西及沅水流域的民风、民俗,洋溢着一种蛮野之气和赞美之情。沈从文

---

① 严家炎:《中国现代小说流派史》,212页,北京,人民文学出版社,1989。

是把性爱当做人的生命存在、生命意识的符号来看待的，探讨不同的人的性爱观念，正是观察不同的生命形态的重要角度，由此更可以发现在不同的文化制约下人性的不同表现形式。也正如苏雪林女士所说，沈从文的创作是"想借文字的力量，把野蛮人的血液注射到老迈龙钟颓废腐败的中华民族身体里去使他兴奋起来"[①]。正是在这个意义上，可以说，描写都市人生的小说，对沈从文的意义，正在于通过"城乡的对照"，唤起了作者对湘西人生的美好回忆和向往。

《柏子》是沈从文小说从幼稚走向成熟的标志。小说讲述的是一个名叫柏子的水手与辰河岸边一个做娼妇的女人之间男欢女爱的故事。柏子常常花两个月的时间在辰河的船上辛劳，然后来跟相好的妇人团聚一次，将赚的钱及买的东西交给她。而相好的妇人也总是掐算着时日，有情有义地等着柏子的归来，形同夫妇。作品通过对人性的富于诗意的发现，表现人的生存状态、自然欲望和生命活力。《萧萧》是沈从文最为写实的作品之一。小说从萧萧 12 岁嫁给 3 岁的小丈夫开始，以较多笔墨描写了萧萧的勤劳、淳朴以及作为一个少女所有的天真、幼稚、单纯的情状；故事慢慢走向高潮，萧萧被花狗用山歌唱开心窍，并怀有身孕，情节出现急剧转折，充满诗意的浪漫变成生死攸关的人生现实。作品的自由结构和风俗描写、爱情歌谣，使小说融入了散文和诗的因素。而他的《龙朱》、《媚金、豹子与那羊》、《月下小景》等作品，更是从民间故事、苗族传说和佛经故事中汲取营养，充满浪漫主义色彩和地方文化特色。

《边城》（1934）是沈从文小说最有代表性的作品。渡船老人的孙女翠翠，在与当地掌水码头团总的老二（二儿子）傩送的短暂接触中，任由自己萌生出爱意，并没有觉得自己的地位低下，甚至在得知团总想要与有碾房作陪嫁的人家订亲家之后，也丝毫没有将这个消息与自己的婚事联系在一起。在她天真纯洁的心灵里，似乎根本就不存在"门当户对"的概念。在作者眼中，翠翠对爱情的要求越是大胆，就越纯真而美丽。她的爱是超越一切世俗利害关系的最为高尚也最富有诗意的爱。可以说，翠翠是沈从文的"理想人物"，是他崇拜的爱神和美神。同样高尚的还有团总的两个儿子，老大天保和老二傩送都爱上了翠翠，但他们并没有自相残杀，当天保得知翠翠爱上了傩送后，便主动退出了竞争。但是，在诗意的咏叹中，这理想生活并不仅仅是一个浪漫温馨的爱情故事，而是一个爱情悲剧。但作者对这一悲剧似乎并不悲伤，在作者的人生观

[①] 苏雪林：《沈从文论》，见《苏雪林选集》，456 页，合肥，安徽文艺出版社，1989。

中，一切生老病死都是自然的安排，都是人生的常态。

《边城》共21节，每一节都是一首圆润的散文诗，都具有抒情的风格：缓缓的情节、细腻的心理、清丽的语言。小说从一开始就制造出一种"梦幻般的"意境："由四川达湖南，靠东有一条官路。这官路将近湘西边境到了一个地方名为'茶峒'的小山城时，有一小溪，溪边有座白色小塔，塔下住了一户单独的人家。这人家只一个老人，一个女孩子，一只黄狗……"在这个原始而淳朴的世界里，没有邪恶、贪婪，甚至连人类最常见的嫉妒也没有，有的只是和善、诚实、侠义和热情。傩送为了爱情，放弃了陪嫁的碾房，而选择了渡船；天保尊重翠翠，成全弟弟，选择了离开；傩送在得知出走的哥哥不幸身亡的消息后，不胜悲哀的重负，也离家而去，但团总顺顺不但没有责怪翠翠，反而要来接她回家。这就是生活的牧歌和牧歌式的生活，是未被现代文明浸润扭曲的人生形式，也是人生形式的极致，是"神性"的表现。这种"神性"，就是"爱"与"美"的结合。在这些人物身上，闪耀着一种神性的光辉，体现着人性中原本就存在的、未被现代文明侵蚀和扭曲的庄严、健康、美丽和虔诚。在这篇小说里，不仅有作者向往的代表着自然人性的理想人物和理想生活，而且，还有他追求的代表着自然天性的理想文体。随着故事的发展，作者该叙事就叙事，该抒情就抒情，散文的笔法和诗歌的意境成为小说的主体，现实与梦幻，人生和自然，就这样随着简单的故事发展而水乳交融地掺和在一起。

京派作家虽然没有共同的纲领和宣言，却在创作上形成了共同的特征。在题材上，他们倾向于对"乡土中国"和"平民现实"的描写。他们出于对文学的政治功利性和商业性的不满，有意识地从文化的视角来表现乡村生活和民间生活，注重以传统的和民间的道德重写人生，认真地去挖掘乡土中国的人性美和人情美，采用"以退为进"的策略来抵抗现代文明和文学的堕落。在风格上，他们大多倾向于从容节制的古典式审美趋向，热衷于以自己童年和乡土生活为题材，以和谐、圆融、静美的境界为美学理想，在怀旧的情绪中去品味生活、挖掘诗意，形成了在中国现代文学史上十分独特的具有悠长、舒缓、优美特点的"田园牧歌风格"，使新文学诞生以来一直处于边缘地位的"美文学启蒙"第一次得以大规模的集中展现。在文体上，他们大多创造出了比较成熟的小说样式。他们既有才情又有学识，既有深厚的古文底子又经过西洋文化的熏陶，既有丰富的人生体验又熟悉各种诗化、散文化的艺术手法，在创作中既追求独特又讲究品味，不以传奇性的故事情节取胜，而努力地创造出形式上的

"文章之美",不仅推动了中国抒情小说的发展,而且对后世作家产生了巨大的影响,使抒情小说从此成为一个传统。

三、海派与新感觉派小说

"海派文学"相对于"左翼文学"和"京派文学"而言,是一个更为复杂和宽泛的概念。"海派"一词最初是指19世纪中叶至20世纪初期活跃于上海的一种绘画创作风尚或以上海为代表的京剧表演风格,文学上的海派则是指以上海为代表的一种具有明显商业性,同时重视艺术创新的现代都市文学,既包括新文学作家所排斥的"鸳鸯蝴蝶派",也包括张资平、叶灵凤、邵洵美等走言情路线的新文学作家,以施蛰存、刘呐鸥、穆时英为代表的"新感觉派"小说,20世纪40年代以上海都市女性生活为题材的张爱玲、苏青等上海作家以及无名氏、徐訏等浪漫派小说家。历史上,海派并不是一个贬义词,只是在"京海之争"后,因沈从文等人对海派的定义而背上"道德上与文化上"的恶名。

所谓"鸳鸯蝴蝶派"①,原指清末民初以消遣和娱乐为主旨,以才子佳人为题材,以言情为主要特征的文学流派。其先导可追溯到1903年孙玉声的《海上繁华梦》,1908年吴趼人的《恨海》被看做这派小说开始流行的滥觞,1912年徐枕亚的《玉梨魂》曾风靡一时,是"鸳鸯蝴蝶派"最为畅销也最有代表性的作品。"鸳鸯蝴蝶派"文学直接继承了明清以来笔记小说和才子佳人小说的传统衣钵,是中国传统通俗文学发展的结果,同时它得益于科举制度的废除、稿费制度的建立、现代传媒的发达、商业都市的出现、市民读者群的形成以及西方文化的引进,并表现出倾向现代化的发展趋势,是社会现代化发展的产物。因此,"鸳鸯蝴蝶派"在新文学出现之前,曾一枝独秀,是传统旧文学最大的克星;新文学崛起后,虽然失去了大量青年学生读者,但仍然在市民读者中占有绝对市场。

由革命文学发展而来的左翼文学,虽然认识到了文学与大众的关系尚存在着比较严重的脱节现象,并在理论上加大了提倡文艺大众化的力度,但是,并

---

① "鸳鸯蝴蝶派"因其作品中常有"卅六鸳鸯同命鸟,一对蝴蝶可怜虫"(系魏子安《花月痕》第三十一回里韦痴珠的一声叹息的词语)而得名,简称"鸳蝴派"。他们先在《小说时报》(1909)和《小说月报》(1910)上发表作品,1914年《礼拜六》创刊后,成为"鸳鸯蝴蝶派"最具代表的刊物,故又称"礼拜六派"。又由于其文学生命与"民国历史"相始终,故又有"民国旧派文学"的称谓。

没有及时创作出适应现代都市文化市场需要的作品，许多作品由于形成了"革命加恋爱"的写作模式而受到左翼文坛自己的批评家的否定。而以新文学创作起家的张资平等纯文学作家，主动脱离新文学的创作轨道，加入俗文学的队伍，成为新一代"鸳鸯蝴蝶派"中一支最具市场号召力的生力军。张资平，是创建创造社的元老，因为多写三角恋爱小说曾经被鲁迅概括为"△"，但其市场号召力和文学地位也不应低估。张资平创作甚丰，著有《冲积期化石》（长篇小说，1922）、《爱之焦点》（小说集，1923）、《苔莉》（长篇小说，1927）、《爱力圈外》（长篇小说，1929）、《上帝的儿女们》（长篇小说，1931）、《新红A字》（长篇小说，1945）等。叶灵凤于1925年加入创造社，与潘汉年等一道被称为创造社的"小伙计"，著有《菊子夫人》（短篇小说集，1927）、《女娲氏之遗孽》（短篇小说集，1927）、《鸠绿媚》（短篇小说集，1928）、《处女的梦》（短篇小说集，1929）、《时代姑娘》（长篇小说，1933）、《永久的女性》（长篇小说集，1936）等。张资平和叶灵凤的小说，都有都市青年男女的情爱纠缠，也注意性心理和潜意识的描述，拥有较大的读者群。

20世纪30年代初期，从左翼文学中分离出来的以施蛰存、刘呐鸥、穆时英为代表的"新感觉派"，则借鉴日本和西方"新感觉主义小说"的创作经验，既保持新文学的高雅品位和创新意识，又关注现代都市市民的生活和精神，很快发展成为一支独立于左翼文学和京派文学之外的"先锋文学"势力，是海派文学中最具流派特征和最有艺术性的作家群。

1926年，同在上海震旦大学学习的施蛰存、戴望舒和杜衡（苏汶）等参加了共青团的"左倾"青年，创办了一个没有产生太大影响的小刊物《璎珞》。1927年"四一二"政变后，他们退出现实的政治斗争，在施蛰存的家乡松江，筹划过同人刊物《文学工场》，这是一个很时髦也很有革命味的刊名，于大革命失败后加入中共的冯雪峰也参与其中，并且影响了施蛰存等人，但这个刊物没有出版商敢出，最终夭折。1928年夏天，他们在震旦大学的同学刘呐鸥从台湾重返上海，带来了许多日本新出版的书籍，包括横光利一、川端康成的小说和各种理论书籍，在刘呐鸥的倡议下，他们成立了第一线书店，出版《无轨列车》半月刊，主要介绍新感觉派和保尔·穆杭、瓦莱里等具有先锋性质的外国文学思潮和作家，但仅出八期，很快就被查封。1929年，刘呐鸥再创水沫书店，并与施蛰存、戴望舒、徐霞村一起出版了《新文艺》月刊，初步显示出新感觉主义的流派特征，并因冯雪峰的关系，在政治上支持"左联"而表现出越来越明显的"普罗文学"的色彩，1930年夏又被查封。1932年5月，由施蛰存主编的《现代》创刊，再次将这群人集合在一起。虽然这是一个商业性的刊物，但由于《现代》的编辑施蛰存和杜衡对穆时英、刘呐鸥的小说表示了特别的偏爱，表现出明显的流派意识，同时广泛介绍了英国的詹姆斯·乔伊斯、美国的福克纳、法国的阿保里奈尔和果尔蒙，特别是日本的横光利一、池谷信三郎等具有现代主义特征的作家作品。因此，新感觉派又称为"现代派"。这既是因为《现代》杂志而得名，也是因为他们的确是中国第一个现代主义小说流派。

新感觉主义最初出现在20世纪20年代的日本，其主要作家有围绕在《文艺时代》杂志周围的横光利一、川端康成、片冈铁兵、中河与一等。"它同以德国为中心的表现派，以法国为中心的超现实派，以意大利为中心的未来派，以英美为中心的意识流文学，都属于20世纪西方现代派文学的范畴。"[1] 他们都受到法国作家保尔·穆杭等西方现代派文学的影响，与传统的现实主义相对立，否认现实世界的客观性，强调通过主观的感受和印象去表现"事物的本质"，强调个人的感觉和瞬间的真实，追求感性的奇特的表达方式，认为没有新的形式就没有新的内容，并在实践中逐渐总结出一套新的文学理论[2]。

刘呐鸥（1900—1939）最先将新感觉派引入中国，许多读者都是通过他翻译出版的新感觉派小说集《色情文化》认识横光利一、片冈铁兵、池谷信三郎的。刘呐鸥生于台湾，从小在日本长大，先在东京青山学院学文学，后于庆应大学毕业，回国后，在上海震旦大学学习法文。他办的水沫书店，是当时左翼文学的一个出版阵地[3]，施蛰存、戴望舒、杜衡等都曾在书店里当过经理和编辑。1932年，水沫书店在"一·二八"战火中被毁。《都市风景线》（1930）是刘呐鸥仅有的一部小说集，也是中国第一部用现代主义手法表现现代都市生活的小说作品。《新文艺》在这部小说集的广告中这样写道："呐鸥先生是一位敏感的都市人，操着他的特殊的手腕，他把这飞机、电影、Jazz、摩天楼、色情、长型汽车和高速度大量生产的现代生活，下着锐利的解剖刀。在他的作品中，我们显然地看出了这不健全的、糜烂的、罪恶的资产阶级的生活的剪影和那即刻要抬起头来的新的力量的暗示。"其中，《两个时间的不感症者》、《游戏》、《风景》等小说，用新闻报道的方式和电影蒙太奇手法，表现舞女和都市

---

[1] 严家炎：《中国现代小说流派史》，126页，北京，人民文学出版社，1989。
[2] 在日本新感觉派的理论主要有横光利一的《新感觉论》（即《感觉活动》），川端康成的《新进作家的新倾向解说》、《新感觉派辩》，片冈铁兵的《新感觉派的主张》等。
[3] 水沫书店出版过《马克思主义文艺论丛》（为避免查禁，后改为《科学的艺术论丛书》）等重要书籍。

摩登男女的风流生活，从内容到形式都体现出新感觉小说对现代都市生活的痴迷和陶醉。

穆时英（1912—1940）是新感觉派的后起之秀，被称为"鬼才"。幼年随父亲到上海，进入大学后，潜心于外国现代派文学。1930年在《新文艺》上发表的《咱们的世界》、《黑旋风》等初期创作，都是描写底层青年对两极分化的社会的自发反抗的，受到当时普罗文学的影响。《新文艺》被查封后，由施蛰存推荐到《小说月报》上发表的《南北极》，可以看做穆时英的成名作。《现代》一面世，他的《公墓》就被施蛰存以《现代》创刊号"头版头条"的殊荣隆重推出，几乎一夜之间就坐上了这个流派的头把交椅。从此，他完全进入新感觉主义的创作轨道，接连发表了《夜总会里的五个人》、《黑牡丹》、《上海的狐步舞》等重要作品，从题材到风格都发生了根本性的变化。随后，穆时英又出版了《公墓》（1933）、《白金的女体雕像》（1934）和《圣处女的感情》（1935）三部小说集，在数量上和质量上都超过了刘呐鸥，成为新感觉派的最具代表性的作家。刘呐鸥的小说描绘出了上海这座东方大都市表面上的五光十色，穆时英的小说则深入到了上海这座殖民化国际大都会的本质。《夜总会里的五个人》写五个具有代表性的"都市病患者"：失败的资本家、失恋的大学生、失业的政府职员、失宠的交际花、失神的学者，在一个周末的疯狂，犹如一部五声部的"复调"音乐，高度概括了上海纸醉金迷的奢华生活遮掩下的残酷竞争、弱肉强食的真实面目。《上海的狐步舞》只是穆时英计划的长篇小说《中国一九三一》中的一个片段，为了作"技巧上的试验和锻炼"，却是他最具代表的一篇。作品开篇的第一句："上海。造在地狱上的天堂。"以一句哲理诗似的比喻，为上海作出了最为精辟的注释，也成为人们对20世纪30年代上海的最难忘的记忆。穆时英才华横溢，其小说常常采用诗一样的语言、诗一样的句式和诗一样的结构，即使是在一篇并不起眼的小说中，在最为自然普通的对话中，也常常能读出意想不到的精彩。比如，在《被当作消遣品的男子》中，他这样写道：

"你读过《茶花女》吗？"

"这应该是我们的祖母读的。"

"那么你喜欢写实主义的东西吗？譬如说，左拉的《娜娜》，朵斯退益夫斯基[①]的《罪与罚》……"

---

① 今通行的译法是陀斯妥耶夫斯基。

"想睡的时候拿来读的。对于我是一服良好的催眠剂。我喜欢读保尔·穆杭，横光利一，堀口大学，刘易士——是的，我顶喜欢刘易士。"

"在本国呢？"

"我喜欢刘呐鸥的新的话术，郭建英的漫画，和你那种粗暴的文字，犷野的气息……"

小说中所说的"你"，就是穆时英自己。很难想象这是出自 20 世纪 30 年代的作家之手，更像是出自 20 世纪 90 年代的王朔之口。其豪气和霸气更像是新感觉派的"宣言"：无论是五四以来的新文学，还是五四以来在中国流行的外国现实主义和浪漫主义的经典，都已经过时，现在已经进入新感觉主义的时代了。

一直关注并推动新感觉派发展的杜衡，比较刘呐鸥与穆时英的成就来说："中国是有都市而没有描写都市的文学，或是描写了都市而没有采取适合这种描写的手法。在这方面，刘呐鸥算是开了一个端，但是他没有好好地继续下去，而且他的作品还有着'非中国'即'非现实'的缺点。能够避免这缺点而继续努力的，这是时英。"[1] 穆时英的才气，连奚落过海派的沈从文也不得不佩服，他创造出的"新句，新腔，新境"和"铺排不俗"的写法，形成了"穆时英风"的主要特点[2]。可见当时的"穆时英风"，不但刮遍了上海滩，甚至已经刮遍了全国。然而，在穆时英的内心里，与当时中国绝大多数知识分子一样，回荡着无法排解的孤独和苦闷："我拼命地追求刺激新奇，使自己忘了这寂寞，可是我能忘了它吗？"[3] 因此，在他的小说中难免会读出哀怨的感伤气息。

施蛰存（1905—2003）是新感觉派最重要的组织者，但他一直不承认自己是新感觉派作家，只承认自己应用弗洛伊德的学说写了心理小说[4]。为了强调他与新感觉派的内在联系，也有人将他们统称为"新感觉心理分析派"[5]。其实，施蛰存的小说以心理分析为特点，刘呐鸥和穆时英的小说中也有很出色的心理分析，他们既是《现代》杂志的重要成员，又是最早运用现代主义手法的中国小说家。

---

[1] 杜衡：《关于穆时英的创作》，载《现代出版界》(9)，1933(2)。
[2] 沈从文：《论穆时英》，见《沈从文全集》(11)，广州，花城出版社，1984。
[3] 穆时英：《我的生活》，载《现代出版界》(9)，1933(2)。
[4] 施蛰存：《我的创作生活之经历》，见鲁迅等著：《创作的经验》，上海，上海天马书店，1933。
[5] 魏洪丘等主编：《中国现代文学流派概观》，成都，成都出版社，1990。

施蛰存的第一个短篇集《上元灯》(1929)中的多数作品主要是怀旧,在淡淡的感伤中又蕴涵浪漫的诗意,但《周夫人》和《宏智法师底出家》已经表现出弗洛伊德学说的影响。自《鸠摩罗什》在《新文艺》上发表后,由于得到朋友的鼓励,便"努力着想在这一方面开辟一条创作的新蹊径"①。小说集《将军底头》里的四个中篇,除《阿鉴公主》稍有不同外,另外三篇都是用精神分析学说来重写中国古代人物,特别是他们的"二重人格":《鸠摩罗什》写道与爱的冲突,《将军底头》写种族与爱的冲突,《石秀》写理智与爱的冲突。最能代表施蛰存心理分析小说成就的,仍然是《梅雨之夕》(1932)和《善女人行品》(1933)两部以现实生活为题材的作品集。特别是《梅雨之夕》和《春阳》等小说,将西方现代的心理分析学说与中国传统的中庸之道几乎完美地结合在一起,很好地表现了在现代文明冲击下的都市男女微妙的性心理和潜意识,达到了作者所向往的传统美学的理想境界。施蛰存的最后一部小说集《小珍集》(1936),虽然也保留着心理分析的一些特点,但明显地又回到了现实主义的创作道路。但在20世纪30年代的文坛上,施蛰存的小说仍可被看做新感觉派文学的重要收获。

新感觉派的重要作家还有以描写都市摩登女郎著称的黑婴和"具有十足的穆时英风"的禾金等所谓的"后续作家"。

以一种"文学风格"为主要特点而存在的"海派文学",在20世纪30年代雅俗文学互动的过程中,发生了一个剧烈的动荡和变化。以"鸳鸯蝴蝶派"小说起家的张恨水,由俗而雅,逐渐融入了新文学的主流;由创作新文学起家的张资平,则由雅而俗,被看做"鸳鸯蝴蝶派"的新秀。与"鸳鸯蝴蝶派"没有承继关系、与张资平没有盟约的新感觉派,却以表现现代都市红男绿女的醉生梦死为主要题材,异军突起,被视做"新海派"的标本,虽然他们没有重复老一代早期"鸳鸯蝴蝶派"或以张资平为代表的"新鸳鸯蝴蝶派"所走的通俗道路,不以争取读者数量为第一要素,而以追求艺术创新为标的,走的是与新文学同样的纯文学道路,许多作品对当时的普通市民读者来说,是读不懂的"阳春白雪",但他们在"都市文学"上的成功,客观上造成了一个新感觉主义流行的时代。

新感觉主义的流行,是20世纪30年代以上海为中心的中国现代都市消费文化环境的形成和发展的结果,也是当时的文学家们围绕读者与市场展开新一

---

① 施蛰存:《将军底头·自序》,见《将军底头》,上海,新中国书局,1932。

轮争夺战的结果。因此，对都市生活的表现，在当时几乎成了各大流派文学创作共同关注的热点之一，并形成大致相同的批判立场和态度，但也各有特点：以茅盾为代表的左翼小说偏重社会分析和阶级批判；以沈从文为代表的京派小说较多地看到了现代文明背后的道德沦丧和人的自私贪婪，偏重于暴露知识分子精神上的庸俗卑劣；以穆时英为代表的新感觉派小说则偏重于感觉的印象和人性的迷茫。从这个意义上来说，正是左翼小说与京派小说、新感觉派小说对现代都市生活的不同角度的关注，合力推动了文坛的繁荣。

学习提示与建议

1. 阅读蒋光慈、丁玲等人的"革命加恋爱"的小说，并且与金庸的"武侠加爱情"的小说进行对比，可以得出什么样的结论？

2. 沙汀和艾芜，从在成都时的同学开始，到在上海一起给鲁迅写信求教，一道参加左联的活动，可谓友情甚笃。他们的创作，却有较大的差异，应该如何理解之？

3. 沈从文30年代的湘西风情小说，受到废名的影响，却后来居上，试比较二人创作风格的异同。在此基础上对京派的文学贡献形成比较深入的认识和了解。

4. 结合海派主要作家穆时英、施蛰存等人的作品，把握其小说的艺术特色以及对现代文学的贡献。

5. 在对左翼、京派、海派创作状况进行全面了解的基础上，对30年代左翼小说、京派小说、新感觉派小说的不同审美倾向和三足鼎立局面形成大概的认识，并可继续思考这一创作格局在40年代乃至当代文学中的演变。

专题六 三四十年代的长篇小说

学习要求

1. 了解20世纪三四十年代长篇小说的创作概况，茅盾小说的创作特点，老舍小说的创作特点，巴金小说的创作特点，李劼人小说和《死水微澜》的创作特点，路翎小说和《财主底儿女们》的创作特点，钱锺书小说和《围城》的创作特点，沙汀小说和《淘金记》的创作特点。

2. 掌握茅盾小说从《蚀》、《虹》到《子夜》的发展与变化，老舍小说从《赵子曰》、《离婚》、《骆驼祥子》到《四世同堂》的发展与变化，巴金小说从《灭亡》、《家》到《寒夜》的发展与变化，茅盾、老舍、巴金小说在中国现代文学史上的地位和影响。

新文学发展的"第一个十年"（1917年至1927年）间，短篇小说取得了巨大的成就，但要充分反映风云变幻的时代面貌，须得鸿篇巨制的长篇小说方可担此重任。在被称为"30年代"（1927年至1937年）的"第二个十年"，各种文学体裁都陆续进入丰收期，长篇小说也出现了繁荣的局面。老舍、巴金、茅盾三大名家，在几乎没有短篇小说创作准备经历的状态中，创作了现代文学史上最优秀的一批长篇小说，构成了现代长篇小说艺术的三大高峰。20世纪40年代的小说在讽刺文体的成熟、向民众灵魂世界的突进以及小说的通俗化上取得突出成就，钱锺书、路翎和赵树理是40年代小说的代表作家。

1926年至1929年，当时尚在英国的老舍，在《小说月报》上连续发表了三个长篇小说《老张的哲学》、《赵子曰》和《二马》；1927年至1928年，《小说月报》又连续发表了茅盾的三个中篇小说《幻灭》、《动摇》、《追求》，组成了茅盾的第一部长篇小说《蚀》；1929年，《小说月报》发表了巴金在法国创作的长篇处女作《灭亡》；在以后的短短几年内，巴金、茅盾、老舍又先后推出了自己小说的代表作《家》（1931）、《子夜》（1933）、《骆驼祥子》（1936）。到"第二个十年"，由若干部描写相近历史背景下相近题材小说组成的，反映某一方面社会生活，体现一个时代小说艺术的成熟性系列小说开始出现。著名的系列小说如茅盾的以《子夜》为核心的 30 年代中国社会矛盾系列小说，老舍的以《骆驼祥子》为核心的北京市民生活系列小说，巴金的以《家》为核心的封建家族系列小说。后来还有沙汀的以《淘金记》为核心的四川农村生活系列小说，赵树理的以《李有才板话》、《李家庄的变迁》为核心的解放区农村变革系列小说。此外，还产生了由多部长篇组成，像流水般按照时间顺序，表现较大时间跨度里的生活的"长河小说"，如李劼人的被誉为近代"华阳国志"的多部长篇以及后来的无名氏长篇。现代长篇小说在表现社会的时代性、丰富性、广阔性方面，都全面超越了 20 年代小说创作的水准。

一、李劼人、路翎、钱锺书、沙汀的小说

李劼人（1891—1962），四川成都人。办过报纸、学校，也办过实业。20 年代留学法国期间，受左拉影响很深。30 年代中期，他创作了反映从中日甲午战争到辛亥革命时期成都平原动荡社会生活的"长河小说"——《死水微澜》（1935）、《暴风雨前》（1936）、《大波》（1937），这些小说的卓越成就，奠定了他在中国现代文坛的地位。

《死水微澜》通过描写成都近郊天回镇上的青年妇女罗大嫂先后与袍哥罗歪嘴和教民罗天成的情感与肉体的纠葛冲突，表现了从甲午战争到辛丑条约签订这一段时期的成都平原的民情风俗；从中国内地袍哥和洋教势力的消长，折射出西方宗教文化同积淀深厚的中国传统文化之间的激烈冲突，形象地再现了闭塞和寂如死水的乡镇荡起微澜的社会生活的真实情境。《暴风雨前》以成都官绅人家的子弟郝又三和贫妇伍大嫂为中心人物，从自发反抗的"红灯照"在成都的失败写起，表现革命派、维新派成员在 20 世纪初年的政治活动。《大波》则以士绅黄澜生、黄太太一家的生活场景为引线，描写作为辛亥革命直接起因的四川保路运动爆发直至辛亥革命时期四川反正前后的历史波澜。

这三部小说，勾勒出 19 世纪末到 20 世纪初成都平原上的芸芸众生相：上至总督、议长、新老军阀、士绅官宦，下至掌柜、袍哥、兵痞、妓女、姨太太、佣人、商贩、轿夫，还有革命党、维新派、教民等三教九流。塑造出蔡大嫂（罗幺姑）、罗德生、郝又三、顾天成、黄澜生、吴凤梧、赵尔丰、端方等不同的身份与性格、历史与虚构穿插的人物形象。李劼人以浓郁的笔调描绘成都平原上的市声世情，色彩斑斓、形神俱现地描写新年成都东大街的灯会，青

羊宫的花会，寻常人家的饮食游乐、婚丧嫁娶，连建筑风格、服饰、饮食都刻画得纤细入微，引人入胜，充分地展示出川地特有的世俗生活画面。李劼人将四川地域的乡土风情和近代史和谐交融，在巴蜀文化的韵味中映照出近代政治风云的变幻，显示了李劼人对近代社会文化的深层思考和对地域民族文化的从容把握，因而成为近代风云史和风俗史交融的杰作。郭沫若称赞说："古人称颂杜甫的诗为'诗史'，我是想称颂劼人的小说为'小说的近代史'，至少是小说的近代《华阳国志》。"① 郭沫若特别看重这三部作品所表现出的民情风俗和地域文化的特色。

在小说结构上，李劼人继承中国文学的传统，同时借鉴法国作家左拉多卷本小说《卢贡·马卡尔家族》的结构方式，长篇三部曲以编年史式的方法各自独立，又安排个别人物反复出现，从而体现整体结构的纵向联系。各部之中设定一个或多个叙述中心及中心人物，横向辐射开来，关联各自的时代与社会大背景。三部小说囊括了辛亥革命前，近20年间社会生活的广阔画面和历史进程，揭示出清王朝走向崩溃的历史命运和20世纪初中国社会潜在的危机，显示出宏伟的史诗与丰赡的风俗史交融的独特风格。

路翎（1923—1994），从1942年到1948年，路翎出版的作品有中篇小说《饥饿的郭素娥》、《蜗牛在荆棘上》；短篇小说集《青春的祝福》、《求爱》、《在铁链中》；长篇小说《财主底儿女们》、《燃烧的荒地》等。

《财主底儿女们》是路翎作为七月派作家贡献给新文学的重大收获。小说描写了时代风云变幻中苏州巨富蒋氏家族两代人的经历。小说第一部的故事从1932年上海的"一·二八"事变开始到1937年"八一三"事变，中心事件是蒋家长媳金素痕挑起的争夺财产的冲突。长子蒋蔚祖的软弱无能，家长蒋捷三的精明，大少奶奶金素痕的凶悍，性格鲜明，也反映了封建地主向现代资产阶级转化过程中的痛苦和血腥。第二部的故事从上海撤退到1941年6月苏德战争爆发。作品着重描写了蒋纯祖几年来的曲折生活和思想历程，以逃生、流亡和幻灭三部曲，表现了他怀着成就一番事业的雄心去寻求出路的经历和一事无成、告别人生的结局，冷静地审视了时代的混乱和矛盾。

"我所检讨，并且批判、肯定的，是我们中国知识分子们底某几种物质的、精神的世界。这是要牵涉中国底复杂的生活的；在这种生活里面，又正激荡着

---

① 郭沫若：《中国左拉之待望》，载《中国文艺》，1937（1）。《华阳国志》是一部专门记述古代中国西南地区地方历史、地理、人物等的地方志著作，东晋人常璩撰。

民族解放战争底伟大的风暴。"① 路翎这部作品以多重人生层面的交叠去包容近十年风云激荡的民族生活,但路翎关注的问题并非在家族的纷争和结局上,他更多地呈现了蒋氏儿女们那种骄傲又渺茫、带点矫情意味的内心世界以及时代的苦闷在他们意识里的投射。他们是在困惑地寻求着,以期找到合乎理性的人生道路。这部小说也是新文学中一部规模宏大的心理小说,路翎注重捕捉灵魂的瞬息变化,人物的自我省察是作者刻画性格的主要手段,路翎笔下的人物都表现出一种"人民的原始的强力","充满着那么强烈的生命力,一种人类灵魂里的呼声"②,其行为具有盲目性、突发性和疯狂性。这种强力的原始性,既有个性解放的要求,也有"几千年精神奴役创伤"。

钱锺书(1910—1998),字默存,江苏无锡人。1933 年毕业于清华大学外文系,曾留学英法,1938 年回国后曾任西南联大教授等职。1941 年他出版散文集《写在人生边上》,1946 年出版短篇小说集《人·兽·鬼》,1947 年出版长篇小说《围城》,1948 年出版《谈艺录》,1958 年出版《宋诗选注》,1979 年出版学术巨著《管锥编》。

《围城》先在由郑振铎主编的杂志《文艺复兴》上连载,1947 年 5 月由上海晨光出版社出版单行本,未引起足够关注,在海外却不乏知音,受到一些文学史家的高度评价。1980 年人民文学出版社重印此书后,在内地掀起了绵延不绝的阅读和研究热。

《围城》从内容构成上基本可分为四个部分:方鸿渐留学归来"衣锦还乡"和在上海与苏文纨、唐晓芙的恋爱纠葛;长途跋涉赴三闾大学途中的磨难;与文化人之间的钩心斗角;和孙柔嘉婚姻的破裂。全书结构谨严,每一部分都自成单元,各自的希望、挫折和失败的曲线,连接起来令人信服地描绘出了方鸿渐那不断恶化、日益衰败的命运。方鸿渐留学回国、寻找职业、追求爱情、组织家庭,无不抱有幻想和好奇,但随着梦想逐个破灭,他不得不从一座"围城"逃向另一座"围城"。经历了一连串失意的方鸿渐,在全书结尾时却又准备"逃"往内地了——人生就是这样在追求、厌倦、逃逸、再追求中循环不已,人总是在理想与现实的巨大落差间不停地奔逃,别无选择。作者正是通过"围城"这一象征性结构,围绕方鸿渐的恋爱与婚姻以及他人生道路上的寻

---

① 路翎:《财主底儿女们·题记》,见《路翎文集》,第 1 卷,4 页,合肥,安徽文艺出版社,1995。
② 邵荃麟:《〈饥饿的郭素娥〉》,见《路翎研究资料》,63 页,北京,北京十月文艺出版社,1993。

梦历程，表现了知识分子彷徨无主的宿命感和中国知识阶层日益腐败的官场化，揭示了现代人特别是现代知识分子在生存和精神上的双重困境。钱锺书在这些精英们的身上，刻画出人类与生俱来的悲剧境况，剖析了最根本、最普通的人性。作者对他们不无揶揄、嘲讽又时刻充满了深厚同情的叙事姿态，表现了人类对自身弱点的自嘲与自怜。

整部小说没有贯穿始终的中心事件，以主人公的经历为线索，带动相关人物的出场，以散文式结构、幽默的笔调，舒展自如地将故事娓娓讲出来，整个小说结构收放自如、浑然一体。其悲喜交集的美学特质、讽刺与幽默的艺术手法、新颖的比喻、细致入微的心理描写，在文字表层下涌动着的多重含义，使作品充满了耐人寻味的张力。

钱锺书非常善于使用富于暗示色彩的隐喻性语言。如书中形容方鸿渐家乡，是"铁的硬，豆腐的淡而无味，轿子的容量狭小，还加上泥土气，这算是他们的民风"，其保守、顽固、无聊即刻跃然纸上。钱锺书更是一位编织意象和比喻的高手，"围城"具有整体象征意义，它具象化了作家对人生、世界的见解。作品通过人物引用英国和法国的格言，对"围城"这一中心意象的悲剧美学意蕴作了点示。它们异曲同工地说，"结婚仿佛金漆的鸟笼，笼子外面的鸟想住进去，笼内的鸟想飞出来"；"被围困的城堡 fortresse assiegee，城外的人想冲进去，城里的人想逃出来"。①

钱锺书是一位学者型的讽刺小说家，凭借自己渊博的学识，大量使用富有知识性的讽刺语言，各种警句典故信手拈来，皆成妙喻，形成机警而睿智、俏皮而生动、犀利而儒雅的独特风格，他的讽刺艺术在现代文学中是相当杰出的。

沙汀在抗战后接连完成了描写四川农村生活的三部长篇：《淘金记》、《困兽记》和《还乡记》。这"三记"连同他上一时期和本时期的许多写四川农村的短篇小说，共同组成了四川农村生活的系列小说。

《淘金记》（1941）描写的是川西北一个城镇中各种恶势力为争夺金矿、发国难财而引起的互相倾轧，作品紧紧围绕人们对黄金的迷恋、追求和争夺展开情节、塑造反面典型，勾画了豪绅地主、流氓恶霸和地方官吏的群丑图，抨击了这些群丑对抗战的腐蚀、阻挠和破坏，揭示了具有强烈现实意义的主题。《困兽记》写的是乡村小学教师田畴在灰色生活的困境中苦苦挣扎的经历。《还

---

① 钱锺书：《围城》，96 页，北京，人民文学出版社，1980。

乡记》的主人公，青年农民冯大生，被抓壮丁又逃回乡村，在新的苦难面前走上反抗道路，比起田畴，他有了新的选择的可能性。

沙汀的最优秀的作品，往往是暴露性的，且用的是客观描写的表现方法。在最令人愤慨的罪恶面前，他的笔也尽力地保持着冷静。他的感情压缩在故事中，故事往往压缩在短暂的时间和个别的场面中。《淘金记》保持了沙汀小说的一贯风格，在不动声色的客观叙述中，用人物自身的言行，完成各自的性格塑造，把主观的倾向寓藏在情节背后，而尤以描写的细腻见长，给人以雕刻精细之感。《淘金记》曾被卞之琳誉为"抗战以来所出版的最好的一部长篇小说"，"沙汀居然制出了这样一面照妖镜来，像 X 光似的照出了我们皮肉底下的牛鬼蛇神，牛鬼蛇神底下的人性，居然从这样的腐朽里变出或提炼出了神奇"。[1]

二、茅盾的《子夜》等社会剖析小说

茅盾在20世纪30年代的小说创作，大致经历了一个从"矛盾展示"到"社会剖析"的变化，其变化趋势也成为这一时期无产阶级从"革命文学"到"左翼文学"发展过程的风向标。茅盾的第一部小说《幻灭》于1927年9月、10月间发表于叶圣陶主编的《小说月报》第18卷第9号、第10号上，翌年又在同一杂志上陆续发表了《动摇》和《追求》，这三部中篇小说组成为《蚀》三部曲。这时期正如茅盾自己所说："经验了动乱中国的最复杂的人生的一幕，终于感得了幻灭的悲哀，人生的矛盾，在消沉的心情下，孤寂的生活中，而尚受生活执著的支配，想要以我的生命力的余烬从别方面在这迷乱灰色的人生内发一星微光，于是我就开始创作了。"[2]《蚀》三部曲就是在这种悲观、迷茫的心境之下写成的，它描写了大革命兴起和失败前后，小资产阶级知识分子的思想状况。作者有展现大革命时代风貌的宏大叙事企图，就三部曲的情节来看，顺序地展开了大革命从发动、发展到失败的主要过程。大革命时期发生的一些重大事件，常常作为推动情节和人物性格转变的必要功能被写进作品。小说客观、真实地展现了众多的青年知识分子在大革命前后的生活经历和精神状态，其中有痛苦、困惑、失望以及对革命的反思、对暴力革命的怀疑，作者也毫无

---

[1] 卞之琳：《沙汀的〈淘金记〉》，载《文哨》，1945（2）。
[2] 茅盾：《从牯岭到东京》，见孙中田、查国华编：《茅盾研究资料》，2页，北京，中国社会科学出版社，1983。

保留地表现了自己内心因革命失败而产生的消沉幻灭、极端悲观的情绪，体现了作家意识里的深刻的矛盾，塑造了多种类型的人物，茅盾初试小说创作就在人物形象的塑造上出手不凡。如《幻灭》中的女主人公章静，一个纯净、好幻想又有热情的青年，在经历了个人的不幸和革命的挫折后热情减退，揭示了小知识分子脆弱的一面。《动摇》中的男主人公方罗兰，在革命和反革命的大是大非面前动摇、妥协。胡国光投机革命，两面三刀，想借革命之机谋取私利。美丽而率性的奇女子孙舞阳，在革命与爱情间从容辗转，魅力四射，给血与火的时代增添一道绮丽的风景。《追求》里塑造了想要教育救国的张曼青；爱情至上主义者王仲昭；有热情而无毅力，追求享受的章秋柳；怀疑派的代表史循等各色人物，比较全面地反映了动荡中国的社会现实，特别是知识分子阶层的状况。

《蚀》三部曲首开革命文学"革命加恋爱"创作模式的先河，但由于作品很好地表现了作者当时的矛盾心理，记录了作者在大革命期间亲眼目睹的"动乱中中国的最复杂的人生的一幕"，真实地描写了一批青年知识分子在大革命中从"幻灭"到"动摇"，再到"追求"的曲折过程，体现了作者直面现实的勇气和对中国革命复杂性的独特认识，在时代女性形象的塑造、人物心理的刻画、时代特征的描写和环境气氛的烘托等方面，初步显示出作者的才华与个性，是茅盾写得最率真自然的小说，这又是当时的革命文学作品所不能相比的。

继《蚀》之后，茅盾在20年代末又一连写出了《虹》、《路》、《三人行》等几部中篇小说。《虹》以五四至五卅期间的历史事件为背景表现了一个知识女性由个性解放走向集体主义的人生历程。《虹》的主角仍然是"时代女性"，在努力挣脱旧式家庭、婚姻的束缚，寻求理想生活的过程中，主人公梅行素也曾遇到挫折，受到精神重创，但她并没有像章秋柳那样陷入狂乱的精神状态，而是选择了投身社会革命的明确方向。梅行素的性格，远比《蚀》三部曲中的"时代女性"清澈、明朗而富有理性，但其精神内涵也缺少了厚度和复杂性。自《虹》以后，茅盾的小说缠绵幽怨的情调基本消退，理性分析的成分逐渐增加。

"一个做小说的人不但须有广博的生活经验，亦必须有一训练过的头脑能够分析那复杂的社会现象；尤其是我们这转变中的社会，非得认真研究过社会科学的人每每不能把它分析得正确。"[①] 1933年1月出版的长篇小说《子夜》，

[①] 茅盾：《我的回顾》，见《茅盾自选集》，上海，上海天马书店，1933。

最为突出地体现了茅盾创作方法转变后的成就。当时正是大革命失败以后国民党严酷统治的时期,可以说是中国社会处在最黑暗的时候,作品命名为"子夜"(深夜11时至1时)暗示着黑暗过去会有光明。

《子夜》正面展开的是工业资本家吴荪甫奋斗、发达、失败的悲剧。这位曾经游历欧美、精明强干并具有丰富的现代企业管理经验的工业巨子,有一个发展实业、建立强大工业王国的梦。为了实现这个梦想,他雄心勃勃地拼搏,也获得了相当的成功,甚至一气兼并了八个工厂,成为同业的领袖。但是,在公债交易市场上,他受到买办金融资本家赵伯韬的打压;双桥镇的农民暴动,摧毁了他在家乡经营的产业。他苦心经营的丝厂工潮迭起,处心积虑组建起来的益中公司又因为产品滞销而成为箍在身上的"湿布衫"。三条战线,条条不顺利,"到处全是地雷"。最后终因在公债市场和赵伯韬的角逐中失败而破产。

《子夜》的艺术成就是多方面的。

第一,历史画卷的宏伟构思。《子夜》在最广阔的程度上概括了20世纪30年代初社会生活的全貌,展示了时代风云的变幻,大到政治舞台上的纠葛、军阀间的战争、工农革命斗争、工业巨头的竞争、金融公债市场上的火并,小到资产阶级家庭内部的冲突,可以说从政治、军事、经济、伦理道德、爱情婚姻诸方面概括了社会现实生活。通过对民族工业的衰败、民族资本家悲剧命运必然性的揭示,生动形象地表达了作者对中国现实出路的深层认识,即中国没有走上资本主义的道路,而是更加殖民地化。茅盾的《子夜》表现出成熟的写作技巧,结构庞大、曲折、复杂,具有史诗般的规模。在内容上,作者力图反映动荡的社会生活的全貌,为了充分表现这一点,作者把众多的人物放到多重的矛盾冲突中,采用多条线索交织宏大、复杂的结构。第一章序幕,吴老太爷到,透露出时代的气息,让主要人物吴荪甫亮相。第二章,借吴老太爷的葬礼,集中主要人物和情节线索,把当时的社会形势,各主要人物的性格、背景加以初步介绍,发丧的气氛和工业萧条的社会氛围形成很好的映衬。第三章到结尾,开始围绕赵伯韬和吴荪甫的主要结构线索展开,其中还穿插许多小的结构线索,如农村的暴动、工人的罢工、青年男女的爱情纠葛以及其他小资本家、小地主的不同命运等,情节安排跌宕有致,主要揭示了三条线索:

一是以赵伯韬为代表的金融买办资本家,在美国财团和蒋介石政府的支持下,企图控制、摧残中国民族工业的活动。

二是以吴荪甫为代表的民族工业资本家为办企业,力图摆脱帝国主义和买办阶级的控制,面临双重矛盾:一方面和买办资本家、帝国主义的矛盾;另一方面和工人的尖锐矛盾。作品揭示了吴荪甫在这两种矛盾的夹击之下走向破产的过程。

三是共产党领导的工农斗争汹涌澎湃。

第二,"典型环境"中"典型性格"的塑造。小说以民族资本家吴荪甫的活动为主线展开故事,着力刻画这一人物,吴荪甫是整部小说矛盾的焦点,作者在错综复杂的矛盾交织中,成功地表现了吴荪甫矛盾、复杂的性格。吴荪甫是一位富有魄力、敢作敢为、具有冒险精神的民族工业资本家,他曾游历过欧美,有丰富的办实业的经验,另外还有祖传下来加上自己发展的雄厚的财力基础,所以在发展民族工业方面他有很大的抱负,想成为20世纪机械工业的王子。为了实现宏大的理想,他在各条战线上摆开阵势。在自己的家乡双桥镇兴办实业,大大小小十几个厂;在上海独立经营裕华丝厂,合伙办益中信托公司;吞并同行朱吟秋的丝厂以扩大自己的企业范围;为了扩充工业资本还冒险做公债买卖。然而,吴荪甫这位性格刚毅、强悍、极有自信力的民族资本家处在动荡不定、矛盾纷呈的20世纪30年代的大上海这个典型的半殖民地半封建的环境中,在各种矛盾的夹击之下,他在各方面受挫。于是,吴荪甫性格中那种矛盾复杂性就突现出来,在他身上,刚毅、果决、犹豫、动摇、坚韧、自信、暴躁、颓丧、强悍、凶残、虚弱、无力、进步性和残酷性交织在一起。作品从各方面揭示吴荪甫性格的多面性。在农村,乡下农民的暴动使他的财产、企业损失严重,这时从来胸有成竹的吴荪甫,第一次显出少有的不安和暴躁,对乡下来的听差大发雷霆。不久,理智又让他克制住自己,信心十足地把精力转到上海来。在城市,为了对付丝厂工人的罢工,他启用得力助手屠维岳,用阴险的手段加以扼制,当工潮再起时,他再也不想克制自己,"猛的跳起来,像发疯的老虎似的咆哮着",极力主张用武力镇压,暴露出资本家为了自身的利益,不惜牺牲他人一切的残酷性。对背后有靠山、有实力的金融买办资本家赵伯韬,吴荪甫有胆量和他斗法,充分显示了他敢于冒险的魄力,最后不惜用自己的全部资产作赌注在公债市场上和赵伯韬决一死战。但在决战时刻,吴荪甫内心异常惶恐,失去常态,虚弱无力。在四面受挫时,他也会放下平常冷静、持重的绅士架子,去寻欢作乐,得到心理的一时满足,显出作为普通人的荒唐的一面。吴荪甫在家里是严厉、冷漠的一家之主,他对妻子无所谓爱,干涉弟妹的婚姻自由,一旦在外面遇到不顺心的事,就回家来发泄一通,表现出在中国半封建半殖民地的特定社会环境下,封建地主家庭出身的民族资本家身上留存的根深蒂固的封建传统意识。吴荪甫在遇到事业、家庭的不如意时,也会不时感到作为人的孤独、渺小和无力，绝望时也曾经想要自杀。

吴荪甫是20世纪30年代中国民族资本家的典型。这一典型人物的塑造，对这个失败的英雄的悲剧命运的揭示，形象地表现了茅盾的创作意图。就吴荪甫这个人物讲，无论是才干、人格气质、风度都远远超过粗俗、鄙陋的赵伯韬之流，然而吴荪甫惨败于赵伯韬之手，这不仅仅是个人的过失，其背后有无法抗拒的社会和历史的必然性。吴荪甫面临的是占绝对优势的帝国主义和买办阶级的强大联盟。这个联盟不仅具有雄厚的经济实力，而且可以任意左右国家政权。赵伯韬和吴荪甫在金融界斗法，就是借助国民党财政部的权力，用非经济性的强制手段在公债市场上打垮了吴荪甫。所以，在半殖民地的中国，民族资本家只有两条路：一条是失败，一条是买办化。吴荪甫的悲剧史可以说概括了中国民族工业的衰败史，从而生动地揭示出在30年代中国没有走向资本主义的路而是更加半殖民地化了。

除了吴荪甫，茅盾还成功塑造了一系列人物形象，其中最突出的是屠维岳，这是一个机警、镇静、胆大、狷傲的年轻人，脸上总隐现着阴冷、自负的笑，从某种意义上讲，他是吴荪甫形象的补充。作者成功地塑造了一位个性非常突出的资本家鹰犬的形象。赵伯韬是买办资本家的典型，作者着力刻画了他狡猾、蛮横、狂妄的性格特征。杜竹斋是金融资本家，吴荪甫的姐夫，突出的特点是"好利却又异常多疑"。为了个人的利益，他不问亲朋故旧，可以牺牲任何人的利益。在刻画人物上，作品以陪衬对比的方法，使人物性格更鲜明生动。如吴荪甫和赵伯韬斗法，显示出吴荪甫的倔强大胆；吴荪甫和屠维岳两者之间相互补充、相得益彰；吴荪甫和朱吟秋的对比，显示出吴荪甫办企业的魄力；吴荪甫与杜竹斋的对比表现出他的冒险和果敢精神。作者善于把人物放到广阔的社会背景和尖锐的矛盾冲突中加以表现，从而使人物性格的各个侧面得以强化。如对吴荪甫复杂性格的揭示，对屠维岳性格两面性的刻画，等等。小说语言细致、缜密，近乎工笔画式的精雕细刻，表现力很强。

1932年至1933年，茅盾还陆续出版了短篇小说《林家铺子》、《春蚕》、《秋收》、《残冬》。进入40年代，他先后发表长篇日记体小说《腐蚀》(1941)、长篇小说《霜叶红似二月花》(1942)和《锻炼》(1948)，综观茅盾的创作可以看出，他着眼于中国的社会现实，通过艺术的手段来探索中国革命的出路，艺术性、思想性都达到相当的高度。

茅盾是在多年的文学批评实践和政治活动后开始小说创作的，深厚的社会科学理论功底，使他的"社会剖析小说"创作与众不同，显示了非凡的意义。

他的小说概括社会生活深刻广泛、艺术结构恢弘、人物塑造传神形象，文学语言刚劲丰富，茅盾驾驭大规模作品的才气与功力，在现代文学史上极有特色。茅盾的作品关注政治与社会，笔下各类人物大多在有突出个性的基础上，保有特定历史时期的阶级特征，并演绎着其阶级的共同命运，因此，茅盾的创作在内容、主题、形式、手法等方面都有极强的应时特点。

在文学作品情与理的关系上，茅盾尽管始终强调文学必须"感情地去影响读者"，但是他讲得更多、更系统的是文学作品这种情感表达必须以理性为主导，接受理性的制约。他认为，优秀的文学作品"绝非凭一时之冲动"所能创造的。茅盾创作中理性的主导有高度的自觉。理性在他的创作中无孔不入，渗透到他创作过程的每个环节中，作用于作品思想、艺术、技术的方方面面。茅盾的小说如冷峻的社会学家为读者一丝不苟地叙述社会生活的情景和一桩桩重大事件，严肃地揭示社会的重大问题、社会的性质、社会的前途。

在茅盾的文学活动中，乃至他的具体作品中，确实存在政治与艺术的矛盾。但是，我们并不赞成因为这些矛盾的存在，贬低他的文学成就。研究者仍高度评价新文学中以茅盾为代表的"社会剖析派"的优良传统，反对轻易否定茅盾小说创作的贡献与地位。

三、老舍的《骆驼祥子》等京味小说

老舍是一位生活积累厚实、创作激情旺盛的作家，他的创作跨越了两个时代——现代和当代，成就卓著。老舍来自市民阶层，对他们的生活、习俗了如指掌，他的创作是写他最熟悉的生活。他的作品主要以他对市民阶层的深刻了解，塑造出中国现代文学史上第一批市民阶层的形形色色的人物形象，开辟了现代文学创作题材的新领域。

老舍（1899—1966），原名舒庆春，字舍予，笔名老舍，满族人。出生和长期生活在北京。父亲是清军的护军，阵亡于八国联军入京之役。老舍在贫寒中长大，先后在北京的小学和天津的中学任教，1924年赴英国伦敦大学东方学院任中文讲师。在英期间开始写小说。《老张的哲学》是老舍在北京小学教育界生活体验的产物，显露出作者所独具的幽默、讽刺才能。《赵子曰》描写了五四时期住在学生公寓的大学生赵子曰等一群所谓的"新人物"，整天的生活就是喝酒、打牌、唱戏、追逐女孩子。作品通过对他们空虚无聊生活的描绘，剖析了这群"新人物"骨子里的"旧"与"俗"，也是对国民劣根性的现实写照。在前两部小说中，老舍调动了他国内生活的积累，《二马》则是他国外生活的体验，作者怀着深沉的爱国情感，表现了弱国子民在海外所受的屈辱，揭示一些中国人身上所具有的令人痛心的愚昧和落后性。在表现手法上，因当时老舍已阅读了大量擅长心理分析与描写细腻的英国当代小说，于是在自己的创作中开始注意细致的描写，并调动口语，使文字更通俗、生动，有个性。老舍手中那支灵巧的笔以后就再也没有停歇过，不论是在和平的环境中，还是在战争的年代里。茅盾读后认为："在老舍先生嘻笑怒骂的笔墨后边，我感到了他对于生活的态度的严肃，他的正义感和温暖的心以及对祖国的挚爱和热望。"[1] 作者初涉写作在技巧上欠讲究，有"幽默冲淡了正义感"[2] 的倾向。从在伦敦所写的上述三部小说看，创作水平是逐渐提高的，而写作的兴趣也日渐浓厚。老舍自幼濡染京城满族文化，擅长运用俗白而富有生活情趣的北京地方语言写作，敏于描绘北京的风光、习俗及人物个性，敢于以喜剧风格来演示悲剧故事的特点，给文坛带来了缕缕清新气息。

30 年代，是老舍小说创作的高峰。他创作了《离婚》（1933）、《骆驼祥子》（1936）等长篇小说。《离婚》是一篇世态讽刺小说，写的是北京某财政所几个科员的家庭生活，旨在批判市民生活庸俗可笑的一面。作品所描写的张大哥的家庭纷争及其危机，可被视为传统的民族生存方式的危机。作者对因循守旧、迁就妥协、好热闹的人生哲学予以了彻底否定，情节滑稽，语言幽默。

1936 年，老舍完成了《骆驼祥子》，这是老舍这一时期的代表性作品，也是现代长篇小说的一部杰作。"我生在北平，那里的人、事、风景、味道和卖酸梅汤、杏仁茶的吆喝声，我全熟悉。……我敢放胆的描画它。它是一条清溪，我每一探手，就摸上条活泼泼的鱼儿来。"[3] "这是一本最使我满意的作品。"[4] 小说真实地展现了都市人力车夫的悲剧人生。祥子是个从乡间来到北平城里挣饭吃的青年，指望着靠卖力气先糊口再发家。苦拼三年，攒钱买了属于自己的新车，不料被军阀手下的乱兵抢去。第二次攒够了钱，却被假公济私的侦探全讹走了。第三次是从娶虎妞到小福子的死，这是祥子从最后的挣扎到堕落的彻底毁灭的阶段。祥子落入久旷的老姑娘虎妞的圈套，和虎妞成了亲，但他不愿在家吃闲饭，想用虎妞的钱拉上一辆车，挣一份自己的辛苦钱来养家，

---

[1] 茅盾：《光辉工作二十年的老舍先生》，载《新华日报》，1944-04-17。
[2] 老舍：《〈老舍选集〉自序》，见《老舍生活与创作自述》，117 页，北京，人民文学出版社，1982。
[3] 老舍：《三年写作自述》，载《抗战文艺》，1941（7）。
[4] 老舍：《我怎样写〈骆驼祥子〉》，载《青年知识》，1945（1）。

但命运又给了他一次沉重的打击，虎妞难产死去，祥子家破人亡。他想找善良、温柔、和他同样有不幸命运的小福子相依为命，小福子却沦落到了最下等的妓院，被迫上吊自杀，祥子的一切希望都破灭了。他从此不再想，不再希望什么，真正走了下坡路，吃喝嫖赌无所不干，成了没有灵魂的行尸走肉。当初，祥子对生活的希望太殷切了，付出的代价太多了，一旦绝望了，他的毁灭就更彻底、更悲惨。作品不但讲述了个体车夫的惨烈奋斗史，其中还包含一部祥子的心灵史，主人公精神世界连续出现的困惑、痛切、麻木、疲惫，祥子完全是被他所处的社会环境推搡、挤压着，才走向了灵魂的崩溃。老舍写《骆驼祥子》，切入点是城市贫民的生计；落脚点，则是下层市民的心灵归宿。他的同时期创作中的两大主题——关注民族心理蜕变和关注都市贫民命运，在这部小说里紧密地交织着。老舍通过祥子的命运，揭示了病态的城市文明给美好、善良的人性带来的种种残害，物欲横流、道德沦丧造成的畸形的人伦关系，并对城市贫民的性格弱点进行了批判。

除祥子之外，老舍还成功地塑造了市民阶层的各类人物，描绘出了一幅20世纪20年代北京市民阶层的社会风俗画。刘四爷，年轻时打过群架，到晚年开了车厂，是靠坑害穷人发家的土混混出身。他无知、卑陋、庸俗、霸道、心狠手辣，是市民阶层的上层人物的典型。虎妞是一个比较复杂的人物形象。她是一个三十未嫁、又老又丑的老姑娘，生活在刘四家里的虎妞固然有无知、粗俗、骄横、放肆的一面，但她还不至于像刘四那样蛮横无理，她性格粗野，好使心计，和祥子的婚姻是她一手做的圈套，但她有时也流露出一些女人的体贴。她对小福子撒野，但她也有一点儿同情心，不过这一切都是以她一己的私欲、私利为目的的。二强子，和祥子一样是穷拉车的，因为养不活全家，最后不得不把女儿小福子卖给一个小军官当小老婆，军队一开拔，小福子就被抛弃了，这不是二强子心狠而是没有办法，生活迫使他情绪颓丧、性情暴躁、借酒浇愁，最后成了酒鬼、无赖，但他清醒时内心是痛苦的，精神上充满矛盾，这是20年代下层市民的典型代表。总之，老舍在小说中通过对市民阶层形形色色人物的刻画，反映了旧中国市民阶层的面貌，把各类小市民刻画得栩栩如生、蕴涵深刻。

《骆驼祥子》是老舍精心勾画的北京平民世界的社会风俗画，京味浓郁、蕴涵丰富、风格独特，具有中国传统的说书艺术的亲切感和吸引力。但小说的叙述语言又不是传统的，在这部小说中老舍从容不迫地以北京口语讲述着北京的故事，在极熟悉的北京市民的生活中，挖掘北京口语中简洁、明快的语言成分，叙述、写景，都有通俗、朴实的味道，虽俗虽白，却又耐人寻味，语言个性化很强。从看似俗、白的北京市民口语中提炼出了一种北京特有韵味的口语美。

1944年老舍创作了一生中规模最宏大的一部长篇小说《四世同堂》，作品由《惶惑》、《偷生》、《饥荒》三部曲组成，近一百万字，它以抗日战争为背景，叙述了由北平陷落到日本投降八年间，发生在这座历史名城中一条叫做"小羊圈"的小胡同中一系列令人感伤、激愤的故事。牢记民族被征服的惨痛历史，反思被征服状态下的国民心理弱势。《四世同堂》结构大气、恢弘、匀称，营造了凝重的氛围，百多号生动、极富特点的人物形象刻画，构成了历史的艺术长廊。《四世同堂》以愤怒激烈的感情色彩去讽刺、暴露和写实，在民族文化的背景上剖析旧北平"文化"的种种弊病及在这种文化的土壤上培植的市民性格弱点，同时充分地表现了战争对"民族遗传病"的疗治。

老舍作品中最引人注目的风格是"京味"。它是作家对北京特有的风土人情、特殊的文化趣味的精妙展示所形成的一种独特审美趣味。"京味"首先表现为取材的特色，在富有地域特色的民俗画卷中，老舍描写北京的胡同、大杂院、四合院市井气十足的众生相，在颓败的老墙下演绎着深厚的皇城根下的生活情趣、文化取向。在《骆驼祥子》中，古都老式的寿棚寿席、坐花轿的婚礼、热闹的集市庙会、巫婆的请神画符等，宛如一幅幅生动的北京底层社会的生态图画。

老北京人要面子、讲排场、喜气派，向往精致的生活艺术，讲究老礼与老规矩，追求散漫、苟且偷安、温良敦厚的生活态度，老舍在北京市民的庸常百态中揭示了其文化心理构成，也形成了"京味"的风格。这样的"京味"气息弥漫于老舍作品气氛的营造、人物形象的塑造、风俗的刻画之中。老舍对"北京文化"的描写，有大量对其精致、高贵、雍容的赞叹与欣赏，也有对美的不可避免的衰败与凋谢的惋惜与伤感。

老舍的市民世界有旧派市民、新派市民、正派市民三类。老舍十分擅长描绘家境小康的旧派市民形象。如《二马》中的老马先生，《牛天赐传》中的牛老太太等，善良、驯顺而又保守、怯懦，还有浓厚的宗法封建色彩是他们的思想性格的主要特征。老舍在刻绘人物病态精神时使用夸张手法，达到漫画式地对传统文化和北京文化颓废心态的鞭挞。老舍对新派市民的形象也有生动的描述，在《离婚》、《牛天赐传》和《四世同堂》等作品中，都出现过那种一味逐"新"，一味追求"洋式"的生活情调而丧失了人格的堕落人物。其中，既有兰小山、丁约翰之类西崽，也有张天真、祁瑞丰、冠招娣等一类胡同纨绔子弟。老舍以漫画式的肖像手法对新派市民予以嘲讽。老舍同情地注视着从事个体劳动的城市贫民，此类市民形象勤劳、善良、质朴、坚韧，祥子是其中的代表形象，在旧社会的扭曲挤压之中，最终沦为城市流氓无产者。

老舍也带有中国传统小市民的理想，他塑造了一系列理想的市民形象，他们是侠客与实干家的复合体，有《老张的哲学》中的赵四，《赵子曰》中的赵景纯，《二马》中的李子荣。老舍真诚、天真且平庸地写他们的侠义行动和"大团圆"的喜剧结局。

老舍追求作品的幽默，带有北京市民特有的"打哈哈"性质，既是对现实不满的一种以"笑"代"愤"的发泄，又是对自身不满的一种自我解嘲，也就是把幽默看做生命的润滑剂。早年，老舍的作品有失之于油滑的些许低级趣味，在岁月和写作功力的打磨下，老舍形成了恰如其分地融入讽喻与抒情，悲剧、正剧、喜剧兼而有之的幽默特色。

老舍的语言通俗、直白，却又加入了文学性，考究而不粗陋，生动形象，干净利落。语气、句式、说话的神韵都带有北京文化的烙印，充满"京味"，在北京市井浅显通俗的口语中挖掘出精致动人的美感。

四、巴金的《激流三部曲》等小说

巴金（1904—2005），原名李尧棠，出生于四川成都一个封建大家庭中。在慈母的爱抚下，巴金度过了美好的童年，并从母亲那里接受了朴素的爱的教育。随着年龄的增长，巴金越来越感觉到他周围存在着许多不公平的、残酷的人和事。令他感受最直接、最深切的就是自己大家庭内部的丑恶，目睹一起起悲剧、丑剧的发生，这时巴金的仇恨与反抗开始有了明确的目标——封建大家庭的专制统治。爱与恨的交织，孕育了巴金以人道主义思想为基础的民主主义思想的胚胎。轰轰烈烈的五四爱国民主运动，使巴金的心灵受到了极大震动，正在成都读书的巴金很快被五四新思想的狂潮所吸引，他如饥似渴地吸收，不管是什么主义、什么派别，凡是新的都是好的，旧的都应该被打倒，这是五四时代追求进步的年轻人共同的特点。同时，每个人都按照自己的思想基础、环境、遭遇、性格特点去选择自己的信仰和偶像。巴金最终选择了无政府主义，选择了克鲁泡特金。克鲁泡特金是俄国无政府主义者，他的《告少年》一书对巴金影响非常大。克鲁泡特金是无政府共产主义的代表，强调要建立一个消灭了私有制的，实现人尽所能、各取所需的社会，认为社会全体利益应高于个人利益之上，反对暴力手段，主张爱、互助，用道德的力量去感化统治阶级。巴金是基于反封建的要求接受无政府主义的，他的无政府主义的主要内容是坚信一种社会理想：没有剥削压迫、人人平等的社会。巴金从无政府主义中找到了反对封建主义与一切旧传统的思想武器，即否定一切强权的思想。无政府主义者的行为，使他树立了一种为信仰而大胆叛逆、献身的人生信念。

1923年，十九岁的巴金和大家庭决裂，带着憎恶和留恋的复杂心情和三哥李尧林一起到了上海。巴金在上海、南京住了四年，度过了孤独、无望的五四退潮期。但无政府主义思想的局限性使巴金找不到现实的出路，于是远涉重洋去寻找真理。在法国，他亲眼目睹了无政府主义社会活动的一次次挫折和失败，他生活的重心开始转向文学创作。

从1927年到1949年的二十多年的时间里，巴金创作了二十部中、长篇小说，十一本短篇小说集，近二十本散文、杂文、评论集，是一个充满创作激情的作家。他的第一部小说《灭亡》在1929年问世。在他的长期创作中，以小说的成就最为突出。巴金小说的题材，大致可分为四类：一是异国生活题材，如短篇小说集《复仇集》等；二是青年生活题材，主要有《灭亡》、《死去的太阳》、《新生》、《春天里的秋天》、《爱情三部曲》（《雾》、《雨》、《电》）、《火》的第一部和第二部；三是工农生活题材，有《砂丁》、《还乡》、《月夜》等；四是家庭生活题材，包括《激流三部曲》（《家》、《春》、《秋》）、《憩园》、《寒夜》等。在这四大题材系列中，以青年生活题材和家庭生活题材的作品，成就最为显著。

巴金的青年生活题材作品，包括多方面的内容。在一些作品中，巴金把无政府主义思想融入所塑造的艺术形象中。《灭亡》以1926年前后军阀孙传芳统治下的上海为背景，描写年轻的无政府主义者杜大心在白色恐怖下进行绝望反抗的悲剧。"恨人类"是杜大心突出的思想，他看不到个人和革命的前途，愤激和急躁使他采用无政府主义的恐怖手段进行复仇，从而走上灭亡的道路。正如他所说："《灭亡》不是一本革命的书，但它是一本诚实的作品。"[①]《新生》是《灭亡》的姊妹篇，描写个人反抗的李冷的转变，肯定了"人类爱"和"到民间去"的思想。李冷虽然牺牲了，但他已领悟到要把个体的生命融进群体生命之中，群体生命的延续使他获得了新生。《爱情三部曲》写青年的各种爱情生活，第三部《电》描写一群青年知识分子的无政府主义式的斗争活动，

---

① 巴金：《读〈灭亡〉》，见《巴金论创作》，186页，上海，上海文艺出版社，1983。

他们的反抗在军阀镇压下遭到失败，为中国的无政府主义运动，唱了一曲悲凉的挽歌。

真正奠定巴金在20世纪中国文学史上地位的，是他的家庭题材系列创作，《激流三部曲》是他的代表作，激流三部曲第一部《家》的出现，标志巴金的创作完全走向成熟，是他最负盛名的代表作，也是新文学史上的一个里程碑。"激流"象征着五四那个新旧交替的时代一股奔腾不息向前发展的生活的激流。现实生活固然黑暗，但生活并没有停滞，历史是向前发展的，黑暗的现实让那些接受了新思想的年轻人懂得爱与恨、欢乐与痛苦，这种认识汇成强大的冲击力，推动历史长河的奔腾，促进人类的进步和社会的发展，其中寄寓了作者的生活信念——美好的社会一定能够到来，表现了作者乐观向上的态度。《激流三部曲》的主题就是控诉封建专制制度对健康、正常人性的摧残，颂扬封建阶级的叛逆者，其中以第一部《家》的影响最大。小说以五四运动高潮和20年代初期的成都平原为背景，展现一个四代同堂的封建大家庭由盛而衰的过程。家长高老太爷原是封建官僚，搜刮到一大笔钱财，广置田产，又在成都城内修起一座大观园似的公馆。辛亥革命推翻了几千年的封建帝制，断绝了高家第二代"克"字辈的仕途，使高家在政治上失去了靠山，经济上也开始走向衰败。五四运动猛烈冲击着封建传统观念和封建秩序，动摇着封建专制的根基，封建宗法制家族的瓦解势不可免。新文化思想也已影响到高家第三代，但家庭内部仍是一个黑暗的专制王国。这里，封建伦理道德、家族宗法制度仍在残酷地摧残着年青一代的意志、理想和青春生命。作者为我们展示了一幕幕大家庭内部那些代表至高无上权威的封建卫道者们的丑剧以及青春受到践踏、摧残的青年一代的悲剧，作者成功地塑造了许多活生生的人物形象。

觉新是作者倾注了全部感情，性格刻画最成功的形象。觉新是高公馆里牺牲者的代表。他少年聪慧、有理想、有抱负，渴望幸福生活和自由的爱情，但旧礼教的熏陶和封建家长的管教使他变成了封建家庭的孝子贤孙，长房长孙的地位使他必须承担起维持这个大家庭的重任。面对各种非难，他用"无抵抗主义"的态度来对待，奉行作揖原则，平静地承受着苦难的生活。但他又是受过五四新思想洗礼的人，有自己的思想见解，向往个性自由，因此他的思想经常处在矛盾之中，常常陷入进退两难的境地，成了一个具有双重性格的人。这个人物表现最突出的是双重人格——懦弱、矛盾、痛苦。在觉新的意识深处，维护家族兴盛的传统观念是根深蒂固的，这成了他生活的出发点，成为他处理一切事情的原则，也成为他一生痛苦的根源，宁可牺牲自己甚至牺牲别人，也要服从封建家长的意志。所以这是一个非常可悲的人物,他的悲剧是封建制度一手造成的,是命运的悲剧,也是性格的悲剧。觉新在矛盾重重的生活中能把新的思想和旧的行为统一在自己身上,而实现这种统一的代价是健忘、牺牲和极度的痛苦。他爱梅表妹,幻想着以后自己要娶的就是这位美丽、善良的姑娘,但他又顺从地任由祖父用抓阄的办法给自己选择了一个自己不认识的人做妻子。他既是封建家长的顺民和助手,不自觉地帮助祖父去束缚觉民、觉慧,又是那些被损害的青年男女的忠实的同情者。他既认为陈姨太所谓"血光之灾"是一派胡言,又含泪把临产的妻子送到城外。他没有一丝的反抗意识,只有忍耐、只有悲痛,懦弱无力。作者用他那支极富感情的笔,塑造了一个性格最复杂、精神最痛苦,不能被人理解的人物,深刻地揭示出了封建传统意识害人之深,使觉新这个人物形象具有高度的典型意义。觉新在当时的时代是很有代表性的。他们一方面面临着五四新思潮的外击,另一方面因袭着几千年的封建传统重负而无力摆脱,最后只能不自觉地做封建制度的牺牲品。

也正是在这样的时代,却孕育了勇敢无畏、追求理想的时代新人,他们摆脱了因袭的重担,要走新的路,这就是《家》中具有叛逆性格的觉慧的形象。觉慧是高家第一个大胆而幼稚的叛徒,是"家"中新生力量的代表。他有平等意识,少年时就和家中的下人们交上了朋友,读中学时五四新思想点燃了他的反封建热情,认清了封建礼教的腐败和虚伪,并公然声称"我要做一个叛徒"。他不以少爷自居,爱上了婢女鸣凤;在学校里积极宣传进步思想,参加学生活动。他性格大胆,敢于公然反抗高老太爷的命令,撕毁《刘芷唐先生教孝戒淫浅训》一书。但他同时具有幼稚、不成熟等特点。觉慧在大家庭中目睹了祖父的专制给青年男女所带来的痛苦以及他的叔叔们荒淫无耻的丑剧、闹剧,他意识到这个家庭的腐烂。五四的新思想给他带来希望,使他变得大胆,他热烈地追求新思想,向往能有人类光明合理的社会到来。所以他有区别于觉新的全新的精神面貌,热情、勇敢,敢于和封建家长抗争,敢于作出"大逆不道"的事情,表现了一个具有初步民主思想的小资产阶级知识分子的反封建的叛逆精神。他痛恨封建制度、封建礼教,他敢于喊出自己的心声。觉慧的叛逆性格最终表现为与大家庭彻底决裂,离家出走。作者在塑造这个叛逆性格的时候,没有简单地把他只写作正义的化身,而是写出了符合觉慧性格的许多感情活动。他和鸣凤纯真而只有人道主义色彩的恋爱,对觉新的手足情深,又恨其不争,在高老太爷临死之前表露的孙子对一位垂危老人的怜悯,都使这个具有时代感的形象充满了人情味儿。

《家》中还塑造了一系列女性形象。封建社会对女性的束缚最多，也最残酷，这在封建婚姻制度中表现得尤为突出。作者笔下这些可爱的生命都是善良的女子：梅，美丽、沉静；瑞珏，端庄、宽厚；鸣凤，善良、倔强。作者通过这些年轻、可爱生命的被摧残，揭开了诗礼传家的大家庭的真正面目，暴露了血淋淋的封建制度吃人的悲惨性，这是凝聚着血和泪的控诉。

除此之外，作者还成功地塑造了封建卫道者的形象。高老太爷，虚伪、专横又虚弱；冯乐山，荒淫、贪婪，行同禽兽；高克明，刻板、专制；高克安、高克定，堕落、腐败。作者所塑造的这一类封建传统的维护者的形象各具特色，然而他们都在以各种形式腐烂着，作者通过对封建统治者本身腐败趋势的揭露，宣判了旧制度的死刑。

《家》在艺术上也取得了极高的成就。作者善于把人物置于矛盾斗争中，通过人物的言行来凸显其性格，注重内心活动的描写、心理世界的开掘。如鸣凤投湖前的那段独白，既是她内心痛苦的表露，也是对这个黑暗大家庭的控诉。《家》的文笔酣畅淋漓，饱含激情，富有动人心弦的感染力。巴金把自己的民主思想和人道精神的激情注入作品中，里面的一景一物都能传情达意，整部作品飘散着一种浓浓的情绪化色彩。

《寒夜》创作于1947年，是巴金最后一部长篇小说。作品描绘的是抗战胜利前后，生活在大后方重庆的一个最普通的四口之家，几个最平凡的小人物的悲剧。丈夫汪文宣是一个安分守己的小职员，妻子曾树生是某银行职员，实际不过是"花瓶"式的摆设，婆婆汪母是受过教育但旧意识很深的旧式妇女，加上一个被功课压得没有孩子天真气的小宣。《寒夜》不是像巴金其他的小说那样以故事情节为主线来组织作品，而是以人物的心理变化和感情波动作为全书的贯穿线索，尤其以汪文宣的心理活动为主。整部作品都是非常冷静地按照生活本来的样子描写的，很少有作家主观感情的宣泄。这种客观描写是以人物的内心世界为视点的，在每一个生活画面、具体事件、客观场景中，都渗透出人物特有的主观情绪、感情、心境等种种心理表现。这几个本是善良的人，最后都是悲剧结局，汪文宣带着说不出来的义愤死在欢呼抗战胜利的夜晚，汪母带着孙子不知去向，曾树生前途渺茫。作者侧重于通过心理描写来塑造形象，写出了国统区小人物的不幸。这是由于大后方国民党当局的黑暗统治造成的，他们利用抗战大发国难财，小人物却不得温饱。巴金通过汪文宣一家的遭遇，控诉了那个使善良人受苦的罪恶社会。除了控诉，作者还挖掘了更深层的内容，旧的意识使人的亲情冷漠，这主要表现为汪文宣家庭的不和。《寒夜》的矛头仍然指向不合理的社会制度，只是更深沉、更深刻了。

巴金在艺术创作中所孜孜不倦追求的，是反对一切矫揉造作、不自然的艺术，使之达到词浅意深、自然天成、返璞归真的境界。巴金在评价他自己的作品时说："态度是一贯，笔调是同样简单。没有含蓄，没有幽默，没有技巧，而且也没有宽容。这也许会被文豪之类视作浅薄，卑俗，但是在这里面却跳动着这个时代的青年的心。"[①] 在艺术上，巴金追求一种朴素、自然的风格，使艺术技巧不作为一个独立的存在外加到艺术作品里去，而是融入作品所要表现的生活内容之中，他主张生活真实与情感真挚的一致性，所以他要用一颗炽热的心去感染读者，动人以情、启人以善、育人以美，而不是单靠技巧吸引读者。在艺术作品的内容与形式的关系上，巴金首先关注的是内容，把艺术形式看做与作品内容浑然一体、不可分割的整体。巴金的小说多直抒胸臆，一触即发，像一条河流上下奔腾，时而湍急，时而平缓，均自然形成，看似平淡无奇，但汇成激流，却颇为壮观。因此巴金的小说是一个整体，在浑然一体中体现出动人的美来，如行云流水，自然天成。巴金的这种独特的艺术风格，是随着他的创作实践不断趋向成熟的。

巴金创作的激进的态度产生了激情型特征。巴金是一个情绪色彩极浓厚的作家，感情爆发时无所羁绊、奔腾流泻，甚至在平淡的叙述中也浓缩进了强烈的感情色彩。这种激情型创作姿态贯穿了巴金几十年的创作历程。他那不可遏止的波涛汹涌般的感情，使他把心里的激情宣泄出来，因契合了时代的思潮而在社会上引起共鸣，他那火样的真诚的感情洪流冲击着读者的心扉，尤其那些血气方刚、感情充沛的青年极易与之沟通、共振。正因为巴金创作的激情每每与时代的潮流相一致，他的作品才具有了长久的艺术魅力。

巴金小说的现实主义具有浓厚的主观抒情色彩，他的作品大都以现实生活为依据，客观地、艺术地再现生活，巴金小说的语言自然、亲切、真挚，非常富于感染力。《家》的语言热情、素朴、宣泄无余。《憩园》清婉、恬淡而又含蓄蕴藉，带有舒展的散文语言的味道。《寒夜》凝重、含蓄，引人深思。

巴金小说的创作过程，是一个从"激情"走向"生活"的过程，一个从以倾诉自己心中的激情为主，转变为以描写客观现实生活为主的过程，一个由描写青年知识分子中的英雄人物，转而描写现实生活中的小人小事的过程，也是一个由浪漫主义风格演变为现实主义的过程。

---

① 巴金：《〈沉落〉题记》，见《序跋集》，100页，广州，花城出版社，1982。

学习提示与建议

1. 细读《子夜》、《骆驼祥子》、《家》，并可同时参看相关的影视作品，在此基础上理解和掌握茅盾、老舍、巴金小说的艺术成就及其在中国现代文学史上的地位和影响。注意茅盾"社会剖析型小说"的特点，把握其创作从《蚀》、《虹》到《子夜》的发展与变化；注意体会老舍小说中的"京味"，并把握其创作从《赵子曰》、《离婚》、《骆驼祥子》到《四世同堂》的发展与变化；注意巴金小说题材与其生活经历、家庭环境的关系，把握其创作从《灭亡》、《家》到《寒夜》的发展与变化。

2. 阅读李劼人小说《死水微澜》，注意其中的巴蜀文化韵味，也可同时参看据此改编的电影《狂》，了解李劼人小说的创作特点。

3. 在阅读《财主底儿女们》、《围城》、《淘金记》的基础上，把握路翎、钱锺书、沙汀的创作特点。

专题七 现代女作家的小说

学习要求

1. 了解现代女作家小说创作的概况，冰心、冯沅君、庐隐、凌叔华、石评梅、谢冰莹小说创作的特点，苏青、梅娘小说创作的特点。

2. 掌握丁玲小说创作的特点，萧红小说创作的特点，丁玲、萧红小说中的女性意识，张爱玲小说创作的特点，张爱玲小说中的女性形象，张爱玲小说在中国现代文学史上的地位和影响。

一、女性文学的发生和演变

女性解放思潮在中国语境中发生，首先是变法维新运动引发的社会思想变化所致，外来思潮的影响也功不可没。

1902年，英国哲学家、社会学家、早期进化论者赫伯特·斯宾塞的《女权篇》被介绍到中国。这是我国近代出版的第一本关于妇女问题的译著。斯宾塞运用"自然权利"说和进化论观点，论证女人也和男人一样，应享有平等自由的权利。弥勒·约翰的《女人压制论》的中译本也在中国出版，西方女权思想相继传入中国。

19世纪末20世纪初的中国，女性的吁求，从不缠足的身体解放，到女性的教育与参政权是此时期的关键词。维新派吸收"天赋人权"观，开始关注妇女问题。康有为在《大同书》里强调："人者，天所生也。有是身体即有其权利，侵权者谓之侵天权。男与女虽异性，其为天民而共受天权一也。"指出男女虽有不同，但生而享有平等之权利。梁启超也主张男女平权，提倡妇女的文化教育。他积极参与经元善在上海创办上海中国女学堂，并且为之起草《倡设女学堂启》和《女学堂试办略章》。大兴女学使女性有走出家门接受教育的可能，各种报纸报刊的相继创刊为宣传女权思想、鼓励女子接受教育与争取经济独立、探讨妇女问题提供了言说的平台。1902年5月《女学报》在上海出版，主笔人陈樨芬在民主革命思想影响下，立志改革国家政治和改变妇女受压迫的地位。1905年8月20日创刊的《北京女报》则是中国北方地区最早的妇女报，而且是当时全国唯一的妇女日报。

　　接受新式高等教育的第一代女性作家，创作了最初的女性文学。她们不仅与男性同样接受现代教育，也同样地思考和面对现代社会问题。一方面，受到西方女权运动影响；另一方面，在五四新文化和新文学运动中获得了《新青年》和日益增多的白话文学报刊的影响与召唤，陈衡哲、冰心、凌叔华、庐隐、石评梅、冯沅君等第一代中国女性文学作家在高校集中的北京诞生。

　　她们关心中国社会命运，尤其关心妇女解放，认为妇女接受教育才可以改变自己的命运，并相信妇女教育与中国社会进步息息相关。留学美国的陈衡哲，相信教育可以改变女性命运，受过教育的女性有能力选择自己的人生。她在《小雨点》中热情地提出了"造命"哲学，在《洛绮思的问题》中则塑造了现代女性形象洛绮思。洛绮思的问题是，要事业还是要家庭？两难取舍令她充满矛盾，但理想主义的光芒仍然令选择充满活力，她选择了以哲学为事业，虽然有失落，但教育培养的理性让她的个体生命仍不失温馨美丽，通过洛绮思的自我反思和自我成长，可以看到，陈衡哲的小说关心女性的自我解放，并在女性人生的自我教育上有独特见解。冰心的第一篇小说《两个家庭》就是谈女子教育问题。它温婉而不失批判价值，开出了女性接受教育、获得自我解放与带来家庭幸福、国家进步的良方，体现出早期现代女性文学创作的理想主义色彩。

　　女性对自身处境的控诉是女性意识觉醒的最初一步。许多女性小说就是通过书写女性的悲惨生活状况，要为女性争取最基本的生存和发展的权利。冰心的《秋风秋雨愁煞人》写女中学生英云性格开朗、志向远大，接受了五四时期的新思潮的影响，却被迫接受包办婚姻，被环境改造成了"高贵的囚徒"。《最后的安息》写一个名叫翠儿的童养媳受到婆婆的虐待，小小年纪就觉得生活已经毫无希望，最终被虐待致死。庐隐的《一个夜里的印象》写包办婚姻使一位年轻的母亲忧伤而死，小女孩被送到育婴堂，也注定了这个小生命的不幸。《傍晚的来客》写张妈17岁时被逼迫嫁给一个自己十分厌恶的人，她将这种对丈夫的刻骨仇恨转嫁到丈夫派来看守她的小姑身上，可怜的小姑被她推入井中淹死，成为无辜的替罪羊。罗淑的《生人妻》写的是旧社会的"典妻"现象。因为生活贫困，女子被丈夫像牲口一样卖给了陌生人。这些遭遇非人待遇的女性形象浸透着女作家的同情和控诉，具有鲜明的女性意识，是女性对自身悲惨处境的觉醒和反叛。

　　作为最早的觉醒者，女作家们没有止步于控诉和抗争，她们的作品表达了新女性对爱情的勇敢追求和由此引发的情感困惑。争取女性爱情权利的斗争，让她们获得前所未有的欣喜和叛逆的力量；同时，不只是封建婚姻制度给她们带来诸多精神束缚，理想的爱情难以在人世间实现以及觉醒者自身的软弱和犹疑，都给她们笔下的女主人公带来新旧交织的压抑和痛苦。冯沅君的《旅行》写一对恋人逃课同游，反叛旧礼教的大胆行为。女主人公宣告说："在新旧交替的时期，与其做已经宣告破产的礼法的降服者，不如做一个方生的主义真理的牺牲者。"庐隐的《海滨故人》写一群年轻的知识女性，理智与情感的冲突是她们最主要的困惑。白薇的自传体小说《悲剧生涯》叙述一个知识女性大胆追求的爱情最终毁灭，从而宣告了理想之爱是不存在的。争取婚姻恋爱自由本身并不一定能够获得幸福，因为幸福需要的条件很多，但争取婚姻恋爱自由，在现代女作家的小说里，更象征着五四时期女性对现代角色的理解和向往。在现代女作家小说的文本中，对婚姻恋爱自由的向往、尝试、思考和反省，占据了极大比重，这说明现代女性自我解放经验的复杂性，也体现了现代女作家对女性现代角色深刻的关注以及对自由和爱情的不懈追求。

　　但现代中国女性文学并没有沿着理想主义的引导前行，随着1927年大革命的失败，社会分化和阶级矛盾的日益尖锐化，使"妇女解放"不再作为一个社会问题被关注。接受了现代教育的新女性并没有获得现实的生存空间，她们成为真正的孤独者和自己孤独命运的承担者。作为1927年至1937年十年中最重要的两位女作家，丁玲和萧红书写了这一时期女性的孤独与命运承担，同时显示了这一时期女性写作的成长。丁玲的《梦珂》写一个纯真少女在情感和职业两方面遭受男权世界给女性带来的烦恼和伤害，《莎菲女士的日记》则已经走向了女性自我意识的觉醒甚至可以说是女性中心意识的彰显。其后，投身革命斗争的丁玲一直在书写革命与女性命运的纠葛。萧红的《生死场》和《呼兰河传》则为大都局限在城市中的女性文学，带来了空旷荒凉的东北乡村的女性生存与死亡的惨烈图画。

　　30年代后半叶到40年代末期，中国社会处于战争频繁的动荡不安时期。八年抗战和三年内战，中国社会的政治、经济、文化结构以及作家群体都处于分化重组的状态。在国统区、解放区和沦陷区，政治、经济、文化结构不同，作家的处境和写作状态也不相同，现代女作家总体上处于边缘状态的格局却惊人相似。反过来说，这种边缘化，又给她们提供了独特的女性文学空间。冰心在国统区以男士为笔名写作了《关于女人》，谈及女人的真善美对化解人类矛盾和优化人类生存处境的意义。丁玲在解放区继续写作，她发现在民族国家利益面前，女性的问题被认为微不足道。她写了著名随笔《三八节有感》。萧红在抗战高潮中写作了《呼兰河传》，脱离了抗战现实的语境，执著于对国民精神和女性命运的审问，思考集体无意识杀人的生存困境。上海的苏青与张爱玲，从东北辗转来到北平的梅娘，更是把"女人写女人"的传统发挥得淋漓尽致。

张爱玲、苏青和梅娘，在文化的市场里浮沉，具有自觉的"卖文为生"意识，也有更加成熟的女性意识。失去旧的婚姻保护，又没有建立理想的新家庭模式，新女性的命运思考朝向深刻而理性，女性文学写作呈现出冷峻而成熟的风格。张爱玲的小说堪称杰出的代表。以她的《倾城之恋》为例，写女人为生存而寻找婚姻，但传统的婚姻和男人不复存在，当然传统的女人也不复存在了，婚姻成为女人与男人斗智斗勇的场域，当战争摧毁了一切之后，无路可走的男女主人公才不得不生活在一起，他们的"倾城之恋"恰恰是无恋之恋。张爱玲深刻洞悉历史转变之际性别关系重组的秘密，通过她的小说批判了人性的弱点，也表达出对人性的同情与理解。这与冰心等第一代现代女作家的理想主义色彩很不相同。

由思考自己的命运到关注人类命运、思考人性弱点，现代女性文学于不同发展阶段贡献了不同的创作成果。它以生动丰富的人物形象，再现了中国现代生活新旧交替之中的复杂丰富。悲欢离合的小说主题，体现的正是不同角度、不同层面女性意识或浅或深的开拓。处于社会转型阶段的现代中国女作家们，她们的思想也徘徊在传统与现代、东方与西方的纠葛之中。一方面，她们沐浴着欧风美雨，受到女权思想的洗礼，加上五四运动的推波助澜，使她们形成了强烈的追求现代性的愿望；另一方面，她们无法完全摆脱现实的拘囿，生活在礼教的阴影之下，无法找到新女性的典范，她们作品中的人物往往传达出她们这种矛盾的心理。

二、冰心、冯沅君、庐隐、凌叔华等的小说

冰心（1900—1999），福建长乐人。原名谢婉莹，笔名冰心，取"一片冰心在玉壶"之意。新文化运动的兴起和五四运动的爆发，使冰心把自己的命运和民族的振兴紧密地联系在一起。在爱国学生运动的激荡之下，时为协和女子

大学预科学生（后并入燕京大学）的冰心，于1919年8月在《晨报》上发表了第一篇散文《二十一日听审的感想》和第一篇小说《两个家庭》。后者第一次使用了"冰心"这个笔名。由于作品直接涉及重大的社会问题，很快产生影响。《斯人独憔悴》、《去国》、《秋风秋雨愁煞人》突出反映了封建家庭对人性的摧残，新时代召唤下两代人的激烈冲突以及军阀混战给人民带来的痛苦。1921年冰心加入著名的文学团体文学研究会。她的创作在"为人生"的旗帜下源源流出：发表了小说《超人》，诗集《繁星》、《春水》，并由此推动了新诗创作初期"小诗"写作的潮流。她这一时期的作品多围绕母爱、童真和大自然三大主题，构筑出冰心的思想内核——"爱的哲学"。1923年，冰心以优异成绩取得美国威尔斯利女子大学的奖学金。出国留学前后，开始陆续发表总名为《寄小读者》的通讯散文，成为中国儿童文学的奠基之作，20岁出头的冰心，已经名满中国文坛。1926年冰心获得文学硕士学位回国，先后在燕京大学、北平女子文理学院和清华大学国文系任教，仍然创作不辍。她的作品尽情地赞美母爱、童真、大自然，同时反映了对社会不平等现象和不同阶层生活的细致观察，纯情、隽永的笔致也透露着微讽。

冰心关于妇女教育问题的代表作品是《两个家庭》（1919）。其中写到的两个家庭，一个是"我"三哥哥家，三嫂亚茜是大学毕业生，活泼又亲切，家庭和乐；另一个是陈华民先生的家庭，陈太太是"官家小姐，一切的家庭管理都不知道，天天只出去应酬宴会，孩子们也没有教育，下人们更是无所不至"。陈华民因此心中十分烦恼，只好出入酒楼寻找刺激，借酒浇愁，最终死于肺病。"我"的母亲在结尾处一语道破个中缘由：陈华民家的问题从某方面说是因为陈太太"没有受过教育"。这部作品表现出了冰心受到女权思想影响，对女性教育的重视。

《斯人独憔悴》（1919）是切近现实斗争的作品。颖铭和颖石两兄弟参加学生爱国运动，被校长告知其父，因而被身为军国要人的父亲派人从南京带回家，并遭到训斥，要他们"先做几年事，定一定性子。求学一节，日后再议"。虽然两兄弟遭到父亲禁足，身处高门之内的叛逆暂时遭到平息，但作品还写道，外面南京的学生请愿团已经移到了天津，形成了难以压制的势力，反映出时代已经发生了巨大的变化。

冯沅君（1900—1974），原名淑兰，字德馥，笔名淦女士、沅君、易安、大琦、吴仪等，河南唐河县人。与著名哲学家冯友兰和地质学家冯景兰为同胞兄妹。《隔绝》、《旅行》、《隔绝之后》均发表在1923年的创造社主办的《创造季刊》与《创造周报》上，成为五四文学婚恋题材的重要作品。冯沅君的小说充满了大胆的描写和反抗旧礼教的精神，在当时曾震动过许多读者。

《旅行》写一对男女大学生旷课到家乡所在城市去旅行，一路上，他们都矜持地保持彼此间的距离。在火车上，他们自认为是"全车中最尊贵的人"，为自己感到骄傲。但到旅馆后，为了掩人耳目，二人白天分别住在两个房间里，到了晚上才偷偷摸摸地同住一室，但同住一屋又遇到了诸如被子的铺摆等问题。十天后二人终于回到学校，感到的却是"往事不堪回首"。鲁迅在《中国新文学大系·小说二集·导言》中对冯沅君小说《旅行》有这样精辟的论述："实在是五四运动之后，将毅然和传统战斗，而又不敢毅然和传统战斗，遂不得不复活其'缠绵悱恻之情'的青年们的真实写照。"

《隔绝》写的是"我"写给情人的一封信。从信的内容看，男女主人公就是旅行归来的那对男女大学生。回家后女主人公"我"想要求得家庭的谅解，却被母亲禁足，并被逼三天后与刘财主的儿子完婚。作品极力控诉男女之爱的空间隔绝、母女之爱的观念隔绝、理想之爱的现实隔绝等爱情路上的重重障碍。《隔绝》极力表现了五四时期的青年男女在自由恋爱的问题上，冲破一切的阻碍、冲决一切的网络，实现"不得自由我宁死"的超越死亡的爱情理想。《隔绝》是女主人公以第一人称的口吻来叙述的，小说在讲述风格上充满了深情的倾诉、果敢的表白，尤其是对男主人公青霭的呼告，一声声令人肝肠寸断，一句句令人潸然泪下。

《隔绝之后》是《隔绝》的续篇，以《隔绝》中提到的为女主人公送信的表妹的口吻展开叙述。晚上十点，母亲胃病犯了，一家人忙忙乱乱，到处都是人，这打乱了女主人公的计划。女主人公见失去了逃跑的机会，不得已，只能服下毒药，留下遗书说要人带她的情人来看她"咽最后的一口气"。天快亮了，女主人公的情人青霭终于来了。这时候，家里没人敢说出半个干涉的字眼。女主人公已经气息奄奄，青霭也服下了预先准备好的毒药，一对情人就这样以死写完了他们"爱史的最后一页"。

庐隐（1898—1934），原名黄淑仪，又名黄英，福建省闽侯县南屿乡人。笔名庐隐，有隐去庐山真面目的意思。著有《海滨故人》、《灵海潮汐》等作品集。1919年考入北京高等女子师范学校国文系，1921年加入文学研究会。与生长在一个开明的新式家庭中的冰心不同，庐隐的出生，因为恰逢外祖母去世，就被迷信而蒙昧的旧式大家庭视为不祥之人，幼年身心饱受摧残。青年时期又遭受就业的波折和爱情婚姻的不幸，悲哀情绪浸透在她的笔下。1922年末到 1923 年，庐隐连续在《小说月报》上发表了《或人的悲哀》、《丽石的日记》和《海滨故人》，奠定了庐隐在五四新文学中的重要地位。

《或人的悲哀》由亚侠写给女友 K 的十封信组成，倾诉她浮沉于爱情和人生中的烦闷。它也标志五四大潮退落，大多数女性创作者逐渐转向描写知识女性自我的焦虑。《象牙戒指》中采用日记、书信体的形式，讲述了一段凄美的爱情悲剧，其人物原型则是中共早期成员高君宇和庐隐的挚友石评梅。中篇小说《海滨故人》是庐隐的代表作品。露沙等五个女大学生，到海滨度假时有过一段快乐的时光。她们不乏天真烂漫，用幻想编织未来。但是，离开海滨，回到校园，走向社会，从学生变成职业妇女，在现实中遭遇种种不幸。露沙与有包办婚姻的梓青相爱而不能结婚；云青因家长阻拦不能与有情人成家，专心学佛；宗莹婚后罹患重病，此后逐渐回归家庭……她们接受过现代教育，一心追求新的人生，却屡屡受挫，连当年相约的友谊厮守，也渐渐消解，令在现实中一直没有放弃追求却依然处于孤独之中的露沙和云青都坠入哀伤、孤寂中，不能自拔。尤其是以庐隐自身经历为原型的露沙，小时候未得到父母的爱，在教会学堂遭遇歧视，追求爱情又遭失败，难得有几位同窗挚友，也不能长相聚，深感世界的寂寞与人生的不幸，情绪也甚为感伤、悲观。整篇小说好似是用无数泪珠串成的，有着巨大的感染力。

庐隐加入了文学研究会，但她的作品的艺术气质却接近创造社，强调主观与个性。自《海滨故人》开始，庐隐在许多小说里，都采用日记和书信的形式，这样写来，在语言上显得灵活、自然，便于内心抒发，比较真切地反映了五四后寻找出路的知识分子的思想状况，也打上了五四退潮中思想变迁的烙印。

庐隐的小说，因为融入了自己和友人的血泪，因此显示出相当的情感深度。同时，如论者指出的那样，"庐隐'情智冲突'、'游戏人间'的少女少妇并非大觉大悟者。她们并非已经了然一代妇女解放的局限性，她们主要是在下意识中，在实际生活中敏感到，已经争取到爱情胜利与某种程度独立的自己，依然环境逼仄、天空低矮、感到无法猜透'人类的心'，感到这纷繁的时代是他人的世界，科学民主、社会批判等她们一样呼喊过的命题其实不完全是属于自己的命题，于是而有她们对人生的诘问，在不得答案时的悲哀和厌恨"[①]。

凌叔华（1900—1990），原名凌瑞棠，笔名叔华、瑞唐、瑞棠、SUHOA、

[①] 乐铄：《中国现代女性创作及其社会性别》，58 页，郑州，郑州大学出版社，2002。

素心,原籍广东省番禺县。1924年1月13日在《晨报副刊》上,以瑞唐为笔名发表短篇小说处女作《女儿身世太凄凉》。1925年1月10日,奠定其文坛地位的成名作《酒后》在《现代评论》(第一卷第五期)上发表;3月21日,短篇小说《绣枕》又在同一刊物(第一卷第十五期)上发表,引起了广泛的关注。

凌叔华之前的女作家,多是将自己置身于爱情之中,展开体验和描写。凌叔华却是站在爱情之外写爱情,是"站在高处俯首观察,看看爱情究竟是怎么一回事儿"[①]。凌叔华这种旁观的视角与"问题小说"偏重于写现实人生是近似的。出生于大户人家,给凌叔华带来独特的人生体验,鲁迅说她写出了高门巨族的灵魂。

《酒后》描写的是一位少妇,在丈夫的朋友醉酒之后,产生了想去吻他的强烈愿望,心血来潮地要求丈夫答应她。好不容易得到丈夫的同意,但当她走到这位朋友身边时,自己却失去了勇气。这篇小说,不能说它有多么重大的社会意义,但它熟练的技巧,细腻的心理描写,精美的语言,堪称凌叔华艺术风格的代表。凌叔华的小说很少有惊心动魄的事物,她写的都是身边琐事,甚至有的人物也说不上怎么典型,然而不少是有其较深的心理内涵的。

《绣枕》(1925)写大小姐大热天流着汗赶绣一对已经绣了半年的靠枕,仆人张妈一个劲儿夸她活儿好,推断说她的绣品送给白总长家后,客人见到了刺绣,会想象大小姐必是聪明灵秀的姑娘,因而会纷纷上门提亲,张妈还特别提到白总长有一个20多岁的少爷。然而,两年过去了,"大小姐还在深闺做针线活"。这天,张妈长大一点的女儿给绣累了的大小姐捶腿,说起自己最近得到一对儿绣工极好的枕头顶儿,送她的人说是从一对大靠枕上剪下来的……大小姐渐渐明白了,这对靠枕就是自己当初费尽心思绣的那对靠枕,并得知自己辛苦近一年的绣活儿被送到白总长家后,当晚就被喝醉酒的客人吐脏了一只,另一只被打牌的人挤到地上当脚踏了,总长的少爷当晚就把它赏赐给佣人们了。小说通过承载着大小姐待字闺中的一对靠枕的不幸遭遇,突出了在闺中等待嫁个好人家,而不是自己把握自己的女性命运的可悲。精于书画的凌叔华在自己的这幅"图画"中意在表达深闺生活的灰暗和毫无价值。

写闺秀们,凌叔华在揶揄中夹着同情,她创作的几篇写太太的小说则纯是嘲讽。《中秋晚》,叙述时间从第一个中秋节延续到第四个中秋节。小说较为深

[①] 黄人影编:《当代中国女作家论》(民国旧书影印系列),15页,上海,上海书店,1985。

刻地刻画了传统文化中存在的迷信心理：第一个中秋，敬仁要去看将死的干姐姐最后一面，可敬仁太太一定要敬仁吃过象征团圆的团鸭后再去，敬仁错过了与干姐姐最后的诀别，抱憾不已，以致由此引起了一系列事件，夫妻俩产生了隔阂，敬仁日渐堕落，敬仁太太生下了六个月的怪胎，这个家庭也终于在第四年的中秋节完全破产，夫妻离散。一个没有自己感情意识的太太，"吃团鸭"的迷信心理取代了一切，迷信成了她唯一的所有物。这就是旧社会塑造出来的迷信的女人。《送车》里的白太太和周太太、《太太》里的一门心思只想着打牌的太太，都是以庸俗为特征，是标准的寄生虫。凌叔华所选取的这一角度是很有特色的，在妇女解放时代，对性别问题的揭示一般倾向于写女性如何受到凌辱、女性如何不幸，而作者描写的这些太太形象是比旧社会里的男性更加平庸、更加目光短浅，心胸狭隘的一群。

石评梅（1902—1928），山西平定人，乳名心珠，学名汝璧，笔名石评梅。她除酷爱文学外，还爱好书画、音乐和体育，是一位天资聪慧、多才多艺的女性。由于与中国共产党早期活动家高君宇的情谊，也因为全国革命运动的高涨，石评梅成为五四时期较早对革命有深刻认识的女作家，也是同时代少有的英气勃发、壮怀激烈的女作家。《红鬃马》、《匹马嘶风录》为其小说代表作。

《红鬃马》（1927）分为两部分。第一部分写的是出身贫寒的郝梦雄率领革命军保护了"我"的父亲和县城一百多个村子里的百姓。坐在马背上的我，和郝梦雄的红鬃马并肩前行，使我感到十分光荣。郝梦雄征服了各路叛军，升任旅长，他送给我一匹小白马，之后我就常常和郝梦雄的夫人冯小珊去郊外。郝梦雄驻守雁门关，我将已经长大的小白马送给了小珊姐。这部分借一个儿童的视角表现出一个辛亥英雄的威武以及他令人羡慕的爱情。第二部分是八年后，经历了"人间忧愁"的"我"返回故乡，又一次见到了郝梦雄的红鬃马以及那匹小白马。但是当我走进郝宅，不见郝梦雄，只有一身素服的小珊姐。原来，郝梦雄已经于一年前牺牲了。结尾表述出"我"投身现实革命的愿望。

"自从听见了珊姐的叙述后，不知怎样，我阴霾包围的心情中忽然发现了一道白采，我依稀看见梦雄骑马举鞭指着一条路径，这路径中我又仿佛望见我已陨落的希望之星的旧址上，重新发射出一种光芒！这光芒复燃起我烬余的火花，刹那间我由这个世界踏入另一世界，一种如焚的热情在我胸头缭绕着——燃烧着！"[①]

---

① 石评梅：《流水落花一瞥中》，186页，西安，陕西师范大学出版社，2007。

《匹马嘶风录》（1927）叙述女教师何雪樵离开 P 城南下从军，恋人吴云生为她送行。雪樵自愿到前线参加红十字救护队，目睹了战场的残酷，耳闻了日军的罪行。最终军队打了胜仗，却传来 P 城的噩耗：云生和同志们被捕牺牲了。难以接受这样的事实，雪樵骑马狂奔，举起枪对着自己的脑门，仰天惨笑。最终冰冷的钢铁使她清醒，放弃了自杀。在何雪樵的身上，体现了个性主义与集体主义的交汇。

石评梅的作品体裁范围很广，但最受人推崇的是她的散文。她的散文是20年代在追求理想和光明的道路上艰难跋涉的知识分子灵魂的真实写照，是石评梅自身心灵历程的展现。由于她特殊的生活经历，使她的散文带着悲怆、哀婉的色调，哀婉的色调和冷艳的光辉相交织。她的坦诚、率直、细腻，常常采用冷艳的颜色表现出浪漫和忧伤的色彩。如《墓畔哀歌》、《梦呓》、《深夜絮语》、《偶然草》、《爆竹声中的除夕》、《梦回寂寂残灯后》、《一片红叶》等。

谢冰莹（1906—2000），原名谢鸣岗，字凤宝，湖南新化人，一位无可争议的女中豪杰和杰出的女作家。石评梅的小说表现了对革命和战争的想象，谢冰莹则是黄埔军校第六期武汉分校女生队的学员，在北伐战争中，被编入叶挺指挥的中央独立师，参加过反击夏斗寅叛军的战役，在艰苦的行军和战斗间隙，撰写了纪实性的《从军日记》，一举成名。其代表作《女兵自传》，相继被译成英、日等10多种文字。

《从军日记》是谢冰莹战地见闻和感受的实录。作品中军阀、土豪劣绅以及土匪们的罪行，革命军严整的纪律，战争的艰苦卓绝等，都给读者留下了深刻的印象。《从军日记》出自女兵之手，因而作品中处处可见对女性生存状况的记录，在女性文学史上有突出的意义。林语堂的《冰莹〈从军日记〉序》中说："这些从军日记里头，找不出'起承转合'的文章体例，也没有吮笔濡墨、惨淡经营的痕迹；我们读这些文章时，只看见一位年轻女子，身穿军装，足着草鞋……戎马倥偬，束装待发的情景……"[①]

《女兵自传》属于长篇传记体文学作品，流传很广泛。作品主要描述自己的童年、参军、四次逃婚、二渡日本、三入监狱，直到七七事变爆发，为拯救祖国危亡愤而返国，组织湖南"战地妇女服务团"，自任团长开往前线的生活

---

① 梦琳等编：《林语堂散文经典全编第四卷·冰莹〈从军日记〉序》，471 页，北京，九州出版社，1997。

经历，作品具有浓重的传奇色彩。

和男性从军不同，谢冰莹当兵的目的就是为了逃避包办婚姻。她的二哥告诉她：只有当兵是你唯一的出路，只有参加革命，你的婚姻问题、你的文学才华以及未来的出路才能得到解决和发挥。但是，这些女兵并不是就此摆脱非人的地位。在军营中，她们不能再把自己当做女人，必须打破恋爱的美梦，要把自己训练得像一个男性军人那样，遇到女性独有的问题也不会受到照顾，军营基本上就是一个没有性别的场所，女性只有靠自己默默承受。

当时的妇女即使想争得一点点解放，道路也是相当艰难的。《女兵自传》是一部标准的女性个人传记，真实地记述了20世纪二三十年代一位普通知识女性的社会斗争经历。

三、丁玲、萧红的小说

丁玲的出现标志现代女性意识觉醒的最初阶段已经基本完成。丁玲（1904—1986），湖南临澧人。原名蒋伟，字冰之。1927年开始小说创作。处女作《梦珂》于同年年底发表于《小说月报》，不久又完成代表作《莎菲女士的日记》，引起文坛的热烈反响。1928年10月，出版第一本小说集《在黑暗中》。1929年冬，完成第一部长篇小说《韦护》。1930年参加中国左翼作家联盟，后出任左联机关刊物《北斗》主编及左联党团书记（1932年加入中国共产党），创作了《水》、《母亲》等作品。1936年，从国民党特务的软禁中挣脱，丁玲来到陕北根据地，先后写出《在医院中》、《我在霞村的时候》、《三八节有感》等。解放战争时期创作的长篇小说《太阳照在桑干河上》，是反映土地改革运动的典范之作。丁玲是现代女性创作中最具代表性的作家，在几个重要的历史时期，都有标志时代精神高度的优秀作品问世，非常难得。丁玲一生著作丰富，作品被译成多种文字，在世界各国流传。

丁玲笔下的新女性形象都贯穿着鲜明的女性意识，女性与时代、女性与革命，是她探索多年的命题。无论是性格软弱的梦珂（《梦珂》），还是刚强好胜、活泼奔放的丽嘉（《韦护》），都是沐浴着五四个性解放的春雨成长起来的一代。她们身上体现着极其强烈的女性意识的觉醒。这些新女性把对整个世界的抗衡和反叛都集中在男性世界上。于是，丁玲的早期小说就呈现出以描写女性和男性的纠葛和冲突为主的写作特征。

《梦珂》（1927）是丁玲创作的起点，表现出对半殖民地上层社会及男权的批判。《梦珂》讲述的是出身于没落官僚家庭的梦珂，只身来到上海读书，因为不满艺校中腐败、污浊的空气，退学住进了姑母家。梦珂开始过着从未经历过的生活：看电影、打牌、宴会、饭后聚谈、到郊外写生等，并且渐渐地融入了这群人的生活。她还单纯地认为自己和刚从法国回来从事小说翻译的二表兄晓淞恋爱了。但在一次游戏中，梦珂亲眼见到晓淞与一个妖娆的妇人同住在一家旅馆里，又无意间听到晓淞与同样从法国回来的油画教师澹明的一段对话，才弄明白自己和自己认为的甜蜜爱情不过是这两个男人间情场赌注的一个筹码，是这两个纨绔子弟的高档玩物。梦珂离开了姑母家，为生活所迫，进入了演艺界，成为都市色相文化市场橱窗里的商品。

《莎菲女士的日记》是丁玲的成名作，它的发表震惊了文坛。作者用毫不遮掩的笔触，细腻真实地刻画出女主人公莎菲倔强的个性和反叛精神以及渴望热烈爱情而不得的焦灼和愤懑。病中的莎菲，百无聊赖，喜怒无常，渴望得到青年男性的情感、亲吻和拥抱——这样的诉求从被封建礼教束缚千百年的女性口中倾露出来，具有强烈的颠覆性和震撼力。更进一步地，围绕着莎菲的两个男性，却没有一个能让她满意。心灵脆弱的苇弟，让"我"缺少可依赖感，也激发不了真正的爱情；美男子凌吉士，翩翩风度令"我"迷醉，却是个玩弄女性的平庸市侩。对凌吉士，莎菲从理性上已经看透了他的真面目，从情感上却一直难以割舍，暗暗向往他的拥吻又无法表白。既然没有真情，男女之间就只剩下了玩弄与被玩弄的关系，感情受到伤害的莎菲以游戏态度对付凌吉士，却不无"玩弄男性"之嫌。《莎菲女士的日记》塑造了一个勇于追求爱情、追求自我，具有复杂性格的莎菲形象，留下了五四后冲出旧家庭，大胆追求爱情的青年女性的辛酸而痛苦的足迹。它也告诉我们，以男女性爱的满足作为生活幸福的主要标志的人，内心是寂寞的、空虚的，而为要摆脱追求失败后的更深的寂寞和空虚，步履就显得更为沉重。

30年代初期，丁玲和丈夫胡也频都加入了左联，在创作上发生大的转变。1931年发表中篇小说《水》，以当年发生在全国16省的大水灾为背景，表现了农民的灾难、流亡、觉醒和反抗，再次震动文坛，成为左联建立以来一直在呼唤的表现现实中工农群众斗争生活的代表作。此后，她又以上海工人生活为题材，创作了《某夜》、《消息》、《夜会》等小说。这期间，她加入了中国共产党，担任了左联党团书记。在1933年被捕前，她还以自己的母亲为原型，创作了长篇小说《母亲》，塑造了辛亥革命时期第一代放开小脚追求新路的新型女性，虽然没有最后完稿，但仍可独立成篇，是丁玲思考和研究中国妇女命运过程中的一个重要成果。

萧红（1911—1942），黑龙江呼兰县人。原名张乃莹，曾用笔名悄吟、玲玲、田娣。在短暂的一生中，经受过无爱家庭中成长的困扰，包办婚姻的桎梏，情感的欺骗，经济的贫困，险些因无力偿还债务被卖入妓院。在和从困厄中将其救出的萧军结合后，开始文学写作，并且辗转地从东北沦陷区来到上海。她和萧军都是鲁迅晚年帮助最多的青年作家。鲁迅资助了她的《生死场》的出版并且为之写序，予以高度评价。但是，她的厄运仍然在延续，和萧军性格不合终于分离；抗战年代从武汉向大后方的漂泊，饱经忧患；好不容易在香港落足，有了一片安定的生存、写作的空间，却又遭遇珍珠港事件爆发，日军占领香港，并且于此期间，因疾病的摧残和庸医的误诊而丧生，命运颇为悲苦。她的短暂一生，集中体现了中国女性的种种不幸。但是，在短短的31年的生命中，她的创作却登上了重要的高度。她的长篇小说《生死场》、《呼兰河传》，在广阔的北方生活背景下刻画底层人民的生活现实，对乡村普通女性的命运尤其有深刻的反映。

《生死场》以"九一八"事变前后的东北农村为背景，真实地反映旧时代农民尤其是女性的日常生活情景，他们的顽强生存和艰辛遭遇，同时表现了东北农民的觉醒与抗争，赞扬他们誓死不当亡国奴、坚决与侵略者血战到底的民族气节。麻面婆和二里半夫妻，都有些缺心眼，又自以为聪明，山羊明明还在自家，却满世界去寻找，和他人发生冲突；摘菜的时候，以为是顺手牵羊地摘了别人家的倭瓜，不料却是丈夫种的留下来做种子的。羊和倭瓜，在他们看来那么金贵。王婆要送衰弱的老马进屠场，她颤寒起来，"幻想着屠刀要像穿过自己的背脊"。她哭着回家，两只袖子都是湿淋淋的。金枝母亲呢，"一向是这样，很爱护女儿，可是当女儿败坏了菜棵，母亲便去爱护菜棵了。农家无论是菜棵，或是一株茅草也要超过人的"。就像作者所言，在乡村，人和动物一起忙着生、忙着死。但是，乡村并不是一幅静美的田园画卷。在它徐徐展开时，生活的残酷一面触目惊心：美丽的女性月英，下肢瘫痪，救治无效之后，丈夫连被子都不给她围盖，也不料理她，在肉体溃腐中活活地等死。金枝和成业也算是私订终身，但因为贫困，女儿小金枝出生才一个月就被成业摔死，尽管他事后也很哀伤……在《生死场》中的历史惰性和生存方式的轮回，更侧重表现的是女性的历史惰性和生存状态的轮回；在农民的艰难和不幸中，女性的苦难更加深重。在那些艰辛地挣扎着、麻木地生活着的人们眼中，女性和女婴的生命并没有什么价值，也不值得特别重视。女性孕育生命和分娩，曾被恩格斯认为与主要由男人承担的物质生产意义同等重要，而在萧红的众多作品中，生产是对女性的最恐怖的"刑罚"。《生死场》中叙述的一个又一个女性的生产场面是真实深切、惊心动魄的。萧红对男性世界的蔑视总是与对女性凄苦命运的同情联系在一起。

但是，农民的麻木也是有限度的。他们曾经自发组织起来，密谋用暴力对付要提高租子的东家，却因为出了意外而中止。日军的侵入和暴行，更是激起他们坚决的反抗。鲁迅先生在为《生死场》所作的序言中有这样的评价："这自然还不过是略图，叙事和写景，胜于人物的描写，然而北方人民的对于生的坚强，对于死的挣扎，却往往已力透纸背；女性作者的细致的观察和越轨的笔致，又增加了不少明丽和新鲜。"[①]

《生死场》之后，萧红接连出版了《商市街》、《桥》、《牛车上》等小说散文集。1940 年，长达 13 万字的《呼兰河传》问世。这是萧红短暂的创作生涯中的巅峰之作。作品通过呼兰河小城中人们的卑琐平凡的日常生活的描写，把封建主义对农民的压榨、民风陋俗中麻木呆滞的人们，层层展开。作者对童年的美好回忆、对故乡的爱恋，最终也遮掩不住对封闭落后的社会生活的控诉。

《呼兰河传》就是在为一座呼兰河畔的小城作传。十字街的店面一家家巡检过去，东二道街的大泥坑娓娓道来；扎彩铺祭奠死者的纸活灵活现，不但样样俱全，那些纸扎的人物还各有自己的名字，记账簿上还有每天的流水账目，充满谐趣。小胡同里卖烧饼、卖油麻花、卖豆腐的一一登场，直到火烧云皴染天边，一天也就结束了。火烧云的场景绘形绘影，生动无比，捕捉住了满天云景的变幻莫测、瞬息万变。还有流传久远的民情风俗，为攘除病患请人来跳大神的嘈杂声响，七月十五放河灯的幽幽暗影，唱野台子戏的节日气氛，四月十八日到娘娘庙烧香的热烈和期盼。时间在周而复始，难有改变，"他们过的是既不向前，也不回头的生活，是凡过去的，都算是忘记了，未来的他们也不怎样积极地希望着。只是一天一天地平板地、无怨无忧地在他们祖先给他们准备好的口粮之中生活着"。还有可爱又可笑的有二伯，顽强如草根的冯歪嘴子以及童年记忆里生机盎然的祖父的后花园，都是这小城随处可见又让人怀念的。但是，作品反复出现的句式，"我家……是荒凉的"也总是渲染着孤独悲哀的情调。悲哀的事情直到第五章才开始登场。年仅 12 岁的小团圆媳妇（童养媳）

---

① 萧红：《生死场·呼兰河传》，3 页，北京，人民文学出版社，2009。

身材高大却年幼无知，坐得笔直，走得飞快，笑得响亮，吃饭要吃三大碗，被视做不懂得当媳妇的规矩，被婆婆管教殴打；生病之后，婆婆又按照当地风俗给她跳大神治病，一连三次用滚烫的热水给她沐浴祛病，将其活活摧残致死。婆婆打媳妇，似乎天经地义，给她请神治病，破费不菲，更是一片好心；众多的邻居都来观看，是热情好奇，也是蒙昧无知。于是，无辜者的死，追问的是小城的礼俗和民心，是对国民性批判的延伸和深化。

在艺术上，它具有诗化小说的特征：在一幅幅或平淡或浓烈的画面中，涌动着的是生命的热流，浓郁的乡俗风情；没有贯穿的情节和冲突，时时铺排着人生的种种艰难和悲哀，却还不至于令人绝望；诗意的笔触、精微的语感以及复沓的句式，都蕴涵着诗的灵魂。今天的读者读起来，可能对萧红笔下沉重的一面感受不深，毕竟，造成小团圆媳妇的莫名死亡的那个令人窒息的时代已经过去；相反，在都市化和欲望化喧嚣的氛围中，质朴而清婉的小城风情，更会动人情怀吧。

四、张爱玲、苏青、梅娘的小说

在中国文学史上，20世纪三四十年代的女性文学存在一种十分复杂的状态：一种是丁玲式的从个人化的写作走向了革命加恋爱的写作；另一种是张爱玲、苏青式的私人化写作，而在两者之间，还有萧红式的怀着超现实的人文关怀，拷问国民劣根性的乡土文学模式。而其他女作家如白薇、沉樱、草明等也在各自的文学之路上苦苦探索。可以说，女性文学经过初创阶段的盲目与兴奋之后，已经走向了多元化的文学风格，作家们思考着社会问题，更思考着女性自身的问题，凸显出女性作家不同于男性作者的创作风格。

40年代初，随着太平洋战争的爆发，上海结束了所谓"孤岛"时期，成为当时华东沦陷区的一部分。从这一时期直至1945年抗战结束，上海的文坛呈现出与此前此后都有一定差异的状况。一方面，自30年代以来的"海派"文学有所延续；另一方面，沦陷的现状也对这一都市文学有着种种限制或重塑。张爱玲、苏青和"东吴系"女作家[①]施济美、汤雪华、杨秀珍、程育真等一批女性作家的"崛起"，似乎恰好在两者间的缝隙里拓展出一片她们自己的

[①] "东吴系"女作家群，其成员基本都是30年代后期肄业于苏州东吴大学的女大学生，由老作家胡山源首先提出"东吴系"的概念。因其发表作品时大都未婚，且都有今人所言的"小资"情调，亦称为"小姐作家群"。

天地，新与旧、雅与俗、张扬与困顿、决绝与彷徨，都借由她们自身及其作品成为一时喧嚣的文学话题。其中，最著名的就是当时即以"苏张"并称的两位女作家：苏青和张爱玲。

至 30 年代，上海已经是名副其实的国际大都市，也是现代中国文学最重要的"产地"，书局、报馆、杂志的众多，文化机构和学校的集中，作家群体的汇聚等，都带来了文学的繁荣，左翼文学和所谓"海派"文学，都各领一时风骚。即便是 1937 年抗战爆发及日军占据上海之后，也因租界这一"孤岛"的存在，使上海的文学活动声势不减。但"珍珠港事变"（1941 年 12 月）爆发后，日军进入租界，"孤岛"被淹没，上海完全沦陷，文学状况也就发生了很大的变动。由于受到各种各样政治、文化的钳制，文学的题材、主旨变得格外敏感，文学写作往往转向所谓"对日常生活的发现"，"重新关注被遗忘、忽略的'身边'的东西，发现正是这个人的琐细的日常生活构成了最基本、最稳定，也更持久永恒的生存基础，而个人的生存又构成了整个人类（国家、民族）生存的基础"[①]。

张爱玲（1920—1995），出生于上海一个清末名臣之家，身为名人后裔而没落荒唐的父亲及亲友的腐朽生活方式，名门世家外衣下处处见出的经济利益的争夺，父母亲的长期冷战和最终离婚，与继母关系的极为恶劣，都严重影响了张爱玲的成长。她主要在上海度过童年及少女时代，中学时代开始在校刊发表作品。抗战爆发时，张爱玲恰好中学毕业并考取了伦敦大学，但由于战事影响，转入香港大学。临近大学毕业，又遇太平洋战争爆发、香港沦陷，张爱玲只得返回上海，成为一名职业女性。最初，她为上海的英文报刊《二十世纪》等写稿；1943 年，小说《沉香屑·第一炉香》和《沉香屑·第二炉香》接连在《紫罗兰》杂志上发表，在上海文坛声名鹊起。小说集《传奇》于 1944 年初版，收入《金锁记》、《倾城之恋》、《封锁》等十篇短篇小说。抗战胜利后，张爱玲因受与汉奸胡兰成的婚姻关系牵累而很少发表作品，1952 年离沪赴港。

《倾城之恋》是一个上海与香港间的双城故事。出身于破落大家族的闺秀白流苏，曾像一个时代的"新女性"一样，勇敢地离了婚；回到娘家，却面临更为难堪残酷的现实，她只能承认，"还是找个人是真的"。因此，在遇到阔绰的华侨子弟范柳原之后，她把自己仅有的青春、名誉都赌在这场婚姻冒险中。"两方面都是精刮的人"，经历了无数回合情感的讨价还价，白流苏努力得到的

[①] 钱理群：《中国沦陷区文学大系·总序》，南宁，广西教育出版社，1998 年。

最好结果是一个"情妇"的地位。但出人意料的是，因为珍珠港事件爆发，香港的陷落"成全"了她，在战事混乱、前途难卜的情势中，白流苏与范柳原却产生了患难夫妻的情感，"在这兵荒马乱的时代，个人主义者是无处容身的，可是总有地方容得下一对平凡的夫妻"。白流苏的婚姻冒险终成正果，她成了名正言顺的"范太太"。看起来，这部小说像一个有情人终成眷属的爱情喜剧，故事表面下却蕴涵着深重的悲哀。金钱的逻辑吞没了白公馆里的手足情、母女爱，白流苏与范柳原之间真真假假的试探，与其说是"爱情"，不如说是一方在费尽心机地将自己"卖"一个好价钱，另一方则在犹豫自己的付出是否"物有所值"。如果说这是金钱社会的罪恶，那么更大的悲剧还是在于人自身的渺小。白流苏的悲惨是她自己无能为力的，然而她的"幸运"更不是自己能掌握的，"香港的陷落成全了她。但是在这不可理喻的世界里，谁知道什么是因，什么是果？"作为现代人而要抗衡命运的摆布，那只是"失去记忆的文明人在黄昏中跌跌绊绊摸来摸去，像是找着点什么，其实是什么都完了"。因此，"说不尽的苍凉的故事——不问也罢！"

张爱玲的"上海传奇"系列更为引人注目。《金锁记》、《红玫瑰与白玫瑰》、《花凋》、《封锁》等，都发生在上海的公馆、公寓，乃至"车厢社会"，场景似乎封闭，但其背后所包容的社会文化内涵仍然是广大的。《金锁记》被批评家傅雷称为"文坛最美丽的收获"，通常也被认为是张爱玲的代表作。小说分为两个部分：前一部分写了姜公馆二奶奶曹七巧的一天，一个女性的婚姻及生存现状通过对话、事件交待出来。从丫头的对话中，读者得知七巧身为麻油店女儿，只是因为姜家二爷身患骨痨，才得以"攀附"高门。从七巧与姜家人的谈话及行动中，读者了解到她在这大家庭中受排挤、遭嘲讽的地位。从七巧与姜家三爷季泽的调笑中，读者可以窥见七巧压抑的情欲。从七巧与哥嫂的对话及怄气中，则展示出金钱关系支配下的亲情。中间以一段电影蒙太奇手法的借用，小说过渡到后半部分，展现的是居孀的七巧惨烈而不堪的后半生，情欲与金钱欲望的冲突、交织、变幻趋向振荡的极致。七巧不仅亲手扼杀了自己的欲望，而且以她"疯子的审慎与机智"毁掉了儿子长白、女儿长安的个人生活，自己也走向惨淡的死亡："三十年来她戴着黄金的枷。她用那沉重的枷角劈杀了几个人，没死的也送了半条命。""三十年前的月亮早已沉了下去，三十年前的人也死了，然而三十年前的故事还没完——完不了。"

不过，七巧这一人物的塑造及故事的展开方式，对张爱玲本人来说，却并不是最具代表性的，她说："我喜欢参差的对照的写法，因为它是较近事实的。""极端病态与极端觉悟的人究竟不多。时代是这么沉重不容那么容易就大彻大悟……所以我的小说里，除了《金锁记》里的曹七巧，全是些不彻底的人物。他们不是英雄，他们可是这时代的广大的负荷者。因为他们虽然不彻底，但究竟是认真的。他们没有悲壮，只有苍凉。悲壮是一种完成，而苍凉则是一种启示。"（《自己的文章》）从这个角度而言，《封锁》可能更能阐释上述观念。小说中的吴翠远和吕宗桢，虽各有各的不如意，但终究是这都市中的普通市民：体面、压抑、平庸，在他的眼中，"她的手臂，白倒是白的，像挤出来的牙膏。她的整个的人像挤出来的牙膏，没有款式"。在她的眼中，"他搁在报纸包上的那只手，从袖口里出来，黄色的，敏感的———一个真的人！"本来不过是电车中擦肩而过的陌生人，却因为偶然的道路封锁，两个人开始调情、聊天，继而"恋爱着了"，继而打算到离婚、结婚。然而封锁过去，电车继续行驶，他们又重新变回为陌生人，"封锁期间的一切，等于没有发生。整个的上海打了个盹，做了个不近情理的梦"。

与这种文学表现的"不彻底"相一致的，是张爱玲文学表现手法的新旧杂陈，兼有先锋的现代主义技巧与传统通俗文学的路数，我们大约可以从她接受的西方文学教育与传统小说（尤其是《红楼梦》和《海上花列传》等）浸淫来有所感知。如她对月亮意象的钟爱，既借此传达出精神分析的深入，又渲染着古典文学的气息，甚至以此推进小说的叙述进程，最典型的莫过于《金锁记》。再如她小说中常常出现的"楔子"，即在小说开始设置一个讲故事的人，颇有些类似传统小说中的"说书人"角色，"请您寻出家传的霉绿斑斓的铜香炉，点上一炉沉香屑，听我说一支战前香港的故事"。（《沉香屑·第一炉香》）"我给您沏的这一壶茉莉香片，也许是太苦了一点。我将要说给您听的一段香港传奇，恐怕也是一样的苦……"（《茉莉香片》）但是，那种叙述角度的限制与转换，似乎也有着对西方现代小说的呼应。这些都构成了张爱玲式的海派文学的显著特征。张爱玲还有一本散文集《流言》，比她的小说更为贴近上海的市井生活，在某种程度上，也可以作为《传奇》的一个互文性文本来阅读、体会。2009年，张爱玲的自传体长篇小说《小团圆》问世，使20世纪90年代以来长盛不衰的"张爱玲热"再度升温，也从侧面提供了张爱玲生平的诸多信息。

苏青（1914—1982），出生于宁波，先后在上海、宁波、南京等地求学，婚后定居上海，1935年开始为林语堂主编的《论语》、《宇宙风》等杂志写稿。上海沦陷后，苏青的个人生活也遭"沦陷"，她与丈夫离婚并独自抚养三个幼子，迫于生活压力而成为职业作家、编辑，1943年发表代表作、自传体小说《结婚十年》，并创办文艺杂志《天地》。抗战胜利后，与大汉奸陈公博关系密切的苏青一度受到冲击，被斥为"汉奸文人"、"文妓"等，小说《续结婚十年》（1947）、《歧途佳人》（1948）出版后，基本退出文坛。

苏青的小说同样摹写上海市民，尤其是职业女性的生活，但比起张爱玲，她的笔墨更显激切一些。张爱玲的"苍凉"，在苏青那里，转为"哀恸"。这大概与文学题材的择取有关。海派文学因为强调与市民的切近（不是迎合），取材也免不了与市民生活直接相关。不过，张爱玲的小说故事及人物原型多从她的远近亲友而来，而苏青的创作差不多是她的"自叙传"，或者说，张爱玲的创作是一种保有距离感的"张看"，而苏青的创作是自己走到了"X光镜"前。从她初入文坛的随笔文字如《生男与育女》、《科学育儿经验谈》，到她耸动上海图书市场的小说《结婚十年》（正续篇），莫不如此。

小说以第一人称写就，基本按照时间顺序记述了女主人公苏怀青从迈上花轿到走出"围城"的婚姻生活，正因为这种"实录"性质，小说显得头绪众多、轻重失序，却恰好表达出了女性的纠结缠绕的困境。

怀青是接受了新式教育的女学生，因此在她眼中，婚礼的诸多仪式是陈腐可笑的。如在一般少女心目中神圣温馨的花轿，在苏青的笔下露出了真相："我孤零零地闷坐在轿中，与我作伴的，据说还有个轿神，她是吊死鬼，因不服恶霸抢亲而吊死在轿中的，后来皇帝封了她，叫她专门考察这轿中新娘的贞节与否。她这时正高踞在我的头上，若是发现我稍有不贞之处，便会马上把我处死。我虽然自信决没有处死的罪名，可是总也有些害怕她散发吐舌的吊死鬼样子，因此闭了眼睛抵死不敢往上观看。"语言质朴，还带着点谐谑，与怀青对婚姻的想象是相适的。但是，小说按照这样的调子叙述下去，谐谑的轻松感渐渐被沉重取代，新婚期间，她就发现丈夫贤的冷淡，旋即知晓了他与一位年轻寡妇瑞仙有染；怀青自己后来也陷入感情的迷乱。由此，婚姻中的种种问题和麻烦接踵而至，终至于拖儿带女而同丈夫离婚。她让我们想起她的前辈莎菲："我需要一个青年，漂亮的，多情的男人，夜夜偎着我并头睡在床上，不必多谈，彼此都能心心相印，灵魂与灵魂，肉体与肉体，永远融合，拥抱在一起。"但是，莎菲没有得到的，她也无法得到。小说中怀青的身份几经变化，从闲居乡间的少奶奶，到兼职的小学教员，到上海的勤勉主妇，到以卖稿为生的职业作家，然而她始终缺乏一种"认同"，即便是最终的离婚，也仍然不是决然的。

40年代上海的市民读者对苏青的接受也存在类似的悖论。苏青的作品以"大胆"著称,她对婚姻生活、对情与性的书写的不隐晦、不粉饰,使她摆脱了鸳鸯蝴蝶派脉络中市民文学的"娱人"性质,而对中国现代女性写作有所拓展;反过来,她的直率大胆又引动了市民读者的阅读热情,一厢情愿乃至断章取义地"择取"她的"色情"文字,彰显了她作品的"娱人"功能。这大概也是不少"海派"文学需要面对的两难问题。

除了长篇小说《结婚十年》、《续结婚十年》、《歧途佳人》,苏青还著有《蛾》等短篇小说以及散文集《浣锦集》、《饮食男女》。她散文的调子更为柔和平缓一些,柴米油盐、故乡风物,都适宜于联系到"对日常生活的重新发现"。大约因此,张爱玲认为《浣锦集》比《结婚十年》为佳,"苏青最好的时候能够做到一种'天涯若比邻'的广大亲切,唤醒了往古来今无所不在的妻性母性的回忆,个个人都熟悉,而容易忽略的,实在是伟大的"。(张爱玲《我看苏青》)

与张爱玲、苏青的情况相似,在日军占领下的北平,也出现了一位引人注目的女作家。梅娘(1920—),出生于海参崴,本名孙嘉瑞,另有敏子、孙敏子、柳青娘、青娘、落霞等笔名。少年时期就经受了丧母之痛的她,其笔名"梅娘"谐音"没娘"。11岁考入吉林省立女子中学,17岁出版中学时期习作集《小姐集》,随即赴日本求学,20岁出版《第二代》,其创作由单纯描写"小儿女的爱与憎"发展为"横透着大众的时代的气息"。1942年归国,受聘在北平《妇女杂志》任职,先后在《大同报》、《中华周报》等报刊上发表小说、散文及翻译作品,并结集为《鱼》、《蟹》出版。梅娘的小说主要描写仕宦封建大家庭中女性的生存状态,最有代表性的作品是她的"水族系列小说":《蚌》、《鱼》和《蟹》。

《蚌》讲述了生在富裕之家的小姐争取爱情自由,但最终以毁灭而告终的故事。小说用毫无反抗能力的水族动物蚌,暗喻女性的命运,只要稍有不慎,就会被黑暗社会吞噬,真实地再现了女性追寻幸福和自由的悲惨命运。在《蚌》的主人公梅丽身上,依稀有梅娘青年时期的影子。《鱼》用第一人称的口吻描述了芬向丈夫林省民的表弟琳倾诉自己的遭遇的场景:芬是一个急于摆脱封建家庭桎梏的女高中毕业生,在对国文老师的单相思破灭以后,受官宦之家林省民的欺骗和诱惑而与之同居;但林省民不仅有妻室,还与家人合计让芬回去做姨太太;芬在失望中又抱住了安慰自己的琳,但琳因为受不了舆论的压力,怯懦地退避了。《蟹》写东北沦陷区一个大家庭里的小姐孙玲,不再把自己的幸福和自由寄托在婚姻爱情上，她与整个家庭格格不入，最终决定离家出走。《蟹》表现出年青一代的叛逆精神，但也具有深刻的寓意，作品预示着女人的命运如同蟹一样，自以为奔向光明，其实是自投罗网。《蚌》、《鱼》、《蟹》的标题都是以水中动物命名，蚌和鱼的生存能力很弱，而蟹要强大得多。因此，《蟹》的女主人公更具有新女性的思想和精神，摒弃了借助婚姻爱情达到自由解放为目的的幻想。

除此之外，梅娘还著有婚恋小说《雨夜》、《动手术之前》等，盛赞女性真诚的爱情的同时，大胆抨击男性的自私、怯懦，呼唤女性自立、自强；还著有社会言情小说：《黄昏之献》、《旅》、《行路难》、《侏儒》以及未完成的长篇小说《夜合花开》、《小妇人》等，生动地刻画出都市社会中各色人等的生活状态，淡雅细致。论者在将张爱玲、苏青、梅娘三位女作家相比较时这样说："梅娘的作品与中国五四现实主义文学传统的关系更为密切。她并不是以'奇'或'洋'制胜，而是注重人与人的现实社会关系，在奋力鞭挞假丑恶的时候，并没有泯灭对真善美理想的期盼。与此相一致，在写作手法上梅娘的小说侧重心理分析、气氛渲染以及环境烘托，并不过分追求情节的曲折、复杂和完整，却仍给人以故事感。这不能不说是她的作品具有吸引力的原因之一。她的小说的另一个特点，是以散文的抒情笔致入小说，但又不失故事性，行文舒徐，文字清通，字里行间显露出女性纤细敏锐的感受，即使是采用第一人称的叙事视角，也在娓娓道来之中给人以疏离杳渺的感觉，像是在讲述民间传说。……梅娘作品中绵延不绝的顽强女性意识和独特的叙事风格，正是积重难返和多灾多难的现代北地都市文明的产物。"①

学习提示与建议

1. 本专题所提到的女性作家较多，如冰心、冯沅君、庐隐、凌叔华、石评梅、谢冰莹、梅娘等。在学习过程中，应当尽可能地对她们的代表作品进行细致的阅读，理清其先后相续和反复言说的女性命题，对她们小说创作的特点形成清晰明确的认识。

2. 丁玲早期的代表作《莎菲女士的日记》在当时是"惊世骇俗"的作品，

---

① 张泉：《梅娘：她的史境和她的作品》，见张泉选编：《梅娘小说散文集》，625页，北京，北京出版社，1997。

苏青的《结婚十年》也有类似的评价，试比较分析两者的异同。

3. 在中国现代文坛的众多女性作家中，以乡土文学著称的萧红是与众不同的。将她的作品和其他女作家进行比较，体会一下有什么差别。还可以再深入一步，比较她和同时代男性乡土文学作家如吴组缃、沙汀的异同。

4. 仔细阅读张爱玲的小说，在此基础上体会其小说独特的艺术魅力，注意她所塑造的女性形象与其他小说中的女性人物的差别。近年来，在"张爱玲热"中，她的小说频频被改编成为影视戏剧作品。有兴趣的同学可以讨论原作与影视、戏剧改编的异同。

专题八 通俗文学

学习要求

1. 了解晚清时期现代都市社会和文学报刊的兴起与现代通俗文学生成的关系。
2. 了解中国现代通俗文学的性质、分期和主要成就。
3. 掌握包天笑、周瘦鹃、张恨水、徐訏、无名氏的小说创作特点。

中国现代通俗文学是传统文学在现代社会的延续。现代通俗文学作家秉持着中国传统文化进行文学创作并以此作为文学的评价标准。在创作观念上，现代通俗文学延续着以消遣愉悦为主要功能、以劝惩为社会目的的中国传统文学的创作观念。在美学表现上，现代通俗文学承继着中国传统文学的创作方式和表现方法。但是，毕竟是生活和创作于现代社会，时代的影响也赋予通俗文学作家和通俗文学现代意义。现代通俗文学与现代大众媒体具有密切的关系，不仅现代通俗文学作家兼有媒体人的身份，而且其作品具有很浓厚的媒体气息。现代通俗文学的主要读者层是都市市民，现代都市的市民的生活状态、思想情绪和审美习惯都制约着现代通俗文学的创作。现代通俗文学是市场的文学，市场给通俗文学作家职业作家的身份，也给通俗文学创作带来了活力和弊病。在开放社会的背景下和市场竞争的推动下，现代通俗文学的美学结构也发生着变化，在对外国文学、新文学和民间文学营养的吸收中，现代通俗文学的创作观念和创作方式也逐步地走向现代化。

一、现代通俗文学的性质和主要成就

现代通俗文学兴起于1892年至1902年，标志性的文学现象有这样几种：1892年韩邦庆的《海上花列传》最初连载于《海上奇书》；1897年严复和夏曾佑发表《国闻报附印说部缘起》；1902年《新小说》创刊；1902年梁启超发表

《论小说与群治之关系》。它们给中国文坛带来了新的信息：一是"重小说"。它要求一个具有诗文传统的国家要重视具有大众色彩的小说创作，并且以小说创作作为"新国民"的手段。从重诗文到重小说，其意义不仅仅是文体的改变，而是文学创作价值发生了改变，它实际上是要求创作者不再仅仅局限于个人情感的表达，而是要更多地关注社会、关注生活。二是"今社会"。中国古代小说总是写"过去的事"，《三国》、《水浒》、《西游记》、《红楼梦》皆如此，它们更多地是从历史的起承转合和人生的悲欢离合之中总结历史或感叹人生，写"今社会"就不是单纯的总结和感叹了，它更多的是对当今社会问题的思考，是对当今的读者怎么处世做人的指导和劝诫。三是"寓教育"。作家们都将小说看做新国民的前提和必要的条件，小说的工具化、启蒙化和教育化在他们那里得到特别的强调。四是"办刊物"。《海上奇书》大概是中国最早的一份文学杂志，它是韩邦庆自编的创刊于1892年的个人杂志。1897年天津出版的《国闻报》是我国早期的新闻报纸之一，在创办之初，严复等人就明确要求刊登小说。《新小说》是以梁启超为主笔的创刊于1902年的综合性文艺杂志。借助大众媒体发表小说和文章说明文学创作不再是斗室创作、自己刻印、发放亲友，而是一种大众行为，标志文学创作体系中一种新的生产方式的到来。

现代通俗文学的发展大致上可分为四个阶段。第一个阶段是"晚清文学时期"，时间是1902年至1911年左右。晚清文学在文学变革的导向下，以开启民智、批评社会、励志图强为主要的创作取向。晚清文学以小说创作为中心，也以小说创作最有成就。晚清小说创作涉及政治、社会、文化、风气等各方面，其中，李伯元的《官场现形记》、吴趼人的《二十年目睹之怪现状》、刘鹗的《老残游记》、曾朴的《孽海花》被鲁迅称为"四大谴责小说"。第二个阶段是"鸳鸯蝴蝶派时期"，时间是1911年中华民国成立前后至1921年。这个时期的文学创作取向开始发生变化，"谴责"逐步被"揭黑"所取代，"社会"逐步被"言情"所取代，"批判意识"逐步被"传奇煽情"所取代。根据创作的内容和创作取向，此时的通俗文学大致上可分为两类：一类是"黑幕文学"，另一类是"言情文学"。第三个阶段是"市场化时期"，时间是20世纪的二三十年代。1921年1月沈雁冰接编通俗文学的重要刊物《小说月报》是个标志性事件，标志通俗文学失掉了中国文坛的正宗地位。此时的新文学与通俗文学是比翼双飞、各得其所。新文学侧重于启蒙民众，为人生、为个性、为唯美而创作；通俗文学则全面走向市场，为道德、为愉悦、为经济而创作。在市场的推动下，中国现代通俗文学出现了前所未有的繁荣。第四个阶段是20世纪40年代，此时一批通俗文学的青年作家出现在文坛，因此又被称做"新生代时期"。与那些接受传统文化的作家不同，40年代的通俗文学作家基本上是接受现代教育的现代青年。他们的知识结构、价值观念以及文化修养使他们具有开放的心态和写作视野，具有更多的"趋新意识"和"世界意识"，使他们的创作走向了雅俗共赏之路。

现代通俗文学的理论建树不多，创作却极其繁盛，其中，小说创作最见成就。通俗小说是一种类型小说，以题材来划分小说类型。社会小说、言情小说、武侠小说、侦探小说、历史小说是通俗小说的"五根支柱"。

社会小说除了晚清的"谴责小说"之外，包天笑的《上海春秋》、《留芳记》，李涵秋的《广陵潮》和毕倚虹的《人间地狱》，都是重要的代表作品。通俗文学的社会小说善于写都市传奇人生和传奇故事，并从中表现现代都市、城镇风气的变化。因此，通俗文学的社会小说可以被看做时代变迁中社会变化和普通市民的心态记录。

言情小说是通俗文学的强项。"鸳鸯蝴蝶派"时期的言情小说可被视做"纯情小说"，代表作品是徐枕亚的《玉梨魂》。小说主要写青年男女在中国传统的婚姻制度压抑下的苦闷，却坚持着"发乎情止乎礼"的训导。这类小说均是以悲剧告终，因此具有很强的煽情性。由于受到新文学的严厉批判，言情小说沉寂了一段时间。到了20世纪20年代后期，张恨水的《春明外史》、《金粉世家》、《啼笑因缘》等小说的出现，使言情小说再一次兴起。不过，张恨水的言情小说不同于徐枕亚的言情小说，他的小说是言情、社会双线索，因此可称为"社会言情小说"。言情小说到了40年代又有新的发展。秦瘦鸥的《秋海棠》以及徐訏、无名氏的小说又展现了言情小说的新面貌。

武侠小说的创作在中国文学史上一直延绵不断，1923年1月平江不肖生的《江湖奇侠传》被公认为是现代武侠小说的开端。之后，中国武侠小说进入创作的狂潮期，形成四大流派，它们是：以李寿民《蜀山剑侠传》等小说为代表的"剑仙派"，以王度庐《卧虎藏龙》等小说为代表的"侠情派"，以白羽《联镖记》、《十二金钱镖》等小说为代表的"技击派"，以朱贞木《七杀碑》等小说为代表的"历史派"。

侦探小说是从外国引进的小说类型。最初流行的侦探小说几乎都是翻译作品，到了20世纪20年代中国作家开始创作侦探小说。在众多的侦探小说作家中，程小青的《霍桑探案》和孙了红的"鲁平探案系列"最为人们称道，他们两位可以被看做中国侦探小说的一流作家。另外，现代中国有影响的侦探小说作家的作品还有：俞天愤的《蝶飞探案》、陆澹安的《李飞探案》、张碧悟的《宋悟奇探案》、赵苕狂的《胡闲探案》等。

历史小说在中国具有很好的创作传统，现代通俗小说作家同样具有辉煌的成就。现代历史小说主要有两条创作原则：一是"贵虚"，即以历史生活作为素材创作与现实生活理念有关的小说，这一类型的历史小说代表作品有吴趼人的《痛史》、黄小配的《洪秀全演义》、张恂子的《红羊豪侠传》等。二是"贵实"，即以演义小说的方式写历史事件，这一类型的历史小说代表作品有蔡东藩的《中国历史通俗演义》。从1915年开始，蔡东藩用了10年的时间，写了11部历史演义小说，从秦朝一直写到民国共2 166年的中国历史，共1 040回，651万字，可谓工程浩大。

中国现代通俗文学数量巨大，影响深远，成就辉煌，长期以来在既有的文学史中却得不到承认。造成这种状态的原因，除了政治文化氛围之外，还有两个原因：一是既有的文学史一直强调新文学的文化理念和创作观念为现代文学的正宗；二是批评家们基本上持有新文学的批评方式。这就提醒我们，要能够科学地批评现代通俗文学，就要对现代通俗文学的性质有科学的认识，并运用与现代通俗文学相适应的批评方法批评之，否则只能是隔靴搔痒，不得要领。

二、包天笑及其社会小说创作

包天笑（1876—1973），清光绪二年（1876）二月初六出生在苏州临顿路西花桥巷的一个小商人家庭，原名包清柱，乳名德宝，后改名公毅，字朗孙，号拈花。天笑是笔名，最早用于1901年《迦因小传》译文发表时，署名"吴门天笑生"，后来简化为"天笑"、"笑"。"秋星阁"、"钏影楼"也是包天笑常用的笔名。包天笑主要活动于苏州和上海，1946年随长子包可永移居台湾，1950年，由台湾移居香港。1973年11月14日，在香港法国医院去世，享年98岁。

包天笑是现代中国文化界的活跃人士。他是南社成员，虽是接受的旧式教育，还曾考取秀才，却是变法维新运动的热心拥护者。他一生都从事于文化工作，主要贡献表现在四方面：首先，他是一个文化活动家。1900年包天笑和朋友在苏州成立了励学会，创办东来书庄，经营新书刊《励学译编》和《苏州白话报》，这是苏州最早的一批报刊杂志，主要译介日本的政治、法律知识和对社会民众进行启蒙。包天笑真正成名是1906年定居上海以后，他投入到风起云涌的晚清小说革命的风潮中，成为当时著名的作家和编辑。1918年秋，作为上海新闻记者访问团成员访问日本。1936年1月，包天笑与卜少夫、萨空了等人署名发表《上海新闻记者为争取言论自由宣言》。同年10月，他与鲁迅、茅盾等人署名发表《文艺界同人为团结御侮与言论自由宣言》，为全国抗战呼吁。其次，他是一个著名的编辑、报人，特别是在清末民初之际，他主编了众多的文学刊物，主要有《小说时报》、《妇女时报》、《小说大观》、《小说画报》等。这些刊物培养了许多作家，其中不少人成为"鸳鸯蝴蝶派"的主要成员。如周瘦鹃、范烟桥等人均是他在编辑《小说时报》时发现和培养的人才。包天笑所编刊物有两大特点：一是要"主旨纯正，有益于社会，有功于道德之作"；二是"无论文言俗语，一以兴味为主"。[①] 1917年1月他主编的《小说画报》创刊，在创刊号上，他明确提出："小说以白话为正宗，本杂志全用白话体，取其雅俗共赏，凡闺秀、学生、商界、工人，无不咸宜。"正是此年此月，胡适在《新青年》上发表《小说改良刍议》。由于包天笑在文化界影响很大，因此他的编辑方针对当时的文学创作具有引导意义。再次，他创作了大量的小说和散文。如果加上小说译作，他一生创作翻译的小说要有近百部。1901年，他和杨紫麟合译《迦因小传》，发表在《励学译编》上，曾产生广泛影响。他还翻译了莎士比亚、雨果、契诃夫、大仲马、哈葛德、亚来契斯、威尔士等人的作品。在翻译中受到启示，他开始创作小说，成为著名作家。他的散文创作主要在20世纪40年代，主要是回忆记事散文，如《三十年前上海滩》、《我与新闻界》、《我与杂志社》，到了香港之后，他写了《钏影楼回忆录》和《钏影楼回忆录续编》。这些回忆记事散文具有很重要的史料价值。最后，他是我国较早的电影编剧。20年代中国电影进入发展阶段，各电影公司延请通俗小说作家为电影编剧。包天笑从此进入电影界，他根据自己的译作和小说改编的电影《空谷兰》、《梅花落》、《可怜的闺女》等均产生过很大影响。

在包天笑众多的小说中，最有影响的是4部小说：教育小说"三记"，即《苦儿流浪记》、《馨儿就学记》、《埋石弃石记》；短篇小说《一缕麻》；长篇小说《上海春秋》；长篇传记小说《留芳记》。

严格地说，他的教育小说"三记"只能说是"编译"之作。《苦儿流浪记》原著是法国作家艾克多马洛（包天笑译做爱克脱·麦罗），后有徐蔚南译之为《孤零少年》。《馨儿就学记》就是以后夏丏尊译的《爱的教育》，作者是

---

① 包天笑：《小说大观·例言》，载《小说大观》，1915年创刊号。

意大利作家亚米契斯。包天笑根据这些原著边译边创作,其中,《馨儿就学记》约一半为他所写。包天笑的教育小说"三记"是励志小说,宣扬的是从小刻苦学习,长大做个有用之人。小说之所以产生巨大影响与当时的社会背景有很大关系。当时的中国科举制度刚刚终止,新式教育全面兴起,全国新式学校进入大发展的时期。包天笑的教育小说"三记"乘此东风影响一时。当时,很多小学都以《馨儿就学记》为毕业生的奖品,此书的销量达数十万册。

《一缕麻》于1909年发表在《小说时报》上。小说的情节是这样的:某官宦人家少女,秀外慧中,本邃旧学,又益之新知,上了新学堂,才学兼优。她的邻居是一个志同道合的男学生,两人发生了感情。可她难逃父母之命,媒妁之言,被迫嫁给一个又痴又愚的傻丈夫。新婚之夜,两人无言亦无欢,她一心想熬过这几天,然后就归省娘家,并且与邻居男生相约书信传情。孰料她突患严重的传染病(白喉)。重病期间,傻丈夫悉心地照顾她,她的病好了,但是丈夫染病而亡。她在神志清醒后发现自己头发上挂的一缕麻,才知道丈夫因她而亡,十分伤心。于是她决心为丈夫守节,不再和那个邻居男生来往。"至今人传某女士之贞洁,比之金石冰雪云。"这部小说很能体现包天笑当时的思想状态,对传统的伦理道德予以热烈歌颂。"她"虽然是一个接受过新教育的新女性,信奉"我当任我自由之天,畴能拘我者?"虽然也在自由恋爱,虽然不满于父母将她嫁给了一个傻丈夫,但是,当这个丈夫用生命拯救她时,她就感受到丈夫的人格魅力,将所有的不满和追求都归结为报恩守贞。小说问世当时就引起了巨大轰动。10年之后,梅兰芳将它改编为京剧,此后又被袁雪芬、范瑞娟改编成越剧,明星公司将它改编成电影,名为《挂名夫妻》,均产生很大影响。对此,包天笑都觉得不可思议,他说:"《一缕麻》这一短篇,有什么好?封建气息的浓重如此,但文艺这种东西,如人生一般赋有所谓命运的,忽然交起运来,有些不可思议。"[1] 其实也没有什么"不可思议",除了一波三折的故事情节,这部小说受到如此关注与婚姻道德的敏感话题有关。清末民初以来,婚姻问题和妇女问题的讨论就始终是一个社会热点话题,包天笑用小说的形式演绎了一个故事,并从中表现出一种人生态度,不管是否认可,都是人们所津津乐道的话题[2]。

《留芳记》出版于1922年,上海中华书局出版,共24回。作者原想以梅

---

[1] 包天笑:《钏影楼回忆录》,361页,香港,香港大华出版社,1971。
[2] 梅兰芳曾在《缀玉轩回忆录》(载《大众》,1943(2))中称赞改编成京剧的《一缕麻》:"感动了一些家长应允子女要求,解除封建婚约。"可见包括梅兰芳在内,人们对作品的感受与作者不同。

兰芳的生活经历为线索，将当时国家的各种事件贯穿起来，写成一部"中华民国"野史。为此，他收集了大量的资料，并且多次拜访梅兰芳。小说在"絮果兰因伶官追高火，红妆青简稗史话遗闻"的"楔子"中提到梅兰芳的身世，接着就转写吴佩孚，吴佩孚之后写袁世凯。在24回的小说中袁世凯占主要篇幅。小说可看处是将袁世凯写成一个乱世奸雄，形象很生动，特别是一些黑幕揭示得很有传奇性。小说的缺点是事情杂乱，没有中心，结构松散，支离破碎。形成这样状况的原因有二：一是小说最初计划是写80回或者100回，但是作家写得太累，写作的头绪太多，没有时间完成计划，现在的24回只是开了一个头而已；二是作家没有能力驾驭如此庞杂事件的小说结构，习惯于运用报章体的章回小说模式写作的包天笑，开始时还可以用黑幕故事吸引读者，但是重复的黑幕故事只能是事件堆砌。尽管如此，由于这部小说写的都是当时风云人物背后的故事，再加上包天笑的名气和出版前大量的炒作，小说的影响还是很大的。

也许是从《留芳记》的创作中寻找到小说的卖点是什么，包天笑在《留芳记》出版不久的1922年10月，就专门写了一部揭露社会黑幕的小说《上海春秋》。对这部小说的创作目的和创作过程，作者说得很清楚："都市者，文明之渊而罪恶之薮也。觇一国之文化，必于都市。而种种穷奇梼杌变幻魑魅之事，亦惟潜伏横行于都市。上海为吾国第一都市，愚侨寓上海者二十年，得略识上海各社会之情状。随手掇拾，编辑成一小说，曰《上海春秋》，排日登诸报章。"①《留芳记》写的是北京，《上海春秋》写的是上海；《留芳记》写的是风云人物的传奇故事，《上海春秋》写的是重大事件的来龙去脉；《留芳记》写的是政治变迁，《上海春秋》写的是都市风气。《上海春秋》产生了广泛影响，首先，在于它迎合了中国普通老百姓的"上海观"和价值观。上海究竟是一个什么样的地方？20世纪初的中国普通老百姓对它充满了敬畏：它正在快速地成为一个国际大都市，它似乎遍地黄金，来到了上海就能发财②；对它充满了神秘感：它有很多的先进的物质文明，这些物质文明的功效又在流传中被吹得神乎其神③；它又是罪恶的渊薮，人心恶劣，风气败坏，而且极易传染，"上海是个大染缸，它曾把多少貌似年轻有为的人拉到这个大染缸，使年

---

① 包天笑：《上海春秋·赘言》，见《上海春秋》，1页，上海，上海大东书局，1925。
② "在内地做事情的人，总希望到上海来，似乎上海是黄金满地，凭着人自由拾取一般。"徐国桢：《上海的研究》，3页，上海，世界书局，1929。
③ "所谓电灯如月，可以不夜，清水自来，可以不涸，德津风传语，可以代面，电线递信，可以置邮。"初开眼界人来稿《洋场述见篇》，载《申报》，1888-03-31。

轻有为者也同流合污了"①。中国普通老百姓的"上海观"的形成，除了他们与上海居民的生活条件的巨大差异之外，更重要的是他们的价值观。上海都市的发展离不开工商业的发展，随着工商业的发展而表现出来的"商业心态"以及与"商业心态"相辅相成的侈靡的消费文化和消费心态，与中国传统道德标准具有很大的差距；上海都市的发展同样离不开社会的开放，外国的文化生活和文化观念，与中国传统的处世为人的标准也具有很大的差距。这些差距使中国普通的老百姓在赞叹上海物质文明的同时，又鄙视上海的社会风气。《上海春秋》实际上就是一部用小说的形式将这些"上海观"和价值观演化出来的一部著作。其次，小说以很多轰动上海滩的事件作为故事情节，揭示其背后的故事。比如，小说重点描述的一个故事情节就是20世纪20年代曾经在上海社会引起广泛关注的由现代美术教学引发的"人体模特儿"事件。此事曾在中国社会引起轩然大波，遭到当时的军阀当局的封杀，也遭到中国普通老百姓的反对，被认为是"有伤风化"。包天笑是站在民间立场上评述此事，使他的这部小说能在普通老百姓中取得共鸣。最后，小说记载了当时上海社会的各种都市风情。小说结构虽然松散，但是，小说的故事直接来自于生活，来自于中国普通老百姓身边日常的生活，它具有很浓的生活气息；又由于作家对生活材料的编织关注的是是否具有新奇性，是否是老百姓所叙谈的话题，因此小说就有很强的传奇性。生活气息和传奇性是这部小说吸引读者的两大法宝，也给这部小说带来了一定的城市发展的史料价值。

包天笑对他的思想价值观念曾有这样的表述："大约我所持有的宗旨，是提倡新政制，保守旧道德。"② "提倡新政制"是他的政治观念，表明他所处的时代；"保守旧道德"是他的文化观念，表明他的价值标准。用这两句话可以概括包天笑所有小说的价值取向。包天笑的小说属于现代通俗社会小说。他总是抓住社会热点和民众最关心的话题编写故事情节，这样的写作思路既成为他的小说的卖点，也成为他的小说的特色。因此，他的小说可以被看做中国民国时期的野史、风俗史和城市发展资料形象史。从艺术水平上来说，包天笑的小说并不高，特别是小说结构比较松散，人物形象也不够鲜明。他的小说写作模式形成于晚清时期的报章体的章回小说，尽管时代变化了，他的

---

① 东流：《关于历史周期率》，载《新闻日报》，1949-08-19。
② 包天笑：《钏影楼回忆录》，391页，香港，香港大华出版社，1971。

写作模式并没有什么变化。

三、通俗文学的多面手周瘦鹃

周瘦鹃（1895—1968），原名祖福，后改名国贤，号瘦鹃。苏州吴县人，生于上海。周瘦鹃幼年丧父，母亲靠为人做针线活把他养大。寡母幼子情结深深地印在他的脑海中，后来在他的小说中多次出现。穷困的家庭生活环境成了他奋发读书的动力，他从小学到初中均成绩优异，使他有了少年才子的称号。周瘦鹃踏上文坛之路带有一点青年的冲动。16岁时，他偶尔在地摊上买了一本杂志《浙江潮》，有一则记述法国一个将军的爱情故事。他被深深地打动，便将此故事改编成五幕剧本《爱之花》，投给了《小说月报》，这个剧本居然发表了，后来春柳社又将此剧本改编为话剧正式上演，这使周瘦鹃一举成名，也促使他走上文学创作之路。1911年6月他创作了《落花怨》，发表在《妇女时报》创刊号上，这是他的小说处女作。1912年他在《妇女时报》上发表了由他翻译的柯南道尔的小说《军人之恋》和马克思论述妇女问题的文章《妇女之原质》，从此一发而不可收，开始了他数十年的文学生涯。1949年以后，周瘦鹃创作不多。1968年周瘦鹃死于文化大革命的动乱中。

周瘦鹃的翻译、编辑、创作均有很高的成就，堪称通俗文学的多面手。

从1911年到1947年，周瘦鹃有36年之久的翻译生涯。根据所能找到的中国翻译小说主要目录[1]，再加上《周瘦鹃研究资料》中编写的《周瘦鹃著译书目》以及我们查证所发现的译作信息，周瘦鹃共译小说数目为418部（篇）。其中，大部分为小说，其他为传记、杂谈、书信、诗歌等，国别涵盖了英、法、美、德共27个国家的作者。他还翻译或与人合译了31本小说或小说集，字数达上千万的译文[2]。无论从翻译数量、题材、文类、涉及的国家等方面，周瘦鹃都堪称大家手笔。

特别值得提及的是周瘦鹃对短篇小说的翻译。中国真正现代意义上的短篇小说的翻译，最早的应是1909年周氏兄弟在东京出版的《域外小说集》，但此

---

[1] 《新编增补清末民初小说目录》（济南，齐鲁书社，2003年）、《民国时期总书目》（北京，北京图书馆，1990年）、《晚清戏曲小说目》（阿英，上海，古典文学出版社，1957年）等。

[2] 李德超、邓静：《近代翻译文学史上不该遗忘的角落——鸳鸯蝴蝶派作家的翻译活动及其影响》，载《四川外语学院学报》，2004（1）。

小说集仅具有文学上的象征意义,售出数量仅几十本,在当时没有什么实质影响。对外国短篇小说成规模翻译应该是从周瘦鹃开始的。民国初年起,周瘦鹃开始翻译外国短篇小说,大多发表于《礼拜六》等刊物上,后来编成《欧美名家短篇小说丛刊》,共两卷,1917年3月由中华书局出版,收入14个国家的49篇小说,其中意大利、西班牙、瑞典、荷兰、塞尔维亚等国的作品,最早介绍到中国。当时,鲁迅正在教育部主持通俗教育研究会小说股的工作,曾与周作人共同报请教育部表扬这套译作,并充满热情地称赞此书:"所选亦多佳作。又每一篇告著者名氏,并附小像略传,用心颇为恳挚,不仅志娱悦俗人之耳目,足为近年来译事之光……当此淫佚文字充塞坊肆时,得此一书,俾读者知所谓哀情、惨情之外,尚有更纯洁之作,则固亦昏夜之微光,鸡群之鸣鹤矣。"①

从翻译文风上说,民国初年周瘦鹃的译作比较随意,有些删增修改的现象,到1920年后,周瘦鹃的翻译风格慢慢定位在较严谨的直译上,对原作的意义尽量表达完整,轻易不做添加删减。即使在某些细节处有改变,也是非常谨慎的。周瘦鹃喜欢在译作中对原作者和作品加以评点,如他对莫泊桑写作的特色总是用两个字概括:"冷隽",并且说自己的水平还不能译出作品真正的内涵等。这样的评点不仅给读者一个导读,也说明了周瘦鹃的文化视野和文学修养。

周瘦鹃还是中国现代文学史上的著名编辑,他先后主编或创办过《申报·自由谈》、《半月》、《紫罗兰》、《紫兰花片》、《紫罗兰》(后)②、《乐观》等大型杂志和个人刊物。周瘦鹃属于通俗文学的"名士派"。围绕着他及其刊物周围的作家都是通俗文学的名流,颇有"南社"遗风。在办刊风格上,周瘦鹃也相当的雅化,不但版面、版式活泼,封面设计尤其用心,如他主编的《紫罗兰》将画页插入封面镂空处,一份杂志就是一件艺术品。名士风雅,在他的主持下,现代通俗文学就有了清雅一流的风格。

作为一个著名编辑,周瘦鹃最为人称道的还是对青年作家的培养,尤其是他对40年代通俗文学的"东吴系"等女作家的扶持。1943年在周瘦鹃主持的《紫罗兰》(后)上,推出了一批女性作家。这些作家大多毕业于东吴大学或

---

① 载《教育公报》,1917(15)。
② 1943年周瘦鹃创办的《紫罗兰》不同于他1925年创办的《紫罗兰》,为了区别,将1943年创办的《紫罗兰》称做《紫罗兰》(后)。

东吴附中,成员主要有施济美、汤雪华①、俞昭明、邢禾丽、郑家瑗、杨琇珍、程育真、陶岚影、叶枚珍等人②。对她们的作品,周瘦鹃曾在复刊后的《紫罗兰》杂志的《写在紫罗兰前头》里这样评价她们:"近来女作家人才辈出,正不输于男作家,她们的一支妙笔,真会生出一朵朵的花儿来,自大可不必再去描龙绣凤了。"③张爱玲虽不是"东吴系"作家,却也是周瘦鹃的《紫罗兰》(后)率先发现,并隆重推出的新进女作家。张爱玲的母亲和姑妈都是周瘦鹃的小说迷,1943年居住在上海的张爱玲投稿于周瘦鹃。周瘦鹃接到投稿后,曾专门到张爱玲的姑妈家与张爱玲谈稿。张爱玲的小说很快被发表,就是连载于《紫罗兰》(后)第2期至第7期的《沉香屑·第一炉香》和《沉香屑·第二炉香》。张爱玲的这两部小说得到人们的关注,并迅速走红文坛。另一个被周瘦鹃推出来的知名作家作品是秦瘦鸥的《秋海棠》。《秋海棠》是周瘦鹃做《申报》副刊编辑时征稿得来的。开始拿到的还只是秦瘦鸥写的几个故事片段,周瘦鹃提供了不少意见,然后秦瘦鸥写作而成。

周瘦鹃的创作主要有诗歌、散文和小说。他的诗歌最有名的是《爱的供状》100首。这100首诗歌记叙了他"一段绵延了三十二年的恋爱史"。他将其连载于《紫罗兰》(后)上,并作为他"五十自寿的纪念文字"。写哀艳文字是周瘦鹃的拿手绝活,这100首诗歌曾经赚取了不少读者的眼泪。他的散文创作比较杂,几乎什么题材都有,最多的还是一些生活杂感。1949年以后,周瘦鹃在养花种草之余结集出版了散文集《花前琐记》、《花花草草》、《花前续记》、《拈花集》等。他的散文格调高雅,语言充满诗意。在他的创作中,影响最大的当然还是小说。他的小说大致上可分为两类:一类是言情小说,另一类是爱国小说。

周瘦鹃的言情小说主要创作于民国初年。民国初年大约有诸多作家的近百部言情小说先后出版,文坛上一片哀怨悲哭之声。这些小说都是以恋爱婚姻作为情节中心,其表现形态大致上分为三种模式:一是以徐枕亚的《玉梨魂》为

---

① 其中只有汤雪华未上过东吴大学。但由于胡山源为汤雪华的寄父,其步入文坛以及发表的一系列作品都与胡山源有非常密切的关系,故也属于东吴系女作家的一员。见汤雪华:《我的寄父胡山源》,载于胡山源:《文坛管窥——和我有过往来的文人》,263页,上海,上海古籍出版社,2000。

② 关于"东吴系女作家"名称的由来,很多论者都曾提及,如张曦《古典的余韵:东吴系女作家》,汤哲声《流行百年:中国流行小说经典》,张堂锜《寻找施济美——钩沉现代文学史上的东吴女作家群》,而胡山源《文坛管窥——和我有过往来的文人》以及汤雪华的回忆录《汤雪华自传之二·十年笔耕》更是详尽叙述了其名来由。王羽在其博士论文中经过梳理,认同汤雪华的意见,认为其名称的来由有如下三方面原因:"第一,绝大部分毕业于东吴大学;第二,都曾受到任教于东吴大学的胡山源的培养和提携;第三,在写作方法和文学风格上具有不同程度的相似之处。"

③ 周瘦鹃:《写在紫罗兰前头》,载《紫罗兰》,1943(3)。

代表的"文化模式";二是以吴双热的《孽怨镜》为代表的"请命模式";三是以周瘦鹃的言情小说为代表的"离别模式"。所谓"文化模式"是指中国传统文化与人物感情的冲突,小说具有更多的文化的思考;所谓"请命模式"是指中国传统的婚姻制度与人物感情的冲突,小说向父母"请命";所谓"离别模式"是指现实生活中的离别与人物感情的冲突,小说将感情揉碎了写。周瘦鹃的"离别模式"的代表作品是《留声机片》和《此恨绵绵无绝期》。《留声机片》写了一个叫情劫生的人情场失意后,到"恨岛"整整度过了8年,临死前将自己的思念之情录在留声机上,寄给了他的情人。这段断断续续的临终遗言,一片爱意,一片恋情,极为酸楚。他的情人听了这段遗言后不能自已,终于在自忏自艾中死去。《此恨绵绵无绝期》写的是新婚二月的新郎在战场受伤,回到家中死去,新娘深闺忆郎相继而亡的故事。小说从新娘的角度写作,新郎未死之前写新娘的念夫之情,新郎死后写新娘的悲夫之情,特别是新娘临终之时的声声呼唤更是凄楚之极。周瘦鹃的这些言情小说的情节均比较生硬,估计他是从外国小说的翻译中寻找到的灵感,然后铺演些中国人的生活和自己的感受而写作,但是,由于他对外国小说创作方法比较熟悉,特别能调动和表现小说人物的心理活动,而心理活动又特别适合言情小说的描述,因此,他的言情小说总能打动很多读者的心。民国初年,周瘦鹃创作的言情小说数量巨大,他还根据小说情节将言情小说分为"艳情"、"惨情"、"怨情"、"忏情"、"苦情"、"丑情"、"侠情"等,因此,他被称为"言情巨手"和"哀情小说专家"。当时,"鸳鸯蝴蝶派"作家陈小蝶就曾评价说:"瘦鹃多情人也,平生所为文,言情之作居十九,然后多哀绝不可卒读",并作了两首诗送之:"弥天际地只情字,如此钟情世所稀,我怪周郎一支笔,如何只会写相思。""细写柔情泪未干,滴来纸上太心酸,鲛绡蹴后还重蹴,啼杀红鹃夜欲阑。"①

　　周瘦鹃的爱国小说集中创作于民国初年到20世纪20年代。1915年5月9日,日本和德国在青岛开战,给中国人民带来了极大的灾难。国难当头,群情激奋,《礼拜六》同人也加入了爱国宣传的行列。此时的《礼拜六》上"爱国小说"占有重要的位置,其中周瘦鹃是主要作者,他一连写了《中华民国之魂》、《祖国重也》、《为国牺牲》、《亡国奴之日记》等小说,特别是《亡国奴之日记》曾产生很大影响,后来还出了单行本。小说以日记的形式写出了亡国

---

① 陈小蝶:《午夜鹃声·后记》,载《礼拜六》,第38期。

奴的惨痛:"设身为亡国之奴,草兹亡国奴之日记。吾岂好为不祥之兆哉,将以警吾醉生梦死之国人,力自振作。"小说当时就卖出5万多本。1922年,周瘦鹃在《半月》第2卷第17期上发表了一篇影响很大的爱国小说《亡国奴家的燕子》。小说带有寓言色彩,写一只燕子按照惯例回到老巢,却发现主人家发生变化,"只见那屋子已装修一新,门上挂着一面太阳旗子……飞过人家屋脊时,听得麻雀们唧唧叫着,似乎也变了声口,改说外国话了。更张眼向四下里瞧时,但见斜阳如血,照着那中华民国的残水剩山,黯然无语"。于是,这只燕子成为一只"中华民国亡国奴家的燕子"。小说语言如泣如诉,焦虑、悲愤、痛苦的感情深深打动着读者。

周瘦鹃是一位严守传统人格的作家。民族大义是传统人格的"大节",在这个问题上,他是毫不含糊的。1936年10月,他参与署名《文艺界同人为团结御侮与言论自由宣言》。中国传统人格很多做人的原则,他也坚守维护着,为之,他曾经受到新文学作家的批判。五四时期弥漫着两股社会思潮:一是追求个性,冲破家庭;二是要求"恋爱自由、婚姻自主"。周瘦鹃对这两股思潮都有抵触,他分别写了两篇小说表明了自己的态度,一篇是《父子》,另一篇是《十年守寡》。《父子》写一个新青年叫陈克孝,尽管父亲百般地虐待他,他总是尽孝,后来为父亲输血而死。作者的意图很清楚,就是不管父母怎样对待子女,不管子女是什么文化背景,孝道是不可少的。《十年守寡》写一个守了十年寡的王夫人偷情生子。作者认为这就是所谓坏风气对社会产生的负面作用。这两篇小说都曾受到新文学作家的批判,从中可以看到周瘦鹃的社会态度和文化态度。其实,周瘦鹃也是恋爱婚姻不自由的牺牲者。周瘦鹃具有名士气息,他爱花、爱美、重感情。他一生最爱的花是紫罗兰,他办的杂志叫《紫罗兰》,后来又办个人杂志,叫《紫罗兰片》,他写了很多缠绵的爱情小说,打动了很多人:一方面是读者爱看,另一方面也与他个人生活有关。郑逸梅曾谈及周瘦鹃的这一段伤心事:"有一次偶观女学所演的戏剧,演剧者周吟萍活泼秀美,他很爱慕……往返既频、谈到婚娶,吟萍家境很富裕,瘦鹃是穷书生,对方的父母是坚决反对。好事多磨,成为泡影。而吟萍是个弱女子,在封建家庭压迫之下,没有办法、只有饮泣。吟萍有一西名Violet(紫罗兰),瘦鹃念念不忘其人,也就念念不忘紫罗兰其名。"[①]尽管自己也是旧制度的牺牲品,却能够顺从,还能够坚守,这同样被看做传统知识分子的人格修养。从艺术上说,周

---

① 郑逸梅:《周瘦鹃事略》,载《文教资料简报》,1984(11)。

瘦鹃小说概念化严重，有着明显的编造痕迹，他自己说过："那天花板和帐子顶都是吾制造小说的机器，坐着望了天花板，一阵子胡思乱想，一篇小说就打成草图了；躺着望着帐子顶，一阵子胡思乱想，又是一篇小说形成草图了。"①由于周瘦鹃较早地学习了外国小说的表现技巧，他的小说较好地运用了日记体、书信体、心理分析体及抒情独白体等多种形式，使他的小说在现代通俗小说中具有特殊的魅力。

四、张恨水的社会言情小说和抗战小说

张恨水创作了大量的现代章回体小说，是"国内唯一的妇孺皆知的老作家"②。他还为中国章回小说走向现代化作出了独特贡献。

张恨水（1895—1967），学名张心远，祖籍安徽潜山，出生于江西广信。6岁入私塾，后随其父迁居江西，在当地塾馆就读。17岁时，父亲突然病亡，母亲带着六个子女迁返原籍。家庭遭此变故，家道由此中落，他的求学道路也变得艰难曲折。1913年初他考入孙中山设在苏州的"蒙藏垦殖学校"。该学校并没能办下去，张恨水却成为此时风行于上海、苏州的"鸳鸯蝴蝶派"的忠实读者。他也学着那些文人写诗填词，还模仿着写小说并投寄给《小说月报》。小说稿子虽然没有能够被刊用，却受到主编恽铁樵先生的鼓励。这个时期的生活经历和文化熏陶对张恨水后来的创作影响很大。1913年秋，"蒙藏垦殖学校"解散，他在失学返乡后为了谋生四处漂泊。1914年，他在为汉口一家小报写补白时，从南唐李后主词"自是人生长恨水长东"句中，领悟到人生况味，就以"恨水"二字作笔名，从此一用就是五十多年。1918年被友人推荐到芜湖《皖江日报》，经考核后被委任为总编辑，开始了一生的报人和作家的生涯。此时，他在《皖江日报》上连载文言中篇小说《紫玉成烟》，这是他的第一篇小说。1919年，张恨水到北京，想要投考北京大学，为了生活他在一些报社兼职。北京大学没有考成，他却成为有影响的报人和小说家。他的很多有影响的小说均发表在此时。1938年1月抗战之中，他只身到重庆担任《新民报》主笔兼副刊主编。同年3月，他加入"中华全国文艺界抗敌协会"，当选为理事。当时，他与重庆很多文化人士多有交往。1944年5月重庆"文协"、新文学会、新民

---

① 周瘦鹃：《噎之尾声·噎病矣》，载《礼拜六》，第67期。
② 老舍：《一点点认识》，载《新民报晚刊》，1944-05-16。

报联合为张恨水祝 50 寿辰。毛泽东到重庆谈判时曾接见张恨水。抗战胜利后，张恨水到北京《新民报》工作。1949 年以后主要在家养病。1959 年成为中央文史馆馆员。1967 年，张恨水在北京病逝。

张恨水以写社会言情小说而成名。言情小说主要是写情，集中在"鸳鸯蝴蝶派"时期，社会言情小说将社会生活与言情故事结合起来，创建了以社会为纬、言情为经的小说模式。张恨水社会言情小说的代表作品有《春明外史》、《金粉世家》、《啼笑因缘》。

《春明外史》是张恨水的成名之作，创作于 1924 年。"春明"是北京的别称，"外史"是那些正史不记载的社会野史。小说写一个叫杨杏园的皖籍新闻报人在北京 5 年，最后客死在北京（张恨水的原名叫张心远）的故事。以杨杏园的活动为线索，小说写了北京的大杂院、酒楼、妓院、赌馆、会馆以及具有政治文化环境的议会、豪门、高级酒店等。小说中特别吸引人的故事是发生在当时的很多社会热点事件，其中的很多人物就是当时活跃于中国社会的热门人物，如徐志摩（时文彦）、陆小曼（余兰痕）、张宗昌（鲁大昌）、胡适（何达）等。事实上，当时很多人花几个钱买一份《世界晚报》也就是为了看这些新闻事件背后的新闻。当然更吸引读者的还是小说中杨杏园与两个女人的感情纠葛，前一个是妓院里的雏妓，叫梨云，杨杏园深爱着她，却无钱为她赎身，只能为她送终；后一个是位知识女性，叫李冬青，他也爱着她，但李冬青身有暗疾，他们不能成婚。最后李冬青为杨杏园送了终。这两条线索，一横一纵，构成了整部小说的结构。张恨水将他们之间的感情写得很生动。

《金粉世家》是张恨水的鼎盛之作。小说中的社会生活写得比较集中，就是写金总理家四儿四女的生活以及金燕西与冷清秋之间的感情纠葛。《金粉世家》的核心思想是"空"。这个"空"，不是一无所有，而是看"空"一切。人生无定，空为上，这是《金粉世家》的思想。金家贵为总理，可是又有什么呢？还不是散的散、败的败？金燕西与冷清秋的爱情那么热烈，也没有什么，最后还不是各奔东西？在这个思想上，《金粉世家》与《红楼梦》有相通之处。其实，这部小说不仅在思想观念上，在小说结构以至人物性格的刻画和情节的细节描写上，都有《红楼梦》的影子。很多人称《金粉世家》为民国《红楼梦》也就是这个原因。小说中最吸引人的还是小说中金燕西与冷清秋的爱情故事。冷清秋是才子气加上平民性格，金燕西是才子气加上纨绔气息。他们的相同点是都有才，这是他们两人能够在一起的基础。但是冷清秋的素质是平民，这倒不是她出生在平民家庭，而是她知书达理、平等待人、为人质朴，看不惯那些公子哥们或小姐们的所作所为。金燕西的素质是公子哥，说他不爱冷清秋是不对的，但是他对冷清秋的爱有着很多好奇新鲜以及在追求之中产生的快感和冲动。这样的爱难以长久，追求到了，好奇新鲜消失，爱情动力也就没有了，他玩坤角、玩交际花，成为一个典型的纨绔子弟。他们两个人在一起，作者与其说写他们谈恋爱、结婚，不如说是为进行人格素质的对比。金燕西与冷清秋爱情故事写得既浪漫也时尚。如果仔细分析金燕西和冷清秋的爱情过程就会发现，作者实际上把很多中国民间的浪漫故事穿插其中，有唐伯虎与秋香三笑的故事，还有苏小妹三难新郎的故事，但是作者都将它现代化了。

《啼笑因缘》是张恨水的成熟之作。与之前的两部小说不同，《啼笑因缘》中的社会生活不仅仅是表现，还有了批判的色彩。小说中写了军阀的残暴，写了平民的遭殃。这部小说最为人称道的还是艺术表现力。小说不是概念化地写人物，而是真实地描述他们的形象。最为精彩的是沈凤喜形象的塑造。沈凤喜出身贫寒、纯真、羞涩，但是这个人的性格中有一个毛病，比较爱虚荣、爱攀比。她的悲剧是社会的压迫，也是她性格的悲剧。在人物塑造上，作家彻底改变了通俗文学作家惯有的全面介绍的方式，而是抓住最传神、最能体现人物形象特征的那些地方勾勒几笔，简洁却很生动。我们这里看《啼笑因缘》的四个人物的出场：

见他穿了一件蓝湖绉夹袍，在大襟上挂了一个自来水笔的笔插。白净的面孔，架了一副玳瑁边圆框眼镜，头上的头发虽然分齐，却又卷起有些蓬乱，这分明是个贵族式的大学生。

这是樊家树，袍子是知识分子的象征，自来水笔是洋学生的象征，头发梳得很分齐，但是有点蓬乱，有点贵族气息，蓬蓬松松很潇洒。再看：

这时出来一位姑娘，约莫有十八九岁，挽了辫子在后面梳着一字横髻，前面只有一些很短的刘海，一张圆圆的脸儿，穿了一身的青布衣服，衬着手脸倒还白净，头发上拖了一根红线，手上拿了一块白十字布，走将出来。

这是关秀姑。梳着一字横髻、刘海、红绳子，处处都透露出关秀姑是山东人，是来自农村的一个小姑娘。我们再看：

说话时，来了一个十六七岁的姑娘，面孔略尖，却是白里泛出红来，显得清秀，梳着复发，长齐眉边，由稀稀的发网里，露出白皮肤来。身上穿旧蓝竹布长衫，倒也干净齐整。说着，就站在那妇人身后，反过手去，拿了自己的辫梢到前面来,只是把手去抚弄。家树先见她唱大鼓的那种神气,就觉不错,现在又见她含情脉脉,不带点儿轻狂,风尘中有这样的人物,却是不可多得。

白里泛出红来,显得清秀,穿旧蓝竹布长衫,倒也干净齐整,拿着辫梢含情脉脉地躲在一个妇人的后面来偷偷地看着樊家树。这是一个单纯清秀的小家碧玉的形象,这是写沈凤喜。再看:

> 这个时候,有一个十七八岁的女子,穿了葱绿绸的西洋舞衣,两只胳膊和雪白的前胸后背,都露了许多在外面。以为这人美丽是美丽,放荡也就太放荡了……

不用多说,这是何丽娜。不再是从头到脚地写人物:某人、某者、某也,头上戴什么帽子,身上穿什么衣服,脚下穿什么鞋子,从什么地方来,到什么地方去,面面俱到,十分详细。按照鲁迅的话说,这是白描手法。此时的张恨水对人物描写已经相当娴熟了。

张恨水是中国文学史上写抗战小说最多的作家。他写了数十部抗战小说,800多万字[①]。这些小说从抗战开始一直描述到抗战胜利各个时期。张恨水的抗战小说如此巨大的数目,如此多的文字,在中国现代文学史上找不出第二人。代表作品有《大江东去》、《弯弓集》、《前线的安徽,安徽的前线》、《巷战之夜》、《虎贲万岁》等。特别值得一提的是《虎贲万岁》,这部小说真实地记录了刚刚发生的那场惨烈的"常德会战"。1943年10月,日军驻华中部队第11军,进攻湘西北战略要地常德。当时守常德的就是有"虎贲之师"称号的中国军队74军57师的8 000多人。他们在师长余程万的带领下,血战10多天,只剩下83人走出常德。为了让人们记住这场战役,该师的两个参谋拿着各种资料拜访张恨水,力请张恨水写一部小说。在感奋之中,张恨水很快地写出这部《虎贲万岁》。此时的张恨水具有强烈的"国家意识",在尽一个书生能尽的国家义务。

对外,张恨水歌颂抗战事迹;对内,他要求社会健康稳定,为之,他写了不少社会讽刺小说,代表作品有《八十一梦》、《五子登科》等。《八十一梦》用托梦的形式写了当时国统区的各种乱象;《五子登科》写了国民党在接受日产的过程中的各种丑行。这些小说嬉笑怒骂,讽刺辛辣,集中地反映出广大国

[①] 学术界统计的数字为:张恨水创作文字3 000多万字,抗战作品在800万字以上。见2005年《张恨水抗战作品目录索引》,安徽省张恨水研究会秘书处编印。

民对当时的统治阶层的不满。

传统文人做人的基本素质是"孝"和"忠"。张恨水的父亲去世的时候，张恨水曾经在父亲面前发过誓言，孝顺母亲、抚养全家。这倒不仅仅是遵守誓言的问题，而是一个传统文人给自己立下的做人的准则。他对母亲非常孝顺，几乎做到言听计从的地步；他对全家承担起长子的责任，放弃了自己进北大读书的理想，拼命地写作，将自己的几个弟妹都送进了学校读书。作为一个传统文人，张恨水以民族为重、国家为重。如果将张恨水的小说连贯起来看，就会发现一个重要的文学现象，1931年之前，他的小说以社会言情小说为主；1931年后他主要写抗战小说和社会讽刺小说。事实上，1931年"九一八"事变之时，他正在创作《太平花》。这部小说原来的构思是社会言情小说，事变发生后，他不顾小说情节的完整，将它改写成了抗战小说。

张恨水在文学史上最重要的贡献是对通俗小说创作文体进行的现代化改造，建立了现代章回小说文体。它的核心内容是：说故事、写人物。说故事发挥的是中国传统小说的长处，写人物则是吸收新小说的营养。张恨水也是运用市场运作最为成功的通俗文学作家。他能够紧跟市场的需求进行写作。市场的敏感性使他获取了相当的经济效益，也使他能够对小说创作进行有效的改造。20世纪二三十年代新小说受到读者的欢迎，趋新自然就成为他改造旧小说的发展路径。只要是市场欢迎的美学元素就接受过来，根据这样的原则，张恨水创建的现代章回小说还吸收了不少民间文学的营养。

五、通俗文学的新生代徐訏、无名氏

徐訏（1908—1980），浙江慈溪人。原名徐传琮，1933年北大哲学系毕业，转入该校心理学系读研究生，曾加入林语堂所编的《论语》、《人世间》等刊物做编辑。1936年赴法国巴黎大学修哲学。在此期间写下成名作《阿拉伯海的女神》和《鬼恋》等小说。一年后，抗战爆发，他回到国内，陆续写下了《荒谬的英吉利海峡》、《吉普赛的诱惑》、《精神病患者的悲歌》等作品。1943年，长篇小说《风萧萧》发表，当年此书被列为"全国畅销书之首"，该年被称为"徐訏年"。徐訏1950年赴香港定居，到1980年去世。徐訏在香港三十年做教师、写小说、办刊物，是香港文化界知名人士。徐訏是位多产的作家，他的创作共计有六十余种，文类广泛，小说、新诗、散文、戏剧样样都写。1966年到1980年台湾正中书局为他出齐了18册的《徐訏全集》。由于他后来长期定居在香港，于是被公认为是对港台和东南亚华文文学起到重大影响的作家。

无名氏（1917—2002），祖籍江苏扬州，出生于南京。兄弟五个，排行"夫"字辈，故名卜乃夫。二哥卜少夫曾任《中央日报》、《申报》总编辑和新闻天地社社长。幼弟卜幼夫曾任台湾杂志社社长。无名氏当年中学未毕业就只身上北京旁听于北京大学，后来到北平俄语学校读书。20岁时，他受聘为《扫荡报》的记者。1943年，他26岁时以无名氏为笔名发表了成名作《北极风情画》，轰动一时，后来又写作《塔里的女人》。《北极风情画》、《塔里的女人》二书极为畅销，多年来各销五百余版。抗战胜利后，无名氏致力于"无名氏书稿"的写作。"无名氏书稿"共分六卷出版，分别名为《野兽、野兽、野兽》、《海艳》、《金色的蛇夜》、《死的岩层》、《开花在星云之外》、《创世纪大菩提》。六部小说分别以革命、爱情、罪恶、宗教、禅宗、乌托邦为主题，注重对人类生活形式的表现，尤其是对人类心灵世界的深入探索。全书写法多样，表达形式丰富，是介于诗体小说、哲理小说、散文小说的混合文体。

徐訏、无名氏是通俗文学新崛起的新生代作家，他们接受过现代教育，甚至还有外国留学的经历。他们没有参加什么社团，远离文坛论争的中心。他们的知识库存里没有什么新文学的理论或通俗文学的传统，他们只是根据自己所认识并喜欢的美学观念进行小说创作。这些美学观念正是雅、俗文学经过十多年的检验而为中国读者所接受、所欢迎的一些美学内涵。时代造就了这批新作家，也使他们的小说有了新的特色。

徐訏、无名氏的小说之所以能够流行与爱情主题有很大关系。他们小说中的爱情不同于"鸳鸯蝴蝶派"言情小说的就情写情，也不同于张恨水小说将社会与言情对立起来写，他们笔下的言情具有更多的精神因素和文化追求。徐訏是爱情理想主义者。他在写《鬼恋》时就给爱情定了位，即：爱情是一种精神存在，它没有年龄的限制，没有性别的限制，甚至超凡脱俗地没有肉体的限制。到了40年代，他又将爱情提高到哲学和宗教的境界。《吉普赛的诱惑》将爱情的生命和吉普赛人的生活联系在一起，宣扬一种自由的精神："吉普赛的生活专为培养永生的爱情的，而我们也终于将生活献给爱神。"《精神病患者的悲歌》将爱情进一步地纯化，从个人的私有性中剥离出来，泛化为具有奉献精神的爱心："我要把海兰与白蒂赠我的爱献给人群，献给我的理想与事业。"爱情是一种自由，爱情是一种爱心，所以《风萧萧》中那位独身主义者能在三位女性之间施展他的爱情，却又显得那么纯净："爱是我自己的想象，而没有一个人爱过我。她们爱的也只是自己的想象。"很显然，徐訏表现的爱情生活实际上有两重境界：一重是肉体的，也是世俗的，它往往走向悲剧；另一重是精神的，也是纯净的，它从来是以胜利而告终。在这两重境界的反差对比之中，徐訏实际上是借爱情的壳写他的人生理想。他所勾画的精神境界与法国文学所表现出来的人文精神是相通的。如果将莫泊桑、纪德、梅里美等人的小说与徐訏的小说联系起来看，将会明显地看到徐訏小说所宣扬的自由精神和奉献精神的来源。他的作品骨子里弥漫着一股法兰西的"罗曼蒂克"的精神，只不过作为一个文化的接受者，在他向自己的同胞宣扬时，作了相当精细的铺垫和"中国化"的阐述。

无名氏写爱情没有徐訏那么多的缥缈感，他以相当浓丽的笔调写了男女之恋的全过程。《北极风情画》和《塔里的女人》中的爱情生活无不写得惊心动魄、缠绵悱恻、生离死别，天长地久人未老，海枯石烂不变心，爱情程式的演绎发挥得淋漓尽致。无名氏小说中的爱情故事固然动人，但令读者悚然的还是他的忏悔意识。刻骨铭心的爱情却是刻骨铭心的痛苦，爱情的叙述者是背负着爱情十字架的苦行僧。陌生怪客和罗圣提叙述的那些迷人的爱情经历正是他们痛苦的根源。他们的叙述并不是为了心灵的净化，而是一种忏悔："在生活里面，你常常可以碰到一种不可抗拒的神秘阻力。这种阻力，你年轻时，还不显得怎么沉重，有时候，只要你咬一咬牙，摇一摇头，说一个不字，它似乎就退开了。但是随着你的年龄增加，额上皱纹加深，它一天一天变得强大起来。到了最后，你连摇头说个不字的勇气都没有了。"[①] "神秘阻力"不仅纠缠了小说主人公的一生，使他们万劫不复，还使他们像幽灵一般出现在雪后的华山之巅和月明的松林之间，在精神上和肉体上折磨自己。忏悔对象不是自我价值或社会和民众（如鲁迅的《野草》、巴金的《灭亡》等），而是自己的恋爱对象，忏悔有了更多的个人感情色彩。不仅是心灵上的忏悔，还有行动上的"自惩"，这里面具有浓重的俄罗斯知识精英们的"罪感"意识。陀斯妥耶夫斯基、托尔斯泰、屠格涅夫等作家笔下的文化意识在此折射出来。

无论是一见钟情、刻骨铭心、以身殉情，还是苍凉面对、真情忏悔、情义决断，徐訏和无名氏的小说都给爱情作出了自由、独立的答案。自由和独立是爱情的灵魂，是爱情的生命，拘于世俗的规矩，爱情之花必然枯萎，这是他们一致的意见。自由和独立是现代中国人文精神的核心内涵，所以，他们的小说

[①] 无名氏：《北极风情画》，151 页，北京，华夏出版社，1999。

虽然表现的生活并不广博，但在人性的挖掘上有相当的深度。当然，他们追寻自由、独立的途径是不一样的：徐訏是一种升华，让爱情与自由、独立同在；无名氏是一种对比，让失去自由、独立的爱情之花快速地死去。伴随着这些选择，小说弥漫着欢乐、痛苦、迷茫和忏悔等各种情绪。这些人生情绪正是现代人生的表现。爱情哲学、人生情绪和缠绵的故事融合在一起，决定了这些小说的风格确立在通俗性和雅致性、现代性和世俗性的交汇点上，也决定了小说的读者必将辐射社会各个阶层。

中国的爱情婚恋小说一以贯之的是男性话语，无论是正面还是反面，女性都是男性的理想形象，都处于被动状态。徐訏和无名氏的小说中，女性不仅是男性的赞美对象、崇拜对象、忏悔对象、分析对象，而且是爱情的抒发者和爱情故事波澜起伏的支配者。角色的变化使女性的性格有了充分的展示，罗拉的洒脱（徐訏《吉普赛的诱惑》），海兰的博爱（徐訏《精神病患者的悲歌》），奥蕾利亚的刚烈（无名氏《北极风情画》），黎薇的矜持（无名氏《塔里的女人》），女性的性格如此集中地展现，在中国文学史上不多见。尤其值得称道的是，小说将性格的展现和人生命运紧密地结合在一起。性格就是命运，那些生动鲜活的女性形象奔向她们的人生归宿的动力不是外在的，而是内在的，是她们自己。徐訏笔下的女性的性格无论是什么形态，都有一种宽阔的精神气质，这种精神气质最后总是将她们推向自由的境界。奥蕾利亚的刚烈和黎薇的矜持来自于爱情的滋润，一旦失去了爱情的滋润，刚烈就只能走向自杀，矜持就只能变成猥琐。伴随着她们的人生命运故事的展开，女性的情爱心理得到了充分的展现。她们形态各异的择偶观以及爱情生活中的敏感、纤细、刚烈、脆弱、单纯、狡猾，女性的最为隐秘的心灵和丰富生动的情感如此集中地表现出来，这在中国文学史上大概也是第一次。性格与命运，心理与感情，如此紧密地糅合在一起，女性的"人"的形象也就树立起来了。

徐訏和无名氏是现代通俗小说创作方式的继承者。他们的小说都有一个完整的故事情节，毫无例外地追求故事的传奇性：小说的中心情节离不开一段传奇的人生经历，这段人生经历的内核当然是刻骨铭心的婚恋生活（徐訏的《风萧萧》写了间谍的生活，但也只是一个壳）。小说的情节发展充满了偶然和突变：偶然的相遇或者突然的事变往往是男女主人公爱情生活的催化剂，常常造成一见钟情或者棒打鸳鸯。小说的环境常追求特异的气氛。他们的小说展现的是新奇的境地和浪漫的场所：不是异国他乡，就是夜幕下的酒吧、饭店、赌场以及长满梧桐树的林荫大道和碧波荡漾的玄武湖畔。无名氏甚至将环境推到了绝地，在冰天雪地的西伯利亚和万仞悬崖的华山之巅说故事。追求小说环境的陌生化效果，他们延续的是通俗小说的常用手法。

他们也是中国现代通俗小说结构的改造者。与张恨水不同，他们对通俗小说结构的改造不再局限于章回小说框架内，而是将通俗小说的情节模式融入新小说的话语之中。这样的融入突出地表现在两方面：一是打乱章回小说时间叙述的顺序，常常采用新小说倒叙的方式写小说的开头和结尾，故事的主体则写传奇故事。徐訏比较喜欢用哲理性的语言写小说的开头和结尾，如《吉普赛的诱惑》等；无名氏基本上是用一个小故事导入，他的《北极风情画》和《塔里的女人》均是如此。倒叙语言只是作为小说正文的铺垫，或构造小说的悬念与总结人生的得失。倒叙语言在小说阅读中具有权威性和引导性，又让情境话语"自由"地发展。于是，他们的小说既有空间结构、完整的框架，也有精彩的情节。二是舍弃章回小说全知型的叙述视角，选用新小说第一人称叙述。叙述者既是故事的见证者，又是故事中人，他们的感情依附在小说人物身上，随着人生命运的悲欢离合一起起伏，叙述话语对小说的传奇情节不但没有限制，反而成了传奇故事起承转合的一种手段。更重要的是，叙述话语还给小说的感情表现起到了评点的作用。除对章回小说的结构作了卓有成效的改造之外，他们的小说还吸收了现代表演艺术，徐訏的小说具有明显的话剧艺术的痕迹。《风萧萧》的结构就像一部多幕剧，整个故事情节就建立在一次偶遇上：在一个夜晚，哲学家徐救了一位从事秘密工作的美国军官史蒂芬。这一次的偶遇打开了故事情节的大门。这个开头就如一部话剧的楔子。以后是徐与三位女性在偶遇中相识，这些偶遇的情节又是重复的：环境是卧室、赌窟、舞场、客厅等场景的置换；人物是一个美丽的女性接着一个美丽的女性上场；情节是一个恋爱故事接着一个恋爱故事的表演。情节的发展犹如话剧场次的展开。在梅武公馆里中国间谍、美国间谍与日本间谍的决斗是小说的结局，也是话剧的最后一幕。最后徐留了一封信给海伦，然后悄悄地离开，这也是话剧的尾声常见的做法。而无名氏的小说有着更多的电影艺术的氛围。《北极风情画》所展示的是一个个的冰雪的镜头，《塔里的女人》所展示的是一个个纯美的画面。对现代表演艺术的吸收，实际上是从"时"、"空"两个角度重新整合中国小说传统的叙述结构，使之更具有现代色彩。

自五四新文学登上文坛以后，中国的文学就沿着两条平行的线索向前发展：一条是接受外国文学影响的新文学；另一条是延续传统文学发展而来的通俗文学。20 世纪 40 年代出现的徐訏和无名氏的小说发出了这样一个信息：中国现代文学的雅俗文学正在互相渗透，并趋向合流。自此以后，中国通俗小说的读者就不仅仅停留在市民阶层，它开始渗透到社会各个阶层之中去了。

学习提示与建议

1. 中国现代通俗文学的成就长期以来没有得到文学史的承认，今天应该如何客观和公正地对其进行评价？晚清时期现代都市社会与文学报刊的兴起与现代通俗文学生成之间又有什么样的关系？

2. 包天笑的社会小说有什么特点？为什么说周瘦鹃是"通俗文学的多面手"？他有哪些方面的贡献？

3. 在阅读作品的基础上，注意张恨水的"社会言情小说"有什么特点。他的小说有不少被改编成了影视作品，在学习过程中可以参看相关作品就张恨水小说的艺术成就进行讨论。

4. 徐訏、无名氏各有什么代表作？他们的小说在塑造女性人物形象方面有什么特点？

专题九　三四十年代的诗歌

学习要求

1. 了解中国新诗30年代后的发展与变化，蒋光慈、殷夫和普罗诗派的创作特点，臧克家诗歌的创作特点，卞之琳诗歌的创作特点，冯至诗歌的创作特点，七月诗派的形成与创作特点，40年代现代主义诗潮的出现与创作趋向，九叶诗派的形成与创作特点。

2. 重点掌握戴望舒诗歌的创作特点，艾青诗歌的创作特点，穆旦诗歌的创作特点，艾青诗歌从《大堰河》、《北方》到《黎明的通知》的发展与变化，艾青诗歌对七月诗派的影响，艾青诗歌在中国现代文学史上的地位和影响。

经历了20世纪20年代艰难的草创与初步建设阶段，中国现代诗歌在三四十年代显示出蓬勃发展的势头，在提升诗艺和干预现实的纠缠中，呈现出多元并存、多向互补的格局。在30年代，主要出现了以殷夫、蒲风为代表的革命现实主义诗人群，以徐志摩、陈梦家为代表的后期新月诗派以及以戴望舒、何其芳、卞之琳为代表的现代派诗人群。40年代最重要的诗歌流派则是以胡风和艾青为首的七月诗派，以穆旦、袁可嘉为重要代表的九叶诗派。

一、三四十年代的诗歌概况

中国现代诗歌从出世之日起，就几乎成了时代与政治情况的晴雨表。1927年以后至抗日战争爆发这段时间，中国新诗坛更是承受着来自诗歌内部和外部的两种压力，极其艰难地行进在自我建设的道路上。具体而言，出现于1927年"四一二"反革命政变之后的普罗诗派①，出现于1932年的中国诗歌会以及

---

① "普罗"是"无产阶级"的英文音译"普罗列塔利亚"（Proletariat）的简称。

1935年到1938年的密云期诗人群,他们的主张和诗歌创作都是对日趋黑暗的社会现实、日益强烈的政治压迫的正面呼应,他们选择了从过去的象牙之塔里走向民众,用诗歌对大众进行宣传,面对现实发言。

普罗诗派是无产阶级革命文学的提倡者们在苏联"拉普"和日本"纳普"思潮影响下开展的普罗诗歌运动的产物,滥觞于1924年蒋光慈、沈泽民等以上海《民国日报·觉悟》为阵地的春雷社,因1928年初成立的太阳社、1928年5月成立的我们社以及1930年成立的普罗诗社的积极创作而得到较好发展。其代表诗人为蒋光慈、殷夫、洪灵菲、林伯修、戴平万以及后期创造社的郭沫若、钱杏邨,代表刊物为《太阳月刊》(太阳社出版)、《我们》(我们社出版)以及后期创造社的刊物《创造月刊》、《文化批判》。该诗派在1928年到1930年最为活跃,至1931年逐渐沉寂下去。"其沉寂的原因虽然从表面上看是由于白色恐怖的压迫,创造社被封,太阳社、我们社、引擎社、前哨社、汽笛社等大批普罗派诗社相继解散,左联五烈士遇害,蒋光慈病逝等客观原因,但究其根本还在于他们受苏联'拉普'、日本'纳普'思潮影响,只顾满足社会功利的要求而违背审美创造的内在规律,从而影响到普罗诗歌的进一步发展。"[1]

普罗诗歌的拓荒者是蒋光慈。蒋光慈于1921年加入中国共产党并赴苏联学习,留苏期间(1921年至1924年)写作的《新梦》诗集于1925年出版,这是新诗史上第一部歌颂苏联十月革命和社会主义新生活的诗集。从苏联归国后,在军阀混战、民不聊生的国土上的所见所感,集为《哀中国》,于1927年出版。郭沫若也是普罗诗歌的开创者之一。退出实际的革命斗争后,他在1928年出版两本诗集《前茅》、《恢复》,诗歌充满无产阶级战斗的激情和现实主义的革命色彩,当然也难免印刻着革命文学发展初期的幼稚病——缺乏艺术个性,诗歌成为时代和革命理念的传声筒。

殷夫(1909—1931)是普罗诗派的代表人物,浙江象山人,"左联"五烈士之一。原名徐祖华,笔名还有白莽、徐白、沙菲等,殷夫是他较为常用的笔名。1928年殷夫参加了太阳社,努力从事革命文艺运动和创作。1929年,他的创作趋向高潮,创作了许多音调粗犷激越、节奏短促有力的"红色鼓动诗",如《别了,哥哥》、《血字》、《孩儿塔》、《伏尔加的黑浪》、《一百零七个》等。殷夫的这些诗歌,是"普罗"诗歌创作的代表。他早期的诗集《孩

---

[1] 刘静:《论普罗诗派》,载《西安联合大学学报》,2004(1)。

儿塔》①，存在单调空洞的毛病，有太多的政治口号，缺少诗歌的形象性和生动性，但他的诗在当时的青年，特别是革命青年中颇受欢迎。如他的《写给一个姑娘》所表达的自觉选择，献身于无产阶级革命，放弃做一个"清高的诗人"：

> 我不是清高的诗人，
> 我在荆棘上消磨我的生命，
> 把血流入黄浦江心，
> 或把颈皮送向自握的刀吻。

鲁迅在给《孩儿塔》所写的序言中，赞誉殷夫的诗"是东方的微光，是林中的响箭，是冬末的萌芽，是进军的第一步，是对于前驱者的爱的大纛，也是对于摧残者憎的丰碑。一切所谓圆熟简练、静穆幽远之作，都无须来作比方，因为这诗属于别一世界"②。在"普罗"诗歌方面，殷夫是继郭沫若、蒋光慈之后的一位重要诗人。

中国诗歌会诗人群与普罗诗人有着近似的追求。蒲风（黄浦芳）、穆木天、杨骚、森堡（任钧）、王亚平等诗人就于1932年9月在上海发起成立了中国诗歌会，其机关刊物是《新诗歌》（1933年2月创办）。中国诗歌会是"左联"领导下的一个群众性的诗歌组织，除在上海建立总会外，还在广州、北平、青岛及日本东京建立了分会，各分会也大多办有刊物。他们以"研究诗歌理论，制作诗歌作品，介绍和努力于诗歌的大众化"（《中国诗歌会的成立》）为任务，取得了较大的创作实绩。如蒲风以农村和人民反帝斗争为题材创作的《茫茫夜》和《六月流火》、杨骚的《乡曲》、穆木天的《守堤者》、王亚平的《十二月的风》等长篇叙事诗。这些诗人坚持革命现实主义的创作方法，紧紧"捉住现实，歌唱新世纪的意识"，即继承五四以来现实主义诗歌的写作传统，反映现实的社会和人生，从事反帝抗日和反封建的斗争；此外，他们还要使"诗歌成为大众歌调"（《新诗歌·发刊词》），即致力于创造大众化诗歌，以歌谣、小调等通俗易懂的方式对大众进行政治动员，激发"大众"对现实关注的热情。与此相关，他们强调诗歌是听觉的艺术，把诗歌的朗诵作为诗歌传播的重

---

① 殷夫自编的诗集《孩儿塔》，收入1924年至1929年的诗歌创作65首，鲁迅曾为此集作序。1959年出版的《孩儿塔》选录其中部分作品，1984年据鲁迅收存的殷夫手稿将65首全部排印，作为《中国现代文学作品原本选印》丛书之一出版。

② 鲁迅：《且介亭杂文末编·白莽作〈孩儿塔〉序》，见《鲁迅全集》，第6卷，494页，北京，人民文学出版社，1981。

要环节。中国诗歌会建设新诗的主张和行动,得到了鲁迅、郭沫若、茅盾等的关心和支持,1935年,当"国防诗歌"被作为"国防文学"的一个部门提出来的时候,中国诗歌会的同人们热情投身到抗日救亡运动的洪流中,并在1937年出版了"国防诗歌丛书"。1937年4月,该团体停止了活动,绝大多数诗人参加了中国诗人协会,继续大众化实践。

蒲风(1911—1942)是中国诗歌会的代表诗人,广东梅县人。早年曾就读于上海中国公学。1927年开始诗歌创作,后参加"左联",与杨骚等组织中国诗歌会,出版《新诗歌》。1934年去日本,与雷石榆等创办《诗歌生活》。抗战开始后,在广州主编《中国诗坛》。著有诗集《茫茫夜》(1934)、《六月流火》(1935)、《生活》(1936)、《钢铁的歌唱》(1936)以及《现代中国诗坛》(1938)、《抗战诗歌讲话》(1938)等论著。他的诗歌,前期主要写被压迫农民的痛苦、灾难和反抗,后期则以歌颂抗日反帝为主题,诗歌热情奔放、朴实无华、通俗易懂。除具有真情实感的抒情外,还写有长篇叙事诗、讽刺诗、方言诗和明信片诗。

与中国诗歌会诗人几乎同时来到诗坛的还有"密云期"诗人。"密云期"是胡风对1935年至1938年前后这段"阴暗的时期"的一个形象概括。(胡风《密云期风习小记·序》)他认为,臧克家、田间和艾青是这段时间中最具典型性的诗人。

臧克家(1905—2004),山东诸城人,18岁以前一直生活在农村。1929年12月发表处女作《静默在晚林中》。1933年在闻一多、王统照的资助下,自费出版了生平的第一本诗集《烙印》,赢得了诗人的声名。在他数量甚丰的诗集中,《罪恶的黑手》(1934)和《运河》(1936)这两本短诗集以及长诗《自己的写照》(1936)集中代表了臧克家前期抒情诗的成就和特色,奠定了他在中国现代诗歌史上的重要地位,而《宝贝儿》、《生命的零度》等是臧克家在抗战期间达到的新的艺术高峰。

在臧克家的诗歌创作历程中,他始终力图让自己的诗情围绕着大时代,"以诗情为大时代摄影",写就了一系列关注现实生活、体现大时代精神的"泥土的歌",如《难民》、《炭鬼》、《神女》、《歇午工》、《老马》和《三代》等。《三代》这首诗仅仅只有六行,却被分成了两两独立的三节:"孩二/在土里洗澡;//爸爸/在土里流汗;//爷爷/在土里埋葬。"平淡的字句,却以沉重、辛酸的调子,揭示了中国农民世世代代耕耘于斯、贫病于斯、埋葬于斯的悲苦命运。可见,在诗歌理想上,他与新月诗派、现代派诗人不同。新月诗派、现代派的诗人更多地在建设纯诗的方向上作出了努力,而臧克家的眼光不是向内,而是向下,注视着苦难的中国大地和挣扎在死亡与饥饿线上的底层人民。但是,在诗歌艺术方面,臧克家的诗不具有中国诗歌会诗歌那种标语化、口号化的特征,追求"运用的字句一定都是崭新的几乎是神奇的,然而又是人人能懂的",不像新月诗人那样谨守诗歌的"三美"理论,而是突破了形式主义的藩篱,也不像现代诗那样朦胧、晦涩甚至神秘,但又具有现代派诗人诗作的重暗示、意象的特征。可以说,臧克家出自新月和现代,却不属于两者;他自觉地取法于中国诗歌会,却也不属于它。他"嚼着苦汁营生"的人生体验以及他对当时诗坛氛围的敏感和随之采取的自觉立场,使其诗歌独具一格。他也因为对土地、农村、农民的诗性书写而被人们称为"农民诗人"。

与上述现实主义的诗歌创作相对应的,是20世纪30年代的另外一群诗人如后期新月诗派、现代诗派的诗人们做出的迥异的选择。这些诗人更多地看到了新诗经历20年代发展之后在诗歌本体建设方面的欠缺,力求艺术的完美,致力于抒情的艺术化,让诗"回到了它的老家"或"钻进了它的老家"①,从而形成了一股此起彼伏的"纯诗化"潮流,这股潮流到了1936年至1937年,形成了巅峰状态,也就是史称的"不再的黄金时代"②。

后期新月诗派是前期新月诗派的继承与发展。其成员除前期新月诗派的徐志摩、饶孟侃等老诗人外,主要有陈梦家、方玮德、卞之琳等。其代表诗作收入1931年陈梦家编选的《新月诗选》中(该诗集共收入前、后期18位新月派诗人的80首诗作)。与其他诗派相比,该派"主张本质的醇正,技巧的周密和格律的谨严"(陈梦家《新月诗选·序言》),主张"回避现实",反对直抒胸臆,主张通过艺术的想象把外在的现实生活在内心世界所引起的反应与情感升华为美的诗的形象;艺术形式趋于象征,注重诗的格律,但是,并不坚持非格律不可,当情绪的空气不容许格律来应用时,就要听从诗的意义不受拘束地自由发展。1932年后,新月诗派因徐志摩的去世而逐步解体,一部分成员与现代诗派合流。

抗日战争开始后,救亡图存成为全民的主题。诗歌这一文类在20世纪40年代的战争背景下出现了极大繁荣。"凡有斗争的角落,凡居住着不愿做奴隶

---

① 朱自清:《抗战与诗》,见《新诗杂话》,56页,广州,作家书屋,1949。
② 纪弦:《三十自述》,见《三十前集》,上海,诗领土社,1945。"我称一九三六至一九三七年这一时期为中国新诗自五四以来一个不再的黄金时代。其时南北各地诗风颇盛,人材辈出,质佳量丰,呈一种嗅之馥馥的文化景气。"

的人们的地方都有诗！凡有年轻人的地方，凡有人性底呼吸的地方，凡有印刷机的地方，凡有油印机的地方，凡有纸笔的地方，也都有诗！"[①] 抗日战争的"炮火翻动了整个天地，抖动了人群的组合"[②]，使新诗的前途成了新时代的文学动向中，最值得揣摩的，而被炮火震醒了的诗坛上人们的揣摩与尝试，导致了我国新诗发展的一个重要阶段的开始。

诗歌与政治、诗人与时代的关系更为复杂。一方面，在思想观念上，绝大部分诗人在时代的狂风暴雨中，开始走出象牙之塔，投入到抗日战争的滚滚洪流之中。与此相应，出现了两种现象：

一是现实主义诗风的高扬。20世纪30年代的中国诗歌会作为团体很快就自然解散，但该团体所倡导和实践的具有强烈的时代性、战斗性的写实主义诗风，仍进一步延伸为40年代诗坛的主潮，成为不同流派、不同写作风格的诗人在当时的共同追求和归趋。当时的诗人们怀着高昂的爱国热情、同仇敌忾的民族义愤，投身于抗战的伟大斗争中，在参加其他活动的同时，拿起诗笔，作为武器，为神圣的民族解放事业呼唤、歌唱，因此，比较重视"真实"性在诗歌创作中的地位，特别注重创作前要深入生活，突入到生活的激流中去，也非常重视诗歌与政治的关联，凸显出诗歌的社会功利价值。工农兵群众开始成为民主根据地中许多诗人的歌唱对象。街头诗、朗诵诗等富有鼓动性和群众性的形式，在抗战初期受到了许多作者的重视。随着战争的延续，诗歌的形式与体裁均有明显的变化，诗歌从短到长，从抒情到叙事，更好地密切地联系了40年代的中国社会、战争现实，实现了诗歌的社会功利价值。在这股创作潮流中，"七月"诗派的出现表征着"左翼"诗歌潮流在新时代里的新发展，而艾青的创作是其中的一个高峰。

二是现代主义诗人的转向。如果说，在20世纪30年代，"接踵而至的北洋军阀的血腥屠杀，蒋介石的叛变革命和日本侵略者侵占华北，使现实变得越来越严峻，但社会生活仍给作家和诗人留下了奇异遐想、美丽憧憬的广袤空间，留下了歌吟'风花雪月'的闲暇与'为艺术而艺术'的余裕"[③]的话，那么，在战火纷飞的40年代，再也没有一块地方可以放得下安静的书桌，放得下卞之琳精心雕琢的圆宝盒了，严峻的社会现实促使现代派诗人的队伍发生了严重的分化。一部分诗人"或离开诗歌而从事别的形式的创作，或由原来心灵

---

① 苏光文：《大后方文学论稿》，245页，重庆，西南师范大学出版社，1994。
② 卞之琳：《雕虫纪历·自序》，北京，人民文学出版社，1979。
③ 龙泉明：《中国新诗流变论》，374页，北京，人民文学出版社，1999。

的低吟而转为沉默了"①。但更多的诗人在良知和社会使命感重新苏醒后,积极响应民族抗战爆发对自己爱国主义感情的呼唤,重新思考诗歌与时代的关系;或者抛弃原来的美学追求,走上现实主义的道路;或者让原有的象征主义的方法参与现实主义诗歌的创造,从而创作出现实性增强的诗歌。在艺术风格上,诗人们摒弃了装饰趣味与琐屑的雕琢的形式,舍弃了朦胧、含混、晦涩,从而趋向于明朗化。这些诗歌,是诗人们面对严峻的社会现实,开始进行严肃的自我反思,并在反思之后作出了告别过往,走向现实,为大众写作的结晶。这方面的代表诗人有何其芳、卞之琳、戴望舒、徐迟、曹葆华、方敬等人。20世纪40年代形成的九叶诗派的创作,体现了在那个沉重的时代里,诗人们对"人民性"和诗艺的双重坚持。

另一方面,对诗歌本体建设、诗歌与现实、时代的关系的思考更为深入。

抗战初期,大多数诗人被盲目的乐观情绪所感染,几乎都以书写战歌的方式加入民族解放的大合唱中,如郭沫若的《战声集》、冯乃超的《宣言》、徐迟的《最强音》等。这些诗歌的共同特点是:在抒情内容上,都表现了大敌当前时昂扬与乐观的健康情绪;在抒情方式上,都倾向于以直抒胸臆的方式,发出宣言式的呐喊,同时加入大量议论;在叙述描写方式上,都回到了具体再现、直接描摹的老路上②。总体来说,这段时间的诗歌与现实、时代是正面反映关系。故而,当人们理性地思考抗战、思考诗歌的时候,就不满足于这种直线的、表面化的反映方式,而是重新确认诗歌与现实的关系,重新寻求新诗艺术的创新以及新诗与时代、社会更良好的互动,而这正是在抗战的相持及其以后阶段,包括七月诗派在内的绝大多数诗人孜孜耕耘的领地。

20世纪40年代的现代主义诗风比较浓郁的诗人,也面对狰狞的现实,作出了自己的文化选择。这体现在:一部分诗人对早期诗歌中的纯粹倾向进行了清理,创作了新古典主义诗歌③;另一部分诗人则对以西方现代主义诗人瓦雷里等为代表的象征主义诗歌的情绪感伤性进行了反思,对象征主义逃避现实、人生的倾向进行了批判,而提倡学习、引荐法国作家纪德和德语诗人里尔克,

---

① 孙玉石:《中国现代主义诗潮史论》,237页,北京,北京大学出版社,1999。
② 钱理群等:《中国现代文学三十年》,567~568页,北京,北京大学出版社,1998。
③ 解志熙:《暴风雨中的行吟:抗战及40年代新诗潮叙论》,见《摩登与现代》,北京,清华大学出版社,2006。在该文中,解志熙先生将这股重新承续中国本土古典诗学传统,将之与现代新诗有机融汇的诗潮称为"新古典主义诗潮",并指认这股诗潮的代表人物分别出于南方的中央大学、金陵大学和南京美专以及北方的燕京大学,南方学院诗人群的代表人物是汪铭竹、常任侠、沈祖棻,北方学院诗人群则以陆志韦、郭绍虞、吴兴华、宋淇为代表。在该文中,解志熙从诗作人手,对上述诗人的诗风作了精细的解读。

以更密切地关注现实。可见，迫在眉睫的社会现实不容许逃避现实人生的悲观主义、唯美主义艺术倾向的存在，这种现实需求和中华民族文化传统中根深蒂固的实践理性精神制约并"过滤"着诗人们对西方现代主义的接受。由此，在这种新的历史条件下，这批现代主义诗人创作出了具有新面貌的一些杰作，开创了中国现代主义诗歌的成熟年代。这就是从卞之琳的《慰劳信集》、冯至的《十四行集》的出版到以"九叶诗派"为代表的新的现代主义诗歌的诞生与创造。他们的理论主张和创作实践指示出了现代主义在战争年代所能切入的深度、力度和广度，是现代主义在新的时代语境中的新流向。

二、现代诗派与戴望舒

现代诗派出现于20世纪30年代的中国诗坛，起因于1932年施蛰存受现代书局委托创办的文艺刊物《现代》。该派鼎盛于1936年前后，经历了一个酝酿、形成、发展、流变的漫长过程，是后期新月诗派与20年代末以李金发为代表的象征诗派的合流。其主要刊物先后有《现代》、《水星》、《新诗》、《星火》、《菜花》等，代表诗人有戴望舒、卞之琳、何其芳、李广田、金克木、林庚、路易士、徐迟、南星、施蛰存等，其中，戴望舒是主情派的代表，卞之琳是主智派的代表。现代诗派的代表性诗集有《望舒诗稿》（戴望舒著），《鱼目集》（卞之琳著），《汉园集》（卞之琳、何其芳、李广田合著），《预言》（何其芳著）以及《二十岁人》（徐迟著）等。抗战爆发后，现代派诗人急剧分化，其艺术风格和表现手法则为40年代的九叶诗人所继承和发展。

现代派诗人也跟后期新月派诗人一样，与现实、政治保持着一定的距离，他们把诗作为逃避现实的"避风港"，注重揭示自我内心世界的心绪与情感，在创作中形成了寻梦者、"荒原"意识、倦行人的心态等母题。在诗歌艺术上，一方面，他们继承了初期象征派对"纯诗"的强调，善于借助感性对应物，用暗示、象征的方式，揭示那种幽深微妙的情绪、不易把握的抽象情感、难以言传的内心感受，以至潜意识的幻觉，体现了强烈的现代意识；另一方面，他们更多地注意与晚唐五代的温庭筠、李商隐一路的"纯粹的诗"的传统进行纵的继承与发展，因此又体现出中国现代诗歌对传统民族文化的向心力。在诗学建设上，现代派诗人对前期新月诗派的格律诗主张进行了反思，戴望舒在《诗论零札》中主张采取比较自由的形式，卞之琳尽管在其诗歌创作中都很注重韵律，但并不拘泥于闻一多等提出的诗的"三美"理论。总体来说，现代派诗歌是"现代人"——生活在这种大都市中,深受西方思潮影响和象征主义文学熏陶的青年知识分子,在对都市生活的拥抱与抗拒中,用现代的自由诗体形式,抒写出来的"现代的情绪":忧郁、彷徨、落落寡欢。他们的诗歌是这些诗人对当时特殊时代氛围和诗坛现状的感应,是他们寻找安身立命之所的一种产物,具有历史的合理性。

在现代诗派聚合、流变的过程中,何其芳、卞之琳以及戴望舒是三个非常重要的诗人。下面我们对他们各自的诗歌创作历程、特质进行简要评析。

何其芳于新中国成立前的诗作被收录于《预言》(1931—1937)以及《夜歌》(1938—1942)中。

《预言》共收录诗34首,具有浑融圆润、晶莹如玉的特殊意境。它体现了何其芳的寂寞与忧伤,而这种特质是诗人与众不同的成长体验及个人气质造就的:何其芳有天地狭小、生活单调的童年,有因为父亲严厉的封建家法管教以及乏味的私塾生活而"湫隘"、"荒凉"的少年,有初恋失败的青年,这种种经历使他具有孤独、寂寞和忧伤的心境。他的文化活动始终是他自我安慰、自我欣赏的最佳选择:小时候,他就沉迷于安徒生童话《小美人鱼》的凄美境界;在念私塾的时候,他就读完了大型六家选本《唐宋诗醇》,能背诵很多古诗词,尤其是晚唐的温庭筠、李商隐和五代诗词;大学时代,他自己"制造了一个美丽的、安静的、充满着寂寞的欢欣的小天地,用一些柔和的诗和散文"[①]。《预言》就是诗人在法国象征主义诗歌与晚唐五代温庭筠、李商隐一路诗歌共同影响之下,"制造"出来的一个具有"桃李似的秾艳"[②]的小天地。《预言》、《花环》、《休洗红》、《云》都可以作为证明。

抗战爆发前,诗人已经开始厌弃自己的精致。"从此我要叽叽喳喳发议论,/我情愿有一个茅草的屋顶,/不爱云,不爱月,/也不爱星星。"(《云》)抗战开始后,诗人写出了现实性明显增强的《成都,让我把你摇醒》(《夜歌》第一首),热切呼喊着:"让我打开你的窗子,你的门,/成都,让我把你摇醒,/在这阳光灿烂的早晨!"1938年8月,诗人与卞之琳、沙汀等一起去了延安,开始"带着热情和新的梦想谈说着人类的未来","完全告别了过去的那种不健康、不快乐的思想"[③],后来,何其芳写出了《夜歌》,在内容的现实性、

[①] 何其芳:《一个平常的故事》,见《何其芳文集》,第2卷,216页,成都,四川人民出版社,1979。
[②] 唐湜:《九叶诗人:"中国新诗"的中兴》,22页,上海,上海教育出版社,2003。
[③] 何其芳:《一个平常的故事》,见《何其芳选集》,271页,成都,四川人民出版社,1979。

思想追求的社会性、情调的明快性、语言的朴素性等方面都与《预言》大异其趣。何其芳的诗歌写作，经历了一个痛苦地从扇上的云到地上的歌的历程。

卞之琳（1910—2000），江苏海门人。现代著名诗人、学者。1929年毕业于上海浦东中学，1933年毕业于北京大学英文系，期间较多地接近英国浪漫派、法国象征派诗歌，并受当时诗坛上流行的新月派诗人如徐志摩的影响颇深。1933年出版诗集《三秋草》，1935年出版《鱼目集》，1936年与李广田、何其芳合出《汉园集》。1938年与何其芳等一起去延安，之后去太行山区抗日民主根据地访问，创作了诗集《慰劳信集》与报告文学集《第七七二团在太行山一带》。1942年出版《十年诗草》，1979年出版自选诗集《雕虫纪历（1930—1958）》。在其诗歌中，《断章》、《圆宝盒》、《距离的组织》等享有盛名。

与寂寞、忧伤的何其芳相比，卞之琳最鲜明的个人气质是冷静、矜持。他曾说，"我写诗，而且一直是写的抒情诗，也总在不能自已的时候，却总倾向于克制，仿佛故意要做'冷血动物'"[①]，"冷血动物"一语近于调侃，但是它一方面代表了卞之琳的创作态度，另一方面正好代表了他的个人气质。正是在这种个人气质的影响下，波德莱尔、魏尔伦式的忧伤虽然也进入过他初期的创作，但是，他更多地认同的是以叶芝、里尔克、瓦雷里、艾略特为代表的后期象征主义诗歌，而在中国古典诗歌传统中，卞之琳更多地认同的是嵇康的"玄言"、李商隐的"隐藏"以及姜夔的"无情"[②]。在这些中西方文化的影响下，卞之琳注目于对现实的密切观察并将之提升到现代哲学的高度，创作了一系列理趣充盈的知性诗歌。如《尺八》、《音尘》、《鱼化石》、《水成岩》等诗作就体现了诗人对时间、空间相对性的哲学思考。就连写情诗，他也没忘掉对相对观念、辩证意识的把玩。他的五首无题诗加上《旧元夜遐思》、《断章》、《鱼化石》、《白螺壳》、《淘气》以及《灯虫》就是明证。如《无题五》，其灵感应来源于诗人与恋人的一次散步："我"为你采摘了一朵花（也许是野花），小心地把它插在"你"的襟眼里，"你"更加美丽了，"我"心旌荡漾。最后，诗人顿悟出的却是一个哲学性命题"无之以为用"！所以，与其说那些诗歌是诗人恋爱的结晶，不如说是一个哲人在远距离地审视这段情感，并进行一系列形而上的分析后的产物。

[①] 卞之琳：《雕虫纪历·自序》，见《雕虫纪历》，1页，北京，人民文学出版社，1979。
[②] 李怡：《中国现代新诗与古典诗歌传统》，268~270页，重庆，西南师范大学出版社，1994。

但是，卞之琳虽然触及了一些西方现代哲学的话题，但又无意于在这些方面进行更尖锐、更执著的追究，他的思想是睿智的，但思想本身又主要浸泡在若干生活的情趣之中，他很少被"思想"牵引而去。所以，卞之琳毕竟只是一个"懒躺在泉水里"、"睡了一觉"（卞之琳《对照》）的哲学家而已。

戴望舒（1905—1950），另有笔名艾昂甫、江思等，浙江杭县（今杭州市余杭区）人。他的笔名"望舒"出自屈原的《离骚》："前望舒使先驱兮，后飞廉使奔属。""望舒"就是神话传说中替月亮驾车的天神，美丽温柔，纯洁幽雅。1923年秋天，戴望舒考入上海大学文学系。1925年，转入震旦大学学习法语。1926年与施蛰存、杜衡等人创办《璎珞》旬刊，发表诗作《凝泪出门》。1927年，大革命失败后被捕。1928年与施蛰存、杜衡、冯雪峰创办《文学工场》。1929年4月，出版了第一本诗集《我的记忆》（该诗集中有名篇《雨巷》）。1932年他参加由施蛰存主持的《现代》杂志编辑社。11月初赴法国留学，先后入读巴黎大学、里昂中法大学。1935年回国。1936年10月，戴望舒与卞之琳、孙大雨、梁宗岱、冯至等人创办了《新诗》月刊。抗日战争爆发后，戴望舒转至香港主编《大公报·文艺》，并且创办了《耕耘》杂志。1938年春主编《星岛日报·星座》，1939年和艾青主编《顶点》。1941年底被捕入狱。写作《狱中题壁》、《我用残损的手掌》等诗歌。1950年，病逝于北京。戴望舒先后出版的诗集有《我底记忆》（1929）、《望舒草》（1933）、《望舒诗稿》（1937）、《灾难的岁月》（1948），共存诗90余首。

戴望舒的一生和政治具有密切联系，他甚至因为大革命和抗日战争而两次入狱。但是，在他留下来的90余首诗中，除了《灾难的岁月》诗集中的四五首诗之外，戴望舒基本没有再直接地表现过政治了，他的视野基本上还是局限在个人生活的范畴以内，其中经常出现的主题是爱，频频浮动的意象是女性。这种在诗中对爱的渴望的释放，可以被看做青春期诗人的必然选择，可以从戴望舒在追求爱情过程中的受挫获得解释。其实，戴望舒用暗示、象征以及层叠的意象等欲言又止地对爱情加以表现和书写，本身就是现代性的一种体现，更何况，"从《雨巷》起，戴望舒的爱情描写大都是（不是全部）恋爱情绪与政治情绪的契合"[1]呢？

1928年，戴望舒在《小说月报》上发表了《雨巷》，这首诗被认为替新诗

---

[1] 吕家乡：《戴望舒：别开生面的政治抒情诗人》，见《诗潮·诗人·诗艺》，170页，南京，江苏文艺出版社，1991。

的音节开了一个新纪元,受到叶圣陶等人的极力推荐,成为传诵一时的名作,他也因这首诗而被人盛称为"雨巷诗人"。

> 撑着油纸伞,独自
> 彷徨在悠长,悠长
> 又寂寥的雨巷,
> 我希望逢着,
> 一个丁香一样地
> 结着愁怨的姑娘。

这是《雨巷》的第一节,在这节诗里,出现了一个彷徨而忧郁的抒情主人公"我"、期待中的愁绪满肠的"姑娘"、该诗的核心意象"雨巷"。在随后的诗行里,这个期待中的丁香一样的姑娘也撑着油纸伞,满怀着"冷漠"、"凄清"与"惆怅",像梦一般地从"我"身边飘过,空剩下"我"在这"悠长,悠长又寂寥的雨巷"里仍旧独自彷徨。对这首诗,我们可以从爱情诗的角度去理解,也可以认为这是诗人在大革命失败后对自己的心境以及社会氛围的曲折反映。在后一种意义上,我们更多地认为"雨巷"象征了当时让人忧郁、沉闷、彷徨无措的黑暗现实,"丁香姑娘"象征了当时有为青年热烈追求的美好理想,而"我"与"丁香姑娘"邂逅却无缘深识象征了大革命前后知识青年对美好理想的向往以及最终的擦肩而过。对这首诗,我们除了应关注主题的多义性之外,还应该关注的是这首诗所具备的工整匀称的音节、回环反复的句式以及各样色彩所涂抹建构起来的意境。和新月诗人朱湘的《采莲曲》相比,该诗在音乐美、绘画美、建筑美的经营上丝毫不逊色,而且由于其情绪的自然流动,更具别样的神韵。

事实上,戴望舒很快就对这首诗所流露出的格律化倾向进行了反叛。在理论上,他在随后发表的《诗论零札》中,针对新月诗派的格律化主张,提出了17条诗论,将现代诗派的诗歌创作中心定为"情绪",而不是"格律"。在音乐美和建筑美方面,他说:"音韵和整齐的字句会妨碍诗情,或使诗情成为畸形的。"在绘画美方面,他说:"诗不能借重绘画的长处。"在创作上,戴望舒则孜孜实践,创作出了《我底记忆》这样的诗作。《我底记忆》以亲切自然的口吻,抒写的是诗人幽怨哀伤却真实的心境,意象日常生活化了,诗句的排列自由化了。此后,戴望舒在诗歌创作中体现了较明显的法国后期象征主义特征,擅长运用通感、隐喻等方式,追求"全官感"或"超官感"的表达效果。

这些都是戴望舒诗歌走进成熟期的体现。

就在抗战爆发前的1937年4月,戴望舒还在挑剔"国防诗歌"的提倡者[①],在1939年,他终于深情地为民族解放而歌,发表了《元日祝福》,吟出了"血染的土地,焦裂的土地"的句子,1942年,诗人写下了《狱中题壁》、《我用残损的手掌》等诗歌,诗风由幽玄、枯涩走向了明朗、雄浑和悲壮。《狱中题壁》一诗,是诗人在狱中对朋友不无悲壮的叮咛。第一节里,诗人假设自己会死于监狱之中,却劝告朋友们"不要悲伤";第二节里,诗人请朋友们记得他对日本侵略者的深深仇恨:"他怀着的深深仇恨,/你们应该永远地记忆。"第三、第四节写得尤为激昂:

> 当你们回来,
> 从泥土掘起他伤损的肢体,
> 用你们胜利的欢呼
> 把他的灵魂高高扬起。
>
> 然后把他的白骨放在山峰,
> 曝着太阳,沐着飘风:
> 在那暗黑潮湿的土牢,
> 这曾是他唯一的美梦。

《我用残损的手掌》是戴望舒的名作之一,以至我们常常将抗战开始以后的戴望舒的创作称为"残损"时期。

> 我用残损的手掌
> 摸索这广大的土地:
> 这一角已变成灰烬,
> 那一角只是血和泥;
> 这一片湖该是我的家乡,
> (春天,堤上繁花如锦幛,
> 杨柳枝折断有奇异的芬芳)
> 我触到荇藻和水的微凉;
> ……

---

① 戴望舒:《关于国防诗歌》,载《新中华》,1937(7)。

这首诗中的抒情主人公"我"在牢狱中用无形的残损的手掌抚摸无形的中国地图，其手掌遍及之处，有"我"的家乡、长白山、黄河、江南、岭南……以及延安那"辽远的一角"，感慨于"这一角已变成灰烬，/那一角只是血和泥"，悲愤于江南的水田只长蓬蒿，岭南的荔枝花寂寞地憔悴以及南海没有渔船的苦水……"我"在悲观绝望中，看到了新生的希望存在于那辽远的一角，认为只有那里才是永恒的中国。整首诗跃动着诗人的赤子之心、爱国之情，句句充满了血与泪。《元日祝福》、《心愿》、《等待》等是直接抒情，而《狱中题壁》、《过旧居》、《示长女》、《赠内》等采用写实与象征相结合的手法，或寄情于景，或寄情于事。

综观戴望舒的诗歌，尽管其中也出现过《村姑》的清新、《二月》的轻快、《三顶礼》的幽默、《狱中题壁》的悲壮，但是，自他早年的《凝泪出门》到1947年的《无题》，贯穿始终的意象还是颓唐、烦恼、疲惫、苦泪之类。戴望舒诗歌的总体情感基调是痛苦、感伤，这与郭沫若的亢奋、闻一多的矛盾、徐志摩的恬适的基调不一样，而这也正显示出戴望舒独特的现代性趋向[①]。

三、七月诗派与艾青

七月诗派是国统区内贯穿了抗战时期和解放战争时期两大重要时期的现实主义诗歌流派，在当时的中国文坛具有非常重要的地位，其发生、发展到消隐的演变过程，其流派人员构成的分化重组、流派风格的前后变化，都与抗战时局的动荡和战争状态的转变息息相关。该诗派因胡风主编《七月》而得名。1937年9月，胡风在上海创办《七月》周刊。因为战争的原因，仅出3期，便于10月迁至汉口改为半月刊，坚持到次年7月，后于1939年7月在重庆复刊，"皖南事变"后被迫于1941年9月停刊，共出版35期。《七月》停刊以后，他们又以《希望》、《泥土》、《呼吸》等为阵地，继续战斗。另外，他们的作品还辑成专集，收入《七月诗丛》、《七月文丛》、《七月新丛》中出版。七月诗派的主要成员有胡风、艾青、田间、绿原、阿垅、鲁藜、冀汸、曾卓、杜谷、牛汉、郑思、彭燕郊等。他们以胡风为精神领袖，以艾青、田间为创作楷模，继承和发展了五四以来现代文学的现实主义传统，在创作上坚持现实主义原

[①] 李怡：《中国现代诗歌与古典诗歌传统》，247~251页，重庆，西南师范大学出版社，1994。

则，主张发扬"主观战斗精神"，要求作者突进到现实生活中去，并要表现出主客观的密切融合；他们强调艺术性而不作唯美的追求，要求诗人在生活中、斗争中去发现诗意、创造诗美。在忠于现实生活和斗争的基础上，把作者的主观感情与客观现实有机地统一在作品中；以积极要求战斗的态度，投入到斗争中去；用战斗的诗笔，抒写火热的战斗主题，表现强烈的时代精神，形成鲜明的艺术风格。他们多写自由诗，其中又以政治抒情诗为主。新中国成立后，该诗派成员多被打成"胡风反革命集团"，绝大多数诗人有着曲折的命运。文化大革命后，牛汉等编辑了诗集《白色花》，重新引发了人们的注目与研究。

七月诗派是在胡风的组织和领导之下逐渐形成的，胡风可谓是这个诗派的灵魂。对胡风这个兼具多重文化身份的人，我们往往更看重的是他的理论家、文艺评论家、翻译家的身份，而忽略了胡风自己的诗歌创作以及他对诗歌本身的炽热感情。实际上，从20世纪20年代到80年代，胡风一直在从事诗歌写作，新中国成立前出版的诗集有《野花与箭》、《为祖国而歌》两部，新中国成立后写有《时间开始了》①、长诗《为了朝鲜，为了人类！》。在狱中，他写有古体诗集《狱中诗草》以及长篇连环对诗体曲《〈石头记〉交响曲》。如果我们摒弃固有印象，逐一去体悟这些诗歌作品，并将之与胡风的人生轨迹及其文艺理论、所编刊物进行对比性阅读，我们也许不得不同意他的老友绿原的一个判断：他首先是一位诗人，他最终仍然是一位诗人②。

田间（1916—1985），原名童天鉴，安徽无为县人，是七月诗派的重要诗人，对后来的七月诗人影响颇大。他的诗洋溢着火一样的战斗激情，充满着高昂的乐观主义精神，富有鼓舞人心的战斗力量。闻一多先生曾高度赞誉他为"擂鼓诗人"和"时代的鼓手"。他早年的诗歌主要收录于《未明集》（1935）、《中国牧歌》（1936）、《中国农村的故事》（1936）、《呈在大风砂里奔走的岗卫们》（1938）、《给战斗者》（1947）中，另外，他进入延安后还创作过影响颇大的街头诗和小叙事诗。《假使我们不去打仗》、《中国的春天在鼓舞着全人类》、《自由，向我们来了》、《给战斗者》、《多一些》、《一杆枪和一个张义》、《曲阳营》等著名诗篇，奠定了他在中国诗歌史尤其是抗

---

① 其中的第一乐篇《欢乐颂》及第二乐篇《光荣赞》均出版于1950年1月，第四乐篇《安魂曲》和第五乐篇《欢乐颂》均出版于1950年3月，并于1987年3月出版了包括《时间开始了》在内的诗集《胡风的诗》。

② 绿原、牛汉：《编余对谈录》，见《胡风诗全编》，764页，杭州，浙江文艺出版社，1992。

战诗史上的地位。

阿垅（1907—1967），原名陈守梅，又名陈亦门，出生在杭州。属于最早涌现出来的《七月》作家之一，从上海、武汉到重庆，从先前的《七月》到后来的《希望》，从七月派的重庆"外围组织"《诗垦地》作家群到成都"外围组织"平原社，都可以见到阿垅活跃的身影。在七月诗派里，阿垅最重要的成就体现在诗论上，著有《诗与现实》、《人与诗》、《诗是什么》。总字数超过了140万，是七月诗派重要的诗论家。

绿原（1922—2009），是七月诗派的一位代表诗人。1942年出版了他的早期诗集《童话》，收入他1941年至1942年的诗作共20首，这些诗作集中体现了诗人初登诗坛的"梦幻式"的追求。其中，对童年、对故乡、对旷野、对蓝天、对花草的深情的注视和天真的遐想构成了绿原"童话"的最重要的主题。当然，其中也不时渗透出忧伤与迷惘的调子，如《忧郁》、《神话的夜啊》等诗作所体现的一样。总体来说，绿原的"童话"是奇妙、梦幻与淡淡的哀伤的互相融合[①]。后来，诗人还出版《又是一个起点》（1948）、《集合》（1948）、《从一九四九年算起》（1954）等诗集，其中最具有代表性的是政治抒情诗，《给天真的乐观主义者们》、《伽利略在真理面前》是这方面的代表作。新中国成立前后，绿原还发表和出版过一些翻译作品。

作为七月派在诗歌方面的代表，艾青为中国现代诗歌的进一步成熟与深化作出了重大的建树，而他所有的诗歌创作，在建构起一个宏大的"现代中国"形象的同时，使"现实主义诗歌得到了最高的体现"[②]。

艾青（1910—1996），原名蒋正涵，字养源，号海澄，笔名还有莪伽、克阿、林壁等。艾青出生于浙江金华一个乡村地主家庭，出生后被认为"克"父母，而被寄养在一个贫苦农妇"大叶荷"家里，一直到5岁才被父母领回家。艾青于1928年夏考入杭州西湖艺术院绘画系，翌年春，赴法国巴黎勤工俭学。1931年9月在法国参加由《世界周刊》主办的左翼人士集会以及反帝大同盟东方部的活动，开始接受无产阶级革命思想。艾青在法国度过了"精神上自由，物质上贫困的三年"，1932年春回到上海后即加入"中国左翼美术家联盟"，创办"春地画会"。1932年7月因参加左翼文艺活动被捕入狱，1935年10月出狱。在狱中，他创作了大量新诗。1936年出版了第一本诗集《大堰河》。抗

[①] 李怡：《七月派作家评传》，194~196页，重庆，重庆出版社，1999。
[②] 龙泉明：《中国新诗流变论》，557页，北京，人民文学出版社，1999。

战期间是艾青创作的高潮期,出版了《北方》(1939)、《他死在第二次》(1939)、《向太阳》(1940)、《旷野》(1940)、《黎明的通知》(1943)等多部诗集。另外,他还出版《诗论》、《论诗》、《新诗论》等著作。

艾青一开始踏上诗坛,就表现出对现实的热情感应。他写的第一首有名的诗歌是《大堰河——我的保姆》。

> 大堰河,含泪的去了!
> 同着四十几年的人世生活的凌侮,
> 同着数不尽的奴隶的凄苦,
> 同着四块钱的棺材和几束稻草,
> 同着几尺长方的埋棺材的土地,
> 同着一手把的纸钱的灰,
> 大堰河,她含泪的去了。

在上海的牢狱中,面对漫天的雪花,艾青书写了他对大堰河这个普通的中国贫困农民的深情——一位被父母遗弃的孩子在一位朴质憨厚的农妇那里找到母爱,她却与自己的生活道路有着这么巨大的差异,这爱与痛、恋与怜、悲与悔的复杂冲荡嵌合,汇成了一股滔滔不绝的诗情之流。当同一时代众多的中国诗歌在"走向社会"的道路上失去了自我的情感和思想,艾青的这首诗却以诗歌最重要的特质——自我之情唤起了人们阅读的快感,温暖了无数日渐干涸的诗心[①]。

抗战开始后,艾青怀着"成为真的代表中国人民的呼声"的雄心壮志,投身到伟大的民族解放的时代洪流之中,开始了漫长的颠沛流离的生活:从1932年4月,他留法归来重新踏上中国的土地直到解放战争胜利前夕,诗人由杭州到武汉、临汾、西安、桂林、衡山、重庆、延安、张家口、北京,足迹遍布大半个中国。在这段时期,他的创作视野近到旧中国乡村的衰敝和农民的苦难生活,远到现代西方的都市风情和畸形人生,显得异常广大;他的创作题材非常广泛,现代中国饱经苦难的广土众民、民族抗战的悲壮历程、人民革命的滚滚洪流以及社会各阶层的精神面貌和祖国丰富多彩的自然风光,都在其中得到了真切的反映和动人的表现[②];他的诗艺丰赡华美,既有感时忧国之作,也不乏精微深湛的哲理感怀、恬静优美的田园写意、情味隽永的

---

① 李怡:《七月派作家评传》,37页,重庆,重庆出版社,1999。
② 解志熙:《精深的冯至与博大的艾青》,载《清华大学学报》(哲学社会科学版),2005(4)。

象征寄托之作。可以说，这一时期的艾青，较为完满地回答了中国现代新诗在新的时代背景下"写什么"、"怎么写"两大问题，他不仅疏离了象征诗派、新月诗派、现代诗派的"纯诗化"主张，也疏离了中国诗歌会诗人、延安诗人的"非诗化"倾向——诗人艾青左手取来了对现实、社会的密切关注，右手拿来了现代诗歌艺术创作技巧，而又能将之糅合成为一个具备崇高审美风格的结晶体，走上了独特的成功之路。他的这些多姿多彩的诗篇最终"交绘成了一个连续而宏大的诗歌长卷，成功地塑造出了诗的'现代中国'的总体形象……就此而言，艾青的辉煌诗篇堪称一座诗的'现代中国'的丰碑。这是艾青的诗世界中最为出色也最为宏大的建构"。学者解志熙认为，艾青所创造的这个"现代中国"形象可与杜甫笔下的"唐代中国形象"、涅克拉索夫笔下的"近代俄罗斯形象"、惠特曼笔下的"近代美国形象"、凡尔哈仑笔下的"现代欧罗巴形象"相媲美，具有恒久的意义与价值。而这是艾青对中国文学最重大的贡献。[①]

艾青的诗歌创作执著于真、善、美的追求。真、善、美，是艾青眼中诗神所驾着的纯金的三轮马车。在这里，真、善是美的前提和基础，美是真、善得以表现的途径和手段，是这种人类最高智慧的体现者。与诗人独特的诗学理想相呼应，在诗歌创作中，艾青不仅抒写苦难、悲剧，也抒写对自由、光明的渴求，这两者既对立又统一，成为他诗歌创作的两大母题。他的《雪落在中国的土地上》、《北方》、《补衣妇》、《乞丐》、《人皮》、《江上浮尸》等诗作，怀着对祖国与人民命运的关切，将备受统治者压迫蹂躏、惨不忍睹的形象活现在读者面前，诗人对触目惊心的苦难与死亡入木三分的描写，压得人喘不过气来。出于对真、善、美的执著追求和对民族苦难的自觉承担，艾青对苦难现实进行了血泪控诉，"用执拗的语言，提醒着：人类过的是怎样的生活"[②]。艾青的诗行就是对苦难的呼喊，是对多灾多难的中华民族的忧虑与感伤，而就在这种情绪的抒发中，诗人的忧郁风格得以形成。七月派理论家吕荧则在看到时代因素的同时，指出了诗人的独特身世以及他的诗歌抒写主题所给予他的深刻影响："诗人艾青，作为一个'农人的后裔'的智慧者的灵魂，作为一个挚爱土地与人民的诗人，当着'雪落在中国的土地上，寒冷在封锁着中国'的日子，他歌唱着。由于深深地伤痛土地与人民的苦难，他的歌声常常笼罩着薄暗的哀郁的

---

① 解志熙：《精深的冯至与博大的艾青》，载《清华大学学报》（哲学社会科学版），2005（4）。
② 艾青：《诗论》，210页，北京，人民文学出版社，1983。

阴影。"① 这种抒情格调在他1937年至1941年所写作的大量写景抒情诗中也一样具备，成为他挥之不去的情感基调。但是，艾青并不以为忧郁就是他的诗歌写作专利，他非常愿意抛弃忧郁，而条件就是，进入他视野的东西能真正的是使人快意的，而不是诱发他忧郁情感的肮脏情景。

在那个动荡万分的时代中，艾青就是这样，保持着特有的清醒与敏感，跟随着时代的步伐，用诗歌致力于呼唤和讴歌民族的觉醒与抗争，奏响了民族解放的洪钟大吕。但是，诗人艾青并没有迷失自己，他始终强调诗人需要保持个体的独立性，体现在诗歌创作中就是：一方面，艾青的诗"很少言自己"；另一方面，"大我"的声音始终没有淹没他的"小我"，他在"大我"与"小我"之间，在抒写"大我"的痛苦与欢乐、"小我"的独立意识与觉醒之间，艰难地寻找着平衡点，而结果证明，他的努力是成功的，他把诗写成了诗，而不是小说、散文或者报告文学，用诗歌说出了他由衷的话，而每个字都是他"脉搏的一次跳动"②。与此相关，在艾青的诗论与诗歌创作中，他始终强调形象、意象、象征、联想、想象等与诗歌形象思维有关的重要质素的地位，并在《诗论》中分别就形式、技术、语言以及创造等关乎诗歌质量的重要方面作出了独特的阐释。

1940年代的艾青，继续着"密云期"的诗歌理想和诗学坚持，把现实主义诗歌创作风格和浪漫主义、现代主义诗歌创作技巧融汇并获得了独立的创造品格，把历史使命感和艺术创新精神、诗歌的民族化与现代化融合在一起，构成了诗歌独特的包容特征，这种包容体现了20世纪40年代现实主义诗歌的丰富性。而诗人艾青，正是以这样大气的品格，成为众多青年诗人学习的榜样，鼓励、启发、引导他们朝诗歌的历史深度和诗歌的美学深度持续掘进，从而在事实上开创了一个"艾青的时代"。

四、九叶诗派与穆旦

1937年开始的抗日战争，改变了包括臧克家、艾青在内的原本有现实主义倾向的诗人的人生路径，改变了包括何其芳、卞之琳、徐迟等在内的原本倾向于现代主义的诗人的人生选择，也改变了中国现代文学中心的格局。"1937年

---

① 吕荧：《人的花朵——艾青与田间合论》，载《七月》，第6集第3期。
② 艾青：《诗论》，194页，北京，人民文学出版社，1983。

以前，中国的文学始终以上海和北平为中心，但进入凋零期，几乎就没有固定的中心了。没有固定的中心，便出现了临时性的多元中心。"① 这多元的中心包括武汉、长沙、广州、抗战初期的上海、重庆、桂林以及昆明。其中的云南昆明，就于1938年迎来了西南联大的成立和与之相随的诸多知名学者：闻一多、朱自清、沈从文、冯至、卞之琳、李广田、施蛰存、陈梦家、叶公超、吴晗、吴宓、冯友兰、金岳霖、吴文藻、雷海宗、潘光旦等。这些博学鸿儒对文化的坚守和传授，一方面，使自己的人生哲学得以进一步成型；另一方面，通过传授文学与文化知识，他们引领了一批有志青年如穆旦、杜运燮、郑敏、王佐良、汪曾祺等度过了其人生宝贵的精神与学问的养成期，使他们开始走上文学创作、文化研究之路。接下来将要重点关注的，是在40年代的战争、云南的特殊地理位置和"云南王"龙云的独立个性以及西南联大的特殊氛围所造成的"空隙"② 中，中国新诗史上的"现代主义的'中兴'运动"③ 出现的一些特殊征候。

在考察九叶诗派之前，我们首先需要关注教师辈的卞之琳以及冯至的诗学影响。

抗战爆发前，卞之琳对局势是"小处敏感，大处茫然"。在30年代，他最大的成就在于以对诗艺的执著追求，用淘洗的工夫，创作出了包括《圆宝盒》、《断章》、《鱼化石》、《距离的组织》和《白螺壳》等诗作在内的一系列"新智慧诗"（柯可语）。抗战爆发后，卞之琳的诗歌创作历程发生了一次重要转折，即1938年秋后的日子里，他和何其芳、沙汀一起到了延安，"1938年十一月，还在延安客居的时候，响应号召写'慰劳信'，我在又是相隔了一年半以后，用诗体写了两封。这就是我这个后期的开始，在一年后的十一月继续在峨眉山完竟的又是一个短短的写诗时期的开始"④。和前期写作不同，此时的卞之琳接

---

① 司马长风：《中国新文学史·下卷》，3页，香港，香港昭明出版社，1978。
② 谢冕：《新世纪的太阳》，长春，时代文艺出版社，1993。谢冕在论述中国现代诗的发展规律时曾经指出，在近代以来中国社会被各种内忧外患所充填的情况下，文学身不由己地沦为社会和经济的附庸而被迫放弃自己时，它出于自己要求的艺术发展，往往需要寻求特殊的"空隙"，这就是往往选择在艺术歧变深刻化和严重化而社会动荡和危机又稍为松缓的时机涌出地表。如果我们承认——1925年中国诗坛对诗歌创作中"白话"诗多于白话"诗"的现状的不满正好是追求纯诗化的象征主义诗歌出现的空隙，而30年代出现的现代诗派是其合理的承接——的话，那么，我们认为，40年代的战争、云南的特殊地理位置和"云南王"龙云的独立个性以及西南联大的特殊氛围，是另一种发展文学尤其是现代主义诗歌的特殊的"空隙"。
③ 谢冕：《一颗星亮在天边——纪念穆旦》，见《穆旦诗全集》，12页，北京，中国文学出版社，1996。
④ 卞之琳：《雕虫纪历·自序》，见《雕虫纪历》，8页，北京，人民文学出版社，1979。

受了奥登（W. H. Auden）中期的一些诗歌以及阿拉贡（Aragon）抵抗运动时期的一些诗歌的影响，"基本上在邦家大事的热潮里面对广大人民而写（和解放后偶尔有所写作一样），基本上都用格律体（也和以后一样）写真人真事（和以后又不大相同）"①。这种写作的结晶，就是《慰劳信集》。

《慰劳信集》涵盖了20首诗作。在这里面，诗人为"一切劳苦者"的"辛苦"而"捧出意义连带着感情"（《一切劳苦者》）。他歌颂为了抗战而辛勤工作的"修筑飞机场的工人"、"前方的神枪手"、"放哨的儿童"、"抬钢轨的群众"、"一处煤窑的工人"、"一位政治部主任"……在对具体、真切的人和事的诗性书写中融入了自己深切的感情：

　　此刻也许重新卷来了逆流，
　　你们在周旋，以潮浪压退潮浪；
　　要不然一定在加紧挥动铁锹，
　　因为你们已经摸到了方向。
　　小雏儿从蛋里啄壳。群星忐忑
　　似向我电告你们忍受的苦厄。

在类似这样的句子"黑夜如果是母亲，这里是子宫/我也为早晨来体验投生的苦痛"（《一处煤窑的工人》）中，我们同样可以看到早年卞之琳的"机智"，而更多地，我们可以发现一些渗进了情感的"机智"：

　　荒瘠里要挤出膏腴，
　　你们向黄土要粮食。
　　翻开了暗草的冬衣，
　　一千个山头都变色。

　　把庄稼个别的姿容
　　排入田畴的图案，
　　你们将用了人工
　　顺自然丰美了自然。

《慰劳信集》最初发表于1940年1月5日至16日的香港《大公报·文艺》上，这年的4月28日，穆旦为之写了诗评。在这篇《〈慰劳信集〉——从〈鱼

---

① 卞之琳：《雕虫纪历·自序》，见《雕虫纪历》，8页，北京，人民文学出版社，1979。

目集〉说起》中,穆旦认为,"有理性地鼓舞着人们去争取""光明"的"新的抒情",比较而言,是太贫乏了。他希望这是卞之琳的"一个过渡的集子",期待着他能将"新的生活完全地消化进诗人的气质"。① 但事实上,如果用穆旦所说的"平静"、"机智"、"脑神经"等作为标准来衡量的话,诗人的这些诗恰好符合这种"新的抒情"的原则,而且,"正是由于《慰劳信集》'理性'的抒情方式,一贯的从容不迫的态度,一贯的由小见大、由实入虚的手法,才使得这部诗集经得起时间的考验,不曾湮没于标语、传单和口号式的抗战宣传之中"②。1940 年《慰劳信集》发表以后,"给昆明爱好文艺的青年很深的印象"③。而卞之琳离开延安辗转前往西南联大任教。在那里,《慰劳信集》得到了高度评价。

对诗人来说,这部诗集的出现标志他对象牙之塔的成功突围,他由此将现实和哲思有机地融汇了起来,而对中国现代诗坛来说,正是凭借他以前的创作和这部诗集的出版,成就了他"上承'新月',中出'现代',下启'九叶'"的历史地位④。

冯至自 20 世纪 20 年代走上文坛以来,先后出版了《昨日之歌》(1927)、《北游及其他》(1929) 以及《十四行集》(1942)。在第二部诗集出版后,诗人有十来年的时间没有写诗,直到"有一次,在一个冬天的下午,望着几架银色的飞机在蓝得像结晶体一般的天空里飞翔,想到古人的鹏鸟梦,我就随着脚步的节奏,信口说出一首有韵的诗,回家写在纸上,正巧是一首变体的十四行"⑤,于是,诗人的灵感蜂拥而至,一共写出 27 首十四行诗,后来就结集为《十四行集》。诗集里一如既往地体现诗人的孤寂沉思型性格和他对人生命运的思考,但是,由于冯至对德语诗人里尔克、歌德、雅斯贝尔斯、克尔凯郭尔等的存在主义思想的接受以及他对中国当时苦难现实的密切关注,他的这些诗歌具有更浓的知性特质。

首先,冯至的诗歌体现了较明显的选择与承担意识。诗集的第八首《一个旧日的梦想》里的"他们"就"为了学习/怎样运行,怎样降落,/好把星秩序排在人间"而作出"光一般投身空际"的选择;《我们准备着》更是时刻表

---

① 穆旦:《穆旦诗文集》,第 2 卷,55~58 页,北京,人民文学出版社,2006。
② 江弱水:《卞之琳诗艺研究》,55 页,合肥,安徽教育出版社,2000。
③ 杜运燮:《捧出意义连带着感情——浅议卞诗道路上的转折点》,见《卞之琳与诗艺术》,86~87 页,石家庄,河北教育出版社,1990。
④ 袁可嘉:《略论卞之琳对新诗艺术的贡献》,载《文艺研究》,1990 (2)。
⑤ 冯至:《十四行集·序》,见《冯至全集》,第 1 卷,213 页,石家庄,河北教育出版社,1999。

明"我们"或者说诗人要去"领受"、"承受""那些意想不到的奇迹"。"我们"分化出来的六个个体就是在选择与承担中体现出了伟大——杜甫在荒村里忍受饥肠（《杜甫》）；歌德八十年的岁月就像宇宙在那儿寂寞地运行，而且得承受沉重的病和绝望的爱（《歌德》）；鲁迅终生被摒弃在这个世界之外，不知经验过多少幻灭（《鲁迅》）；蔡元培要保持住自己的光彩需要付出很多努力（《蔡元培》）；战士在回到堕落城市后会感到眩昏，成为一只断线的纸鸢（《给一个战士》）。这种选择与承担意识在小昆虫、有加利树、鼠曲草、小狗或者任何的山川、小路上都有体现。

其次，对死的捕捉和对生的凝视，是存在主义哲学家或者存在主义式诗人探索的重要命题。冯至融合了存在主义哲学家们（雅斯贝尔斯、克尔凯戈尔、海德格尔等）和存在主义式诗人里尔克对生死的冥思以及歌德的蜕变论思想，并在诗歌中体现了出来：他欣赏将残壳丢在泥里、土里而实现"蜕化"的蝉蛾（《什么能从我们身上脱落》），认为有加利树、小飞虫正是在死亡后得到了新生。"死只是一个走向更高的生命的过程。由于死而得到新生，抛却过去而展开将来。"①

此外，冯至认同存在主义者对个体与群体关系的思考，也就是说，他主张真正的个体都是绝对孤独的，个体必须与现实的平庸对立，但是真正的个体之间又是有联系和交往的。冯至说"眼前的人世太纷杂"（《一个旧日的梦想》），"大城市里的人太狡猾，太聪明"②，他意识到个体若要完成自己，得与"堕落的城中"那些"堕落的子孙"保持距离，永远向上，永远保持旷远，实现对平庸现实现世的超越（《给一个战士》）。为此，他在现实生活中苦苦寻找生活在自己的天地里，为自己而活着，而又属于宇宙③的英雄、圣者。有加利树、鼠曲草、蔡元培、鲁迅、杜甫、歌德以及凡·高，就是他寻找到的实现了超越的孤独个体。但是，在冯至这里，孤独并不绝对，而是超越的一个前提。《十四行集》中的第15到第22首诗作就体现了孤独个体的联系与交往。

"私淑"里尔克的中国诗人冯至，以他取得的巨大成绩成就了他在文学史上诗哲的地位。他的《十四行集》，攀上了20世纪40年代诗歌史上的第一座高峰，他努力从另外一条路打通了诗歌与哲学的隔墙，开启了通往新诗现代主义写作的新航道。

---

① 冯至：《冯至学术论著自选集》，323页，北京，北京师范大学出版社，1992。
② 冯至：《冯至致鲍尔信三十一封》，载《新文学史料》，6页，2001（4）。
③ 冯至：《冯至致鲍尔信三十一封》，载《新文学史料》，11页，2001（4）。

卞之琳的《慰劳信集》和冯至的《十四行集》所体现的诗学观念，他们的教学和对学生的热情扶持，加上从英国来的威廉·燕卜荪（William Empson）为学生们开设的英国当代诗歌课程，图书馆里的里尔克、叶芝、艾略特的诗歌，奥登的战时中国行及其诗歌创作，联合当时的苦难现实，一起有力地左右了他们的一批学生在诗歌创作中的审美追求和价值取向。这些诗人于1948年集结到在上海创刊的《中国新诗》周围，显示出新诗潮的实力，包括金克木、徐迟、方敬、莫洛、马逢华、辛笛、陈敬容、杜运燮、杭约赫、郑敏、唐祈、唐湜、袁可嘉和穆旦等。后来，该诗人群因为1981年出版的诗合集《九叶集》而被人称为九叶诗派，也有人坚持称呼他们为"中国新诗派"。不管怎样，西南联大毕业的穆旦、杜运燮、郑敏、袁可嘉，还有辗转聚集到上海的辛笛、陈敬容、杭约赫（曹辛之）、唐祈、唐湜都是其中的核心成员。在本书中，我们沿用"九叶诗派"这一称谓。

九叶诗派崛起于抗日战争后期，并在解放战争时期得到重要发展。在诗学观念上，九叶诗派认为诗与诗人应该避免走出人生或者走出艺术，而要将"人的文学"、"人民的文学"和"生命的文学"综合起来，在创作中既向内发掘又向外印证，力求既反对逃避现实的唯艺术论，也反动扼杀艺术的唯功利论，而企图在艺术与现实之间寻得一种平衡。为此，在抒情表达上，九叶诗派追求客观化和间接性，为诗的情志寻求"客观对应物"，追求思想知觉化，避免直抒胸臆。读者在阅读时，往往要从他们笔下具体感性、丰富新颖的诗歌形象入手，去体会诗人个人深切、抽象的思想和情绪。如郑敏的《金黄的稻束》中，"金黄的稻束"不仅仅是现实生活的意象，而且这个意象象征"疲倦的母亲"以及"历史"。陈敬容《鸽》中的"鸽"，"暗红色的旧瓦上，/几只想飞，/又停下了，/摺叠起灰翅膀伫望"，其实就是对人生前行途中徘徊观望的诗意书写……这批诗人，凭借自身的艺术禀赋，在现实的苦难面前敏锐地思索并将之转化为自己的创作源泉，在现代主义这条新航道上执著前行，进行他们的对旧有感性的革命，实现对现实、象征、玄学的综合，为中国新诗的现代化提供了宝贵的经验，取得了巨大的创作实绩。

穆旦（1918—1977），原名查良铮，另有笔名梁真，著名诗人、翻译家。出生于天津，祖籍浙江海宁。1935年考入清华大学地质系，半年后改读外文系。1937年七七事变后，10月随大学南迁长沙，后又徒步远行至昆明西南联合大学。后来在香港《大公报·文艺》和昆明《文聚》上连续发表《合唱》、《防空洞里的抒情诗》、《从空虚到充实》、《赞美》、《诗八首》等具有代表性的作品，成为有名的青年诗人。1940年毕业后留校担任助教。1942年2月，24岁的穆旦响应国民政府"青年知识分子入伍"的号召，报名参加中国入缅远征军，在副总司令杜聿明兼任军长的第5军司令部，以中校翻译官的身份随军进入缅甸抗日战场。同年5月至9月，亲历滇缅大撤退，于遮天蔽日的热带雨林中穿山越岭，扶病前行，踏着堆堆白骨侥幸逃出野人山。后于1945年9月，根据入缅作战的经历，创作了中国现代主义诗歌史上著名诗篇——《森林之魅——祭胡康河上的白骨》，另有相关创作《阻滞的路》、《活下去》。1943年回国，1947年参加"九叶诗派"的创作活动。1949年8月自费赴美留学，1952年获芝加哥大学文学硕士学位。随即回到天津，在南开大学任教。50年代后期受到错误的对待，诗歌创作亦中止。1975年恢复诗歌创作，一举创作了《智慧之歌》、《停电之后》、《冬》等近30首作品。1976年3月31日右腿股骨颈折断。翌年2月26日春节期间，因心脏病突发逝世，享年59岁。

穆旦先后出版了诗集《探险队》（1945）、《穆旦诗集（1939—1945）》（1947）、《旗》（1948），译作有《普希金抒情诗集》（1954）、《欧根·奥涅金》（1957）、《唐璜》（1980）、《英国现代诗选》（1985）、《穆旦译文集》（2005）等。

穆旦一生的诗歌创作可分为三个阶段：1937年至1948年为第一阶段，1957年为第二阶段，1976年为第三阶段。接下来我们重点分析其第一阶段的诗歌创作。

在第一阶段里，1939年是个分界线。1939之前，穆旦发表了《更夫》、《古墙》、《野兽》等诗，诗情还有点简单乐观，诗艺也有点粗糙，其中的浪漫主义情愫隐约可见。从1939年开始，诗人原本浮泛的热情的呼喊转向了成熟和凝定，他的诗思复杂化了，他注目于这个纷繁动荡的现代社会，选用一些尖锐又锋利的意象来承载复杂的思绪，渐渐形成了辩证地推进复杂思想和情感的穆旦式诗歌写作风格。具体而言，穆旦诗歌中的思想或者说理性包括以下三个相互联系的方面。

一是穆旦的死亡意识或者说他的生死观。与当时普通的人们和大多数知识分子相比，穆旦冷峻地观察着种种死亡，最终他超越了这些具体的死亡事件，执著地站在人作为人存在的高度上来思考这一艰难的哲学命题。

在穆旦眼里，昆明的大街上到处都是"为死亡恫吓的人们"，战争的黑色染上了每一个人（《防空洞里的抒情诗》），而绝大多数中国人为现实的平庸和平庸的现实所遮蔽，他们的身体或强壮或羸弱，但无不忙忙碌碌地追求着荣誉、地位、金钱以及感官享乐,根本没有也不可能意识到真正的死亡的逼近,就连躲进防空洞后,关心和谈论的也不是死亡与民族的生存,而是五光十色的新闻、市价的变动、改日到府上拜访、某人和某人在上海饭店结婚的启事等世俗层面的东西。诗人穆旦作为敏感的有良心的知识分子,感到了窒息:"我站起来,这里的空气太窒息,/我说,一切完了吧,让我们出去!"诗人说:"我是独自走上了被炸毁的楼,/而发现我自己死在那儿/僵硬的,满脸上是欢笑,眼泪,和叹息。"(《防空洞里的抒情诗》)

二是穆旦寻求着向死亡安排和筹划的真正的个体。他眼中的农夫"只放下了古代的锄头,/再一次相信名辞,溶进了大众的爱,/坚定地,他看着自己溶进死亡里,/而这样的路是无限的悠长的"(《赞美》),这个没有叫嚣、欢快和演说而只把自己溶进死亡里的农夫无疑是他找到的一个象征。他寻找到的另外一个象征是印度独立领袖甘地,他在屈辱里叫真理成形的努力成功了,成功的还有他作为人的存在(《甘地》)。《旗》中,无数英雄的牺牲换来了旗的光荣,《先导》中伟大的导师们的牺牲唤醒了我们,"你们的灰尘安息了,你们的时代却复生","那醒来的我们知道是你们的灵魂,/那刺在我们心里的是你们永在的伤痕","你们惟一的遗嘱是我们,这醒来的一群,/穿着你们燃烧的衣服,向着地面降临"。而胡康河上的白骨"死去是为了要活的人们的生存",他们是"英灵化入地下而滋生"(《森林之魅》)。这些真正的个体选择了死亡,独自去承担死亡的恐惧,而以此换来他人的生存,死与生在此模糊了界限。甘地、导师和退伍的战士等个体,洞见了现实的虚伪和欺瞒,直面荒谬。

三是穆旦的诗作中还有一个鲜明的主题,就是关于个体的选择和承担。这在前面已有所涉及,但穆旦的独特性在于,他更多的是通过对自我的解剖而实现的,他笔下的主体有着"自我分裂"的特质:不完整、不稳定甚至带有争论。

从子宫割裂,失去了温暖,
是残缺的部分渴望着救援,
永远是自己,锁在荒野里,

从静止的梦离开了群体,
痛感到时流,没有什么抓住,
不断的回忆带不回自己,

> 遇见部分时在一起哭喊，
> 是初恋的狂喜，想冲出樊篱
> 伸出双手来抱住了自己，
>
> 幻化的形象，是更深的绝望，
> 永远是自己，锁在荒野里，
> 仇恨着母亲给分出了梦境。

题为《我》的诗作却没有一个"我"字，渴求着救援的是"自己"的残缺部分，"自己"遇见部分时在一起哭喊，伸出双手来抱住了自己，然而是幻化的形象，锁在荒野里的也是从母亲子宫割裂了的自己。这首诗作可谓是穆旦对自己的最初定型，然而从这里透露出了他所有诗作中的矛盾、焦灼、困惑心态的一斑。

穆旦把他在那个动荡时代"尝到的各种矛盾和苦恼的滋味，惆怅和迷惘，感情的繁复和强烈"在大脑的熔炉里加以锤炼、敲打，拼命地思索，以致达到了"走得最远的人才"[①]才能达到的思想的深度。但是，穆旦不是在诗里作哲学的演绎，他拼命地思索着，更拼命地感觉着，在具体表现时，又往往带着新鲜得刺人的意象与凝重浓郁的感情。事实上，新鲜刺人的意象一直是穆旦诗歌生涯中追求的目标之一。《诗八首》中那些渗透了肉体感觉与形而上学的玄思的结合的官能的形象，在古代情诗中没有，在汪静之、徐志摩、何其芳的情诗中也没有，他就用这些独特的形象传达了他对爱情的独特思考。在《五月》里，诗人弃绝了浪子思乡、感时伤逝、及时行乐、山盟海誓等古代诗歌中常见的题材，选用了"勃郎宁、毛瑟、左轮"，"自由、总枢纽"，"提审"等一系列现代生活中坚硬、结实的形象来表达他的诗思。《春》里，诗人为我们设置了"泥土做成的鸟的歌"这个意象，其中的语意矛盾十分明显，可是我们的确无法指明其具体所指，泥土的厚重、凝滞与歌曲的轻盈、流动在鸟的身上得到了统一，而这统一里包含巨大的张力，它引领我们联系上下文"满园的欲望"和"紧闭的肉体"去思考，诗人是否是想在一个意象里将被禁锢的欲望与不可言说的激情合而为一。而其实，"满园的欲望"和"紧闭的肉体"本身所具有的张力和紧张就已经够新鲜漂亮的了。

[①] 袁可嘉：《诗的新方向》，见《论新诗现代化》，221 页，北京，生活·读书·新知三联书店，1988。

穆旦的诗歌从创作构思上看分为三类：有从写事、写景出发最终写到人生感悟与体验的，如《园》、《在寒冷的腊月的夜里》等；有以一个意象为中心而表达复杂诗思的，如《野兽》、《旗》、《城市的街心》等；还有以理念为中心，寻找并整合相关意象和细节来做出传达的。而无论哪种诗歌，他都致力于创造出 hard and clear front（大意是：严肃而清晰的形象感觉）。这些形象使诗人的主观感情成功隐匿，而让读者在思索后看到了他感情激流的涌动和他思想潜流的运行。这样就体现了他对实现九叶诗派寻求现实、象征和玄学的综合的新传统所作出的努力，而他的成功与否，正在得到越来越公正的评价。

穆旦隐匿自我的另外一个手段是采用戏剧化手法，这也是诗人诗作的一个鲜明的特征，是诗人的知性在诗歌艺术策略上的体现。《森林之魅》和《神魔之争》是"拟诗剧"，是穆旦戏剧化手法运用最成功的结晶。此外，穆旦的戏剧化手法还体现在设置戏剧性片段、采用戏剧性的独白或者对话、刻画角色等手法的运用上，《防空洞里的抒情诗》、《从空虚到充实》、《蛇的诱惑》、《玫瑰之歌》、《华参先生的疲倦》等诗中多有体现。此外，在语言文字上，穆旦时刻注意文字的简洁，对诗行精雕细刻，以致那些文字"扭曲，多节，内涵几乎要突破文字，满载到几乎超载"①。穆旦常常将具象词汇和抽象词汇组合起来构成张力极强的诗行，这在客观上构成了一个磁力正忍受着撕裂的强大的磁场，如：燃烧的现在/熄灭的现在；时间的创造/时间的毁灭；绝望的彩色、血里的爱情、紧闭的肉体……"而我们是皈依的，你给我丰富，和丰富的痛苦"（《出发》），"我不再祈求那不可能的了，上帝，/当可能还在不可能的时候"（《我向自己说》），"有的则跋涉着漫长的路程，/看见到处的繁华原来是地狱"（《潮汐》）……在这些表面矛盾的词句后面，其实具有更高一层的谐和，传达的是诗人意识到的真正的真实，残酷而本真。此外，穆旦摒弃了中国古典诗歌的"雅言"传统，灵活应用鲜活的现代口语和抽象的现代书面语，造成了既有流动的美又有凝重的思辨的美的双重效果。

学习提示与建议

1. 20世纪三四十年代的诗歌，受社会环境的影响很大，在学习过程中要注意在抗日救亡的背景下，中国新诗发生了什么样的变化。

---

① 郑敏：《诗人与矛盾》，见《一个民族已经起来》，33页，南京，江苏人民出版社，1987。

2. 在学习和掌握现代派的诗歌主张的同时，可以将其与新月派进行简单的比较。认真阅读和分析戴望舒的代表作品，并注意从《雨巷》到《我用残损的手掌》的变化。同为现代派诗人，卞之琳的诗歌与戴望舒有什么不同？卞之琳的诗歌最显著的特色是什么？

3. 了解七月诗派的形成与创作特点，为什么说艾青是"七月派在诗歌方面的代表"？认真阅读和分析艾青的代表作，注意从《大堰河》、《北方》到《黎明的通知》的发展与变化，了解艾青诗歌在中国现代文学史上的地位和影响。

4. 冯至、卞之琳与20世纪40年代现代主义诗潮的出现有什么关系？九叶诗派在创作上有什么特点？在阅读和分析穆旦作品的基础上体会其创作特点。

专题十　解放区文学

学习要求

1. 了解延安文艺座谈会前后解放区文学的创作概况和特点，延安文艺座谈会对解放区文学和新中国文学的影响，解放区民歌体叙事诗创作的特点，解放区秧歌剧和《白毛女》创作以及戏剧改革的特点，解放区报告文学创作的特点。

2. 掌握赵树理小说的创作特点，孙犁小说的创作特点，赵树理小说从《小二黑结婚》到《锻炼锻炼》的发展与变化，赵树理小说对解放区文学的影响，赵树理小说在中国现代文学史上的地位和影响。

抗日战争爆发以后，中国的版图主要分成三块，即日军占领下的沦陷区、国民党政府统治下的国统区、共产党领导下的抗日民主根据地，解放战争时期则是分割为国统区和解放区。沿用既有的用语，我们把抗日民主根据地和解放区的文学统称为解放区文学。解放区文学是中国现代文学发展过程中一个重要而独特的文学现象。它上承五四新文化运动的优良传统，下开社会主义文艺之先河，具有承前启后的特殊意义。

一、解放区文学概况和毛泽东《在延安文艺座谈会上的讲话》

1936年，从南方转战而来的三支主力红军会师于陕北，建立了新的陕北革命根据地，抗日战争（以下简称"抗战"）爆发后改称陕甘宁边区。随着八路军和新四军的深入敌后进行抗战，晋察冀、晋冀鲁豫、苏北苏南等，也先后建立了抗日民主根据地，并且吸引了大批的文艺工作者和青年学生前来。丁玲、艾青、田间、荒煤、萧军、何其芳、周立波、欧阳山、刘白羽等此前已经成名的作家，先后抵达陕北。在各路文艺人才聚集的情况下，组织专业的文艺创作队伍和建构更为广泛的文艺组织，在各根据地就成为顺理成章的事。1936年冬，丁玲、成仿吾、李伯钊等人发起的"中国文艺工作者协会"成立。1937年8月12日西北战地服务团组建，团长丁玲率领团员辗转于临汾、太原和西安等地，为抗日军民演出戏剧、歌舞、曲艺、杂技。陕甘宁边区文化界救亡协会、晋察冀边区文化界抗日救国会、中华全国文艺界抗敌协会晋东南分会、中华全国戏剧界抗敌协会晋察冀边区分会、胶东文化界救国协会、苏北文化协会等纷纷组织起来。整个解放区文艺社团组织有250多种，其中大多数是这一时期出现的，文艺期刊有170多种，在陕甘宁边区就有《文艺突击》、《大众文艺》、《谷雨》、《草叶》、《诗刊》等，《解放日报》的《文艺》副刊也很有影响。毛泽东领衔发起成立并担任院长的延安鲁迅艺术文学院，培养了大批优秀的文艺人才，成为解放区文艺和新中国文艺的骨干力量。

抗战初期，在田间与柯仲平等诗人的大力提倡之下，延安出现了新的诗体，即街头诗和枪杆诗。它们都是直接写给群众的诗，抄写在村庄集镇的门楼、墙壁上或印成传单散发，活跃在战壕里，贴在战士的枪杆上，以贴近农民和战士的方式流传。1938年8月7日，延安的诗人们发起了街头诗运动，他们发布《街头诗运动宣言》，号召诗人们创作服务抗战的新大众诗歌。萧三、艾青、公木、严辰、魏巍、鲁藜、刘御、侯唯动、张季纯等著名诗人也都是街头诗的倡导者和参与者。萧三在《我的宣言》中说道，假如我的诗"不能登大雅之堂，那我就把它们贴在街上。假如是这形式和这内容，读起来，听起来，比较好懂，我宁肯被开除诗人之列，将继续这样唱和这样写"。当时，延安城内大街小巷到处张贴着街头短诗，士兵和群众、男女老少争先恐后地挤着看和读，一时盛况空前。这一诗歌运动多次掀起高潮并波及晋察冀边区等各个解放区。

作为延安街头诗运动的主要发起人，田间的街头诗最为突出。他的诗在结构上采用"阶梯式"分行形式，诗句简短有力，节奏感强，在群众中广为流传，起到了鼓舞人民、打击敌人的战斗作用，被闻一多称为"时代的鼓手"。田间最著名的街头诗，是在当时广为传诵的《假使我们不去打仗》：

假使我们不去打仗，
敌人用刺刀
杀死了我们，
还要用手指着我们骨头说：
"看，
这是奴隶！"

全诗仅六行,却气势慷慨激越,具有强大的感召力和战斗性,起到了警醒人心的巨大作用。柯仲平的朗诵诗、呐喊诗,也在延安风靡一时。《边区自卫军》是柯仲平在延安写出的一部最有影响的作品。1938年初夏,延安印刷工人在清凉山上举办诗歌朗诵晚会,柯仲平朗诵了这首歌颂边区民兵斗争的诗,毛泽东当即上前握住他的手,大为赞赏,"你把工农大众作了诗的主人,对民歌形式进行了吸收、融化,为诗歌大众化做出了辛勤的努力"。事后毛泽东还索阅原稿,批了八个大字:"此诗甚好,赶快发表。"①

解放区文艺发展是健康向上的,但是,在如何处理文艺与工农兵群众、文艺与新的现实、文艺与政治等的关系上,也出现了亟待解决的严重问题。一方面,解放区广大农民的现实生活,并没有进入文艺家们的视野。有的作家住在窑洞,却几乎不与周围的乡亲来往。鲁迅艺术文学院(以下简称"鲁艺")聚集了大量来自大城市的知识青年,所组织的文艺活动仍然洋味十足。解放区的戏剧演出很活跃,但一直没有做到人民群众喜闻乐见,到20世纪40年代初期更形成演大戏、洋戏的热潮,离解放区农民的生活经验和欣赏习惯甚远的剧目,像曹禺《日出》、《雷雨》,果戈理《钦差大臣》,莫里哀《伪君子》、《悭吝人》等被大量地搬上舞台。这种情况一直持续到1942年,上演的剧目都以"大戏"居多,形成了"闭门提高"和"文人圈子"孤芳自赏的怪现象。另一方面,封建、迷信、愚昧的旧文化,仍然盘踞在解放区广大农民的精神文化形态中。解放区文艺要承担与封建迷信和守旧思想、敌伪势力做严峻斗争,宣传党的方针路线的重大历史使命。这就必然要求文学要迅速传播到广大农民群众中去,必须改变五四以来新文学主要局限在知识分子和青年学生中传播的现象。

将这些现象归结和提升到理论的高度,设计出切实可行的路线图的,就是毛泽东在新的形势下提出文艺为工农兵服务和如何为工农兵服务的命题。1942年5月2日至23日,在延安整风运动中,为解决当下的文艺界存在的问题,中共中央在延安召开文艺座谈会,毛泽东几次与会,并在会议的开始和结束时发表讲话,这就是著名的《在延安文艺座谈会上的讲话》(以下简称《讲话》),从根本上解决了解放区文艺发展中一系列重大的理论和政策问题,在中国思想史和文艺史上都具有里程碑式的意义。

《讲话》阐明了革命文艺的任务,要求克服文艺同革命工作的疏离状态,

---

① 孙琴安:《毛泽东与柯仲平》,载《名人传记》,1992(10)。

"要使文艺很好地成为整个革命机器的一个组成部分,作为团结人民、教育人民、打击敌人、消灭敌人的有力的武器,帮助人民同心同德地和敌人作斗争。"《讲话》提出了最为重要的方向性问题:文艺为什么人服务,是一个"根本的问题,原则的问题"。《讲话》明确提出革命文艺的服务对象:文艺"首先是为工农兵的,为工农兵而创作,为工农兵所利用的"。革命文艺要为工农兵服务,就必然要求作家、艺术家要进行思想改造,统一思想、转变立场,而其途径就是深入工农兵的斗争生活,"与工农兵结合"。毛泽东特别强调从作家思想情感转变这一关键问题上去解释新文学一直关注的"大众化"的含义。在他看来,这就意味着"文艺工作者的思想情感和工农兵的思想情感打成一片"。因此,他号召:"中国的革命的文学家艺术家,有出息的文学家艺术家,必须长期无条件地全心全意地到群众中去,到唯一的最广大最丰富的源泉中去,观察、体验、分析、研究一切人,一切阶级,一切群众,一切生动的生活形式和斗争形式,一切文学和艺术的原始材料,然后才有可能进入创作过程。"这就不仅指出了知识分子与工农兵结合的具体途径,还解决了文艺创作中的源泉问题,并且由此获得文艺要表现解放区的新生活,要表现"新的人物新的世界"的根本路径。

《讲话》的重要意义在于,它指明了解放区作家的创作方向,摆脱旧的生活方式和创作思维,深入地体验和表现现实的斗争生活,向工农兵学习,表现千百万觉悟了的、为民族独立和社会解放而奋斗的人民群众以及他们的优秀代表人物。这从根本上解决了五四新文学诞生以来一直为其所困扰的"大众化"的难题,由此走上了与最广大的人民群众相结合的切实可行的道路。但是,《讲话》一是受到战争环境的影响,二是由于理论上的偏差,它也给当时的和后来的文艺发展带来某些负面影响。如过分强调文艺从属于政治,过分夸大作家艺术家的思想与工农兵思想的差距而一味地要文艺家进行思想改造等。这些弊端,也在后来的新中国文艺中充分体现出来。

《讲话》发表后,解放区文学出现了可喜的新气象。毛泽东的号召得到解放区作家艺术家的积极响应,文艺的工农兵方向得到了坚决的贯彻,对革命事业的配合更为有力。文学创作的民族化和大众化的努力在此前基本上局限于大中城市而收效甚微,到这一阶段才落到了实处,在乡村落地开花,取得了丰硕成果,在民歌体叙事诗、秧歌剧、新歌剧、戏曲、小说以及报告文学等创作方面均有佳绩。工农兵群众在作品中如同在实际生活中一样取得了真正主人公的地位。在作家笔下,他(她)们不再像过去那样是被侮辱与被损害的形象,而是以社会发展的推动力量出现在作品之中。新的题材和新的主题的出现，充分说明这一时期的文学价值观念和创作方式都发生了根本性的转变。作家队伍则自觉地实行"工农兵"化。艾青、萧三赴南泥湾，陈荒煤赴延安县，刘白羽、陈学昭下农村到连队，高原、柳青出发到陇东，丁玲到柳林县农村，和工农兵一起参加劳动，一起生活，可谓真正实现了"与工农兵相结合"。

这一思想和世界观的转变过程，非常严峻，很多作家都经过了艰难的蜕变。比较典型的例子是丁玲。丁玲在整风运动初期，发表过《三八节有感》等批评和揭露解放区生活黑暗面的作品，很快就受到毛泽东和党的高层领导的批评。她随即作出深刻的自我批评，到柳林同老乡一起纺线，改革纺车，帮盲艺人韩起祥创作新节目，学习柯仲平、马健翎的"民众剧团"的民族化、大众化的经验。1944年6月，丁玲和欧阳山分别写出《田保霖》和《活在新社会里》这两篇介绍边区合作社模范工作人员的报告文学，得到了毛泽东的赞赏。1944年7月1日，毛泽东致信丁玲与欧阳山，为其所表现出的"新写作作风"庆祝。此后，丁玲接连写出了歌颂八路军的《一二九师与晋冀鲁豫边区》以及表扬边区模范人物的《民间艺人李卜》、《袁广发》等，在20世纪40年代末期，又以亲身参加河北农村土改的经验，写出名重一时的长篇小说《太阳照在桑干河上》。

解放区文艺的民族化和群众化，也发生了很大的变化，鲁艺开门办学，走向乡村。1943年春节，鲁艺秧歌队150多人在延安周围演出40余场，每到一地，群众欢呼雀跃，奔走相告。在新秧歌运动中涌现的秧歌剧《兄妹开荒》（原名《王小二开荒》，王大化、李波、路由编），《夫妻识字》（马可编）等，采用了陕北秧歌的形式，但摒弃了旧秧歌中常有的丑角以及男女调情的成分，代之以新型的农民形象和欢乐的劳动、生活场面，浓郁的泥土气息与农民特有的诙谐交织在一起，使一出剧情十分简单的小戏演得生动活泼，富有情趣，给人以焕然一新的强烈印象。稍后又产生了贴近工农兵现实生活的戏剧，如新歌剧《白毛女》（贺敬之、丁毅执笔），话剧《同志，你走错了路》（姚仲明、陈波儿等），秦腔《血泪仇》（马健翎）等。这里面尤其值得一提的是《白毛女》。这部作品不仅深刻地揭示了半封建半殖民地社会农村的基本矛盾，成功地塑造了杨白劳、喜儿等农民形象，还汲取了河北民歌《小白菜》等曲目的音乐，并以对民间歌舞、古典戏曲和西洋歌剧的出色学习和借鉴，成为创造我国民族新歌剧的奠基石。解放区的文艺家们自觉地学习和运用群众所喜闻乐见的传统的和民间的艺术形式及语言进行创作。李季的长诗《王贵与李香香》是直接用陕北民歌《信天游》的形式创作出来的。赵树理的评书体小说，语言通俗，情节曲折，故事有头有尾，人物描写生动自然，具有浓厚的民族色彩。孔厥、袁静的《新儿女英雄传》的书名得自清人文康的白话小说《儿女英雄传》，马烽、西戎的《吕梁英雄传》则袭用了中国传统的章回体小说样式，也都产生很大的影响。

二、赵树理的《李有才板话》等小说

小说是《讲话》发表后创作实绩突出的领域。其中，赵树理的成就最值得称道，他的《小二黑结婚》、《李有才板话》、《李家庄的变迁》等，都在当时的解放区广为流传，真正做到了为人民群众喜闻乐见。

赵树理（1906—1970），原名赵树礼，山西沁水县人。他出生于一个普通的农民家庭，自幼热爱民间艺术，对民歌、民谣、鼓词、评书和地方戏曲都有非常浓厚的兴趣。1925 年，赵树理考入长治的山西省立第四师范，开始大量地接触新文学作品，并投身学生运动。为此被捕入狱，出狱后在太原等地漂泊。抗日战争爆发后，参加晋东南抗日根据地的文化工作，担任过报纸编辑等。由于他的特殊生活经历，对劳动人民的深厚感情及对民间文艺的深入了解和喜爱，又深感新文学与农民的隔膜，对文艺大众化问题有自己独特的思考和认识，并在自身的创作实践中，选择了一条与当时大多数知识分子都不同的创作道路。早在 30 年代，赵树理就确立了自己的文学方向，他立志不上"文坛"而上"文摊"，让新文学走向农民，"一步一步去夺取那些封建小唱本的阵地"①。解放区的社会环境，则为他实现自己的梦想创造了良好的条件。1943 年，他以短篇小说《小二黑结婚》一举成名，同年创作的中篇小说《李有才板话》，得到"反映农村斗争的最杰出的作品"、"解放区文艺的代表之作"等高度评价。为了配合在解放区开展土改斗争的需要，这个发表于 1943 年的中篇小说，在 1946 年 6 月 26 日至 7 月 5 日（建党 25 周年前后），在延安的《解放日报》上用 9 天时间又连载了一次，还刊登了作家冯牧的推荐文章。随后，周扬对这一作品进行了高度评价："这是一篇非常真实地、非常生动地描写农民斗争的作品，简直可以说是一个杰作。"② 这部小说并被指定为整风学习、减租

---

① 李普：《赵树理印象记》，见黄修己：《赵树理评传》，43 页，南京，江苏人民出版社，1981。
② 周扬：《论赵树理的创作》，载《解放日报》，1946-08-26。

减息和土改运动的干部必读材料,为赵树理赢得了更大的声誉。此后,他接连发表了长篇小说《李家庄的变迁》,短篇小说《地板》、《福贵》,中篇小说《邪不压正》等一系列有影响的作品。新中国成立后,他一如既往,勤奋创作,著有长篇小说《三里湾》,短篇小说《登记》、《锻炼锻炼》、《套不住的手》、《实干家潘永福》等。他还另写有评书、鼓词、剧本、评论等。他的创作结集为《赵树理文集》、《赵树理全集》等。许多作品被译为英、法、德、俄、日等20余种文字,产生了很好的国际影响。

《小二黑结婚》和《李有才板话》是赵树理小说的代表作。《小二黑结婚》描写的是根据地一对青年男女小二黑和小芹,一边和基层政权中的恶势力作斗争,一边冲破家长的封建迷信思想的束缚,争取到婚姻自由的故事,从一个侧面说明了在农村实行民主改革、移风易俗确实是势在必行。《李有才板话》表现出赵树理对农村基层政权建设中所出现的问题的一贯关注,但它的情节更繁复一些。小说描写的是阎家山在民主政权初建时,农民和地主恶霸进行的曲折复杂的斗争以及农村各阶层人物的心理变动。与《小二黑结婚》相比,这个中篇所塑造的人物形象层次更丰富,人物数量也更多。

《小二黑结婚》和《李有才板话》歌颂民主政权的巨大力量,反映了解放区农村的重大变化,积极地扶持了新一代农民的成长。小说塑造得最成功的,是二诸葛、三仙姑和老秦等蒙昧落后的老一代农民形象。二诸葛深受封建迷信思想的毒害还未觉醒,因为要选择黄道吉日而误了耕种;他反对小二黑和小芹的婚事也是因为两人"命相不对";他懦弱怕事,儿子被金旺兄弟捆了,只会跪下求情;见了区长,就只会说"恩典恩典"。老秦自己就是穷人,却打从心底里鄙视受苦人,满脑子封建等级观念,为此在作品中几次出乖露丑。因此,对二诸葛和老秦这样的老一代农民来说,要获得真正的解放,就不仅需要战胜自己的敌对阶级,更重要、也更困难的是战胜自己内心深处的、将命运寄托在"异己"力量上的思维方式。由此亦可见农民改造的长期性与艰巨性。

《李有才板话》中还写出了陈小元这样一类人物形象,他们是年青一代的农民,被推上了乡村干部的位置,但是由于意识深处残存的旧思想的余毒尚未肃清,他们很快就蜕化变质,成为革命事业的害群之马。像快板里所说:"陈小元,坏得快,当了主任耍气派,改了穿,换了戴,坐在庙上不下来,不担水,不割柴,蹄蹄爪爪不想抬,锄个地,也派差,逼着邻居当奴才。"这很容易使人联想起鲁迅笔下的阿Q,虽然他们对革命的理解可能有所不同,但他们最终的目的都只是借革命以谋求个人私利。而赵树理在解放区农村政权建设的初期，就从生活中发掘和提炼了上述关系革命前途和方向的重大问题，其远见卓识，实在令人敬佩。可以说赵树理是继鲁迅之后，对中国农民和中国农村问题了解得最深刻的作家。

赵树理所塑造的农村新人——小二黑和小芹、李有才和老杨的形象，令人耳目一新。小二黑和小芹，是在新时代的感召下，勇敢追求幸福爱情和自主婚姻的青年先锋。李有才是阎家山的外来户，也是阎家山农民的精神领袖。他不仅有丰富的人生经历所沉淀下来的许多优秀品质，而且有对农村中阶级压迫的本质的深刻洞见。如阎喜福的村长职被撤了，他并不像"小字辈"那样欣喜若狂，而是认为："光撤了差放在村里还是大害，什么时候毁了他才能算干净。"在与阎恒元等人斗争的过程中，他也显得更豁达、成熟、老练、有胆有识。而这个人物身上最为光彩照人的一面是，他不仅识字，还会编快板，泼辣、犀利，充满嘲讽，对各种为富不仁、压迫穷人的现象进行分析和揭露。老杨的塑造，则带有一定的指导实际工作的目的性。老杨的朴实勤恳、密切联系群众，与小说中作风不踏实、偏听偏信的章工作员恰恰形成鲜明对比。他身上没有官味，平易近人，又是劳动行家，能与群众同甘共苦，所以能深入群众，发现村里存在的问题。赵树理如此深入而具体地阐述了党的干部和群众之间最为理想的关系，是他对农民兄弟和农村工作的重大贡献。

而且，把赵树理这一时期的作品连缀起来，就是抗日战争前后中国北方乡村动荡与变迁的风云画卷。周扬在写于1946年的《论赵树理的创作》中这样说，根据地农民翻身做主、旧貌换新颜，"这个农村中的伟大的变革过程，要求在艺术作品上取得反映。赵树理同志的作品就在一定的程度上满足了这个要求"。他称赞《小二黑结婚》、《李有才板话》和《李家庄的变迁》是"三幅农村中发生的伟大变革的庄严美妙的图画"[1]。

赵树理的小说，为解决现代小说的民族化和大众化问题作了非常积极有益的探索，并取得了可喜的成绩。他有明确的目的意识，为农民、写农民，给农民看、给农民听，由此构成了他独特的创作风格。赵树理在《〈三里湾〉写作前后》中这样写道："写作品的人在动手写每一个作品之前，就先得想到写给哪些人读，然后再确定写法。我写的东西，大部分是想写给农村中的识字人读，并且想通过他们介绍给不识字人听的，所以在写法上对传统的那一套照顾得多一些。但是照顾传统的目的仍是为了使我所希望的读者层乐于读我写的东

---

[1] 周扬：《论赵树理的创作》，载《解放日报》，1946-08-26。

西，并非要继承传统上哪一种形式。"① 他对中国传统小说的结构方式、叙述技巧、表现手法进行了扬弃和改造，创造了一种评书体的现代小说形式，其主要特点是：在扬弃传统小说章回体的程式化框架的前提下，保留了情节连贯性与完整性的特点，对传统小说以及说唱文学的优点进行了充分的吸收和创造性的转化，非常注重叙述脉络的清晰和完整，与五四作家向西方学习所形成的"横截面"结构方式有很大的差别，比较好地适应了广大农村民众的阅读欣赏习惯；将描写情景融入叙述故事中，在故事情节中展现人物性格，少有心理描写；叙事风格明快、简约。尤其值得一提的是，他小说的语言是在北方农民口语的基础上加工提炼而成，质朴明快、简洁生动且富于幽默感。赵树理小说一般都以晋东南农村为背景，有浓厚的地域民俗色彩。他的小说对民间的婚丧嫁娶、节庆赛会、吹拉弹唱、田间劳作乃至饮食习惯、家长里短种种琐事都有细致入微的描写。后来在他的影响下，形成的"山药蛋派"作家群，是当代文学中最有地域文化特色的流派之一。

赵树理在创作上的成功被解释为一种新型文学方向的代表，是体现毛泽东《讲话》所提出的文艺路线的典范，是《讲话》在小说界的成功实践②。由于赵树理的创作顺应了大众化的文艺方向，这种"方向性"的提倡对整个解放区文学乃至 20 世纪五六十年代的文学，都影响巨大。

三、孙犁、丁玲、周立波等的小说

孙犁（1913—2002），原名孙树勋，河北安平人。在保定育德中学读书期间开始在校刊《育德月刊》上发表文学习作。1933 年高中毕业后到北平漂泊，先后在市政机关和小学校当职员。1936 年到安新县同口镇的小学校教书。1937 年冬参加抗日工作，1939 年调晋察冀通讯社，编辑晋察冀最早的文艺刊物之一《文艺通讯》，并编写出版了《论通讯员及通讯写作诸问题》。此后，在晋察冀文联、晋察冀日报担任编辑。1944 年到延安，在鲁迅艺术文学院工作和学习，《荷花淀》就发表在 1945 年 5 月 5 日的《解放日报》上。在金戈铁马、壮怀激烈的文风大行其道的时候，清新优美的《荷花淀》，受到广泛好评。

---

① 赵树理：《赵树理文集》，第 4 卷，117 页，北京，人民文学出版社，2005。
② 赵树理写作《小二黑结婚》，是在 1943 年 5 月（此前，他已自觉地进行了大量的文艺农民化、大众化的实践，并且一直存在争议）。此后，他第一次听到毛泽东《讲话》精神的传达，非常高兴，认为毛泽东肯定了他的创作。反过来，周扬、荒煤等人，也是从实践《讲话》精神的角度，给予赵树理极高的评价的。

孙犁说："这篇小说引起延安读者的注意，我想是因为同志们长年在西北高原上工作，习惯于那里的大风沙的气候，忽然见到关于白洋淀水乡的描写，刮来的是带有荷花香味的风，于是情不自禁地感到新鲜吧。"[①]

《荷花淀》故事发生在白洋淀地区，在水生嫂等几个年轻的农村妇女和她们参军入伍的丈夫间展开，全篇共四个场面："月夜织席"、"夫妻话别"、"中途遇险"、"苇塘歼敌"，情节谈不上跌宕起伏，却处处充满诗情画意。通过精致的细节描写，传达出了水生嫂们复杂微妙的心理活动，成功地塑造了一个既为丈夫担心，又成熟稳重、深明大义的战争时期平凡女性的人物形象。

孙犁的小说突破了当时解放区文学的"政治—功利"叙述模式，而以诗情画意见长，表现出独特的审美风范。他的小说没有惊心动魄的敌我斗争场面，而是以充满诗意的笔致，深入细腻地表现了具有坚强革命意志和英雄主义精神的主人公们的心灵世界，描绘出解放区人民在艰苦环境中乐观、健康、纯洁的人情美、人性美。

孙犁对生活在冀中平原上的劳动妇女有着独特的理解和发现，这使他笔下的女主人公身上完美而集中地体现了传统妇女的美德与新一代妇女的坚强果敢，而且各具鲜明的个性，如水生嫂（《荷花淀》、《嘱咐》）的坚忍持重、深明大义，吴召儿（《吴召儿》）的爽朗明快、灵活机智、勇敢无畏，17岁的小媳妇王振中（《走出以后》）的坚决果敢、积极进步，秀梅（《光荣》）的倔强坚贞、无私无畏，二梅（《麦收》）的吃苦耐劳等，都一样地可敬可爱。她们是和男性一样乐观自信，在斗争生活中成长起来的全新的女性群体，既美丽又坚强，既温柔又勇敢，吃苦耐劳、不怕牺牲、有胆有识，她们光辉照人的形象，大大地丰富了中国现代小说的人物形象画廊。

孙犁小说对解放区文学的特殊贡献之处在于，他不惜花费大量的笔墨来表现日常生活中的人情美与人性美，却没有游离于时代，而是与时代风云紧密相连。在他的作品中，个人情感与军民感情，爱情的坚贞与革命的坚定互为因果、彼此推动着向前发展，水乳交融、不可分割。在某种程度上，可以说孙犁是一个追求纯正艺术趣味的传统型文人，在严酷的现实面前，他仍然坚持了对浪漫诗意的追求；在特殊的时代环境中，他在坚持文艺为时代政治服务的同时，找到了适合自己的、独特的艺术道路，将"真善美的极致"与残酷的战争融合为一体。他的作品从许多方面勾勒了时代和社会的风俗画面，且善于通过

---

① 孙犁：《关于〈荷花淀〉的写作》，载《新港》，1979（1）。

富有表现力的口语叙事行文，追求情景交融、简洁凝练的优美意境，形成了他朴实深沉、优美淡雅、清新隽永，融小说、散文、诗歌诸特点于一体的散文诗式的独特艺术风格。

在解放区作家中，另一位创作成就比较突出的是丁玲。解放战争时期，丁玲到河北乡村参加土改运动，以此为生活基础，创作了小说《太阳照在桑干河上》。这是延安文艺座谈会以来解放区长篇小说创作取得的突出成绩，并在1951年获得前苏联颁发的"斯大林文学奖金二等奖"。

作品通过对河北北部农村暖水屯土地改革斗争的描写，真实而生动地反映了时代大变动中农村阶级斗争的复杂性，表现了阶级关系的相互渗透和人们不同的精神状态，展现了中国共产党领导农民踏上幸福之路的光明前景。人物形象真实动人，心理刻画细腻深入，结构宏大紧凑，情节疏密相间，有浓重的生活气息。在展开故事的过程中，作品紧扣了对农村阶级斗争内在原因的分析，对党在土改工作中的领导作用进行了深刻的揭示。作者一方面强调指出：没有工作组和县宣传部长章品代表的党的领导，暖水屯不可能开展土改斗争并取得胜利。另一方面深刻指出：党的领导只有通过农民内在的解放要求及其本身力量的成长，只有和农民的斗争紧密结合，才能发生伟大的力量。

作为一部优秀的土改小说，《太阳照在桑干河上》的最值得称道之处，就在于它没有从概念和公式出发去反映土改斗争，没有将人物间的阶级关系简单化、两极化，而是对农村各阶级之间错综复杂的关系进行了真实、具体的表现，这正是这部作品超越一般土改题材作品的关键所在，不仅更为真实和深刻地再现了现实生活中农村真正的阶级关系，反映出更为真实的问题，而且在表现人性的复杂性方面达到了一定的深度。在小说中，暖水屯的各阶级之间存在着错综复杂的人际关联，形成了千丝万缕、纠缠不清的复杂关系。这种和现实生活相当接近的、盘根错节的社会关系给土改工作带来了许多难以预料的复杂变化。

在小说的人物形象塑造上，丁玲表现出了杰出的才华。全书近四十个人物，可以分成好几个系列，但系列内的人物性格绝不雷同：同是地主，李子俊、侯殿魁、江世荣、钱文贵就各不相同，这从他们在土改大风暴面前采取的不同态度和策略中可以反映出来；同是贫农，刘满这样的斗争积极分子勇敢坚决，而侯全忠懦弱怕事。尤其令人信服的是，小说对这些人物性格间的细微差异，都交代了其形成的生活底蕴、来龙去脉。这部小说在塑造人物形象上的一个突出特点，是较多地运用了心理剖析。这一做法，胜在能为人物心理感情的变化提供充分的内心依据，尽管长篇的内心活动描写，有时不免沉闷，但扎实可靠。如小说中描写农会主任程仁的心理，就充满了苦恼和彷徨，这样的写法其实是相当贴切而细腻的，但与同时代的其他正面人物相比，程仁、张裕民等人的形象当然就显得并不那么"高大"。懦弱怕事的老一代农民侯全忠，刚正不阿、踏踏实实的民兵队长张正国，积极活泼、头脑清晰的村民政、支部宣传委员李昌，不声不响、埋头工作的合作社主任任天华，干脆利落的妇联主任董桂花，泼辣能干的羊倌女人周月英等，也都性格分明、生动逼真。

全书共58节，再现了一个农村的基本行政单位的土改斗争从酝酿到发动群众、几经曲折终于斗倒地主的过程。波澜起伏，疏密相间，故事线索纷繁复杂，然而主次分明、脉络清晰而丝毫不乱。这样宏大的结构对反映巨大规模的农村土改斗争及其复杂性十分合适，也充分显示了作者高度的艺术概括能力。小说的语言生动细腻，虽然有时候因描摹太过详尽而有失沉闷，但充分细致的刻画使小说的气氛营造比较成功，场面描写也颇有精彩之处。特别是"果树园闹腾起来了"一节，写得情景交融，有声有色，常为评论家所称道。

和《太阳照在桑干河上》同被称为"土改小说"代表作的还有周立波的《暴风骤雨》。《暴风骤雨》的写作时间与《太阳照在桑干河上》大体相同，也同时获得1951年度"斯大林文学奖金三等奖"。周立波（1908—1979），湖南益阳人。从30年代中期开始文学创作并参加"左联"，也从事文学翻译工作。抗战爆发后，周立波到晋察冀根据地，写过一些通讯报告；后在"鲁艺"任教。延安文艺座谈会后，他的思想发生较大变化。1946年至1948年周立波参加东北解放区土地改革运动，这为他创作《暴风骤雨》打下了坚实的基础。

作品描写了东北地区一个名叫元茂屯的村子从1946年到1947年土地改革的全过程，再现了被封建生产关系束缚了千百年的中国农村是怎样在政治、经济、思想以至风俗习惯等各方面经历着伟大的变革，热情地歌颂了在党的领导下农民奋起推翻封建桎梏的急风暴雨式的革命斗争。

周立波的笔墨简练、朴素，作品很少冗长、沉闷的叙述，风格单纯明快。小说中充满了浓郁的生活气息、真实生动的生活场景以及原汁原味的农村生活细节。在表现生活本身固有的生动性和丰富性上，小说的表现十分出色。作者善于学习群众语言，作品中运用东北农民的口语，语汇丰富、生动活泼，有很强的表现力、逼真的生活气息和地方色彩。特别是许多人物间的对话，都是个性化的语言，使人闻其声如见其人。不足的是作品中口语用得太多，由于缺乏提炼和选择，有时候显得较为生僻，因此多少影响读者的理解。

欧阳山的《高干大》写了抗日战争最艰苦时期陕甘宁边区一个叫任家沟的地方办供销合作社的故事，是第一部也是当时解放区仅有的一部直接反映农村合作社题材的作品，是当时第一部将反对革命队伍内部"左"的教条主义、官僚主义和主观主义作为主要情节贯穿线的作品，还触及带社会主义性质的矛盾与斗争。

柳青（1916—1978）的《种谷记》写于1947年，也是当时较有影响的长篇小说。它以王家沟组织集体种谷合作生产的事件为线索，展示了解放区农村生活的一个侧面。

在当时解放区的抗日题材小说中，还涌现了一些受到读者欢迎、影响较大的作品，它们是《吕梁英雄传》、《新儿女英雄传》、《洋铁桶的故事》等。这些作品的共同特点是：在思想上讴歌革命乐观主义和英雄主义；在艺术形式上通俗易懂，且可读性比较强。这一类章回体英雄传奇基本上还属于通俗文学范畴，但与传统的通俗文学作品相比，在艺术上有明显的提高。它们的缺点也是由通俗文艺形式带来的，如人物塑造不够典型化，故事线索设置不够严谨，结构比较松散，反映现实生活斗争不够深刻等。

这一时期反映工业生产的为数不多的小说中，草明的《原动力》是比较突出的作品。它不但在思想性和艺术性方面完全可以和当时写其他题材的小说比美，也是最早的一部描写解放区工人阶级生活斗争的长篇小说。

四、民歌体叙事诗和新歌剧《白毛女》等

"新民歌体"诗歌创作是在《讲话》以后的文艺大众化和工农兵方向的要求下，形成的解放区诗歌创作运动。通过与劳动群众的交流，向他们学习和"采风"，诗人们的思想及创作观念都发生了剧烈的变化。首先，以往诗歌中的诗人主体性自我消失了，取而代之的是工农兵以及劳动群体的"大我"，在诗歌的形式上，则呈现出口语化、民间化、歌谣化的特点。其次，这一群众性诗歌创作活动中的大部分作品的主题，都与解放区政治生活密切相关，题材囊括了战争、解放、翻身、生产劳动等，有明显的配合政治宣传的痕迹和鲜明的政治功利性。

"新民歌体"的突出成就，表现在长篇民歌体叙事诗的创作上，如李季的《王贵与李香香》和阮章竞的《漳河水》等。它们以明快质朴的方式，讲述了乡村青年男女在时代变迁、革命斗争中争取爱情和婚姻幸福的翻身故事。李季

在创作《王贵与李香香》之前，曾经在陕北乡村从事基层工作数年，热情而大量地收集和整理陕北民歌"信天游"（亦称"顺天游"），笔录近三千首，对这一民歌形式非常熟悉。而他的创作，与当时解放区流行的民谣仿作并不相同，可以说是完全地道的民谣叙事作品，只不过它表现的是新时代人民翻身得解放的主题。首先，长诗的创作在大量吸取信天游营养的同时，有所突破。它没有像传统的信天游一样，仅仅局限于表现爱情故事，而是将爱情和革命结合起来表现，不仅描绘了几个激烈的斗争场面，使之构成了一个完整的故事，而且成功地塑造了将革命胜利与个人幸福融为一体的乡村青年王贵与李香香的形象。这就打破了信天游的传统主题，拓展了其表现力。其次，长诗对信天游的形式有所继承，也有所革新。多用比兴手法，是"信天游"的一大艺术特点。长诗充分继承了这一特点，从头到尾几乎是各种比喻的铺排，既通俗又新颖贴切。除了多用比喻以外，还有许多地方成功地采用了"兴"的表现手法，有时是兴与比连用（所谓兴，其实是一种寄托、一种联想，即由一种现象想起另一事物，它是我国古代诗歌、民歌创作常用的一种手法）。诗中大量运用的比兴手法，突破了传统"信天游"中比兴手法简单短小的局限，不仅用于刻画人物的外貌，还用于描写人物的心理、叙述事件以及渲染气氛。由于长诗大量使用比兴，使全诗不仅更富有形象性，而且增强了含蓄性，对抒发感情、刻画人物等，都起到了传神的作用。另外，长诗所用词语多是人们生活常用的口语，非常平易、简朴。有的地方还恰当地运用民间谚语、成语，并在此基础上进行加工，读来真实、亲切，将百姓熟悉的口语、民谚入诗，使长诗更加通俗易懂，便于传播。"烟锅锅点灯半炕炕明，酒盅盅量米不嫌哥哥穷。"烟锅和酒盅作为点灯和量米的器具，"紫红键牛自带楼，闹革命的心思人人有。"尤其是斗争胜利后王贵与李香香进洞房一场，在个人幸福与革命的关联上，做了大段的铺叙，波澜曲折，荡气回肠：

> 俊鸟投窝叫喧喧，
> 香香进洞房泪如麻。
>
> 清泉里淌水水不断，
> 滴湿了王贵的新布衫。
>
> "半夜里就等着公鸡叫，
> 为这个日子把人盼死了。"

香香想哭又想笑,
不知道怎么说着好。

王贵笑的说不出来话,
看着香香还想她!

双双拉着香香的手,
难说难笑难开口:

"不是闹革命穷人翻不了身,
不是闹革命咱俩也结不了婚!"

总而言之,解放区民歌体叙事诗的出现,预示中国新诗在借鉴民间资源和实现民族化、大众化方面取得了实质性的突破。

《讲话》发表以后,延安的文艺工作者响应号召,深入农村,收集整理当地流行的各种民间文艺作品,因而选中了秧歌这一北方农村常见的娱乐形式。1943年,鲁艺文工团的《兄妹开荒》(原名《王小二开荒》王大化、李波、路由编),首先获得成功,并得到了中央领导的高度赞扬和肯定。新秧歌剧的成功,证明经过改造的秧歌能够很好地表现新的社会生活和新的思想感情,并且为工农兵所欢迎。这一事实,激起人们对新秧歌剧的浓厚兴趣和普遍重视,激发了各界人士的创作热情,最终形成了新秧歌剧演出的高潮。当时,由延安的工厂、部队、机关、学校组织起来的业余秧歌队有二十七队之多,上演了一百五十多个节目。演出轰动了整个延安,出现了"鼓乐喧天,万人空巷"的盛况。仅延安地区1943年春节到1944年春节一年间,演出的新秧歌剧就有300多个。这些节目去掉了传统秧歌中的丑角以及低级色情的成分,借鉴和学习了话剧和歌剧的一些表现手法,与传统秧歌相比,在作品的立意和艺术水准上都有很大的提高。内容方面以表现解放区的现实生活为主,既有对新生活的赞美,也有对旧制度的控诉与批判。除《兄妹开荒》外,《夫妻识字》(马可),《小放牛》(尚之光、王世俊),《牛永贵挂彩》(周而复、苏一平),《无敌民兵》(柯仲平),《惯匪周子山》(水华、王大化等)都是这一时期涌现出来的优秀作品。

新秧歌运动的蓬勃开展及其丰硕成果,激起了戏剧工作者探索改革各种传统剧种的兴趣和勇气。短短几年内,各根据地相继对许多剧种进行了改革的尝试。在群众的业余演出中，也常常采用他们熟悉的地方戏曲的形式，表现新的生活和新的主题，这同样是有益的革新。在当时各个剧种所实行的改革中，成就较高和影响较大的，是京剧和秦腔。早在抗战初期，就有新编京剧《松花江上》、《白山黑水》，新编秦腔剧目《好男儿》、《查路条》等。延安文艺座谈会之后，在为工农兵服务的方向指引下，在歌颂解放区、歌颂新生活以及控诉旧社会的时代创作洪流中，戏剧改革也取得了新成绩。新编京剧《逼上梁山》是1943年，延安中央党校大众艺术研究社集体编写的。根据《水浒传》中林冲被逼上梁山的故事改编而成，共三幕27场，得到了毛泽东的高度赞誉。其他作品如新编京剧《三打祝家庄》、秦腔剧《血泪仇》等也获得了成功。从解放区改造旧剧的实践来看，许多地方戏加以改造之后，完全可以成功地表现现代生活。同时，这一时期对旧剧改革的积极有益的探索，为新中国成立后戏剧的发展积累了不少可贵的经验。

1945年，由贺敬之、丁毅执笔，延安鲁迅艺术文学院集体创作的《白毛女》的出现，标志成熟的具有鲜明民族风格的新歌剧的产生。随后还出现了《蓝花花》（孔厥、袁静），《刘胡兰》（魏风、刘莲池、朱丹原作，严寄洲、董小吾改编），《赤叶河》（阮章竞）等优秀新歌剧，成为《讲话》发表后，在"文艺为工农兵服务"方面取得突出成就的艺术样式。

《白毛女》的剧情是：1935年除夕，河北杨各庄贫农杨白劳外出躲债，回家后被地主黄世仁及其管家穆仁智逼死，其女喜儿先被抢到黄家，又被黄世仁奸污。喜儿的未婚夫王大春痛打了狗腿子穆仁智，投奔八路军。有孕在身，又受黄世仁欺骗，期盼着与其结婚的喜儿，根本无法认清黄世仁的真面目，黄世仁一面要和富家小姐结婚，一面又谋划卖掉喜儿。喜儿得到张二婶的帮助逃往深山，苦熬三年，头发变白，经常要到庙里偷取供果维生，被一些不明真相的村民奉为"白毛仙姑"……1938年春，大春所在部队来到杨各庄，本意是要揭穿"白毛仙姑"的底细，为民除害，却使喜儿意外获救，并且向黄世仁、穆仁智报仇雪恨，喜儿终于如愿以偿地和大春结婚。《白毛女》成功地塑造了杨白劳、喜儿等农民形象。其中，杨白劳是在地主阶级长期压榨之下，尚未觉醒的老一辈农民的典型形象。他的悲惨结局是对万恶的地主阶级的有力揭露和血泪控诉，广大观众对这一形象始终寄予深切的同情。喜儿的悲惨命运和苦尽甘来，则表明了新旧社会穷人的不同境遇。与后来的电影和舞剧不同，喜儿的性格本身也具有悲剧性，她在受到黄世仁玷污以后，怀孕在身，对花言巧语欺骗她的黄世仁心存幻想，盼望他能够兑现承诺和她结婚，以此改变命运。没有想到心狠手毒的黄世仁为了排除结婚的障碍，要把她卖到妓院。除了听从时代的召唤奋起反抗，穷苦人要想脱离苦海，是痴心妄想。地主恶霸的"善心"是靠不住的。《白毛女》深刻地表现了半封建半殖民地社会农村的基本矛盾，即广大农民与地主阶级的矛盾。两千年封建社会中千千万万的农民和杨白劳、喜儿有着共同的命运。剧本通过离奇的情节突出地表现了这种共同的命运，因此引起了人民群众的强烈共鸣。彻底认清黄世仁的真面目的喜儿，在异常艰难的环境下，一心为了复仇而隐忍苦难坚持活下去，这是在特定环境中农民反抗精神的高度表现。剧本倾诉了农民的苦难，但它的着重点在于激发人们对地主的仇视，歌颂农民对地主的顽强的斗争精神。这是它与当时不少描写农民与地主阶级矛盾的剧作相比，具有更为尖锐的思想意义和能够引起强烈反响的主要原因。剧本最后描写了在党的领导下，打倒地主阶级，农民得到了翻身。"鬼"变成人，而且成为社会的主人。新旧社会两重天的鲜明对比，表明了只有共产党才是农民的救星这一真理。

  1945年5月，《白毛女》在延安开始公演。该剧在延安演出三十多场，受到空前热烈的欢迎。在此后的演出过程中，又不断修改，使《白毛女》日臻完美。《白毛女》的剧本很快传到国统区，受到进步文艺界的高度赞扬。

  《白毛女》是创造我国民族新歌剧的奠基石。它在群众艺术实践的基础上，继承了民间歌舞的传统，同时借鉴我国古典戏曲和西洋歌剧，在秧歌剧的基础上，创造了具有民族风格和民族气派的新民族歌剧的形式，为创作新歌剧开辟了一条富有生命力的道路。

  首先，在音乐上，运用了民歌、小调和地方戏曲的曲调，但它既不是民间小戏的扩大，也不是传统的板腔戏或宫调戏。它借鉴了西洋歌剧注重表现人物性格的处理方法，同时利用富有民族风味的音乐曲调（如河北梆子、山西秧歌、湖南花鼓等），设计出了一些在今天看来仍然十分优美、堪称经典的抒情唱段，如《北风吹》、《扎红头绳》等，来表现剧中人物的性格与情感。其次，在歌剧的表演上，借鉴了古典戏曲的歌唱、吟诵、道白三者结合的传统，形成具有民族特色的新歌剧表现形式。最后，它吸取了传统戏曲的写意手法，将对抒情场面的着力渲染与次要事件的简略交代紧密结合在一起。《白毛女》的艺术特色，是符合我们民族尤其是广大农民的欣赏习惯的。它既表现了生活的本质真实，又表达了人民群众的理想。

  由于《白毛女》在思想上和艺术上的巨大成就，它成了解放区影响最大、最受欢迎的剧目。《白毛女》在土改运动和解放战争中，充分发挥了艺术作品的感染力量。一个剧作能够在千千万万群众中起到这样大的教育作用，这在现代文学史上是空前的。

延安文艺整风以后，解放区的报告文学也出现了一个创作高潮。在当时的需要与可能相结合的条件下，又在党中央的大力号召下，大批报告文学作品涌现出来。

这些作品都是作者们深入实际、调查研究以后才写作出来的，有的是英雄事迹的真实记录，有的是作者的亲身经历，有些综合性报道也是以真人真事为基础概括写出来的。这些作品以粗犷的笔调，从各方面反映了抗战后期到解放战争时期的历史进程，记载了我解放区军民艰苦卓绝的斗争，显示了中华民族敢于同敌人血战到底的英雄气概，揭露了日本帝国主义灭绝人性的罪行，揭发了投降派卖国求荣、反共倒退、残害人民的反动勾当，歌颂了各条战线上涌现出来的许多英雄人物和英雄事迹，为年青一代提供了革命英雄主义和革命传统教育的好教材。和20世纪30年代初期的报告文学相比较，这些作品从内容到形式都有了很大的变化。它们不是"浮光掠影的宣传"，它们的战斗性和真实性是统一的。这里的人物已经不是捆在锭子上呻吟的"中国奴隶的冤魂"，而是在党的领导下觉悟了的广大军民。此外，新的人民英雄形象和革命战争场景的描绘、群众语言的运用，也都是以前报告作品中所不具备的新的特色。

作为抗日根据地报告文学的最早的开拓者之一，丁玲对中国现代报告文学的发展作出了重要贡献，《田保霖》曾得到毛泽东的赞扬；后来她接连写出了歌颂八路军的《一二九师与晋冀鲁豫边区》以及表扬边区模范人物的《民间艺人李卜》、《袁广发》。和《田保霖》同时受到毛泽东赞扬的，还有欧阳山写的介绍合作社模范人物的报告文学《活在新社会里》；周立波不仅翻译了捷克作家基希的《秘密的中国》，为现代报告文学的创作提供了"范例"，而且写下了《晋察冀边区印象记》、《战地日记》等优秀作品。何其芳从国统区进入解放区后，从"画梦"到"写实"，从空虚的想象到反映如火如荼的现实斗争，为他的创作开辟了崭新的天地，他的这些报告文学作品收在《星火集》及其续编中。沙汀记述贺龙将军在抗战初期的战地生活和回忆的长篇报告文学《随军散记》，是抗战以来描写高级将领的报告文学中最出色的一部。刘白羽关于东北战场的通讯、报道以及报告文学，以强烈的新闻性和政治抒情色彩取胜，《为祖国而战》真实地展现出人民解放军解放东北、平津和挺进江南的光辉战斗历程，他的这些作品被收录在《游击中间》（报告文学集，上杂出版社，1938）、《环行东北》（通讯报告集，上海新华日报社，1946）、《延安生活》

(报告文学集,胶东新华书店,1946)、《英雄的记录》(报告文学集,东北新华书店,1947)、《时代的印象》(通讯报告集,哈尔滨光华书店,1948)等作品集中。华山的战争题材作品多大笔勾勒,唱出一曲曲时代气息浓郁的战斗凯歌。其中,《英雄的十月》是他的代表作,创作于1948年12月,它生动地报道了中国人民解放战争中辽沈战役的战斗经过。周而复的两篇报告文学《海上的遭遇》和《诺尔曼·白求恩断片》,前者描写了一支赴延安的队伍冲破了敌人的封锁和海上的围剿,终于到达目的地的英勇事迹;后者则描写和歌颂了一个为国际共产主义运动献身的白衣战士的高尚品格,两篇报告文学都获得了很高的声誉。

学习提示与建议

1. 在学习过程中,对《在延安文艺座谈会上的讲话》(以下简称《讲话》)要给予特别重视。要注意《讲话》发表前后,解放区文学创作所发生的巨大变化,从根本上认识《讲话》发表的必要性,并深入理解延安文艺座谈会对解放区文学和新中国文学的影响。

2. 在教材介绍的基础上,对赵树理在新中国成立前的两部代表作《小二黑结婚》和《李有才板话》进行细致的阅读和比较,注意其中的相同与不同之处。

3. 孙犁的《荷花淀》有什么特点?同为"土改小说",丁玲的《太阳照在桑干河上》与周立波的《暴风骤雨》各有什么优点、缺点?

4. 解放区民歌体叙事诗创作以及秧歌剧创作的成功,在很大程度上得益于对民间文学资源的借用,在学习过程中要对这一点给予充分的重视。结合以《王贵与李香香》、《白毛女》为蓝本改编而成的影视作品,谈谈"红色经典"在当代的接受与传播。

参 考 文 献

[1] 中国新文学大系（1917—1927）（影印本）. 上海：上海文艺出版社，2003.

[2] 中国新文学大系第二辑（1927—1937）. 上海：上海文艺出版社，1987.

[3] 中国新文学大系第三辑（1937—1949）. 上海：上海文艺出版社，1991.

[4] 鲁迅. 鲁迅全集. 北京：人民文学出版社，2005.

[5] 郭沫若. 沫若文集. 北京：人民文学出版社，1958.

[6] 茅盾. 茅盾全集. 北京：人民文学出版社，2001.

[7] 郁达夫. 郁达夫文集. 广州：花城出版社，1982.

[8] 周作人. 周作人散文全集. 天津：天津教育出版社，2007.

[9] 曹禺. 曹禺全集. 石家庄：花山文艺出版社，1996.

[10] 老舍. 老舍全集. 北京：人民文学出版社，2008.

[11] 沈从文. 沈从文全集. 太原：北岳文艺出版社，2002.

[12] 巴金. 巴金全集. 北京：人民文学出版社，2000.

[13] 路翎. 路翎文集. 合肥：安徽文艺出版社，1995.

[14] 李劼人. 死水微澜. 北京：人民文学出版社，1955.

[15] 李劼人. 暴风雨前. 北京：人民文学出版社，1956.

[16] 李劼人. 大波. 北京：人民文学出版社，1958.

[17] 冰心. 冰心全集. 福州：海峡文艺出版社，1994.

[18] 沙汀. 沙汀文集. 上海：上海文艺出版社，1991.

[19] 闻一多. 闻一多诗. 杭州：浙江文艺出版社，2007.

[20] 徐志摩. 徐志摩诗全集. 上海：学林出版社，1997.

[21] 李金发. 李金发诗选. 武汉：长江文艺出版社，2003.

[22] 何其芳. 何其芳散文选集. 天津：百花文艺出版社，1986.

[23] 丰子恺．丰子恺散文选集．天津：百花文艺出版社，2004.
[24] 梁实秋．梁实秋散文选集．天津：百花文艺出版社，2004.
[25] 林语堂．林语堂散文选集．天津：百花文艺出版社，2009.
[26] 欧阳予倩．欧阳予倩剧作选．北京：人民文学出版社，1956.
[27] 田汉．田汉剧作选．北京：人民文学出版社，1955.
[28] 洪深．洪深剧作选．北京：人民文学出版社，1954.
[29] 丁西林．丁西林剧作选．北京：人民文学出版社，1955.
[30] 夏衍．夏衍剧作选．北京：人民文学出版社，1953.
[31] 李健吾．李健吾剧作选．北京：中国戏剧出版社，1982.
[32] 蒋光慈．蒋光慈选集．北京：人民文学出版社，1960.
[33] 吴福辉．京派小说选．北京：人民文学出版社，1990.
[34] 废名．废名选集．北京：人民文学出版社，2007.
[35] 吴欢章．海派小说选．上海：复旦大学出版社，1990.
[36] 严家炎．新感觉派小说选．北京：人民文学出版社，2009.
[37] 穆时英．穆时英代表作．北京：华夏出版社，1998.
[38] 钱锺书．围城．北京：人民文学出版社，1980.
[39] 庐隐．庐隐代表作．北京：华夏出版社，1998.
[40] 凌淑华．凌淑华．北京：华夏出版社，1997.
[41] 冯沅君．卷葹．北京：人民文学出版社，1983.
[42] 丁玲．丁玲小说．杭州：浙江文艺出版社，2002.
[43] 萧红．生死场·呼兰河传．北京：人民文学出版社，2009.
[44] 张爱玲．张爱玲文集．合肥：安徽文艺出版社，1995.
[45] 苏青．苏青文集．上海：上海书店，1994.
[46] 梅娘．梅娘小说散文集．北京：北京出版社，1997.
[47] 包天笑．包天笑代表作．北京：华夏出版社，1999.
[48] 包天笑．上海春秋．上海：上海古籍出版社，1991.
[49] 周瘦鹃．周瘦鹃代表作．南京：江苏文艺出版社，1996.
[50] 张恨水．金粉世家．北京：团结出版社，2007.
[51] 张恨水．啼笑因缘．北京：团结出版社，2007.
[52] 张恨水．虎贲万岁．北京：团结出版社，2007.
[53] 徐訏．鬼恋．北京：华夏出版社，1999.
[54] 无名氏．北极风情画塔里的女人．广州：花城出版社，1995.

[55] 殷夫．殷夫集．杭州：浙江文艺出版社，1984．
[56] 臧克家．臧克家诗选．北京：人民文学出版社，1978．
[57] 蓝棣之．新月派诗选．北京：人民文学出版社，1989．
[58] 蓝棣之．现代派诗选．北京：人民文学出版社，1986．
[59] 何其芳等．汉园集．上海：上海书店，1993．
[60] 卞之琳．雕虫纪历．北京：人民文学出版社，1979．
[61] 戴望舒．戴望舒诗集．上海：上海古籍出版社，2003．
[62] 绿原．白色花．北京：人民文学出版社，2000．
[63] 艾青．艾青诗全编．北京：人民文学出版社，2003．
[64] 艾青．诗论．北京：人民文学出版社，1983．
[65] 蓝棣之．九叶派诗选．北京：人民文学出版社，1992．
[66] 穆旦．穆旦诗全集．北京：中国文学出版社，1996．
[67] 毛泽东．毛泽东论文艺．北京：人民文学出版社，1992．
[68] 田间．田间诗选．北京：人民文学出版社，1983．
[69] 赵树理．赵树理文集．北京：人民文学出版社，2005．
[70] 张庚．秧歌剧选．北京：人民文学出版社，1977．
[71] 孙犁．白洋淀纪事．北京：中国青年出版社，2004．
[72] 周立波．暴风骤雨．北京：人民文学出版社，2004．
[73] 李季．李季诗选．北京：人民文学出版社，1980．
[74] 周扬．解放区短篇创作选．北京，解放军文艺出版社，2000．
[75] 贺敬之，丁易，马可，等．白毛女．北京：人民文学出版社，1952．
[76] 严家炎．中国现代各流派小说选．北京：北京大学出版社，1986．
[77] 黄修己．中国现代文学发展史．北京：中国青年出版社，1988．
[78] 张炯．邓绍基，樊骏．中华文学通史：第5—7卷．北京：华艺出版社，1998．
[79] 吴福辉．中国现代文学发展史．北京：北京大学出版社，2010．
[80] 陈白尘，董健．中国现代戏剧史稿．北京：中国戏剧出版社，2008．
[81] 黄会林．中国现代话剧文学史略．合肥：安徽教育出版社，1990．
[82] 孙玉石．中国现代主义诗潮史论．北京：北京大学出版社，1999．
[83] 蓝棣之．现代诗名著名篇解读．北京：人民文学出版社，2007．
[84] 魏洪丘，等．中国现代文学流派概观．成都：成都出版社，1990．
[85] 钱理群．大小舞台之间——曹禺戏剧新论．北京．北京大学出版社，

2007.

[86] 温儒敏. 新文学现实主义的流变. 北京：北京大学出版社，1988.

[87] [美] 李欧梵. 上海摩登——一种新都市文化在中国. 毛尖，译. 北京：北京大学出版社，2004.

[88] [美] 李欧梵. 中国现代作家的浪漫一代. 王宏志，等，译. 北京：新星出版社，2010.

[89] [美] 耿德华. 被冷落的缪斯——中国沦陷区文学史（1937—1945）. 张泉，译. 北京：新星出版社，2006.

[90] 刘增杰. 中国解放区文学史. 开封：河南大学出版社，1988.

[91] 唐弢. 鲁迅的美学思想. 北京：人民文学出版社，1984.

[92] 王富仁. 中国文化的守夜人——鲁迅. 北京：人民文学出版社，2002.

[93] 王富仁. 中国反封建思想革命的一面镜子——《呐喊》《彷徨》综论. 北京：人民大学出版社，2010.

[94] 王瑶. 中国现代文学史论集. 北京：北京大学出版社，1998.

[95] 严家炎. 中国现代小说流派史. 北京：人民文学出版社，1989.

[96] 赵园. 艰难的选择. 上海：上海文艺出版社，2001.

[97] 陈平原. 中国小说叙事模式的转变. 北京：北京大学出版社，2003.

[98] 吴晓东. 象征主义与中国现代文学. 合肥：安徽教育出版社，2000.

[99] 朱金顺. 五四散文十家. 天津：百花文艺出版社，1990.

[100] 俞元桂. 中国现代散文史. 济南：山东文艺出版社，1997.

[101] 林非. 中国现代散文史稿. 北京：中国社会科学出版社，1981.

[102] 林伟民. 中国左翼文学思潮. 上海：华东师范大学出版社，2005.

[103] 钱理群. 鲁迅作品十五讲. 北京：北京大学出版社，2004.

[104] 钱理群. 心灵的探寻. 石家庄：河北教育出版社，2005.

[105] 杨义. 中国现代小说史. 三卷本. 北京：人民文学出版社，2005.

[106] 杨扬，等. 海派文学. 上海：文汇出版社，2008.

[107] 张光芒. 中国近现代启蒙文学思潮论. 济南：山东文艺出版社，2002.

[108] 谢冕. 1898：百年忧患. 济南：山东教育出版社：1998.

[109] 程文超. 1903：前夜的涌动. 济南：山东教育出版社，1998.

[110] 孔庆东. 1921：谁主沉浮. 济南：山东教育出版社，1998.

［111］旷新年.1928：革命文学.济南：山东教育出版社，1998.

［112］李书磊.1942：走向民间.济南：山东教育出版社，1998.

［113］钱理群.1948：天地玄黄.济南：山东教育出版社，1998.

［114］盛英.二十世纪中国女性文学史.上册.天津：天津人民出版社，1995.

［115］陈建华.革命与形式：茅盾早期小说的现代性展开（1927—1930）.上海：复旦大学出版社，2007.

［116］吴福辉.都市旋流中的海派小说.长沙：湖南教育出版社，1995.

［117］孙玉石.中国现代诗歌艺术.武汉：长江文艺出版社，2007.

后　　记

本教材是由多人撰稿，主编予以修订和统稿的。撰写人分工如下：

专题一，五四小说。张志忠，首都师范大学教授。

专题二，五四新诗。孙晓娅，首都师范大学副教授、博士。

专题三，二三十年代的散文。陈亚丽，首都师范大学副教授、博士。

专题四，现代话剧。钱旭初，江苏广播电视大学教授。

专题五，三十年代小说的三大流派。李平，中央广播电视大学教授。

专题六，三四十年代的长篇小说。陈婕，福建广播电视大学副教授。

专题七，现代女作家的小说。荒林（刘群伟），首都师范大学副教授。

专题八，通俗文学。汤哲声，苏州大学教授、博士。

专题九，三四十年代的诗歌。李怡，北京师范大学教授、博士。

专题十，解放区文学。张志忠，首都师范大学教授。

本教材的编写，依照如下原则：

教材是多人合作的结晶，如何在教材的统一性与个人的学术性之间取得最优的整合，是主编思考和用力最多的。既然是具有相对独立性的专题，在相当程度上，应该是可以保留每个撰写者的各自风格的；这样，可以让学生在学习教材的同时，也能欣赏到撰稿人不同的风采。但是，每个人的思维和语言习惯，又要合乎教材的整体要求。在写作体例上、在行文风格上，都要有一定的要求。目前的文字，就是两个目标相互妥协的结果。

教材不同于专著的另一个要求是，它必须明白晓畅。个人学术论著，可以写得意气飞扬、纵横捭阖，也可以写得惜墨如金、缩龙成寸。只要是有思想的深度，高古如康德，深奥如德里达，也会有人啃读不已。但是，教材面对的是众多的学生，它应该是少歧义、多简洁的。为此，我也用了很多心思。

还有，我一向认为，文学史论的学习，应该是以作品为中心的。有作品，才有作家，才有文学思潮和流派，才有文学史。本教材在介绍作家和文学现象的同时，尽可能在作品导读上下力气、用工夫。希望使用这部教材的师生，能够理解和注意它的这一特点。而且，对文学作品的评析，不论篇幅，都应该注重其艺术魅力，注重其"趣味性"——我们最初的文学阅读，都是因为文学的有趣、语言的传神，有悬念、有吸引力，让我们不自觉地做了它的俘虏。与其让学生记背了一大篇的作家、作品的名字，背会了思想内容一二三、艺术特征三二一，不如老老实实地读通几部作品，培养阅读的兴趣。当然，这也是一种妥协，在教材的知识性、规范性和文本解读的鉴赏性之间，保持适当的平衡。

在此，我要感谢参加了本书编写的首都师范大学副教授霍秀全、李宪瑜，四川大学博士杨丽华，首都师范大学博士龙慧萍以及各位课程组成员的辛勤努力，也期待本教材使用者的批评教正。作为主编，我要为它的缺失和疏忽负完全的责任，当然也希望能够在数年之后，会有时间和条件加以修订。

张志忠

2010年5月

中国现代文学专题
形成性考核册

文法教学部　编

考核册为附赠资源，适用于本课程采用纸质形考的学生。

若采用**网上形考**或有其他疑问请咨询课程教师。

学校名称：＿＿＿＿＿＿＿

学生姓名：＿＿＿＿＿＿＿

学生学号：＿＿＿＿＿＿＿

班　　级：＿＿＿＿＿＿＿

形成性考核是学习测量和评价的重要组成部分。在教学过程中，对学生的学习行为和成果进行考核是教与学测评改革的重要举措。

《形成性考核册》是根据课程教学大纲和考核说明的要求，结合学生的学习进度而设计的测评任务与要求的汇集。

为了便于学生使用，现将《形成性考核册》作为主教材的附赠资源提供给学生，采用纸质形考的学生可将各次作业按需撕下，完成后自行装订交给老师。若采用**网上形考**或有其他疑问请咨询课程教师。

中国现代文学专题作业1

姓　　名：_____
学　　号：_____
得　　分：_____
教师签名：_____

说明：本作业在学习完教材"专题四"后进行，学生必须独立完成（最好在课堂内进行），可以携带本课程教材（包括"补修课教材"），以及专科阶段的有关教材等其他教学参考资料。作业时间为120分钟（两个小时），作业总分为100分。本作业题型与期末考试题型相一致。

一、单项选择题（每题1分，共10分）

要求：将正确答案的序号填在括号内。每题只有一个正确答案，错选或多选均不得分。

1. 发表于1917年1月《新青年》的《文学改良刍议》，其作者是（　　）。
　　A. 鲁迅　　　　B. 李大钊　　　　C. 胡适　　　　D. 陈独秀
2. 体力劳动和人生磨难没有摧垮她，关于地狱之有无，是否会在死后被两个男人用大锯锯开，以及作为再嫁的寡妇是否有资格参加祭祖祝福，才是她的精神支柱。这个人物是（　　）。
　　A. 阿Q　　　　B. 祥林嫂　　　　C. 闰土　　　　D. 孔乙己
3. 1919年初，北京大学傅斯年、罗家伦等学生创立了（　　）。
　　A. 文学研究会　　B. 新潮社　　　C. 青年杂志社　　D. 创造社
4. 诗界第一位发难者就是被称为"中国新诗的第一人"的（　　）。
　　A. 郭沫若　　　　B. 鲁迅　　　　C. 刘半农　　　　D. 胡适
5. 在众多小诗的作者中，最重要的诗人是深受泰戈尔《飞鸟集》影响的（　　）。
　　A. 朱自清　　　　B. 胡适　　　　C. 汪静之　　　　D. 冰心
6. 中国现代文学史上的第一本散文诗集，并开"独语体"散文之先河的是（　　）。
　　A.《呐喊》　　　B.《坟》　　　　C.《野草》　　　D.《朝花夕拾》

7. 与冰心同为"小诗运动"重要诗人的是（　　　）。
 A. 汪静之　　　　B. 郭沫若　　　　C. 徐志摩　　　　D. 宗白华
8. 1929 年 11 月，率先提出无产阶级戏剧口号的是沈端先、郑伯奇等人发起成立的（　　　）。
 A. 上海戏剧协社　　B. 南国社　　　C. 上海艺术剧社　　D. 民众戏剧社
9. 1923 年，丁西林因独幕剧《一只马蜂》而一举成名，而他早期话剧的代表作则是创作于 1925 年的（　　　）。
 A.《酒后》　　　　　　　　　　　B.《北京的空气》
 C.《压迫》　　　　　　　　　　　D.《亲爱的丈夫》
10. 标志着夏衍的话剧创作成熟的代表作是（　　　）。
 A.《赛金花》　　　　　　　　　　B.《上海屋檐下》
 C.《秋瑾传》　　　　　　　　　　D.《法西斯细菌》

二、多项选择题（每题 2 分，共 20 分）

要求：将正确答案的序号填在括号内。每题有 2～4 个正确答案，多选、少选或错选均不得分。

11. 晚清四大谴责小说是《孽海花》和（　　　）。
 A.《官场现形记》　　　　　　　　B.《新中国未来记》
 C.《老残游记》　　　　　　　　　D.《二十年目睹之怪现状》
12.《新潮》的小说作者主要有汪敬熙、罗家伦、欧阳予倩和（　　　）等。
 A. 郁达夫　　　　B. 叶绍钧　　　　C. 杨振声　　　　D. 俞平伯
13. 以鲁迅为领路人的乡土文学作家群，主要有王鲁彦、许钦文（　　　）等。
 A. 彭家煌　　　　B. 茅盾　　　　　C. 蹇先艾　　　　D. 许杰
14. 张资平的早期小说，多从日本留学时期接触的年轻女性的心理写起，主要有（　　　）等。
 A.《木马》　　　　　　　　　　　B.《梅岭之春》
 C.《新生》　　　　　　　　　　　D.《她怅望着祖国的天野》
15. 五四小说创作重要的小说家群，主要有文学研究会小说家群和（　　　）等。
 A. 创造社小说家群　　　　　　　B.《新青年》作家群
 C. 乡土文学作家群　　　　　　　D.《新潮》小说家群
16. 小诗是五四初期最为风行的诗体，其代名词主要有（　　　）等。
 A. 冰心体　　　　B. 春水体　　　　C. 飞鸟体　　　　D. 繁星体

17. 冯至第一部诗集《昨日之歌》下卷的四首叙事诗是《寺门之外》和（　）等。
    A. 《我是一条小河》　　　　　B. 《蚕马》
    C. 《吹箫人的故事》　　　　　D. 《帷幔》

18. 1923年，在北京组织新月社的主要成员有胡适、余上沅、林徽音和（　）等。
    A. 梁启超　　B. 闻一多　　C. 丁西林　　D. 徐志摩

19. 诗歌合集《汉园集》的作者是（　）。
    A. 何其芳　　B. 李广田　　C. 卞之琳　　D. 俞平伯

20. 中国现代戏剧的三大奠基人通常是指（　）。
    A. 田汉　　B. 郭沫若　　C. 洪深　　D. 欧阳予倩

三、填空题（每空1分，共20分）

要求：书写规范，不得有错别字。

21. 19世纪末戊戌变法的失败，促进了维新运动的领导者梁启超的反思，他从政治斗争的需要出发，倡导"新小说"，于1902年创办《_____》杂志。

22. 1915年，陈独秀创办《青年杂志》，从第二卷起改名为《_____》。

23. _____年5月，鲁迅的《狂人日记》发表于《新青年》。此后，他的《药》《孔乙己》《阿Q正传》《祝福》等接连发表，引起巨大反响。

24. 同样着力于乡土文学，却走着诗意化道路的废名（原名_____）是"浅草社"成员。

25. 1917年2月，《新青年》第2卷第6号上发表了_____的八首白话诗，这被视为新诗的起点。

26. 如果说，胡适的《尝试集》是中国新诗现代性的开端，那么，_____的《女神》则是自觉实践并取得决定性成果的标志。

27. _____被鲁迅誉为"中国最杰出的抒情诗人"。

28. 宗白华写作小诗的直接渊源是_____的影响。

29. 1935年后，_____在美国、法国创作了《吾国与吾民》《风声鹤唳》《京华烟云》等文学著作。

30. 1906年，_____社成立，标志着中国话剧的序幕正式拉开。

31. 在受到老师们主办《新青年》影响而创办的北京大学学生刊物《_____》上，出现了一个活跃的作家群。

32. _____于1917年1月在《新青年》发表《文学改良刍议》。这是倡导文学革命和新诗理论建设的第一篇文章。

33. _____的《笑》（1921）则是最早引起广泛反响的美文。

34. 《朝花夕拾》1926年在《莽原》周刊上陆续发表时，总题为《_____》。

35. 闻一多是"前期新月诗派"的重要代表和新格律诗理论的奠基者，1923年出版第一本诗集《红烛》，1928年出版第二本诗集《_____》。

36. _____曾经与鲁迅合作撰写14篇杂文，既活用鲁迅的杂文笔法，又凸显了犀利、明快、辛辣的特点。他的杂文无论在思想上还是艺术上都是除鲁迅之外的第一人。

37. 《_____》深入推进戏剧革命。从1918年初到1919年底，几乎每期都撰文论述戏剧，其"易卜生专号"和"戏曲改良专号"更是引发一场新旧戏剧观的争论。

38. 洪深的《贫民惨剧》、_____的《咖啡店之一夜》等明显受到了契诃夫、陀思妥耶夫斯基等作家在题材上的影响。

39. 1930年，中国左翼剧团联盟成立，之后又改组为以个人名义参加的"中国左翼戏剧家联盟"（简称_____），成为中国共产党直接领导下成立的重要左翼文艺组织。

40. _____被称作是"春柳社的台柱，民众剧社的主干，戏剧协社的灵魂，南国社的导师"。

四、简答题（每题10分，共20分）

要求：内容切题，文字通顺，语气流畅，逻辑清晰。

41. 1921年成为新文学发展史上的重要年头的主要原因有哪些？

42. 闻一多在《诗镌》第七期上发表了诗论《诗的格律》，提出了著名的"三美"主张。请简要说明闻一多"三美"主张的主要内容。

五、分析题（30分）

要求：在以下两题中任选一题，该题按小论文要求，答案不得少于1000字。在答题时应做到：论述清晰明确，举例具体恰当，文字优美流畅，逻辑清楚明了，不能完全照抄教材中的观点和内容，必须有自己的体会和见解。

43. 阿Q这样的乡村流氓无产者对革命的危害性，在鲁迅笔下只是一种潜藏的威胁，却被他不幸而言中。"据我的意思，中国倘不革命，阿Q便不做，既然革命，就会做的。我的阿Q的运命，也只能如此，人格也恐怕并不是两个。民国元年已经过去，无可追踪了，但此后倘再有改革，我相信还会有阿Q似的革命党出现。我也很愿意如人们所说，我只写出了现在以前的或一时期，但我还恐怕我所看见的并非现代的前身，而是其后，或者竟是二三十年之后。"请问，你怎么看阿Q式的流氓无产者对于革命和社会的危害？

44. 《雷雨》中的人物是具有典型意义和永久生命力的形象。其关键就在于作者不是平面、概念地塑造形象，而是强调人物的矛盾性和复杂性。周朴园的形象，正是通过他对繁漪、侍萍、大海、周萍的态度的不同侧面得以表现的。请结合作品的具体内容，说明周朴园形象的矛盾性和复杂性。

答 题 纸

答 题 纸

中国现代文学专题作业 2

姓　　名：_____
学　　号：_____
得　　分：_____
教师签名：_____

说明：本作业在学习完教材"专题七"后进行，学生必须独立完成（最好在课堂内进行），可以携带本课程教材（包括"补修课教材"），以及专科阶段的有关教材等其他教学参考资料。作业时间为 120 分钟（两个小时），作业总分为 100 分。本作业题型与期末考试题型相一致。

一、单项选择题（每题 1 分，共 10 分）

要求：将正确答案的序号填在括号内。每题只有一个正确答案，错选或多选均不得分。

1. 在《沉沦》问世十余年后，有人说"他那大胆的自我暴露，对于深藏在千万年的背甲里面士大夫的虚伪，完全是一种暴风雨式的闪击，把一些假道学假才子们震惊得至于狂怒了。为什么？就因为有这样露骨的真率，使他们感受着作假的困难。"这人是（　　）。
　　A. 苏雪林　　　　B. 郭沫若　　　　C. 周作人　　　　D. 郑伯奇

2. 《人的文学》的作者是五四时期因倡导"人的文学"、"平民的文学"而名声大振的（　　）。
　　A. 鲁迅　　　　　B. 沈雁冰　　　　C. 胡适　　　　　D. 周作人

3. 小说《湖畔儿语》以儿童的视线和体验，讲述一个苦难家庭的故事。其作者是（　　）。
　　A. 冰心　　　　　B. 王统照　　　　C. 鲁迅　　　　　D. 冯文炳

4. 《教我如何不想她》流传甚广，并首次使用"她"字，经赵元任谱曲后，成为传唱至今的流行歌曲，这首诗的作者是（　　）。
　　A. 郭沫若　　　　B. 鲁迅　　　　　C. 刘半农　　　　D. 胡适

5. 文学研究会丛书中的第一部个人诗集《将来的花园》的作者、文学研究会诗人中最受推崇的诗人是（　　）。

A. 朱自清　　　B. 徐玉诺　　　C. 叶绍钧　　　D. 郑振铎

6. 洪深在 20 世纪 20 年代创作的代表作是（　　）。

　　A.《卖梨人》　B.《贫民惨剧》　C.《五奎桥》　D.《赵阎王》

7. 曹禺在大学期间创作的《雷雨》1934 年 7 月在《文学季刊》一卷三期发表，是由一位著名作家和编辑推荐的。这位作家和编辑是（　　）。

　　A. 鲁迅　　　　B. 茅盾　　　　C. 巴金　　　　D. 老舍

8. 1921 年 7 月，西谛在《评论之评论》第 1 卷第 4 期发表《文学与革命》，这是革命文学主张的最初萌芽。西谛即（　　）。

　　A. 郑振铎　　　B. 恽代英　　　C. 瞿秋白　　　D. 邓中夏

9. 奠定凌叔华文坛地位的成名作是 1925 年 1 月 10 日在《现代评论》（第一卷第五期）上发表的（　　）。

　　A.《绣枕》　　　　　　　　　　B.《资本家之圣诞》
　　C.《酒后》　　　　　　　　　　D.《女儿身世太凄凉》

10. "水族系列小说"《鱼》《蚌》和《蟹》的作者是（　　）。

　　A. 张爱玲　　　B. 梅娘　　　　C. 凌叔华　　　D. 苏青

二、多项选择题（每题 2 分，共 20 分）

要求：将正确答案的序号填在括号内。每题有 2～4 个正确答案，多选、少选或错选均不得分。

11. 鲁迅先后写了一系列表现农民的苦难、蒙昧和沉默的小说。其中，主要有（　　）等。

　　A.《狂人日记》　　　　　　　　B.《故乡》
　　C.《阿 Q 正传》　　　　　　　　D.《风波》

12. 在《新青年》同人中，有"留日"经历的有李大钊、钱玄同和（　　）等。

　　A. 陈独秀　　　　　　　　　　　B. 胡适
　　C. 周作人　　　　　　　　　　　D. 鲁迅

13. 许地山的小说，带有浓郁的异域色彩，其中，以缅甸、印度和南洋为背景的主要有《醍醐天女》和（　　）等。

　　A.《命命鸟》　　　　　　　　　B.《缀网劳蛛》
　　C.《商人妇》　　　　　　　　　D.《春桃》

14. 废名的小说，对现实的苦痛有着超越的意趣，往往有一种淡淡的禅味。主要有（　　）等。

　　A.《桃园》　　　　　　　　　　B.《浣衣母》

C.《社火》　　　　　　　　　D.《竹林的故事》

15. 与李金发同时或稍后，出现了一批象征派诗人，主要有后期创造社的（　　）等。
   A. 戴望舒　　　　　　　　　B. 冯乃超
   C. 穆木天　　　　　　　　　D. 王独清

16.《新青年》开辟的"随感录"专栏是孕育现代白话杂文的摇篮，其作者除鲁迅外，还有（　　）等。
   A. 陈独秀　　　　　　　　　B. 李大钊
   C. 钱玄同　　　　　　　　　D. 刘半农

17. 周作人著名的"三礼赞"是指（　　）。
   A.《娼女礼赞》　　　　　　　B.《麻醉礼赞》
   C.《哑吧礼赞》　　　　　　　D.《鸦片礼赞》

18. 20世纪30年代以后，洪深最重要的话剧创作是《农村三部曲》，即（　　）。
   A.《赵阎王》　　　　　　　　B.《青龙潭》
   C.《香稻米》　　　　　　　　D.《五奎桥》

19. "新感觉派"的代表作家主要有（　　）等。
   A. 张资平　　　　　　　　　B. 穆时英
   C. 施蛰存　　　　　　　　　D. 刘呐鸥

20. 20世纪40年代长篇小说在讽刺和通俗化方面的代表作家主要有（　　）等。
   A. 茅盾　　　　　　　　　　B. 赵树理
   C. 路翎　　　　　　　　　　D. 钱钟书

三、填空题（每空1分，共20分）
要求：书写规范，不得有错别字。

21. _____成立于1921年，是新文学史上成立最早、存在时间最长、成员数量最多、地域分布最广的文学社团。

22. 乡土小说，最初得名于_____的命名。

23. _____的第一部诗集是《昨日之歌》。

24. 1935年，朱自清在《中国新文学大系·诗集导言》中，把_____代表的象征派诗作为一个独立的艺术派别加以论述。

25. 自五四时期开始，现代白话散文被正式赋予"抒情或写景"的文学意蕴，是"叙事与抒情"的美文，成为与小说、诗歌、_____并驾齐驱的一种文学体裁。

26. 林语堂1932年主编《_____》半月刊，1934年、1935年分别创办《人

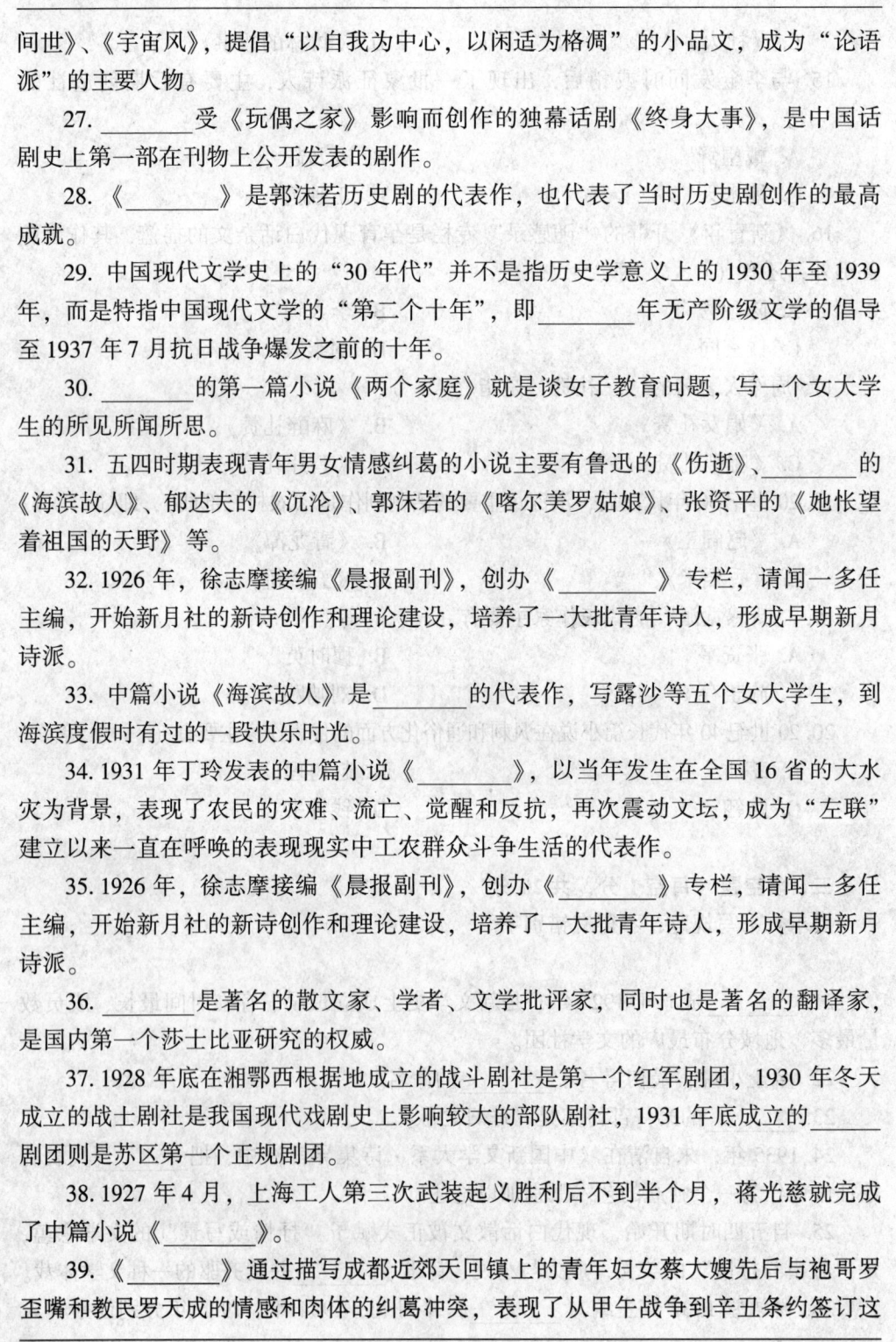

间世》、《宇宙风》，提倡"以自我为中心，以闲适为格调"的小品文，成为"论语派"的主要人物。

27. _____受《玩偶之家》影响而创作的独幕话剧《终身大事》，是中国话剧史上第一部在刊物上公开发表的剧作。

28. 《_____》是郭沫若历史剧的代表作，也代表了当时历史剧创作的最高成就。

29. 中国现代文学史上的"30年代"并不是指历史学意义上的1930年至1939年，而是特指中国现代文学的"第二个十年"，即_____年无产阶级文学的倡导至1937年7月抗日战争爆发之前的十年。

30. _____的第一篇小说《两个家庭》就是谈女子教育问题，写一个女大学生的所见所闻所思。

31. 五四时期表现青年男女情感纠葛的小说主要有鲁迅的《伤逝》、_____的《海滨故人》、郁达夫的《沉沦》、郭沫若的《喀尔美罗姑娘》、张资平的《她怅望着祖国的天野》等。

32. 1926年，徐志摩接编《晨报副刊》，创办《_____》专栏，请闻一多任主编，开始新月社的新诗创作和理论建设，培养了一大批青年诗人，形成早期新月诗派。

33. 中篇小说《海滨故人》是_____的代表作，写露沙等五个女大学生，到海滨度假时有过的一段快乐时光。

34. 1931年丁玲发表的中篇小说《_____》，以当年发生在全国16省的大水灾为背景，表现了农民的灾难、流亡、觉醒和反抗，再次震动文坛，成为"左联"建立以来一直在呼唤的表现现实中工农群众斗争生活的代表作。

35. 1926年，徐志摩接编《晨报副刊》，创办《_____》专栏，请闻一多任主编，开始新月社的新诗创作和理论建设，培养了一大批青年诗人，形成早期新月诗派。

36. _____是著名的散文家、学者、文学批评家，同时也是著名的翻译家，是国内第一个莎士比亚研究的权威。

37. 1928年底在湘鄂西根据地成立的战斗剧社是第一个红军剧团，1930年冬天成立的战士剧社是我国现代戏剧史上影响较大的部队剧社，1931年底成立的_____剧团则是苏区第一个正规剧团。

38. 1927年4月，上海工人第三次武装起义胜利后不到半个月，蒋光慈就完成了中篇小说《_____》。

39. 《_____》通过描写成都近郊天回镇上的青年妇女蔡大嫂先后与袍哥罗歪嘴和教民罗天成的情感和肉体的纠葛冲突，表现了从甲午战争到辛丑条约签订这一段历史期间的成都平原的民情风俗。

40. 由于与中国共产党早期活动家高君宇的情谊，也因为全国革命运动的高涨，_____成为"五四"时期较早对革命有深刻认识的女作家，也是同时代少有的英气勃发、壮怀激烈的女作家。

四、简答题（每题 10 分，共 20 分）
要求：内容切题，文字通顺，语气流畅，逻辑清晰。

41. 徐志摩的诗歌在内容上大致可以分为几类？这几类诗歌创作呈现出什么样的关系？

42. 1949 年以前的周作人散文创作可以分为三个时期。1918-1927 年可以看作前期。请简要说明周作人这一时期散文创作的主要特点和收获（各举一例即可）。

五、分析题（30分）

要求：在以下两题中任选一题，该题按小论文要求，答案不得少于1000字。在答题时应做到：论述清晰明确，举例具体恰当，文字优美流畅，逻辑清楚明了，不能完全照抄教材中的观点和内容，必须有自己的体会和见解。

43.《沉沦》叙述一个留学日本的中国学生，在忧郁苦闷中的堕落和自戕。"他"热爱自然，热爱诗歌，经常手捧一部诗集在原野上徜徉；"他"向往爱情，公开宣称知识和名誉都不要，只要真心的异性的爱。但是，心灵的稚拙（看到穿红裙的女学生，同行的日本同学就上前调笑，"他"却怯懦紧张得说不出话来），身体的病弱（"他"自认有忧郁症，又因为手淫过度而自感倍加衰弱），内心的孤独（"他"无法协调与周围的中国同学和日本同学的关系），兄弟的反目（"他"与在北京的兄长的决裂），青春期的性苦闷，以及弱国子民在日本帝国遭受的冷眼歧视，使得"他"情绪低落，日渐颓唐。作品中以前所未有的坦诚和大胆，描写了"他"在欲望冲动下一次又一次地自慰，偷窥房东家的女儿沐浴，直到步入日本的妓院寻欢；但是，每一次的"犯罪"，都激起"他"更为沉重的忏悔，让"他"的忧郁症更为加重，自以为身体每况愈下，忧心忡忡。直到以最后的生命发出"祖国呀祖国！我的死是你害我的！""你快富起来！强起来罢！"的呼吁，蹈海自杀。这样的作品，让守旧者视其为"诲淫"，"放荡"，却得到了很多青年的热读和追随。对此，你是怎么看的？

44. 茅盾的"《蚀》三部曲",描写一批时代新女性在大革命中的曲折过程,体现了作者直面现实的勇气和对中国革命复杂性的独特认识,是茅盾写得最率真自然的小说,也首开"革命加恋爱"创作模式先河的小说。《虹》希望通过一位知识女性的追求过程来表现中国革命的历程,是茅盾小说"史诗化"的最初尝试,也开了茅盾小说"残篇"的先例。《三人行》写了三个中学生在"九一八"前后的故事,这种表现同龄人不同人生道路的对比方法,后来成为革命小说一种流行的"三人行"创作模式。如果说《蚀》、《虹》和《三人行》等都具有初期左翼创作浪漫谛克的某些特点,那么,1933年前夕完成的《林家铺子》、《春蚕》和《子夜》等却表现出鲜明而冷峻的"社会剖析小说"的特点。《林家铺子》描述了"一二八"战争前后上海附近小市镇上林家的小百货店从兴隆到倒闭的全过程,表现了作者对社会的深刻认识和清晰分析。《春蚕》是当时"丰收成灾"题材作品的代表,是茅盾第一篇真正以"乡土农村"为题材的作品,也是茅盾"农村三部曲"中最好的一篇。而《子夜》的成功,不但标志着茅盾小说创作的一个高峰,而且更显示了左翼小说在现实主义艺术探索上的实绩。瞿秋白为此欢呼:"这是中国第一部写实主义的成功的长篇小说"。你怎样评价茅盾创作的变化以及他在左翼文学发展中的地位和作用?

★ 中国现代文学专题形成性考核册 ★

答 题 纸

中国现代文学专题作业 3

姓　　名：_____
学　　号：_____
得　　分：_____
教师签名：_____

说明：本作业在学习完教材"专题九"后进行，学生必须独立完成（最好在课堂内进行），可以携带本课程教材（包括"补修课教材"），以及专科阶段的有关教材等其他教学参考资料。作业时间为 120 分钟（两个小时），作业总分为 100 分。本作业题型与期末考试题型相一致。

一、单项选择题（每题 1 分，共 10 分）

要求：将正确答案的序号填在括号内。每题只有一个正确答案，错选或多选均不得分。

1. 文学研究会重要的小说家，除由新潮社而来的叶绍钧和俞平伯外，还有冰心、落华生等，其中，落华生是指（　　）。
　　A. 许地山　　　B. 庐隐　　　C. 王统照　　　D. 许杰
2. 1921 年诗集《女神》出版，宣告了新诗的最终形成。《女神》的作者是（　　）。
　　A. 郭沫若　　　B. 鲁迅　　　C. 刘半农　　　D. 胡适
3. 以一人之力，持续 40 载，完成了《莎士比亚》全集的翻译，晚年又用 7 年时间完成了百万言学术著作《英国文学史》的著名作家是（　　）。
　　A. 穆旦　　　B. 梁实秋　　　C. 冯至　　　D. 林语堂
4. 被称为"鬼才"的新感觉派后起之秀是（　　）。
　　A. 穆时英　　　B. 刘呐鸥　　　C. 施蛰存　　　D. 戴望舒
5. 以第一人称记述女主人公苏怀青从迈上花轿到走出"围城"的婚姻生活的小说是（　　）。
　　A.《倾城之恋》　　B.《歧途佳人》　　C.《呼兰河传》　　D.《结婚十年》
6. 中国诗歌会的主要诗人有蒲风、王亚平、温流和（　　）等。
　　A. 殷夫　　　B. 郭沫若　　　C. 杨骚　　　D. 蒋光慈
7. 有位诗人十来没写诗了，"有一次，在一个冬天的下午，望着几架银色的飞机在蓝得像结晶体一般的天空里飞翔,想到古人的鹏鸟梦,我就随着脚步的节奏,信口说出一首有韵的诗,回家写在纸上,正巧是一首变体的十四行",于是,诗人的灵感蜂拥而至,一共写出了27首十四行诗。这位诗人是（　　）。

  A. 穆旦　　　　B. 卞之琳　　　　C. 冯至　　　　D. 杭约赫

8. 《新月诗选》的编选者是（　　）。

  A. 徐志摩　　　B. 陈梦家　　　　C. 饶孟侃　　　D. 卞之琳

9. 张恨水在40年代写了不少社会讽刺小说,代表作品有《八十一梦》和（　　）。

  A. 《啼笑因缘》　B. 《五子登科》　C. 《金粉世家》　D. 《春明外史》

10. 七月诗派重要的诗论家是著有《诗与现实》、《人与诗》、《诗是什么》的（　　）。

  A. 阿垅　　　　B. 胡风　　　　　C. 艾青　　　　D. 田间

二、多项选择题（每题2分,共20分）

要求：将正确答案的序号填在括号内。每题有2～4个正确答案,多选、少选或错选均不得分。

11. 鲁迅笔下的农民形象主要有爱姑、七斤一家和（　　）等。

  A. 阿Q　　　　B. 祥林嫂　　　　C. 闰土　　　　D. 孔乙己

12. 湖畔诗社的主要诗人有（　　）等。

  A. 应修人　　　B. 潘漠华　　　　C. 冯雪峰　　　D. 汪静之

13. 阿英的"南明史剧系列"主要有（　　）等。

  A. 《碧血花》　B. 《棠棣之花》　C. 《杨娥传》　D. 《海国英雄》

14. 被国民党政府杀害的"左联五烈士"是指李伟森、胡也频和（　　）。

  A. 殷夫　　　　B. 冯铿　　　　　C. 丁玲　　　　D. 柔石

15. 几乎每部作品集都得到周作人赞赏的作家主要有（　　）等。

  A. 冯至　　　　B. 俞平伯　　　　C. 废名　　　　D. 沈从文

16. 张爱玲的"上海传奇"系列小说主要有《封锁》和（　　）等。

  A. 《金锁记》　　　　　　　　　　B. 《红玫瑰与白玫瑰》

  C. 《倾城之恋》　　　　　　　　　D. 《花凋》

17. 通俗小说的"五根支柱"是社会小说、言情小说有（　　）。

  A. 武侠小说　　B. 侦探小说　　　C. 心理小说　　D. 历史小说

18. 胡风一直在从事诗歌写作,创作有诗集和长诗（　　）等。

  A. 《时间开始了》　　　　　　　　B. 《野花与箭》

  C. 《为祖国而歌》　　　　　　　　D. 《白色花》

19. 抗战以前，中国的文学始终以上海和北平为中心，但抗战以后，则出现了临时性的多元中心，包括长沙、广州、桂林以及（　　）等。
    A. 武汉　　　　B. 重庆　　　　C. 南京　　　　D. 昆明

20. 穆旦先后出版有诗集主要有（　　）等。
    A.《探险队》　　　　　　　　B.《穆旦诗集（1939-1945）》
    C.《白色花》　　　　　　　　D.《旗》

三、填空题（每空1分，共20分）
要求：书写规范，不得有错别字。

21. 1921年6月，郁达夫与郭沫若、成仿吾、张资平、田汉、郑伯奇等人在东京酝酿成立了新文学团体创造社。7月，他的第一部短篇小说集《＿＿＿＿》问世，产生很大影响。

22. ＿＿＿＿的散文无论在思想内涵还是艺术魅力上，在中国现代文学史上都别具一格、自成一家，代表作品有《缘缘堂随笔》《缘缘堂再笔》《车厢社会》《漫文漫画》等。

23.《上海屋檐下》是＿＿＿＿的代表作，标志着他的话剧创作的成熟。

24. ＿＿＿＿以诗成名，而他在《女神》年代首创诗剧形式，成功写出《凤凰涅槃》《女神之再生》《棠棣之花》等诗剧，显示了其在话剧创作上的潜力。

25.《＿＿＿＿》从一开始就制造出一种"梦幻般的"意境："由四川达湖南，靠东有一条官路。这官路将近湘西边境到了一个地方名为'茶峒'的小山城时，有一小溪，溪边有座白色小塔，塔下住了一户单独的人家。这人家只一个老人，一个女孩子，一只黄狗……"

26. 1912年＿＿＿＿的《玉梨魂》曾风靡一时，是鸳鸯蝴蝶派最为畅销也最有代表性的作品。

27.《＿＿＿＿》创作于1947年，是巴金最后一部长篇小说。

28. 1923年，＿＿＿＿以优异成绩取得美国威尔斯利女子大学的奖学金。出国留学前后，开始陆续发表总名为《寄小读者》的通讯散文，成为中国儿童文学的奠基之作。

29. 1942年2月，24岁的＿＿＿＿响应国民政府"青年知识分子入伍"的号召，报名参加中国入缅远征军，在副总司令杜聿明兼任军长的第5军司令部，以中校翻译官的身份随军进入缅甸抗日战场。

30. ＿＿＿＿凭借他以前的创作和《慰劳信集》的出版，成就了他"上承'新月'，中出'现代'，下启'九叶'"的历史地位。

31. 1927-1928年，《小说月报》又连续发表了茅盾的三个中篇《幻灭》《动摇》《追求》，组成了茅盾的第一部长篇小说《_____》。

32. 20世纪40年代最重要的诗歌流派是以胡风和艾青为首的_____七月诗派，以穆旦、袁可嘉为重要代表的九叶诗派。

33. 《从军日记》是_____战地见闻和感受的实录。

34. 鲁迅资助了萧红的《_____》出版并且为之写序，予以高度评价。

35. 《_____》大概是中国最早的一份文学杂志，它是韩邦庆自编的创刊于1892年的个人杂志。

36. _____的《八十一梦》用托梦的形式写了当时国统区的各种乱象，而《五子登科》则写了国民党在接受日产的过程中的各种丑行。

37. 普罗诗派滥觞于1924年蒋光慈、沈泽民等以上海《民国日报》副刊《_____》为阵地的春雷社。

38. _____在《小说月报》上发表的《雨巷》成为传诵一时的名作，而他也因这首诗而被人盛赞为"雨巷诗人"。

39. 1933年臧克家在闻一多、王统照的资助下，自费出版第一本诗集《_____》，赢得了诗人的声名。

40. 女作家_____少年时期就经受了丧母之痛的她，其笔名谐音"没娘"。

四、简答题（每题10分，共20分）

要求：内容切题，文字通顺，语气流畅，逻辑清晰。

41. 请从文体和文体特征两个角度，简要说明鲁迅在散文创作领域举足轻重的地位。

42. 田汉早期的剧作在人物形象的塑造上有什么独特之处？

五、分析题（30分）

要求：在以下两题中任选一题，该题按小论文要求，答案不得少于1000字。在答题时应做到：论述清晰明确，举例具体恰当，文字优美流畅，逻辑清楚明了，不能完全照抄教材中的观点和内容，必须有自己的体会和见解。

43.《边城》是沈从文小说最有代表性的作品。渡船老人的孙女翠翠，在与当地掌水码头团总的二老（二儿子）傩送的短暂接触中，任由自己萌生出爱意，并没有觉得自己的地位低下，甚至在得知团总想要与有碾房作陪嫁的人家打亲家之后，也丝毫没有将这个消息与自己的婚事联系在一起。在她天真纯洁的心灵里，似乎根本就不存在"门当户对"的概念。在作者眼中，翠翠对爱情的要求越是大胆，就越纯真而美丽。她的爱是超越一切世俗利害关系的最为高尚也最富有诗意的爱。可以说，翠翠是沈从文的"理想人物"，是他崇拜的爱神和美神。试结合作品的具体内容，谈谈你对翠翠的认识和评价。

44. 1928年，戴望舒在《小说月报》上发表了《雨巷》，这首诗被认为替新诗的音节开了一个新纪元，受到了叶圣陶等人的极力推荐，成为传诵一时的名作，而他也因这首诗而被人盛赞为"雨巷诗人"。这首诗和新月诗人朱湘的《采莲曲》相比，该诗在音乐美、绘画美、建筑美的经营上丝毫不逊色，而且由于其情绪的自然流动，而更具别样的神韵。但戴望舒很快就对这首诗所流露出的倾向进行了反叛，创作出了《我底记忆》这样的诗作。对此，你是怎么看的？你更喜欢《雨巷》还是《我底记忆》，为什么？

答 题 纸

中国现代文学专题作业 4

姓　　名：＿＿＿＿
学　　号：＿＿＿＿
得　　分：＿＿＿＿
教师签名：＿＿＿＿

说明：本作业在学习完教材的全部内容后进行，学生必须独立完成（最好在课堂内进行），可以携带本课程教材（包括"补修课教材"），以及专科阶段的有关教材等其他教学参考资料。作业时间为 120 分钟（两个小时），作业总分为 100 分。本作业题型与期末考试题型相一致。

一、单项选择题（每题 1 分，共 10 分）

要求：将正确答案的序号填在括号内。每题只有一个正确答案，错选或多选均不得分。

1. 叶绍钧唯一的一部长篇小说，是写于 1928 年的（　　）。
   A.《火灾》　　　　　　　　B.《潘先生在难中》
   C.《隔膜》　　　　　　　　D.《倪焕之》

2. 1917 年 1 月在《新青年》发表《文学改良刍议》。这是倡导文学革命和新诗理论建设的第一篇文章，其作者是（　　）。
   A. 周作人　　B. 胡适　　C. 陈独秀　　D. 鲁迅

3. 30 年代中期，郁达夫移居杭州之后，是他游记散文创作的高峰期，除《达夫游记》外，还创作有（　　）等。
   A.《湖上散记》　B.《屐痕处处》　C.《西湖漫拾》　D.《漂泊杂记》

4. 受《玩偶之家》影响而创作的独幕话剧《终身大事》，是中国话剧史上第一部在刊物上公开发表的剧作。其作者是（　　）。
   A. 胡适　　B. 欧阳予倩　　C. 田汉　　D. 丁西林

5. 代表着田汉的创作风格从浪漫主义逐步转向现实主义，也标志着作家创作进入到第二阶段的作品是创作于 1929 年的（　　）。
   A.《获虎之夜》　　　　　　B.《咖啡店之一夜》
   C.《名优之死》　　　　　　D.《梵峨嶙和蔷薇》

6. 蒋光慈的第一部小说是以书信体的形式写作的（　　）。
   A.《最后的微笑》　　　　　　　　B.《短裤党》
   C.《少年漂泊者》　　　　　　　　D.《丽莎的哀怨》

7. 反映从中日甲午战争到辛亥革命时期成都平原动荡社会生活的"长河小说"《死水微澜》《暴风雨前》《大波》的作者是（　　）。
   A. 老舍　　　　B. 赵树理　　　　C. 巴金　　　　D. 李劼人

8. "七月派"中最优秀的小说家是（　　）。
   A. 胡风　　　　B. 阿垅　　　　C. 路翎　　　　D. 穆旦

9. 新诗史上第一部歌颂苏联十月革命和社会主义新生活的诗集是（　　）。
   A.《女神》　　B.《新梦》　　　C.《前茅》　　　D.《恢复》

10. 解放区仅有的一部直接反映农村合作社题材的作品，也是当时第一部将反对革命队伍内部"左"的教条主义、官僚主义和主观主义作为主要情节贯穿线的作品，是欧阳山的（　　）。
    A.《太阳照在桑干河上》　　　　　B.《小二黑结婚》
    C.《暴风骤雨》　　　　　　　　　D.《高干大》

二、多项选择题（每题2分，共20分）

要求：将正确答案的序号填在括号内。每题有2～4个正确答案，多选、少选或错选均不得分。

11. 晚清四大谴责小说《官场现形记》《二十年目睹之怪现状》《老残游记》和《孽海花》的作者是李伯元和（　　）。
    A. 吴趼人　　　B. 刘鹗　　　　C. 康有为　　　D. 曾朴

12. 郁达夫的小说以主观抒情见长，充满了愤懑、忧郁、叛逆和自我倾诉，开创了中国现代文学中的"自我小说"，主要有（　　）等。
    A.《沉沦》　　B.《孔乙己》　　C.《南迁》　　　D.《迟桂花》

13. 后期新月诗派的主要诗人除徐志摩外，还有（　　）等。
    A. 饶孟侃　　　B. 陈梦家　　　C. 孙大雨　　　D. 方玮德

14. 20世纪二三十年代在杂文创作中有重要作用的报刊主要有（　　）等。
    A.《新青年》　　　　　　　　　　B.《申报·自由谈》
    C.《语丝》　　　　　　　　　　　D.《时事新报·学灯》

15. 所谓两个社团三个刊物一起，以鼓吹革命文学为共同目标，掀起了一场颇有声势的"无产阶级文学"倡导运动。是指太阳社、创造社和（　　）等。
    A.《太阳月刊》　B.《创造月刊》　C.《文化批判》　D.《创造季刊》

16. 茅盾的"农村三部曲"是指（　　）。
    A.《春蚕》　　　B.《苦夏》　　　C.《秋收》　　　D.《残冬》
17. "东北作家群"是指1931年九一八事变后陆续流亡到关内的萧红、萧军、白朗（　　）等。
    A. 舒群　　　　B. 骆宾基　　　C. 罗烽　　　　D. 端木蕻良
18. 20世纪40年代，茅盾先后发表的长篇小说主要有（　　）等。
    A.《腐蚀》　　　　　　　　B.《霜叶红似二月花》
    C.《锻炼》　　　　　　　　D.《从牯岭到东京》
19. 中国现代文学史上的第一代女性文学作家主要有庐隐、石评梅、冯沅君和（　　）等。
    A. 张爱玲　　　B. 冰心　　　　C. 凌叔华　　　D. 陈衡哲
20. 在解放区群众性诗歌创作运动中，产生了一批优秀民歌，主要有《东方红》和（　　）等。
    A.《十绣金匾》　　　　　　B.《太阳照在桑干河上》
    C.《翻身道情》　　　　　　D.《咱们的领袖毛泽东》

三、填空题（每空1分，共20分）

要求：书写规范，不得有错别字。

21. 创造社初创时期，有两座高峰，一是以《女神》闻名的郭沫若，一是以《_____》闻名的郁达夫，他们共同建构了创造社重主观抒情和浪漫主义的特色。

22. 1925年11月，李金发的《_____》出版，之后另外两部诗集也相继出版，奠定了他作为中国现代象征诗创始者的地位。

23. 以抒情和叙事为主的"美文"是在1919年8月才出现的，_____的《五峰游记》应属现代美文的发端，最早引起广泛反响的美文则是冰心的《笑》。

24. _____是中国现代戏剧的一代盟主，还是《义勇军进行曲》(《中华人民共和国国歌》)的词作者。

25. _____最重要的话剧创作是《农村三部曲》(《五奎桥》《香稻米》和《青龙潭》)，这是现代戏剧第一次全面反映农民的苦难和斗争的作品，其中又以《五奎桥》最为成功，可以说是他一生的代表作。

26. 被国民党政府杀害的"左联五烈士"是指李伟森、柔石、胡也频、_____、殷夫。

27. 施蛰存的第一个短篇集《_____》中的多数作品主要是怀旧，在淡淡的感伤中又蕴含着浪漫的诗意。

28. 老舍、巴金、_____三大名家，创作了现代文学史上最优秀的一批长篇小说，构成了现代长篇小说艺术的三大高峰。

29. _____的《八十一梦》用托梦的形式写了当时国统区的各种乱象，而《五子登科》则写了国民党在接受日产的过程中的各种丑行。

30. "新民歌体"的突出成就，表现在长篇民歌体叙事诗的创作上，如李季的《王贵与李香香》和_____的《漳河水》等。

31. 1936年，老舍完成了《_____》，这是老舍这一时期的代表性作品，也是现代长篇小说的一部杰作。

32. 《_____》创作于1947年，是巴金最后一部长篇小说。

33. 在现代诗派中，戴望舒是主情派的代表，_____是主智派的代表。

34. 40年代末期，_____以亲身参加河北农村土改的经验，写出名重一时的长篇小说《太阳照在桑干河上》。

35. 《金锁记》被批评家_____称为"文坛最美丽的收获"，通常也被认为是张爱玲的代表作。

36. 张恨水的《_____》真实记录了在抗战中刚刚发生的"常德会战"。

37. 现代诗派出现于20世纪30年代的中国诗坛，起因于1932年施蛰存受现代书局委托创办的文艺刊物《_____》。

38. 在现代诗派的聚合、流变过程中，何其芳、卞之琳以及_____是三个非常重要的诗人。

39. 抗战爆发以后，中国的版图主要分成三块，即日军占领下的沦陷区、国民党政府统治下的国统区、共产党领导下的抗日民主根据地，解放战争时期则是分割为国统区和_____。

40. 《小二黑结婚》和《李有才板话》是_____小说的代表作。

四、简答题（每题10分，共20分）

要求：内容切题，文字通顺，语气流畅，逻辑清晰。

41. 《狂人日记》中的狂人"我"，和《沉沦》中的"他"，是中国现代小说中出现最早的两个具有强烈个性的人物形象。请简要说明这两个形象的异同。

42. 赵树理对中国传统小说的结构方式、叙述技巧、表现手法进行了扬弃和改造，创造了一种评书体的现代小说形式，其主要特点是什么？

五、分析题 (30分)

要求：在以下两题中任选一题，该题按小论文要求，答案不得少于1000字。在答题时应做到：论述清晰明确，举例具体恰当，文字优美流畅，逻辑清楚明了，不能完全照抄教材中的观点和内容，必须有自己的体会和见解。

43. 30年代以上海为中心的中国现代都市消费文化环境的形成和发展，使都市生活成为了当时的文学家们围绕着读者与市场展开新一轮争夺战的焦点。而对都市生活的表现，在当时也成了各大流派文学创作共同关注的热点之一，虽然形成了大致相同的批判立场和态度，但也各有特点：以茅盾为代表的左翼小说偏重社会分析和阶级批判；以沈从文为代表的京派小说较多地看到了现代文明背后的道德沦丧和人的自私贪婪，偏重于暴露知识分子精神上的庸俗卑劣；而以穆时英为代表的新感觉派小说则偏重于感觉的印象和人性的迷茫。请结合具体作品谈谈你对左翼小说与京派小说、新感觉派小说对现代都市生活的表现和贡献。

44. 40年代的艾青，把现实主义诗歌创作风格和浪漫主义、现代主义诗歌创作技巧融汇并获得了独立的创造品格，把历史使命感和艺术创新精神、诗歌的民族化与现代化融合在一起，构成了诗歌独特的包容特征，这种包容体现了40年代现实主义诗歌所能达致的丰富性。艾青正是以这样大气的品格，成为众多青年诗人学习的榜样，鼓励、启发、引导他们朝着诗歌的历史深度和诗歌的美学深度持续掘进，从而在事实上开创了一个"艾青的时代"。对此，你是怎么看的？

答 题 纸

答 题 纸